인공지능시대의 인문학과 예술적 상상

인공지능시대의 인문학과 예술적 상상

세명대학교 인문예술대 편

차 례

융복합형 인문학과 예술

이창식 (세명대학교 인문예술대 학장)

　인공지능시대에 "인간이 무엇인가 어디에 서 있는가", "어디로 가고 있는가 왜 인간인가" 하는 물음은 어느 시대에나 가장 중요한 화두였지만, 21세기에는 더욱 논쟁적 의미를 지니게 되었다. 알파고 현상에서 보듯 인공지능이 어떤 부분에서는 인간의 능력을 뛰어넘게 될 지경에 이르렀고, 뇌 유전공학은 인간의 독특한 정신유전자로 생각되었던 영혼, 정서, 자유의지가 물질적 알고리듬의 결과임을 보여 주었다. 더구나 빅데이터로 인간과 기계의 차이라고 할 부문을 점점 더 찾기 어려워졌다.

　인간다움이란 무엇인가를 규명하기 위해서는 인본적 정체성, 인간의 영혼성, 인류의 욕망과 좌절, 영장류의 본성과 자질 등을 여전히 따져야 한다. 그동안 몇 차례 인문예술대학 학제적 포럼에서는 "인문학·미디어·스토리텔링·융합적 예술산업"을 내걸고 발표하고 토론하였다. 이것은 21세기 제4차 산업혁명 또는 포스트휴먼 시대로 불리는 환경적·기술적 변화에 직면하여, 인간의 삶과 관련된 가장 중요한 문제에 대한 인문학적 사유와 글쓰기, 지역인문자산과 미디어 융합예술을 중심으로 성찰한 것이다. 올해 세명대학교 개교 30주년을 기념하여 『인공지능시대의 인문학과 예술적 상상』을 인문예술대학 편으로 펴낸다. 1부 4차 산업혁명 시대의 인문학적 모색에는 여섯 편의 글이 게재되었다. 빅데이터를 활용하여 문화원형의 스토리를 재구성하거나 변형하는 스토리텔링 기법으로 창조적 글쓰기의 모형을 제시하고 있는 김정진 교수의 글이 '4차 산업과 원형 콘텐츠 스토리텔링'이다. 4차 산업혁명 시대 인문학의 체계정립은 인문문화유산의 체계 확립으로 계속 이어지며, 이러한 전형 문화권의 유전자와 변형 유전자를 재해석하여 창조하는 국면에까지 나아가는 데 있다는 이창식 교수의 인공지능시대의 응용 융복합형 담론, 휴머니즘의 내부에서 휴머니즘을 비판하는 자기성찰적인 포스트휴먼 문학, 확장된 의미의 포스트휴머니즘을 지향하는 문학인 원유경 교수의 「전갈의 아이」에 대한 담론 연구물이 그것이다.

이어 '법보다 사람'이라는 인식을 바탕으로 '공정이용'을 확대하는 방향으로의 법리도입과 제도적 장치가 마련되어야 한다는 김기태 교수의 4차 산업혁명 시대의 저작권 이슈(법적 권리와 공정이용)를 다루었다. 국가를 초월하는 영원한 존재로서의 민족과 조국을 위한 자기희생의 정신을 통해 국민정신의 공동원리를 발견하고자 한다는 이혜진 교수의 전후 일본 고도경제성장의 성공 스토리와 테크노크라트의 유산(일본드라마 관료들의 여름), 교양교육이 전문화와 조화를 이룰 때 인간, 사회, 자연에 대한 이해가 확장되고 스스로 탐구하고 공감한 관념들에 헌신하게 된다는 신득렬, 김양수 두 파이데이아 아카데미아 원장의 글이 수록되었다.

2부 인문학의 미래와 예술적 상상에는 7편 글이 게재되었다. 명암의 비례처럼 인공지능의 양면성을 어떻게 다루어야 바람직한지를 모두 지혜롭게 대처해나가는 길만이 지구의 내일, 인류의 밝은 미래를 기약할 수 있다는 설태수 명예교수의 인공지능시대와 시詩라는 글을 선보였다. 차가운 기술에 따뜻한 감성과 휴머니즘을 입히는 시도는 인문예술 영역이라는 이지은 교수의 융복합 콘텐츠 프로덕션 기반의 VR콘텐츠 개발론(VR시네마 호녀전설을 중심으로), 대중문화와 연결하고 자신의 경험과 입장을 반영해야 고전은 현재를 살아가는 실제적인 이야기로 각인될 수 있다는 김지연 교수의 4차 산업시대의 학습자와 고전교육의 조응(X세대 교수자가 Z세대 학습자와 고전을 경유하여 접속하는 교육방안에 대한 모색)을 다루었다. 과거의 바우하우스에서 교사들 간의 연결고리가 되어준 '조형철학'을 새로운 시각 아래 디자인철학으로 확립해가는 길이라는 입장에서 신희경 교수의 바우하우스 기초과정의 의미성과 오늘날의 의의를 소개하였다.

교수법과 학습 모형과 방안은 학습자들의 협력적 사고 능력과 의사소통 능력을 함양하고 문제해결 능력과 창의성 및 통합적 사고력을 향상시키는 제안을 한 권화숙 교수의 4차 산업혁명 시대의 의사소통 교육방안(다문화 학습자 대상의 'SNS'와 '역할극'을 활용한 의사소통 교육 교수.학습 모형과 방안을 중심으로)을 제시하였다. 식민지 시절 다른 작가들이 보여주지 못한 '희망'을 내장한 소통의 징후들을 보여주는 점이 최명익 소설의 특징이라는 김현정 교수의 일탈과 전복 담론인, 소통의 한 방식(최명익론) 비평글, '기억과 회상'이라는 기억의 서사화 방식의 글쓰기를 통해서 무의식에 억압되어 있던 상처와 결핍을 의식으로 불러내어 재경험하고, 객관적으로 통찰함으로써 자기 치유의 단계에 이른다는 김동성 박사의 서사치유와 트라우마(김소진 소설 「자전거 도둑」 사례) 담론은 문학적 상상력의 효용성을 살펴본 것이다.

'포스트휴먼' 담론에는 인간의 창조하는 본성 국면에서 유효한 점과 인공지능에 변화의 요인도 성찰하게 하는 글들이다. 4차 산업혁명 시대, 미디어 리터러시로 인문예술의 지평 확장은 큰 흐름이다. 미디어 접근—통섭 이해—가치 창조로의 이행이다. 4차 산업혁명을 만든 기술은 빅데이터, 플랫폼, 클라우드, VR·AR 등이라 하였다. 문화의 지속적인 발전은 언제나 생각과 행동양식, 글쓰기의 전환을 필요로 한다. 이러한 공유담론의 삶이 새로운 타입의 경향이다. 인공지능을 만들어낸 창조자들은 다음 세대들에게 미술, 문사철 인문학, 음악, 무용 등을 배우게 함으로써 인공지능을 부리는 계급 주체로 살아가도록 가르치리라 예상한다. 이에 대한 순기능 위주의 인문학적 융합담론 논쟁은 지속되어야 한다.

인문학 관련 책은 주로 '어떻게 살아가야 하는가'를 말하는 경우가 많다. 현재를 살아가는 우리에게 많은 고민과 성찰 그리고 어떤 구체적인 삶을 선택하는데 있어 준거의 틀을 마련해주고 있다. 지금 여기 우리는 '공동체 사회의 변화', '민주주의의 위기', '언택트의 인문학 대응'이라는 말을 많이 접하고 있다. 이것은 인간 자체의 본성(문사철 중심의 인간 가치)에서 인문학 정신(성찰과 비판 정신)이 구성원과 사회조직에 반드시 필요한 요소인 탓이기도 하다. 근본적 인간 가치 곧 문화론적 창조성, 고전과 인권, 공동체 연대감 등을 점차 잊은 채 생활하고 있으며, 이러한 길의 미래에 대한 비판담론 연구가 필요하다. 『인공지능시대의 인문학과 예술적 상상』은 현안 담론의 처방을 어느 정도는 담아냈다고 생각한다.

1부

4차 인공지능시대의
인문학 모색

4차 산업과 원형콘텐츠 스토리텔링

김정진(세명대학교 디지털콘텐츠창작학과 교수)

1. 머리글

4차 산업을 규정하는 정확한 정의는 아직 없다고 해도 과언이 아니다. 거칠게 말한다면 4차산업이란 미래에 변화될 산업을 통칭한다고 할 수 있다. 미래에 변화가 예상되는 산업, 즉 세상의 변화를 이끌어갈 산업을 4차 산업이라고 말할 수 있다. 하지만 예상이 가능한 미래 기술, 즉 AI(인공지능) 자율주행 자동차, 빅데이터 활용, 드론형 미래자동차 등을 예로 들 수 있겠다.

과거 자본 축적과 기술의 발전으로 농업 분야에서 농기구들이 사람의 일자리를 차지해버렸다. 또한 도시 공장의 노동자들의 일자리도 공장의 자동화와 기술에 의해 기계가 대신 수행하고 있다. 그런데 1,2차 산업과 달리 3차 산업인 서비스 분야는 접객, 고객만족 등의 비교적 복잡한 역할을 수행하고 있다. 그런데 인공지능이 출현하여 서비스 업종에도 진출하게 되었다. 소위 운송사업 분야에서 자율주행은 스스로 판단하여 인간의 운전을 대신할 수 있게 된 것이다. 또한 AI 바리스타, 음식점 홀서빙 등 인공지능이 미래의 산업을 인간 대신 수행할 가능성이 점차 커지고 있는 실정이다.

실제적으로 소위 서비스업 분야도 점차 기계들이 조금씩 인간의 자리를 위협하고 있다. 교육, 여가, 공연, 연구 개발 등의 산업도 3차 산업인 서비스업에 속한다면 글쓰기 작업도 인공지능이 진출할 가능성이 있다고 할 수 있다. 하지만 4차산업시대에 창의적인 글쓰기는 오히려 미래사회에서 새로운 과학발전을 이용하여 새로운 방식을 개발한다면 다양한 변모의 가능성도 있다.

문화 이용자의 사고, 상상력, 아이디어, 소프트웨어 개발에 직접 참여하여 새로운 창의적인 콘텐츠를 개발하게 되는 4차 산업혁명에서는 인간의 역할 중 창의적인 부분이 핵심 동력이 된다. 4차 산업혁명으로 특히 소프트웨어 산업의 발전으로 문화산업의 획기적인 발전[1]이 기대되기 때문이다.

그렇다면 창의적인 글쓰기에는 기획, 집필, 편집, 인쇄, 출간 그리고 출판 마케팅에 이르기까지 인간 대신 기계가 작업을 할 여지는 매우 많다고 볼 수 있다. 글쓰기 프로세스에서 그나마 인간이 기계에 비해 다양하고 감성적으로 강점이 있는 것도 사실이다.

향후 인공지능 분야와 협업을 할 것인가 아니면 기계의 글쓰기가 넘볼 수 없는 새로운 글쓰기 방식을 만들 것인가 하는 문제가 창작 분야의 스토리텔러들에게 심대한 문제로 대두되고 있다. 현재 인공지능이 모든 작가들의 자리를 대신할 가능성이 아직은 희박하다고 할 수 있다. 때문에 4차 산업의 시대에 걸맞는 창작방법 중 데이터베이스를 기반으로 하는 스토

---

1 변재웅, 「4차 산업혁명이 문화산업에 미치는 영향에 관한 연구」, 『문화산업연구』 17, 2017, 117쪽.

리텔링방식이 대두되고 있다. 여기서는 빅데이터 등을 활용한 문화콘텐츠산업의 일환으로 문화원형 콘텐츠 재구성을 통한 창조적 글쓰기의 모형을 제시하고자 한다.

그 문제는 4차산업시대에 인공지능이 시도하고 있는 가령 판타지나 로맨스와 같은 대중소설 에피소드 중심의 텍스트보다는 역사성과 문화, 흥미와 전통적 캐릭터가 살아 있는 문화원형의 스토리를 재구성하거나 변형하는 방법이 스토리텔링 창작과 스토텔링 창작교육에 있어서 더 주효하다 할 수 있다.

과거 문화원형 개념을 제시한 한국문화콘텐츠진흥원의 공고문에서는 우리나라의 역사, 전통, 풍물, 생활, 전승, 예술, 지리지 등 다양한 분야의 우리 문화원형을 디지털콘텐츠로 제작하여 문화콘텐츠산업에 필요한 창작소재로 제공하고, 이들을 통해 문화콘텐츠 창작활동 활성화를 지원하기 위한 사업이라고 밝히고 있다. 결국 문화원형이란 문화콘텐츠의 소재가 되는 한국적 정체성과 고유성을 갖는 한국의 전형적인 전통문화로 압축될 수 있다.[2]

문화원형의 개념 고찰과 한국문화콘텐츠진흥원에서 제시한 '문화원형 디지털콘텐츠화사업'에서 강조하고 있는 것은 전통문화자원이나 문화원형이라는 표현보다는 텍스트에 초점을 맞추고 있는 것이다. 본고에서는 4차산업시대의 창의적인 글쓰기로 빅데이터와 서사플롯의 재구성 등에 사용된 데이터 베이스를 활용해 스토리텔링의 기획 단계에서 원형 콘텐츠 스토리텔링의 사례를 제시하고자 한다.

---

2 배영동, 「문화콘텐츠화사업에서 '문화원형' 개념의 함의와 한계」, 『인문콘텐츠』 6, 인문콘텐츠학회, 2005, 43쪽.

2. 4차 산업을 활용한 글쓰기

여기서 논의하고자 하는 바는 과연 글쓰기라는 분야가 4차 산업의 기술 혹은 빅데이터와 관련하여 의미있는 결과물을 도출할 수 있을 것인가 하는 것이다.

인공지능의 발달은 많은 사람들에게 노동으로부터 여유 시간을 주었지만, 기계가 인간의 일자리를 빼앗은 결과를 초래했다. 그리고 인공지능을 개발하고 운영하는 사람들에게 부가 집중되었다. 따라서 4차 산업이 이런 식의 부의 집중화를 노골화하여 빈부의 격차가 대두될 가능성이 높아졌다.

이에 대한 대비로 개인의 역량을 키울 수 있지만, 소수의 천재를 제외하고는 대처할 수 있는 방법은 거의 없다. 디지털 혁명으로 인공지능과 기계학습이 발달함으로써 대단위의 자료 및 이미지와 언어를 포함한 빅데이터의 분석과 처리가 가능해졌다. 이를 대표하는 기술로 유전학, 인공지능, 클라우드 컴퓨팅, 나노기술, 생명공학 그리고 3D프린터 등이 있다. 이는 경제적 발전과 아울러 사회 모든 면에 걸쳐 큰 영향을 미칠 뿐만 아니라 개개인의 삶에도 큰 변화가 예상된다.[3]

인터넷과 IT로 대표되는 3차 산업혁명, 인공지능과 빅데이터로 대표되는 4차 산업혁명으로 구분할 수 있다. 그렇다면 콘텐츠라는 용어는 3차 산업혁명 시대에 출현한 것으로서, 디지털내용물을 의미하는 콘텐츠가 인터넷과 IT로 대표되는 시기에 대두한 것은 당연한 것이라고 할 수 있다. 4차 산업혁명 시대에도 기술 속에 담기는 콘텐츠가 중요하다는 관점에서 먼저 문화콘텐츠산업과 창작소재의 중요성, 원천 창작소재로서의 문화원형의 문제를 상정할 수 있다. 그리고 마지막으로 4차 산업혁명 시대에 차별화된 문화산업의 발전을 위하여, 새롭게 '문화원형 오픈 소스화를 위한

---

3 김지효·임희주, 「4차 산업혁명과 진로교육에 대한 인식 조사 연구」, 『한국웰니스학』 15호, 한국웰니스학회, 2020.5, 62쪽.

디지털콘텐츠화사업'의 필요성이 대두되고 있다.[4]

그렇다면 4차산업시대에 글쓰기 분야의 변모와 향후 전망은 어떠한가. 4차 산업의 대표주자인 인공 지능이 과연 소설창작의 영역을 차지할 것인가는 글쓰기 분야에 종사하는 사람들에게는 초미의 관심사이다.

2016년 일본에서 인공지능의 소설창작 프로젝트를 진행한 마쓰바라 진(松原仁) 공립하코다테미래대 교수가 21일 도쿄 도내에서 열린 보고회에서 성과를 설명하고 있다.

> "그날은 구름이 드리운 잔뜩 흐린 날이었다. 방안은 언제나처럼 최적의 온도와 습도. 요코씨는 어수선한 모습으로 소파에 앉아 시시한 게임으로 시간을 보내고 있다. 하지만 나에게 말을 걸어오지 않는다. 한가하지만 어쩔 수 없다…"

위의 지문은 일본 연구자들이 자신들이 개발한 인공지능(AI)을 활용해 쓴 '컴퓨터가 소설을 쓰는 날'의 도입부다. 인공지능으로 소설을 쓰는 프로젝트를 진행해온 일본 연구자들이 지난 21일 도쿄 도내에서 보고회를 열었다고 요미우리(讀賣)신문이 보도했다. 이날 행사는 이세돌과 알파고의 대국 직후 열려 특히 관심을 불러모았다.

프로젝트를 주도한 마쓰바라 진(松原仁) 공립 하코다테 미래대 교수는 인공지능을 이용해 쓴 4편의 단편소설을 SF작가 호시 신이치(星新一)씨의 이름을 붙인 '호시 신이치 문학상'에 응모했다. 작품은 상을 받는데 실패했지만 일부가 1차 심사를 통과했다.

기초작업은 물론 인간이 했다. 연구진은 대략의 플롯(구성)을 부여하고 인공지능이 주어진 단어와 형용사 등을 조합해 문장을 만드는 형식으

---

4 김기덕, 「4차 산업혁명 시대 문화원형 소재 오픈소스화를 위한 디지털콘텐츠화사업의 필요성」, 『인문콘텐츠』 48집, 2018, 112쪽.

로 작업을 진행했다. 사람이 '언제' '어떤 날씨에' '무엇을 하고 있다'는 등의 요소를 문장에 포함시키도록 지시하면 인공지능이 관련 있는 단어를 자동으로 골라 문장을 만드는 식이었다. 도입부의 경우 날씨나 주변 상황 등에 대한 변수를 제시했다고 한다.

마쓰바라 교수는 "1차 전형을 통과한 것은 쾌거다, 다만 현재의 인공지능은 미리 스토리를 결정해야 해 인간의 손길이 필요한 부분이 많다"며 "향후 인간의 창의력을 대상으로 확대할 계획이라 연구가 더 필요하다"고 소감을 밝혔다. 응모작에 사용된 인공지능을 개발한 나고야(名古屋)대 사토 사토시(佐藤理史) 교수는 "몇 천자에 달하는 의미있는 문장을 쓸 수 있었던 것은 큰 성과"라면서 "인공지능이 사용한 언어가 이상하지 않도록 하는 게 우선이었다"고 덧붙였다. 연구진은 앞으로 스토리를 자동으로 생성하는 인공지능도 연구해 2년후 인간의 개입 없이 소설을 쓸 수 있도록 한다는 목표를 세웠다.[5] 하지만 아직까지 인간의 개입이나 초안 없이 완전한 인공지능의 소설은 나오지 않고 있는 실정이다.

한편 2018년에는 KT에서 KT 인공지능(AI) 소설 공모전을 진행하고 시상식을 진행하였다. 한국콘텐츠진흥원이 후원한 이 행사는 AI 알고리즘 개발 역량을 보유한 개인, 스타트업 등 31개팀이 참가했다. KT는 1차 심사에서 AI 소설 작품의 문학적 가치를 평가했다. 이후 2차 심사 과정에서 소설에 사람의 개입이 얼마나 됐는지, 알고리즘은 어떤 방식으로 만들어졌는지, 참가자가 이를 직접 개발 했는지를 검증해 최종 5개팀을 선발했다.[6]

그러나 아직까지 현재의 기술로 만든 소설은 컴퓨터가 100% 썼다고 말할 수 없고, 인간이 상당량 구성하고 단순작업을 인공지능이 맡은 것에 불

---

5 https://www.hankookilbo.com/News/Read/201603221122909199 발췌.

6 https://zdnet.co.kr/view/?no=20180817171539 인용.

과하다. 이야기의 얼개와 단어 등을 모두 사람이 직접 작성한 뒤, 이 단어들을 무작위로 재조합하는 프로그램을 이용해 소설을 집필하는 방식이다. 2500자 정도의 단편소설을 생성하기 위해 수만 줄의 명령어로 프로그램을 작성했다. 그는 소설은 정답이 없는 영역이어서, 답을 찾아가는 과정인 머신러닝 적용이 어렵다는 것이다.

인공지능의 소설창작은 아직 요원한 것으로 보인다. 소설 쓰기에 동원된 인공지능은 인간의 지적 기능을 구현하기 위한 것으로 감성과 사람들에게 감동을 전해줄 수준에 다다르지는 못한 것이다.

장차 인공지능이 점진적으로 진출할 글쓰기 영역에서 사람들이 보다 영향력 있고 독자와 소통하며 4차산업 분야에서 의미를 갖는 분야는 무엇일까?

대부분의 연구자들은 문화콘텐츠산업과 창작소재의 활용이라는 시각이 일반적이다. 문화콘텐츠산업의 성패는 기획—제작—마케팅의 모든 프로세스가 전부 영향을 미칠 것이다. 특히 기술발전시대에는 제작에 관여되는 기술적 부분이 크게 영향을 미칠 수 있다. 문화콘텐츠산업의 프로세스를 기획단계부터 이미 제작 및 마케팅 단계가 관여되며, 또한 마케팅 단계에서도 항상 기획 및 제작에 대한 이해를 전제로 한다. 이런 다중적인 차원이 항상 있지만, 그래도 전체를 순서상으로 생각해 본다면 위와 같이 될 것이라고 생각한다. 이 중 기획단계는 1.발상 (idea), 2.소재(resource 또는 object), 3.트렌드(trend) 및 컨셉(concept), 4.스토리텔링(storytelling 5.매체 즉 어디에 담을 것인가에 대한 미디어 및 장르 선택이 대부분 함께 고려된다고 할 수 있다.[7] 그렇기 때문에 4차산업시대가 되어도 텍스트 창작은 스토리텔링을 통하여 하나의 개념으로 이야기를 설정하는 작업이 될 것이다.

---

7 김기덕, 앞의 글, 114쪽.

소위 컨셉은 아이디어들이 몇 가지로 규정될 수 있는 묶음으로 연결된 상태로 볼 수 있다. 따라서 컨셉은 아이디어와 아이디어 사이에 일정한 공통점과 특이점을 찾아 일련의 두뇌작용을 통해 연결함으로써 단순한 아이디어의 차원을 넘는 형태로 발전하게 된 것이다.[8]

통상 아이디어는 일정한 내적 기준과 전개에 의해 서사적으로 발전해야 한다. 문학이라는 가상 공간에서 만나는 인물로부터 욕망을 경험하고 해소하는 것이야말로 원초적 치료라고 할 것이다. 이에 대해서는 몇 가지로 나누어 생각해볼 수 있겠다. 첫째는 문학이라는 가상세계가 욕망의 해방공간을 경험하게 한다는 점이다. 둘째는 설정된 가상세계 속에서 자신의 욕망을 객관적으로 바라볼 수 있게 하는 거리감이 형성된다는 점이다.[9]

소위 욕망의 해방이 된다는 의미는 스토리텔링화된 텍스트를 읽는 독자가 작중인물과 동일시하여 사건해결의 서사 속에서 욕망을 대리로 충족하는 경우 등이 이에 해당된다 하겠다. 또한 소설에서 거리의 개념은 작중인물의 고통이나 역경을 멀리서 바라보게 됨으로써, 고통을 객관화하는 과정을 경험하게 된다. 그리고 은연중에 독자는 자신의 고통 또한 거리라는 개념을 통해 객관화하여 자기고통을 분석하고 나아가 고통의 원인을 알게 되는 과정을 겪을 수 있다. 검토 후, 기획과정 공통요소와 인문학 연계부분을 다음과 같이 제시하였다.[10]

기획과정의 공통요소와 인문학 단계별 연계 부분은 다음의 9가지로 대별된다. ① 요구분석, ② 창의발상, ③ 사례분석, ④ 소재조사, ⑤ 개념도출, ⑥ 스토리텔링, ⑦ 스토리보딩, ⑧ 프로토타이핑, ⑨ 개발계획이 그것이다. 이 스토리텔링을 통하여 문화콘텐츠는 인간의 상상과 감동의 원천

---

8 조은하 외, 『스토리텔링』, 북스힐, 2008, 194쪽.

9 최예정 외, 『스토리텔링과 내러티브』, 글누림, 2005, 144쪽.

10 유동환, 「문화콘텐츠 기획과정에서 인문학 가공의 문제」, 『인문콘텐츠』 28집, 인문콘텐츠학회, 2013, 62쪽.

이 되는 문학 텍스트로 창작된다. 주제, 구성, 인물, 사건, 배경 등의 서사 요소들이 문화원형의 소재들과 결부되는 프로세스가 바로 스토리텔링인 것이다.

한편 문화콘텐츠산업에서 창작소재를 연구한 업적에서는 원천 소재는 특정 개인의 창의력과 상상력 속에서 발굴되므로 논리적인 논의가 불가능하다고 본다.[11] 다만 문화콘텐츠산업의 경우에는 체계적인 기획 시스템과 상품생산 결과에 대한 엄밀한 고려, 제작과정에서 예측되는 난관 등을 모두 고려하여 취사선택되므로, 실제 창작으로 연계될 수 있는 소재는 제한적으로 창작소재를 논의할 수 있다고 주장한다.

텍스트 소재에 대한 연구는 ①어떤 소재가 의도하는 콘텐츠의 재료로 적합한가, ②해당 소재는 어떤 매체에 적합한가, ③발굴한 소재에서 어떤 의미를 지향할 것인가, ④주제 구현을 위한 소재의 요소들을 어떻게 재배열할 것인가의 범주로 연구한 내용[12]은 흥미롭다.

문화콘텐츠의 창작소재는 매우 다양하지만 전통적인 문화자원을 대상으로 하고 있다. 전통 문화콘텐츠는 전통과 세계적인 보편성을 담고 있다고 할 수 있다. 스토리텔링을 문예창작의 한 분야로 보든 아니면 상아탑에서 학습과 교육의 대상으로 보든 문화원형 소재를 개발하여 작품을 만드는 일은 4차 산업시대에 빅데이터나 인공 지능을 이용하여 스토리텔링을 더욱 풍성하게 만드는 가능성이 있다.

3. 창작소재로서의 문화원형

전통적 문화자원은 문화콘텐츠 창작을 위한 핵심 소재이자 4차 산업사

---

11 송성욱, 「문화콘텐츠 창작소재와 문화원형」, 『인문콘텐츠』 6, 2005, 76~77쪽.
12 정지훈, 『새로운 문화콘텐츠학』, 커뮤니케이션북스, 2017, 136~137쪽.

회의 새로운 자원이다. 소위 원형은 본래의 틀을 의미한다. 가치있는 문화요소는 세월이 흘러 변용된다고 하더라도 본래의 기본 틀이 있고, 그 문화를 이하는 데에 있어서 원형이 중요한 것이다. 문화콘텐츠산업의 창작 소재에 있어서도 원형의 의미와 기능 등을 고려하면 현대에 있어서도 나름대로의 의미를 지니게 된다고 할 수 있다.

이 원형(原型: Archetype) 개념의 확산에 가장 큰 영향을 미친 칼 구스타프 융은 이것을 '집단 무의식의 기조'라고 했다.[13] 문화원형의 개념 고찰과 한국문화콘텐츠진흥원에서 제시한 '문화원형 디지털콘텐츠화사업'의 내용은 이미 연구자들에게 배포되고 있다. 그리고 현재 문화원형 디지털 콘텐츠화사업의 성과는 문화콘텐츠닷컴[14]을 통해 서비스되고 있다. 문화 콘텐츠닷컴은 고증과 활용을 매우 정교하고 복잡한 개발과정을 거친 원형자료들을 저장하고 유통시키는 거대한 콘텐츠시스템이다. 현재 사업이 완료되어 22만개 이상의 멀티미디어 문화원형 디지털콘텐츠가 구축되어 있다. 특히 문화원형사업에 있어서 대단히 중요한 역할을 하고 있다. 장차 4차 산업시대에 문화원형 소재를 위한 문화원형사업과 차별화되어 추진되어야 할 점을 제시해 보고자 한다.

장편소설이나 영화 혹은 드라마 등에 어울리는 문화원형 콘텐츠는 무궁무진하다. 그리고 원형콘텐츠를 활용한 스토리텔링의 기획 의도에 따라 다르겠지만 스토리의 흥미와 영웅적인 캐릭터의 이미지 제고는 원형 콘텐츠 서비스나 빅데이터에서 다각도로 찾아낼 수 있다,

가령 영웅담, 고대설화, 용의 이야기, 보은설화, 변신설화, 환생설화, 요괴퇴치 설화 등의 빅데이터를 활용하면 거타지 이외에도 석탈해, 태종무

---

13 송태현, 「카를 구스타프 융의 원형 개념」, 『인문콘텐츠』 6집, 인문콘텐츠학회, 2005, 참조.

14 문화콘텐츠닷컴 www.culturecontent.com/에서 문화원형 콘텐츠 무료 제공중임.

열왕, 처용, 원효대사 등의 빅데이터 자료를 얻을 수 있다.[15]

본고에서 스토리텔링으로 재구성하고자 하는 거타지 설화에는 보은성, 환생설화 영웅의 성장담, 배경의 스케일, 용의 등장, 변신담, 요괴퇴치, 환상성 그리고 로맨스 등을 종합적으로 보유하고 있다. 이러한 요소들은 캐릭터와 서사의 흥미성 원형 콘텐츠의 매력적인 스토리라인 등 스토리텔링을 하기 위한 풍부한 조건을 가지고 있는 것이다.

스토리텔링을 위해서는 필연적으로 스토리에서 시작할 수밖에 없다. 스토리는 그저 이야기에 불과하고 작가, 감독 등이 인물 사이 또는 인물과 세계 사이의 갈등과 충돌, 사건을 구성하는 전후 관계 또는 맥락, 특정한 사건에 대한 보편적인 반응, 인물과 사건 간의 특정성, 주인공과의 적대자 등의 전체적 요소를 고려하여야 한다. 스토리텔링은 관객이 얻게 될 체험을 창조하고 조직화하는 것이며 스토리 자체는 사건들과 그것들이 캐릭터의 인생에 미칠 영향에 지나지 않는다. 관객의 체험은 관객이 따라가는 사건이나 캐릭터에게서 창출되는 것이 아니라 스토리텔러에 의해 결정된다. 매체에 상관없이 이것이 바로 스토리텔링이라는 기술의 핵심이며 중요한 것은 단순히 '스토리가 무엇인가'가 아니라, '어떻게 스토리를 전달할 것인가'이다.[16]

스토리 전달의 문제는 스토리의 구성이 좌우한다고 해도 과언이 아니다. 그리고 우리문화원형 콘텐츠의 영웅담이나 기담류 혹은 환상담 원형들은 풍부한 데이터베이스를 대상으로 연구된 바 있다.

소위 군담소설로 분류되는 영웅이 등장하는 고전소설에서 서대석은 7단계의 플롯을 주장했다. 가문 및 부친, 기자정성, 태몽, 몰락, 입공, 가문

---

15 빅데이터 분석 사이트 모음 https://brunch.co.kr/@okwinus/12 에서 12곳의 무료 빅데이터를 얻을 수 있다.

16 데이비드 하워드, 『시나리오 마스터』, 한겨레 출판사, 2011, 51쪽.

의 영광, 보상이 그것이다.[17] 그리고 이러한 패턴은 서구연구자들과 비교하면 양자는 대단히 유사한 패턴을 보인다.

로버트 멕기의 스토리 구성에 의하면 세계적인 명작 영화의 분석에 있어서 EBS 프라임 다큐 이야기의 힘에서 소개된 이야기의 구도를 7단계로 나누어 소개한다.[18]

먼저 스타워즈의 스토리는 다음의 7부분으로 구별된다. 1.최강자 다스베이더의 아들 고아 소년 루크, 2. 제다이 포스, 3. 유능한 제다이의 기사, 4.위대한 스승, 오비완의 제자, 5.능력의 최대화 광선검, 6.강적, 다스베이더와의 싸움, 7.위대한 승리 : 고아 소년 루크가 모험을 떠났다가 초자연적 포스의 영역에 들어 제다이의 기사가 되어 오비완의 제자가 된 후, 광선검을 이용하여 다스베이더와의 대결에서 승리를 거둔다.

해리포터에서는 1.전설적인 마법사 와 릴리제임스포터 사이에서 태어난 고아 소년 해리, 2.마법학교, 3.우수한 마법사 해리, 4.위대한 스승 덤블도어, 5.해리의 성장. 마법의 발전, 마법 지팡이, 6.위험한 대결 볼드모트, 7.위대한 승리; 고아 소년 해리는 마법을 통해 마법사가 된다. 그리고 덤블도어를 통해 가르침을 받고 마법 지팡이를 이용하여 적대적 상대자인 볼드모트와의 대결에서 승리를 거둔다.

본고에서 데이터를 활용하여 베스트셀러 소설이나 전통적으로 명맥을 오랫동안 유지한 명작 스토리를 비교하면 우리나라에서는 영웅소설 즉 군담소설의 사례를 들 수 있다. 군담류 소설희 구성 7단계와 서양영화 분석의 틀로 나눈 7단계는 대단히 유사하며 그 내용을 홍길동전에 대입했을 때 다음과 같이 분석이 가능해진다.

---

17 서대석, 「군담소설의 구조와 작자의식」, 『국어국문학』 51, 1971, 89쪽.

18 EBS 프라임 다큐 이야기의 힘에서 소개한 이야기의 구도를 7단계로 나누어 소개한다. https://www.youtube.com/watch?v=I-3jFhaa9og&list=PLvNzObWMMx6vgIVJc4BxTdhZzF_JC5ZMg&index=3

먼저 홍길동전을 보자

1. 홍길동의 비범한 출생, 그는 홍판서의 시비 춘섬의 몸에서 태어났다. 2. 어려서부터 병법과 도술의 세계를 접하게 된다. 3.비범한 재주를 시기하던 소실 곡산댁이 자객을 시켜 죽이려하여 큰 위기를 당한다. 4. 전국을 도망다니면서 홍길동은 도술의 발전을 이룬다. 5. 활빈당 활동에서 고을 수령들의 재물을 빼앗아 가난한 백성들에 나누어주고 홍길동은 의적이 된다. 6. 조정에서는 아버지 홍판서와 형 인형을 시켜 그를 회유. 왕에게 굴복 화해를 시도한다, 7. 길동은 율도국에서 요괴를 퇴치하고 두 미녀를 아내로 맞이한다. 얼마 후 홍판서의 부음을 듣고 조선으로 돌아와 삼년상을 마친 그는 다시 율도국 국왕이 되어 평생 부귀영화를 누린다.

홍길동전 같은 영웅소설의 구조를 ①고귀한 혈통 ②비정상적 출생 ③비범한 능력 ④기아 (버려지거나 가족의 멸문) ⑤조력자/양육자 만남 ⑥반복되는 고난과 성장 ⑦투쟁을 통한 고난 극복, 승리 쟁취 등으로 대별한 틀을 빅데이터를 활용하여 우리원현 콘텐츠에 적용시킨다면 보다 효과적이고도 매력적인 스토리텔링이 가능할 것이다. 다음 챕터에서 사례로 선정된 거타지 원형 콘텐츠를 스토리텔링으로 재구성하기로 한다.

4. 스토리텔링 사례 제시

거타지 설화를 원형콘텐츠로 출간한 출판물로는 먼저 그림동화가 있다.[19] 그리고 삼국유사를 해설한 작품이 있다.[20] 그러나 출간물들은 모두

---

19 일연 원저, 조현범 글, 김진화 그림, 『삼국유사 끊어진 하늘 길과 계란맨의 비밀』, 너머학교, 2011. 그리고 인윤만, 백령도의 명궁 거타지, 한림출판 2019가 있다. 모두 그림동화이다.

20 김동인, 『동인사담집』, 아프리북스, 2013.

원형콘텐츠의 내용을 그대로 요약한 것에 불과하다.

여기서는 새로운 스토리텔링 방식으로 원형콘텐츠를 변형시켜 장편소설이나 드라마 혹은 영화로의 제작이 가능한 팩션(faction)으로 재구성하기로 한다.

거타지설화居陀知說話는 『삼국유사』 권2 기이편紀異篇 제2 진성여대왕 거타지조에 수록되어 있다. 그 내용을 요약하면 다음과 같다.

제51대 진성여왕眞聖女王이 임금이 된 지 몇 해 만에 유모乳母 부호부인鳧好夫人과 그의 남편 위홍잡간魏弘잡干 등 3, 4명의 총신寵臣들이 권력을 마음대로 해서 정사를 어지럽히자 도둑들이 벌떼처럼 일어났다.

나라 사람들이 근심하여 이에 다라니(陀羅尼)의 은어隱語를 지어 써서 길 위에 던졌다. 왕과 권세를 잡은 신하들은 이것을 얻어 보고 말했다. "이 글은 왕거인王居仁이 아니고는 지을 사람이 있겠느냐." 이리하여 거인을 옥에 가두자 거인은 시詩를 지어 하늘에 호소했다. 이에 하늘이 그 옥에 벼락을 쳐서 거인을 살아나게 했다.

진성여왕 막내아들인 아찬 양패良貝가 무리를 이끌고 당나라에 사신으로 가는데, 이때 거타지도 궁사로 뽑혀 따라가게 되었다. 일행이 당나라로 가는 도중에 곡도鵠島에서 풍랑을 만나게 되었다.

양패가 사람을 시켜 점을 치게 하니 "섬 안에 신령한 못이 있어 여기서 제사를 지내야 풍랑이 멎는다." 하므로, 일행은 그 못에 제물을 차리고 제사를 지내니 못물이 높이 솟아올랐다.

그날 밤 양패의 꿈에 한 노인이 나타나 "활을 잘 쏘는 사람 하나만 이 섬에 남겨 두고 떠나면 순풍을 얻으리라." 하였다.

양패가 섬에 남을 자를 가리기 위하여 각자의 이름을 적은 목간(木簡: 글을 적은 나뭇조각) 50쪽을 만들어 물에 넣고 제비를 뽑으니 거타지라

쓴 목간이 물에 잠기었으므로 거타지만을 남기고 모두 떠났다.

거타지가 홀로 섬에 남아 수심에 쌓여 있자, 홀연히 한 노인이 못 가운데서 나오며 말하기를, 자기는 서해의 신[西海若]인데 매일 해 뜰 때마다 하늘에서 한 중이 내려와 다라니[眞言]를 외며 못을 세 바퀴 돌면 자기와 가족들이 모두 물 위에 둥둥 뜨게 되고, 그 때마다 그 중이 자손들의 간肝을 하나씩 빼 먹어 지금은 자기 아내와 딸만 남게 되었다고 하였다.

그리고 "내일 아침에도 다시 그 중이 나타날 것이니 그때에는 그를 활로 쏘아 달라"고 부탁하였다. 거타지가 쾌히 승낙하니 노인은 다시 물속으로 들어갔다. 이튿날 아침 거타지가 숨어서 그 중이 나타나기를 기다리니, 과연 한 중이 내려와 주문을 외고 늙은 용의 간을 먹으려 하였다.

그 순간 거타지가 활을 쏘아 중을 맞히니, 중은 곧 늙은 여우로 변하여 땅에 떨어져 죽었다. 노인은 이에 대한 보답으로 거타지에게 자기의 딸을 아내로 삼아 달라고 하며 딸을 한 가지의 꽃으로 변하게 하여 거타지의 품속에 넣어주고, 두 마리 용에게 명하여 거타지를 받들고 사신 일행이 타고 가는 배를 뒤쫓아가 그 배를 호위하여 무사히 당나라에 도착하게 하였다.

당나라 사람들은 신라의 배를 두 마리의 용이 받들고 있는 것을 보고 임금에게 이를 아뢰니, 임금이 신라의 사신은 비상한 사람일 것이라고 여겨 성대히 대접하고 후한 상까지 내렸다. 고국에 돌아온 거타지는 꽃가지로 변한 노인의 딸을 다시 여자로 변하게 하여 그녀와 행복하게 살았다.

이처럼 거타지 설화에는 용에 대한 신이한 설화, 괴물을 물리치는 영웅설화, 인신공희설화人身供犧說話, 보은설화, 둔갑과 같은 환상설화, 당대의 정치 상황들을 고발하는 사실적 설화 그리고 『심청전』에서 심청이 인당수 물속으로 희생되었다가 연꽃 속에서 나와 황후로 환생하는 환생설화 등으로 나타난다. 보편적으로 통용되는 설화 유형 분류에 의거하면, 이 설화는 영웅에 의한 악마(혹은 괴물)퇴치설화에 속하며, 이 계통의 서구 대표적인 설화로 꼽히는 그리이스의 페르세우스(Perseus)설화와 비교가 가능하다.

*원형 콘텐츠의 스토리보드 작성
1. 국가의 혼란
2. 김양패 일행의 당나라 행
3. 거타지가 당행 궁수에 뽑힘
4. 풍랑으로 배가 멈추고 뽑혀 섬에 남은 거타지
5. 서해 용왕과 여우
6. 여우를 물리치고 용왕 가족을 구함
7. 용녀와 행복하게 살게 됨

이상의 줄거리를 앞장에서 구체화된 플롯의 줄거리와 비교하면 상당량 다른 구성으로 된 것을 알 수 있다. 3장에서 도입한 플롯 7단계에 거타지라는 영웅 캐릭터의 부각이라는 측면에서 거타지의 스토리를 재구성 할 필요가 있다. 다음은 재구성한 거타지 스토리의 플롯이다.

*스토리텔링으로 재구성한 플롯
①고귀한 혈통-석탈해 왕때 장군이었던 거도 장군의 후예이고 명궁의 가문출신으로 설정이 가능하다. 당시 거씨 성이 존재했는지 알 수 없고 또한 성은 별도로 있고 이름이 거타지인지도 모른다. 하지만 거타지가 특출한 인물이라는 측면에서 거도장군의 가문출신이라는 연결은 그를 대단한 혈통 출신이라고 설정할 수 있다.

②비정상적 출생-신라 하대 호족의 난으로 혼란한 왕권 경쟁과 사회

갈등으로 멸문지화를 당하게 된 거타지 가문에서 혼자 살아남은 버려진 아이 거타지와 같은 방식으로 스토리의 도입부분을 설정함. 작중에서 그와 적대자의 위치에 선 김양패의 부하 혹은 거타지와 버금가는 또다른 명궁과 그의 세력이 그의 집안을 핍박하는 설정을 할 수 있다. 마침 최치원이 아이의 비범함을 알아보고 고수에게 키우도록 기탁한다.

③비범한 능력-무술이 뛰어나고 용감하며 특히 활을 잘 쏘는 명궁으로 성장한다.

④시련 혹은 위기 (버려지거나 가족의 멸문)

⑤조력자/양육자/지도자와의 만남 당대의 석학이고 풍류도법이라는 특수한 무술 수련법에 능통한 최치원의 제자나 문하생으로 설정하면 동시대인이므로 두 사람이 시대상 연결이 될 수 있다

⑥반복되는 고난과 성장, 이 부분은 적대자의 음모 그리고 곡도에 버려지는 상황을 원형콘텐츠 그대로 살려도 무방하다.

⑦투쟁을 통한 고난 극복, 승리 쟁취하는 마지막 챕터는 노승으로 화한 여우와의 결투에서 이기기 어려운 상대를 극적으로 이기는 장면을 추가하고 뒷 부분은 해피엔딩으로 처리한다.

거타지 스토리는 갈등을 해결하는 행복한 삶의 추구라는 메시지를 담고 있다. 또한 갈등은 스토리를 이끌어가는 동력으로서 여우 출현하기 전까지의 사회적 갈등과 궁수들 간의 일상에서도 지속적으로 나타나 스토

리의 긴장과 해소를 반복적으로 구성한다, 갈등이 야기되면 스토리의 인물들은 다시금 조화로운 상태로 돌아가기까지 고통을 받는다. 그리고 그 고통 속에서 해결책을 찾고자 하는데 근본적으로 삶의 조화를 깨뜨린 역동적인 이 변화의 문제점을 찾아내는 인물의 등장과 그 해결을 위한 위대한 도전이 본 스토리텔링의 매력적인 부분이다. 또한 거타지의 스승으로 상정한 최치원과 선도술인 풍류도를 몸과 정신을 수양하는 소재로 등장시킬 수 있다.

최치원이 풍류도에 대해 언급한 내용은 "나라에 현묘玄妙한 도道가 있는데, 이를 풍류風流라 이른다. 이 가르침을 베푼 근원은 선사仙史에 자세히 실려 있다."[21] '풍류도'는 고운 최치원(孤雲 崔致遠·857~?)이 나라의 현묘한 도로 설파한다. 그리고 스토리텔링에서 심신 수양의 내용을 최고의 무술 중, 궁술에 연결시키면 거타지가 어떻게 최고의 명궁이 되었는지에 대한 답이 될 수 있다.

스토리텔링은 통상적으로 갈등과 해소라는 틀을 통해 메시지를 전달하기 때문에 거타지라는 뛰어난 캐릭터와 결부된 보은 문제를 영웅담으로 부각시키는 기본요소로 활용하게 되는 것이다. 한편 인물의 캐릭터를 이미지화하는 산업과 연결시켜야 한다.

가령 디즈니사의 유명 애니메이션들은 대개 다른 나라의 원형콘텐츠에서 온 캐릭터가 다수이다. 알라딘, 뮬란, 인어공주 등의 다른 나라의 원형콘텐츠 스토리가 만화, 영화 애니메이션 등으로 변모되면서 그 캐릭터가 살아난 것이다.

---

21 최치원(崔致遠)이 쓴 전문은 전하여지지 않고 일부만이 『삼국사기』의 「신라본기」 진흥왕 37년(576)조 기사에 인용되어 있다. 「난랑비서」가 있었다는 사실도 『삼국사기』로 인하여 알려진 것이며, 『고운선생속집(孤雲先生續集)』에도 같은 부분만이 수록되어 있다(國有玄妙之道 曰風流. 設敎之源 備詳仙史 實乃包含三敎 接化群生) (최치원: 「난랑비서(鸞郎碑序)」).

원소스 멀티유즈(One Source Multi Use)의 시각에서 하나의 콘텐츠를 영화, 게임, 음반, 애니메이션, 캐릭터상품, 장난감, 출판 등의 다양한 방식으로 부가가치를 극대화하는 방식으로 거타지 캐릭터를 만들 필요가 있다. 특히 하나의 인기 소재만 있으면 추가적 비용부담을 최소화하면서 다른 상품으로 전환해 높은 부가가치를 얻을 수 있다. 이처럼 원소스 멀티유즈는 마케팅 비용을 상대적으로 줄일 수 있을 뿐만 아니라 한 장르에서의 성공이 다른 장르의 문화상품 매출에도 영향을 끼치는 시너지 효과를 낸다.

이 전략은 문화산업재의 온라인화와 디지털 콘텐츠화가 급진전되면서 각 문화상품의 장르간 장벽이 허물어지고 매체간 이동이 용이해짐에 따라 하나의 소재(one source)로 다양한 상품(multi-use)을 개발, 배급할 경우에 시장에서의 시너지효과가 크다는 판단에 따른 것이다. 문화산업의 특성에 맞추어 기획 단계부터 소설, 영화, 게임, 애니메이션, 캐릭터 등을 망라하는 문화 콘텐츠를 개발하여 그 효과의 극대화를 꾀하는 추세이다.

특히 하나의 인기 소재만 있으면 추가적 비용부담을 최소화하면서 다른 상품으로 전환해 높은 부가가치를 얻을 수 있기 때문에 거타지라는 인물을 캐릭터로 디자인하여 여러 매체에 등장시키는 것도 의미 있는 캐릭터 사업의 방법이 될 수 있다. 또한 세부적인 스토리와 캐릭터의 이미지는 공모전을 통하여 보다 완성도 있고 대중적인 결과물을 도출할 수 있을 것이다.

4. 맺음말

이 글에서는 4차 산업시대에 효율적인 스토리텔링을 창작과 문학창작

교육의 측면에서 접근해보았다. 인공지능의 글쓰기 분야진출이 아직 요원하고 순순 창작소설이나 대중 로맨스 소설 공모전 등에 투고하고 있는 실정이다.

이에 착안하여 본고에서는 스토리텔링 기법으로 4차 산업의 시대에 걸맞는 창작방법 중 데이터베이스를 기반으로 하는 원형 콘텐츠 재구성을 시도해 보았다. 스토리텔링방식은 기존의 데이터베이스를 활용하고 빅데이터 등을 참고한 문화콘텐츠산업의 일환으로 문화원형 콘텐츠 재구성을 통한 창조적 글쓰기의 모형을 보여준다.

문화콘텐츠산업과 창작소재로서의 문화원형으로 거타지 설화를 이용한 스토리텔링을 구체적으로 제시하였다. 세부적인 구성 재구성은 군담소설로 분류되는 영웅이 등장하는 한국 고전소설 7단계의 플롯과 서구이론의 틀을 공유하여 크게 7단계의 구성을 시도하였다. 그리고 캐릭터의 부각을 위해 전형적인 디자인을 만들거나 고전 등을 통해 대중적인 캐릭터와 스토리를 제작하는 방식도 가능할 것이다.

4차 산업혁명 시대 인문학의 상상력

이창식 (세명대학교 미디어문화학부 교수)

1. 머리말

'제4차 산업혁명'은 정보통신기술 곧 사물인터넷, 로봇공학, 가상현실, 인공지능AI, 컴퓨팅에 의해 자동화와 융복합, 연결성이 극대화되는 산업 기반의 변화를 뜻한다. 4차 산업혁명의 특성은 사물과 사람, 사물과 대상이 디지털인터넷 통신망으로 이어지는 초연결성, 빅데이터의 정보성을 다루어 한 방향 양상을 이해하는 초지능성, 분석의 결과물을 기반으로 사람의 행동을 예상하고 대응하는 예측 가능성에 있다.

이제 인문학은 단순히 고전유산을 읽고 좋아하기가 아니라 인간의 본향과 존재에 대해 다양하게 성찰하는 학문이다.[1] 인문학적으로 사유하다 보면 이공계열적, 사회과학 분야 추리 과정에 상생되어 통계적 가치창조

---

1 이창식, 『인문학적 상상력과 융합콘텐츠』, 글누림, 2015, 4~51쪽, 인문학은 문사철 학문의 영역이다. 문화콘텐츠산업의 융복합 연구는 인문학 학제 간 연구 분야를 비롯하여 비교문화학, 역사학, 국문학, 민속학, 인류학, 철학 분야에서 상대적으로 많이 이루어졌다.

의 정체성正體性 실현에 좀 더 근접할 수 있다. 공개된 빅데이터를 수집·분석하여 서로의 다른 생각과 체험, 경험을 교류하는 '융합' 문화환경이 필요하다. '화이부동和而不同'을 인정함으로써 빅데이터에서 아이디어를 창출할 수가 있다. 미래의 인문교육은 융합 문화 환경을 바탕으로 과학 영역에 의한 발견과 수리 영역에 의한 분석으로 새로운 기술을 설계인공학을 통해 익히고 자신의 기술로 만드는 인문예술적 감각을 가르쳐야 한다.

향유층이 사용하는 정보통신기술인 사물인터넷, 인공지능, 소셜미디어 플랫폼, 3D 프린팅, 바이오기술력, 자동차 자율 주행 기능 등이 4차 산업혁명의 주요 기술이다. 사물인터넷을 통해 빅데이터를 수집 후 인공지능을 바탕으로 사이버 공간과 가시적 세계를 잇는 지능형 CPS을 구축하여 향유층의 행동을 예측하고, 그들의 요구에 맞춘 새로운 서비스와 사업모형을 창출할 수 있다는 점에서 빅데이터, 플랫폼, 클라우드 컴퓨팅, 사이버 스페이스가 중요하다.[2]

4차 산업혁명과 함께 가는 3차 산업혁명은 디지털인터넷과 재생 지속 에너지의 상생이 가져올 융합시대로, 중심 요소에는 에너지의 형성—이환—축적—교환—공유와 관련한 기술과 인프라 구축이 있다. 곧, 일련의 융합시대는 창조성과 호혜작용, 사회적 재화, 열린형 공유체제 참여, 글로벌 네트워크 연계 등을 매우 중시한 것이다. 4차 산업혁명의 핵심은 정보통신기술의 발전이다. "1차 산업혁명과 2차 산업혁명을 통해 전 세계적으로 분업주의가 심화되었고, 이는 학문의 분업화에도 큰 영향을 미쳤다"며, "이제는 분업형 대학이 아니라 융복합을 기반으로 하는 협업형 대학으로 바뀌어야만 4차 산업혁명처럼 변화하는 사회상에 대응할 수 있다"고 세계경제 포럼 창립자 겸 회장인 '클라우스 슈바프'는 강조하였다.

---

2 이종호, 「제4차 산업혁명을 이끄는 기술들」, 『4차 산업혁명과 미래 직업』, 북카라반, 2017, 58~118쪽.

디지털화는 산업 환경의 질적 변화는 물론 노동의 질적 변화를 요구하고 있으며, 더 나아가서 이것은 교육의 질적 혁신으로 실현될 수밖에 없다. 성공적인 제조업의 혁신을 위해서는 그와 맞물린 다른 사회적 여건들에서도 혁신적인 솔루션이 실현되어야 하는 것이다. 이러한 흐름에서 인문학이라는 학문적 체계는 서두에 전제한 것처럼 비교의 통계적 가치창조의 법고창신, 혁고정신革古鼎新－가치의 논법－에 대한 대응학이다.[3] 사례로 온돌이라 해도 신석기시대의 유적들로 시작하여, 한반도의 온돌문화의 변화와 지속에 관한 유적은, 한반도 각지는 물론 중국 동북부에서, 일본열도에서도 널리 드러나고 있다는 점에서 이러한 것들에 대해 폭넓게 인문지리적으로 해석할 수도 있고, 문화권의 온돌 문화재적인 효용 시점에서 정리하고 '치유'의 보존대안 담론을 말할 수 있다.

2. 인문학의 성찰과 지역인문자산 의의

인문학은 인류가 삶을 이끌어가는 양상을 있는 그대로 추적하여, 그 본질을 밝히고 되짚어보는 양식과학이다. 또한 전통인문유산의 유무형문화재, '문화원형'의 계승과 정보화 재창조를 위해 기여하는 학문[4]이며 문화재, 문화유산을 통한 특정 문화권의 변화양상에 대한 이해와 문화적 고부가가치적 인식이기도 하다. 인문학은 주변부 이름 부르기에 노력하였다. 이는 객체에 도달하려는 행위이며 객체를 자아화하는 과정이기도 하다. 3차 산업혁명 이후 인간 존재론 자체가 현실극복 욕망에 우선하였다. 민중

---

3 백종현, 「'제4차 산업혁명' 시대, 인문학의 역할과 과제」, 『철학사상』 65호, 철학사상 연구소, 2017, 117~148쪽.

4 임재해, 「목적에 따른 조사보고서 작성」, 『민속조사의 현장과 방법』, 민속원, 2010, 45~47쪽.

주의 학문과 민족주의 학문의 특성을 상생적으로 살려야 한다.[5]

산업혁명은 경제 구조의 혁명적 변화와 동시에 인간의 일자리를 크게 바꾸어 놓았다. 더욱 발전된 인공지능 체계가 다양한 방식으로 인간 사회에 진입할수록, 노동 기반 사회의 구조는 점차 무너질 것이다. 이를 극복하기 위해 보편적인 국민 복지제도가 대응적으로 수립되어야 한다. '향유층'의 교육, 주택, 의료비는 공동체가 담당하고, 그밖에 일상적 비용에 대해서는 구성원 기본소득 제도를 개선해야 한다.

'4차 산업혁명 시대'에 인간이 하는 주요한 일은 이것들을 휴머니즘의 증진으로 조정하는 것이다. 이에 대처로 향유층에게는 쏠리지 않는 통찰력, 곧 적정의 지성과 감성이 요구되고, 이러한 지성과 감성은 냉철한 머리와 따뜻한 가슴의 어울림에서 확산된다. 4차 산업혁명 시대의 실제 참주역은 '지능적'(EQ)인 사람이 아니라 '감성적'인 인간, 인문적 소양을 지닌 인간이어야 할 것이다.

너와 나의 벽은 허물어야 할 숙명이다. 한국문화의 민속 장점을 공동체 문화라 한다. 사람과 사람의 모둠살이가 마을 단위를 중심으로 형성된 문화를 가리키는데 지신밟기와 두레패, 모노래 구연은 대동하는 삶의 전형을 보여준다. 민요 조사와 연구에서 이러한 층위를 융합적으로 살펴야 한다.[6] 인간이 죽으면 신이 된다는 한국식 관념은 인간의 영역에서 신을 놓치지 않는 까닭이며 '우리'라고 인식하는 사유방식 때문이다.

지역인문이란 오랜 문화적 관행과 생활양속을 대다수 구성원들이 공유하고 다음 세대로 전승하는 기초적 생활양식이자 문화이다. 각 문화권의 구성원들은 각자 특유의 기층문화를 가지고 있고 그 문화에 대한 긍지와 자부심으로 그들의 역사를 창조하고 발전시켜 나간다. 또한 지역인문

---

5 임재해, 「영남지역 민속연구의 현단계와 바람직한 미래 구상」, 『영남학』 29권, 경북대학교 영남문화연구원, 2016, 141~185쪽.

6 이창식, 「민요」, 민속조사의 현장과 방법』, 민속원, 2010, 326~351쪽.

이라 할 경우 그 문화의 구성원이 공유하고 있는 생활사, 생활양식 전반을 말하며 역사적 소산으로 이룩되어진 경험의 축적물이다. 이처럼 쌓은 결과물의 향유츠의 원형문화를 온전하게 연구하는 학문인 인문학은 민족문화의 총체적 이해를 통한 고유한 문화적 특징을 확립하고, 민족공동체의식, 민족지적 자긍심을 드러내는 데도 의도가 있다.

4차 산업혁명은 미디어 통신기술의 진전으로 인공지능으로 소통성과 접속성이 극대화되는 융복합과 연결성이 주가 되는 산업환경의 바뀜을 뜻한다. 이는 인문 인공지능의 진전화에 대한 기대감이다. 따라서 인문학론의 담론도 통계적 비교, 동서고전문헌 가치 찾기, 영상민족지 정보의 가치 분석을 1차적으로 수행하되 인문자산의 지속성, 계승화 문제를 쟁점화하고 대안론을 모색해야 한다.

디지털콘텐츠산업은 다양한 문화콘텐츠의 디지털화와 4차 산업의 인공지능과 증강현실, 가상현실 등 기술로 재창작된 디지털문화콘텐츠로 오프라인을 통하여 온라인과 모바일 유통을 거쳐 확산될 것이다. 좁혀서 민속디지털콘텐츠산업에서 중요한 것은 민속문화콘텐츠이지만 이를 디지털화하거나 소프트웨어 개발을 통한 창작물 제작, 네트워크를 이용한 배포나 유통을 위해서는 정보통신기술과 4차 산업 핵심기술인 블록체인 등의 인문학적 이해가 중요하다. 디지털콘텐츠산업은 문화와 정보통신기술 그리고 4차 산업 핵심기술에 대한 이해와 지식을 동시에 필요함으로 문화전문가만으로 구성된 조직으로는 디지털콘텐츠의 기술형태 변화와 첨단유통변화에 정책적 지원이 어렵고 산업 범위가 넓어 구분이 모호하지만, 가장 핵심은 문화콘텐츠이므로 문화 관련 영역ー지역학이든 활용론에서 인문학이 주도ー에서 디지털콘텐츠산업을 이끄는 것이 마땅하다.[7]

7 나경수, 「민속의 영역 체계확립과 활용」, 『남도민속학』 34집, 남도민속학회, 2017,

4차 산업혁명의 시대는 기계가 지능이 필요한 작업을 수행하고, 인간 신체에 컴퓨팅 기술이 직접 적용되고, 기업과 정부, 수요자간의 소통을 새로운 차원으로 향상시키는 등 '기술이 사회에 자리 잡는 방식이 새로워지는 시대'라는 것이다. 4차 산업혁명은 3차 산업혁명을 기반으로 한 융합기술혁명이다. 여기에 3차 산업혁명 이후, 사물인터넷, 클라우드 등 정보통신기술의 급격한 발전과 확산은 인간과 인간, 인간과 사물, 사물과 사물간의 연결성을 매우 빠르게 확대시키고 있고, 이를 통해 초연결성이 강화되고 있다. 2020년까지 유튜브 등의 인터넷 플랫폼 가입자가 30억 명 이상될 것이고 500억 개의 스마트 디바이스(스마트 폰 등)로 인해 서로 간 연결성 킹이 강화될 것이라는 예상은 이미 향유층이 초연결사회로 진입하였음을 암시하고 있다. 이러한 시장 전망은 '초연결성'이 4차 산업혁명이 도래하는 미래 사회에서 가장 중요한 특장임을 말하고 인문학의 실천성을 요구한다.[8]

　　4차 산업혁명은 초지능화라는 특성이 존재한다. 곧 4차 산업혁명의 핵심 변화 요인인 빅데이터와 인공지능의 연계와 융복합으로 말미암아 기술 영역과 산업구조가 초지능화된다는 것이다. 잡스는 죽기 직전까지 인공지능을 붙잡고 있었다. 2016년 3월 초지능화 세계로 진입하고 있음을 체험한 적이 있다. 이세돌과 인공지능컴퓨터 알파고와의 바둑 겨루기가 그것이다. 바둑판 세계의 많은 변화의 수와 인간의 사유적 직관 등을 생각할 경우 인간부류가 나을 것이라는 예상과 달리 알파고의 승리는 인간에게 엄청난 충격으로 다가왔다. 이 초유의 겨루기는 초지능화 사회의 진입을 알리는 신호탄이 되었고, 많은 현대인이 인공지능과 미래 세계 변화에

　　35~58쪽; 나경수, 「무형문화재와 민속학의 거리」, 『무형유산』 8집, 국립무형유산원, 2020, 5~26쪽.

8 이창식, 「보민속유산의 의미와 지속」, 『아시아강원민속』 32집, 아시아강원민속학회, 2019, 100~131쪽.

대한 관심을 갖기 시작하였다.

인공지능을 개발하고 이용할 때 그 인공지능에게 새로운 인지를 교육시키는 주체인 인간의 의도와 전략은 매우 소중하다. '인공지능 인문'은 '인공지능' '인문학의 내용' '인문학의 방법론'의 3가지 요소가 있다.[9] 인공지능의 시대를 읽는 포스트 휴머니스트들의 시각과 그들이 전제하고 있는 전통 인문학의 내용이다. 그 본질적 사명 중 하나인 인문학의 방법으로서의 성찰적 역할은, 앞의 것들로부터 추출한 내용에 대한 것이다. 새로운 시대적 요구를 반영한 인간존중과 디지털 인간주권성 등을 내포하는 신인간형의 인성중심교육이 요구된다.

산업시장에서도 빅데이터에 기반한 인공지능과 딥러닝 등 기계 효과 학습과 연결된 시장이 급격히 확산할 것으로 예측되고 있다. 트렉티카 글에 의면 인공지능 체계시장은 급성장하고, 인공지능이 탑재된 기계 분야의 시장 규모가 엄청나다. 이처럼 시장 성장 질서와 기술력 속도를 살필 때 초지능화가 4차 산업혁명에 의해 오는 미래에 중요한 특징임을 보여주고 있는데 인문학의 실용 대응도 초연결성, 초지능화에 부합하도록 민속 콘텐츠 발굴과 기술접목이 필요하다.

3. 미래학문의 가치로서 인문학

1) 치유생태담론: 융복합형 인문학1

4차 산업혁명을 디지털혁명(20세기 3차 산업혁명)에 바탕하여 현재의 물리가시적 공간, 디지털적 임의공간, 유생물학적 공간의 경계가 섞이는

---

9 김도희, 「다문화 예술융합교육의 방향」, 『한중미래연구』 6호, 한중미래연구소, 2016, 45~76쪽.

기술융복합의 혁명이라고 정의하였다. 학문적 흐름으로 보아, '인문학의 책무'가 달라졌고 미래학문의 가치로서 틀이 달라져야 한다.

2차 혁명, 3차 혁명 이후 인간의 탐욕으로 많은 생물종들이 야생에서 멸종하였거나 멸종 위기에 처해있고, 생태계의 구성 종들은 단순화되고 있을 뿐 아니라 지구의 건강 지수는 급격히 악화되고 있다. 극복을 위해 인간이라는 개체의 생존에 유익하면서도 지구의 전체생명을 보존할 수 있는 발전관으로의 패러다임 전환을 통한 새로운 시대정신에 대하여 대응논리를 찾아야 한다. 실제 처방으로 콘텐츠 중심의 휴먼 생태계－배려 생명사회학－가 조성되어야 한다.[10] 스마트 미디어 시대에는 융복합 현상이 가속화되고 있으므로 생태－인문콘텐츠 생태계 구조도 계층의 관점이 아닌 연결망이어야 한다.

복잡다단계 관점에서 자기주도화가 가능한 열린 생태계이다. 향유층 스스로의 진화 힘을 믿고, 특정한 목적을 지나치게 내세워 끌고 가려는 것보다는 다양한 문화 역량 소통과 공생의 미디어 장이어야 한다. 마치 어느 종이 멸종위기에 처하거나 멸종되면 그 종으로 끝나는 것은 아니지만, 다양한 생물들이 기능적 구조적으로 얽혀있는 생태계는 생태계 자체가 우리 몸과 같은 하나의 유기체나 마찬가지이기 때문에 인간의 한 기관이 기능하지 못하면 결국은 불구가 되거나 사망에 이르는 것과 마찬가지다. 문화기술로 이에 대한 시적 치유의 기능을 탐색해야 한다.[11] 4차 산업혁명 시대에 미래 향유층에게 진정 필요한 것이 동요, 동시, 농악처럼 로봇이 아닌 사람만이 가질 수 있는 인문학적 가치－인문유산의 가치로 브랜드를

---

10 강신익, 「사회생물학 달리보기」, 『대동철학』 59, 대동철학회, 2012, 40~51쪽.

11 박진, 「스토리텔링 연구의 동향과 사회문화적 실천의 가능성」, 『어문학』 122집, 한국어문학회, 2013, 527~552쪽; 『생태자원 스토리텔링』 1, 2, 농촌진흥청 국립농업과학원, 2015.

만든 것이 인문학적 브랜드이다—에 있다.[12]

디지털융합기술의 발전은 디지털콘텐츠산업의 새로운 가능성을 보여 주었다. 앞으로 디지털매체를 통해 얻는 것도 많겠지만, 지구촌 미래, 차세대 향유층에게는 치명적 역기능이 작용할 것이다. 놀이와 노래, 대화의 즐거움, 세대가 함께 즐겨 부를 수 있는 동요와 동시, 이야기, 놀이문화의 매력, 상상력이 전달되도록 치유적 비교 연구가 필요하다.[13] 3차 혁명 시대까지 전승한 긍정적 유전자 곧 낙천적 지혜, 나누는 정감, 사람의 온기, 대동의 신명풀이 등[14]을 소멸 생물종처럼 감성 미디어교육콘텐츠, 생활 속 인공지능 감수성 반려대상으로 수용되도록 해야 한다. 김홍도 씨름 그림(단원풍속도첩)을 홀로그램으로 만들어도 계층을 넘어선 여유 시선, 어울림의 신명, 몰입의 흥겨움 등 공감되도록 해야 하며, 본래 씨름의 원형 가치도 전달하되 놀이의 치유 효과도 반영해야 한다.[15]

'온기'와 '오래된 지혜'는 민속유전자의 창조적 몫이다. 이를 치유의 미래자원으로 인식함으로써 활용가치를 높일 것을 강조한다. 21세기 4차 산업혁명 시대의 화두가 공생과 힐링이다. 스토리텔링 인문학 연구도 마찬가지다. 다만 관련 전승물을 소비자 인지도를 높이기 위한 관광자원으로 활용하는 것은 고무적이지만 이야기 속의 허구를 지나치게 현실과 접목시키려는 의도는 경계해야 마땅하다. 정체된, 과거의, 현실과 유리된 '죽은 문화'라는 이미지를 대중들에게 각인시킨 인문학자의 역할도 반성

12 이창식, 「강릉농악유산의 가치와 활용」, 『강원문화연구』 제37집, 강원문화연구소, 2018, 71~85쪽.

13 김명자, 「판소리 가창을 통한 화병 치유 사례연구」, 『구비문학연구』 58집, 한국구비문학회, 2000, 159~178쪽.

14 유발 하라리, 조현욱 역, 「호모 사피엔스의 종말」, 『사피엔스』, 김영사, 2020, 561~586쪽.

15 허문영, 『예술 속의 파르마콘』, 달아실, 2019, 42~44쪽.

해야 마땅하다.[16] '브랜드 인문학이란, 브랜드에 인문학적 상상력을 주는 학문'이며 '인문학적 브랜드는 인간의 가치를 브랜드의 목적으로 삼는 브랜드'이다. 이처럼 브랜드와 인문학을 융합하려는 이유는 브랜드를 통해 감성형 인간을 이해하는 글쓰기다. 이처럼 비판의 비교 글쓰기[17]가 현시대에 지금 여기 직면한 우리의 책무이다.

2) 지역인문담론: 융복합형 인문학2

'교양적 지식'에서 '실용적 지식'이 분화되어 발전하기 시작하였다. 이미 지역문화와 지역문화콘텐츠라는 이름에는 지식 창출의 인문학이 동원되었다. 인문학의 실용적 기능은 사회구성원이 스스로의 운명을 결정할 수 있는 사유의 범위를 넓히는 걸 돕는 일이다. 문화산업을 "문화적 요소가 내재되어 있어 경제적 고부가가치를 창출하는 유·무형의 재화, 서비스, 정보와 이들의 복합체, 곧 문화콘텐츠상품의 생산·유통·소비와 관련한 산업"이라고 범주화할 때 융합을 잘 하는[18] 문화콘텐츠산업의 중심 또는 기본은 '지역문화'라는 소재와 '산업'이라는 재화 획득의 경제활동에 있다.

인간 사회가 마주치는 문제에 대해 의견을 내놓는 것이 인문학의 응용 분야다. 인문 가치를 고려하면서 예술과 문화의 상품화 소재로 삼되, 그것을 시장에서 교환하거나 거래하는 산업행위인 것이다. 이러한 지역인문 자원의 고부가 가치 활동은 여러 문화콘텐츠의 발굴과 개발을 통해 엄청난 수요를 창출하는 고급 상품 형태로 만들어지고 있다. 문화라는 큰 밑그

---

16 앨런 블리클리, 김준혁 역, 「면밀한 살핌」, 『의료인문학과 의학교육』, 학이시습, 2018, 349~410쪽.

17 표인주, 「슬픔과 분노의 인문학적인 치유 메커니즘─호남지방을 중심으로─」, 『호남학』 54집, 호남학연구원, 2013, 295~333쪽.

18 박희용 외, 『언택트 시대 생존 방법』, 정보문화사, 2020, 168쪽.

림에서 진전되고 있는 문화콘텐츠산업은 또다시 지역문화와 지역인문콘 텐츠산업으로의 확산을 통해 각 문화권의 지역사회 혁신의 중요한 원천 자원으로 사용되고 있다. 1910년대 일제강점기 이후 여러 역사적 변화와 근대화 요인에 따른 전통주기의 변동으로 인해 전통사회와의 단절 과정 에서 민속을 지탱하던 의식이 심하게 폄하되고 무가치해졌다.[19]

문화유산의 디지털화에 있어서 가장 중요한 것은 문화원형이기 때문 에, 이 문화유산 정보를 디지털화하여 보존하고 디지털문화유산을 디지 털콘텐츠산업으로 발전시켜 보다 더 많은 사람과 문화유산을 공유하면 서 발전시킬 수 있다.[20] 디지털문화유산DigitalHeritage—가치사슬체계 ValueChainSystem—새로운체험New Experience이 형성되고 있다. 문화 재 등재와 보호 국면에서 원형전승을 위한 온돌전시장과 온돌 체험마을 조성 그리고 무형문화재를 통한 기능보유자의 관리가 철저하고 동시에 대중성을 확보하기 위해서 민속의 무대화를 통한 고유성을 유지하여야 한다.[21] 전통의 보존과 계승을 위해서는 '문화재청'이 관리도 중요하지만 전통의 창조성도 실행해야 한다. 문화의 지속과 변화는 언제나 주체의 인 식과 행동양식의 전환을 필요로 한다. 문화재 보존의 미래적 개념은, 문화 재의 인공적 가감 없이 본래의 상태로 완벽하게 보존하는 것을 의미하는 것이 아니라, 그 본질이 보존되고 보호를 받아야 하는 것—전형, 전통 창 조 개념[22]—이다. 결국 융복합 인문학의 체계정립은 문화유산의 가치 확립

---

19 국립 안동대학교 민속학연구소 공동체 문화연구사업단, 『민속학과 공동체 문화연 구의 새로운 지평』, 민속원, 2019.

20 아리랑 전승단체를 비롯한 여러 민요보존회 활동.

21 남근우, 「누구의 무엇을 위한 '실용'인가?—한국 민속학의 실천성 재고」, 『민속학연 구』 33집, 국립민속박물관, 2013, 189~206쪽.

22 이창식, 「줄다리기의 원형·전형·변형」, 『남도인문학』 34집, 남도민속학회, 2017, 193~240쪽.

42 인공지능시대의 인문학과 예술적 상상

과 맥락화, 쟁점 키워드로 이어진다.[23]

　무형자산은 유동적이고 다층적이다. '데이터'를 분석하면 '정보'가 되고, 정보를 특정한 목적으로 비교 체계화하면 '지식'이 되며, 지식에 경험과 통찰을 통해 세상과 만날 때 '지혜'가 된다. 이를 확산하기 위해 포럼의 온라인 아카이브를 보탠다. 아카이브에는 온축된 영상과 사진 자료는 물론, 주요 미래담론의 발제와 논의 내용들을 한 데 담아 게재되어 누구나에게 필요한 인문가치를 언제 어디서나 찾아볼 수 있게 해야 한다. 빅데이터의 세계에서 자신에게 필요한 정보와 지식을 통해 세상과 만날 때 지혜로운 삶이 된다. 그 중 실감 미디어는 시간과 공간의 제약을 극복하면서 실재감과 몰입감을 극대화하기 위해 감각 정보를 전달할 수 있는 4차 산업혁명의 기술미디어이다. 인간본위의 '창의성'이란 바로 유연한 융합에서 비롯된다.[24]

　이미지, 사운드 전달이 핵심이던 기존의 미디어와는 매우 다르게, 실감 미디어는 사람의 오감세계를 자극하면서 실제적 현장감과 증강성을 드러낼 수 있다. 다차원 실감 미디어에서는 시간과 공간의 한계를 벗어나는 다양한 형태의 요소 정보를 통해 인간의 오감을 누릴 수 있는 콘텐츠를 강조하고 있다. 더구나 성능 높은 네트워크를 통한 실시간 상호작용 탓으로 그 몰입감과 실재감이 최고조에 이를 수 있다. 가령 최초 홀로그램의 전용상설 공연장인 클라이브를 살필 수 있다.[25] 클라이브의 홀로그램 공연장은 케이팝에 관심 있는 다른 나라 관광객들에게 한류명소로 지금 여기의 싸

---

23 이경엽, 「무형문화유산의 가치 재인식과 계승 방향」, 『남도민속연구』 29집, 남도
　민속학회, 2014, 249~284쪽; 이경엽, 『네 가지 열쇠말로 읽는 섬의 민속학』, 민속원,
　2020, 12~34쪽.

24 정경운, 「호남 어문·민속학 연구의 성과와 전망」, 『호남학』 54집, 호남학연구원,
　2013, 44~46쪽.

25 이인철, 『생명철학』, 군자출판사, 2019, 301쪽.

이, 빅뱅, 2NE1 등 인기노래를 홀로그램라이브로 보여주고 있다.

가상현실, 증강현실, 클라우드, 드론 영상 기술을 적용해 다양한 체험을 즐길 수 있는데, 축제 공연 국면에서 공연 관람 전 관객이 자신의 얼굴 사진을 촬영하면 공연 화면에 관객의 얼굴이 나타나고, 다이내믹 월을 통해 공연자—명창, 가수 등—가 실제 무대에 올랐다가 홀로그램으로 다시 변환되는 디지털 컨버전스 퍼포먼스를 통해 향유층과 소통을 이끌어낸다. '빌보드' 보기에서 쇼핑의 메카 동대문에 싸이, 2NE1, 빅뱅의 콘서트를 관람할 수 있도록 연 '클라이브Klive'는 해외 다층관광객을 겨냥하고 있다는 것도 인문콘텐츠에 기반한다. '인문학적 상상력'과' 디자인 창의력'의 인과와 관련하여 더 제공할 수 있는 콘텐츠로의 부문은 융복합 인문학의 영역 확대라는 점이다. 특정 매력 장소성, 반려문화 팩션, 복합 유무형 문화재, 의궤 의례, 바이오 관련 전통적 지식, 축제 이야기,[26] 놀이의 방법과 분포[27] 등의 내용을 홀로그램으로 제작하여 보여주는 것을 생각해볼 수 있다. 지역인문자산의 4차 산업혁명 기술화로 새로운 미래 가치로 부상하고 있다.

4. 맺음말

4차 산업혁명을 만든 기술은 빅데이터, 플랫폼, 클라우드, VR·AR 등이라 하였다. 지역인문자원의 지속가능한 개발은 늘 혁신 생각과 변화 행동화의 발상을 요구한다. 공유의 삶이 새로운 타입의 경향이다. 소수가 인공지능이라는 문화기계를 만들고 확장해 갈 수 있으나 활용의 순기능 논

---

26 이창식, 「지역축제와 무형문화유산의 정체성」, 『동아시아고대학』 24집, 동아시아 고대학회, 2011, 342~343쪽.

27 김광언, 「머리말」, 『동아시아의 놀이』, 민속원, 2004, 6~7쪽.

의는 인문학의 정체성에 맞춰 적용하는 지혜가 절실히 필요하다. 인문학 교육은 인간이 태어날 때부터 지닌 오감과 감성지능을 기르게 하고 사람 중심의 인본성 공유를 갖도록 할 것이다. 결론적으로 4차 산업혁명 시대 인문학의 체계정립은 인문문화유산의 체계 확립으로 계속 이어지며, 이러한 전형 문화권의 유전자와 변형 유전자를 재해석하여 창조하는 국면에까지 나아가는 데 있다.

인문자원의 활용화를 둘러싼 앞선 논의들에 대해 현안의 그린 투어리즘, 경연용 문화재화, 상품화 제작 부여하기와 관련지어 비판적으로도 연구할 수 있다. 다만 지금까지 한국인문학에 '가짜 민속'론은 시대적 산물임에는 이의가 없다. 인위적 맥락화를 통한 가상 현장성과 예술적 성과물에 대해 사실성과 원형성 분석은 경계해야 한다. 종래의 현전적現傳的 문화조사와 연구방법으로는 마을민속의 지역적 특성과 정체성에 우선하였다. 마을이 달라진 점에서 도시인문학, 비교인문학, 역사인문학 연장선에서 실용형 인문학적 접근은 변화된 환경의 현지조사를 전제로 한 인드라망의 미디어 방법론 개발이나 관련 인문학을 폭넓게 수용하려는 융합적 노력이 필요하다. 로봇화된 인간미 없는 사회가 아닌 공감과 연민의 인간성 보완, 사람다운 맛이 가득한 사회, 결국 사람 최우선 디코더 갖기가 필요하다.

인문학의 다르게 생각하기의 창조적 정신은 인문학에서 더욱 고양되어야 한다. 포스트 코로나 시대의 산업정책에서 인문학 지식은 다수 생활사의 전문성에 있다. 학자의 몫이다. 그러나 지식 환원 차원에서 전통지식의 탐구와 현실적 대응은 이 방면의 본질적 미덕임을 각성해야 한다. 컨택(대면)의 시대에 살았던 인류는 언택(비대면)이라는 새로운 문화코드를 만들었다. 인문학의 진전도 본질적 장점을 전제로 포노사피엔스[28]−스마

---

28 야마구치 슈, 김윤경 역, 『뉴타입의 시대』, 인플루엔셜, 2020, 240~242쪽. 스마

트폰을 신체의 일부처럼 자연스럽게 사용하는 사람들—의 등장처럼 문화콘텐츠산업의 생태계 변화에 응전해야 한다.

문화콘텐츠를 진흥하기 위한 인문학적 전략을 제안한 바 있다.[29] 참여, 공유, 개방을 전제로 한 인문콘텐츠 아카이브 구축이 필요하다. 4차 혁신산업을 이끌게 한 미디어 디지털 혁명은 전통적인 지역인문유산에 대한 보존과 '정보화' 활용 관점에서 많은 기여를 하였고, 공동체유산을 진전시키는데 많은 공헌을 하였다. 창작된 콘텐츠는 'OSMU(One Source Multi Use)'로 재창작된 디지털콘텐츠로 다양하게 만들어지고 있다. 영역간 학제간 융복합적으로 한 가지 원형이 여러 층위로 이용되는 것[OSMU]에서 복합적인 원형을 서로 복합하여 활용하는 것[MSMU]으로 변화하였다. 미디어 기술력에 의한 '인공지능 인문'은 '인공지능' '인문학의 내재' '인문학의 융복합 방법론'[30]의 세 가지 요소가 있다.

인공지능의 시대를 읽는 포스트 휴머니스트들의 시각과 그들이 전제하고 있는 전통 인문학의 주요 내용이다. 인문학의 방법론은 관계망 속에서 인간성의 생태치유, 지역인문 상상력을 조합하는 데 있다. 이러한 디지털콘텐츠는 정보통신과 블록체인 등의 기술로 융합콘텐츠시장을 온전히 형성하고 있다. 이 경우는 '오픈 퍼블리싱 플랫폼' 지향점으로 동시대인 입맛에 맞게 쓰임새와 공동체 공공 소유가 가능한 틀이여야 한다. 이러한 디지털콘텐츠 기술이 진전하고 있는 증거는 인공지능과 가상현실, 증강현실 등 4차 산업 핵심기술로 알파고 같은 게임콘텐츠, 전략시뮬레이션, 인공지능 로봇 등이 경쟁적으로 만들어진 '킬러콘텐츠'이다.

트폰 없이 살기 어려운 사람을 일컫는 신조어. 2021.2.15.자료 얻음. 다음백과 https://100.daum.net/encyclopedia/view/47XXXXXXXd54

29 이창식, 「감성, 감성문화, 감성창조」, 『공연예술적 감성과 킬러콘텐츠』, 월인, 2016, 15~80쪽.

30 김상헌, 「인공지능과 4차 산업혁명」, 『인공지능 무엇이 문제일까』, 동아엠앤바, 2020, 130~173쪽.

『전갈의 아이』에 나타난 포스트휴먼 이야기

원유경 (세명대학교 국제언어문화학부 교수)

I. 머리말

낸시 파머(Nancy Farmer)의 『전갈의 아이』(*The House of the Scorpion*, 2002)[1]는 복제인간(clone)의 시각에서 인간 사회를 조명하는 포스트휴먼 청소년문학작품이다. 작가는 세포를 배양하여 태어난 맷(Matt Alacran)의 성장스토리를 통해 복제인간도 인간이라 할 수 있는가, 인간의 진정한 가치는 무엇인가, 나아가 인간은 과연 무엇인가 등의 문제를 고찰한다. 인간을 영혼을 지닌 유일무이한 존재이자 만물의 중심으로 여기는 휴머니즘은 복제인간, 사이보그, 인공지능 같은 포스트휴먼 존재의 출현으로 비판적 검토가 불가피하게 되었다. 이제 인류는 낯선 포스트휴먼 주체를 수용해야 하는 시대에 이르렀으며, 과학적 지식과 인문학적 사유의 통섭을 통

**『스토리앤이미지텔링』 제17집 (2019. 6)에 발표했던 논문임.

1 국내 번역본으로 비룡소에서 출판한 『전갈의 아이』가 있다. 원서와 다소 차이가 있으나 혼동을 피하기 위해 『전갈의 아이』라는 제목을 그대로 사용하기로 한다.

해 이분법적 배타주의를 극복하고 모든 존재와 상생하는 법을 배워야 한다.

현대는 생명공학, 유전공학, 인공두뇌학, 나노공학 등 과학 기술의 발달로 삶의 조건과 가치관이 급격히 변화하는 시대이다. 또한 사이보그, 인공지능, 복제인간과 같은 포스트휴먼적 존재의 등장으로 심지어 '인간'의 개념까지 흔들리고 있다. 이러한 시대에 정확한 방향감각으로 사회의 변화 양상을 파악하고 대처할 방안을 마련하는 것은 중요한 일이 아닐 수 없다. 이는 과학기술의 지식과 정보만으로는 부족하며 과학이 인문학적 성찰로 보완되어야 가능하다. 과학기술의 일방적인 발전으로 자칫 가치관의 혼돈이 초래되고 인류가 길을 잃을 수 있기 때문이다.

이에 미래 사회의 주역인 청소년은 과학 및 최첨단 기술의 습득과 아울러 문학적 상상력을 기르는 것이 필요하다. 생명공학과 사이버네틱스 등 과학기술의 지나친 성장을 우려하는 학자들은 '과학적 리터러시'(scientific literacy)의 중요성을 거론하며 학교에서의 과학 교육은 인간의 본성, 인간의 의식과 영혼의 문제를 다루는 것으로 확대되어야 한다고 주장하기도 하고(Dahlin 2012: 60), 청소년들이 문학작품을 통해 인간의 존엄을 위협하는 생명공학의 문제점을 스스로 파악하고 판단할 수 있도록 도와주어야 한다고 주장하기도 한다(Ostry 2004: 222−23). 포스트휴먼 청소년문학은 청소년독자들에게 포스트휴먼 시대를 제대로 파악하게 하는 효과적인 도구가 될 수 있다. 바람직한 포스트휴먼 청소년문학은 '휴먼(human)'에서 '포스트휴먼(posthuman)'으로 이행되고 있는 현재 상황을 스토리텔링으로 재현하며 새로운 포스트휴먼 주체의 출현을 다각적으로 묘사하고 고찰하고, 그럼으로써 독자들이 포스트휴먼 세계에 대처할 바람직한 방법을 찾을 수 있도록 도와줄 수 있다(Kimberley 2016: 124, 140).

디지털 환경에서 성장한 현대의 청소년들은 여러 면에서 테크놀로지와 가까운 존재이다(Applebaum 2010: 1−2). 그리고 청소년은 심리적 특성에 있어서도 포스트휴먼 주체와 유사한 면을 보인다. 청소년기에 이른 아이들은 자신의 신체에 대해 낯설어하며 사회에 대해 소외감을 느끼는데, 포스트휴먼 주체는 이러한 청소년기 현상의 메타포라고 할 수 있다(Ostry 2004: 223, 238). 아동·청소년은 신체적인 변화를 겪는 생성 중인 존재로 '나는 누구인가'의 문제에 대해 혼란을 겪으며 한 인격체로 성장한다. 아직 완전한 인간으로 성장하기 이전에 아동·청소년은 인간과 인간이 아닌 존재의 경계선에 위치하여 상상 속에서 자유롭게 현실의 법칙이나 제약을 뛰어 넘기도 한다.[2] 이들은 문학작품 속에서 종종 동물이나 자연물과 대화를 나누기도 하고, 거인이나 괴물 혹은 초자연적 존재와 우정을 나누기도 하며, 일상 세계 이면의 판타지 세계로 이동할 수 있는 마법의 능력을 갖춘 존재로 묘사되기도 한다. 이와 같이 아동·청소년은 사회적으로 규정된 '인간'의 범주를 넘어설 수 있으며 보다 순수하고 본래적인 시각에서 '인간'을 재조명할 수 있는 존재라고 할 수 있다. 따라서 아동·청소년을 주인공으로 하는 포스트휴먼 문학작품은 '인간'에 대한 관점의 변화를 조명하면서 사회 변화의 의의와 인식의 변화 양상을 고찰할 수 있는 쉽고 흥미로운 교육의 장이 될 수 있다.

포스트휴먼 청소년문학 작품인 『전갈의 아이』는 아편 제국(Empire of Opium)[3]이라는 가상의 공간을 무대로 복제인간 소년이 인간/비인간의 경

---

2 김태경은 그림책과 아동문학에 등장하는 포스트휴먼 인물이 "변형과 생성으로서 끊임없는 몸의 변화"를 드러내며, "이분법적인 인간관과 인간중심적인 세계관에 대한 해체와 극복을 시도"하는 특징을 갖는다고 주장한 바 있다(352−53).

3 스콜피온 가문이 지배하는 아편 제국은 미국과 아즈틀란(Aztlan) 사이의 국경에 위치하고 있는데, 작품 속에서 아즈틀란은 멕시코의 영토에 세워진 가상의 국가를 말한다. 미국과 멕시코 사이에서 아편 제국은 두 국가를 오가는 불법 이주자들을 체포하여 머리에 칩을 이식하여 자동로봇과 같은 존재로 만들고 아편을 재배하여 전 세계에 퍼트리고 있다.

계선에서 자신의 정체성을 정립해가는 과정을 다룬다. 작가는 이 작품에서 생명체 복제와 장기 이식, 뇌과학과 칩 이식 등의 과학적 쟁점과 아울러 환경오염, 생태계 파괴, 마약, 난민 등의 사회적 쟁점을 다루는 한편 무엇보다 인간은 어떤 존재이며 또 진정한 인간은 어떻게 살아야 하는가의 문제를 전경화 한다. 최근 다양한 장르에 걸쳐 포스트휴먼 청소년 문학작품의 출판이 증가하고 있는데,[4] 『전갈의 아이』는 포스트휴먼 사회를 예고하며 인간에 대한 정의와 가치의 문제에 대해 깊이 천착한다는 점에서 삶에 대한 진지한 성찰이 아쉬운 다른 SF 작품들과는 구별된다.

그러면 『전갈의 아이』에 나타난 복제인간의 성장 스토리와 인간성 고찰의 문제를 읽어보도록 한다. 이를 위해 우선 포스트휴먼과 포스트휴머니즘에 대한 이론적 배경을 잠시 개괄하도록 한다.

II. 포스트휴머니즘의 이론적 배경

인간이란 무엇인가? 인간을 인간답게 만드는 것은 무엇인가? 이는 인류가 스스로에게 던져온 오랜 질문이다. 문자 그대로 포스트휴먼은 유전

---

4 이 장르의 주제는 초능력자의 인류 구원으로부터 우주여행과 다른 행성으로의 이주, 사이보그의 사랑, 그리고 동물과의 교감에 이르기까지 다양하다. 포스트휴먼 문학 장르의 시초로 흔히 시체와 전기 자극을 이용하여 창조된 괴물과 창조자의 관계를 다룬 메리 셸리(Mary Shelley)의 『프랑켄슈타인』(Frankenstein)이 거론된다. 영화와 대중문학에서 포스트휴먼 장르는 난립한다고 할 수 있을 정도로 이미 상당히 많은 작품이 발표되었다. 포스트휴먼 청소년 문학 장르 역시 다양한데, 킴벌리(Maree Kimberley)는 로봇과 인공지능 이야기, 유전공학 이야기, 가상현실 이야기의 세 유형으로 분류하며(126), 제이퀴즈는 인간과 대립되는 대상에 따라 동물/자연환경/사이보그의 세 유형으로 나누기도 하고(10-11), 오스트리는 플롯 유형으로 인간과 비인간의 관계 역전, 인간의 소비재로서의 비인간, 쓰릴러 등의 세 가지 유형으로 분류하기도 한다(229).

공학, 신경의학, 로봇공학, 나노공학, 사이버네틱스 등의 발달로 나타나게 된 새로운 인간형을 의미한다. 과거 수백 년 간 휴머니즘은 인류 역사의 핵심이자 주요 사상이었다. 인간을 인간답게 하는 본성을 존중하고 인간의 우월성을 주장하며 인간의 자유와 존엄성을 지키고자 하는 것을 휴머니즘의 본질이라 할 수 있는데, 인류는 휴머니즘을 근간으로 이성과 지식의 힘을 통해 세계의 중심으로서 '인간이 아닌' 비인간적 피조물을 정복하고 인류 문명을 이루어 왔다. 그러나 21세기에 이르러 인간의 능력을 뛰어넘는 사이보그, 인공지능, 트랜스휴먼, 포스트휴먼 같은 새로운 유형의 '인간'이 등장하게 되자 과연 인간이란 무엇인가에 대한 재조명과 함께 인간에 관한 학문이자 인간존중사상인 휴머니즘에 대한 반성이 시작된다. 인간이란 무엇이며 인간의 위치는 어디인가? 인간과 신과의 관계를 연구하던 인류는 르네상스를 거치면서 인간을 만물의 영장으로 숭배하는 신화를 만들고(Nayar 2014: 2), 다시 현대에 이르러 인간과 동물, 인간과 기계와의 관계에 관심을 갖게 된다.

하라리(Yuval Harari)는 세계적인 베스트셀러가 된 『호모 사피엔스』에서 인간이 동물과 완전히 분리된 별개의 존재가 아니라 동물과 같은 진화를 겪은 하나의 종(species)이라는 점을 전면에 부각한 바 있다. 하라리는 135억 년 전 우주가 생기고 38억 년 전 생물이 탄생하였으며, 200만 년 전 직립보행을 특징으로 하는 호모 에렉투스가 나타나 도구를 사용하다가 1만 년 전 호모 사피엔스가 나타나 인류의 유일한 종족이 되었다고 주장함으로써, 인간에 동물성이 내재되어 있음을 강조한다. 이러한 하라리의 주장은 인간을 영혼을 지닌 유일무이한 존재로 보지 않고 진화된 한 생물체로 간주함으로써 '인간'의 전통적 개념을 확장한다.

그리고 요즘 인간을 정보네트워크로 파악하는 이론이 다시 주목을 끌고 있다. 일찍이 튜링(Alan Turing)은 인간의 지성을 "상징의 조작"으로 보고 인간 지성에서 중요한 것은 "정보 패턴의 생성과 조작"이라고 주장한 바 있으며, 모라벡(Hans Moravec) 역시 『마음의 아이들』(*Mind Chidlren: The Future of Robot and Human Intelligence*, 1988)에서 인간의 정체성은 드러난 행동보다는 근본적으로 정보의 패턴이며 나아가 인간의 의식을 컴퓨터로 다운로드할 수 있다고 주장하였는데, 이러한 인간의 지성에 대한 재해석은 포스트휴먼 이론의 출발점이 된다(Hayles 1999: xi−xii 재인용).

현실적으로 인류는 기계가 인간 신체의 일부가 되고, 인간이 유전자를 선택할 수도 있으며, 인간의 지성이 컴퓨터의 정보 패턴이 될 수 있는 시대, 따라서 인간과 비인간의 경계가 희미해지기 시작한 시대에 이르렀다. 한 세기 전에 웰스(H. G. Wells)는 『닥터 모로의 섬』(*The Island of Doctor Moreau*, 1896)에서 인간과 동물의 상호신체이식의 문제로 혐오감과 공포를 불러일으킨 바 있으며, 반세기 전에 아시모프(Issac Asimov)는 『아이, 로봇』(*I, Robot*, 1950)이라는 과학공상소설에서 지능이 높은 로봇의 반란을 다루며 인류에게 과학의 오용을 경고한 바 있다. 그런데 점차 과학과 윤리가 접점을 확보하며 이제 현실에서 인간이 기계를 통해 사이보그가 되고 유전자 변형과 복제로 인간향상과 인간복제가 가능해진 시대가 도래한 것이다. 과거에는 이러한 비인간이나 포스트휴먼적 존재에 대해 불쾌감, 혐오, 공포의 감정을 가졌으나, 이제는 포스트휴먼을 어떻게 받아들일 것인가의 문제가 중요해졌다. 기계나 유전자 조작을 통해 인간의 능력이 확장되는 데 대해 이를 환영하며 인간의 한계와 인체의 장애를 극복하려는 인간향상 프로젝트를 반기는 긍정론이 있지만, 이와 반대로 인간이 '인간이 아닌' 존재로 변하는 것을 우려하며 디스토피아 혹은 인류의 종말을 상상하는 회의론도 있다. 샌델(Michael Sandel) 같은 학자는 인간은 신성한 존재로 인간 고유의 소중한 미덕을 잃어서는 안되고 주어진 삶을 선물로 감사히 받아들여야 한다고 주장하고, 후쿠야마(Francis Fukuyama)는 인간향상을 지향하는 첨단기술을 인간성을 훼손하는 위험한 것으로 간주하고 인간의 존엄성을 지켜야 한다고 주장하기도 한다(김건우 2016: 49-50 재인용).

본고는 포스트휴먼에 대한 찬반론을 넘어 새로운 사회를 바라보는 사유의 틀로 비판적 포스트휴머니즘(critical posthumanism)을 권한다. 이는 포스트휴먼 시대를 이론적으로 수용하며 철학적으로 접근하는 방법으로, 인간이 우월한 존재로서 "일관되고 자율적이며 자유로운 의지를 지닌 주체"라는 인간에 대한 전통적 개념을 해체하고, 인간이 유기체와 기계로 이루어진 복합적인 생명체이며 여전히 진화하고 있는 존재라는 것을 보여주고자 하는 것이다(Nayar 2014: 2-3). 이 이론은 인간을 영혼과 의식이 있는 독보적인 우월한 존재로 간주하는 근대적 사유에 대해 반성을 촉구하는 점에서 탈구조주의의 주체이론과 맥을 같이 한다.

비판적 포스트휴머니즘의 출발점은 휴머니즘에 대한 반성과 성찰이다. 배드밍턴(Neil Badmington)은 데카르트(René Descartes)의 코기토(*Cogito, ergo sum*)를 맑스(Karl Marx)와 프로이드(Sigmund Freud)를 비롯한 여러 학자의 인간 주체에 대한 주장에 대비시킴으로써 휴머니즘과 포스트휴머니즘의 관계를 설명한다. 데카르트는 인간이 옳고 그름을 구분할 줄 아는 분별력을 타고 난 독특한 존재이며, 인간이 지닌 합리적 사고 능력은 인간을 인간답게 하고 동물과 구별되게 하는 인간의 고유한 본질적 특성(humanity)이라고 주장한다(3). 그러나 맑스는 인간의 의식은 타고난 것이라기보다 사회적 삶에 의해 영향을 받고 결정된다고 주장하고, 프로이드는 인간이 의식보다는 욕망에 좌우되는 존재라고 주장하며, 라깡(Jacques Lacan)은 인간은 존재하지 않는 곳에서 생각하며, 생각하지 않는 곳에 존재한다는 역설적 주장을 내놓는다. 그리고 알튀세(Louis

Althusser)와 푸코(Michel Foucault)는 인간의 이성과 의식을 인간다움의 본질로 간주하는 휴머니즘에 도전하여, 데카르트가 확신했던 투명하고 명확한 'I'라는 주체에 대해 의문을 제기함으로써 '인간의 죽음'을 선언하는 반휴머니즘 전통을 이룬다(Badmington 2000: 5-7). 푸코는 '인간'이란 근대적 산물이며 그 종말이 임박하였다고 주장하며 '인간의 죽음'을 선언한 것으로 유명하다. 그는 데카르트가 인간을 '자연의 주인이자 소유자'로 묘사한 것과 달리, '근대'가 다른 시대에 자리를 내주면 그때는 '인간'이 마치 해변의 모래사장에 그려진 얼굴이 파도에 씻겨 나가듯이 마침내 소거되어 버릴 것이라고 단언하였다(오타비아니 2008: 12-19).

브라이도티(Rosi Braidotti)는 우리가 계몽주의 이래 데카르트의 코기토 주체로서의 인간/휴먼이라는 개념에 너무나 익숙해져 있었다고 지적하며 이제 '인간(Man)'이 탈중심화되고 있다고 주장한다. 데카르트적인 인간의 개념이 과학적 진보와 경제 문제로 인해 파열되면서 "인간-아님, 비인간, 반인간, 비인도적임과 포스트휴먼에 대한 담론과 표상"이 우리 사회에 확산되고 있다는 것이다(8-9). 이어서 브라이도티는 인간의 미학적 아름다움의 표준인 다빈치의 비트루비우스적 인간(Vitruvian Man)이 백인의 우월성을 주장하는 근거가 되었으며 이를 바탕으로 유럽중심적인 배타주의가 형성되었음을 폭로한다(37-39). 인간의 영혼에 우위를 두고 인간의 존엄성을 강조하는 휴머니즘이 오랜 동안 인류의 가치관의 근간이 되어 왔지만, 휴머니즘은 인간이라는 개념에 지나치게 특권을 부여하고 인간과 인간이 아닌 존재에 대한 경계를 확고히 하면서 배타적인 태도를 유지함으로써 문제점을 노출하게 된 것이다. 바로 이러한 인간/비인간의 이분법과 인간중심적 배타성에 대한 반성과 비판이 비판적 포스트휴머니즘의 요점이라고 할 수 있다.

휴머니즘은 인간이라는 범주를 인간과 인간이 아닌 것의 대립, 예를 들면 인간과 동물, 인간과 기계의 철저한 이분법에 의거하여 만들어낸 인간의 우월주의로, 인간에 내재한 동물적 근원과 생물학적이고 진화론적 특성을 외면하고 억압해왔다(Smart 2011: 333). 그럼으로써 휴머니즘은 차별과 배제의 논리에 근거한 인간의 종족주의(speciesism)가 되었으며, 휴머니스트는 인간중심적인 종족차별주의자를 의미하게 된 것이다(Vint 2007: 117). 이와 같이 휴머니즘은 인간이 다른 종에 대해 배타적인 태도를 취하고, 또 인간의 범주에 들지 못하는 인간답지 못한 존재들을 바깥으로 밀어내고 차별하는 상황의 이론적 근간이 되었던 것이다. 이러한 비판적 포스트휴머니즘의 인간중심주의적 배타성에 대한 비판은 사회의 여러 분야로 확산되어 인권운동가들은 인종/언어/종교뿐 아니라 여러 분야에서 소수자들이 차별받고 있음을 지적하고, 동물학자들은 인간의 속성으로 간주해온 이타주의, 의식, 언어능력이 동물의 속성이기도 하다면서 인간과 동물의 유사성을 지적하기도 한다(Nayar 2014; 3). '인간'의 범주를 협소하게 규정하고 그 범주에 포함되지 않는 존재를 '비인간/반인간'으로 분류하며 쫓아내는 배타성은 과거 제국주의 사상에서 피식민지인을 야만인으로 규정한 것, 국가의 건강을 위해 광인이나 병자를 정신병동에 가두거나 경계선 밖으로 몰아내었던 것, 자신과 다른 피부색이나 종교, 성적 취향 등을 지닌 존재에 대해 혐오와 경멸의 감정을 느끼는 데서도 잘 볼 수 있다. 야만인, 식인종, 광인, 문둥병 환자, 집시, 꼽추, 유색인종, 동성애자, 혹은 유령, 외계인, 거인, 그리고 프랑켄스타인의 괴물 등 당대의 규범에 다소라도 어긋나는 존재는 '비인간'의 범주로 밀려나곤 했던 것도 이러한 배타주의의 여러 사례라 하겠다.

　현대는 생명공학, 유전공학, 인지과학, 정보통신, 컴퓨터공학, 사이버네틱스, 나노공학 등의 분야에서 인간의 사이보그화가 진행되고 유전자 조작을 통한 생명체 복제 등으로 지능을 지닌 새로운 존재의 등장이 가능해진 시대이다(임석원 2013: 62−63). 지적 능력이 인간과 비인간을 구별 짓는 것이었다면, 이제 사유 기능이 더 이상 인간만의 고유한 능력이 아닌 시대가 도래하였다. 이제 인류는 인간을 닮았지만 동물, 사물, 기계, 사이보그 등 인간이 아닌 비인간적 포스트휴먼 존재에 대한 거부감을 극복해야 한다. 이러한 시대에 바람직한 포스트휴먼 청소년문학은 청소년 독자가 포스트휴먼 사회에 안전하게 적응할 수 있도록 다양한 유형의 포스트휴먼적 존재들을 소개하면서 무엇보다 올바른 철학적 틀, 지적 체계의 프레임을 제시해야 하는 것이다.

Ⅲ.『전갈의 아이』: 포스트휴먼의 성장 스토리와 인간에 대한 고찰

『전갈의 아이』는 복제인간 맷 알라크란을 통해 인간과 비인간(기계, 물질, 동물, 복제인간, 로봇 등)의 관계에 대해 열린 자세로 임할 것과 자신과 다른 모든 존재를 배려하고 포용할 것을 강조한다.

작가 낸시 파머는 『전갈의 아이』의 서두에서 유전자 복제 실험을 통해 생명체가 탄생하는 장면을 묘사하고 그 생명체의 뇌기능 훼손여부에 대해 언급함으로써, 인간을 인간으로 만들어주는 것은 무엇인가, 인간과 비인간을 구분하는 것은 무엇인가의 문제를 화두로 던진다. 작품의 무대는 140세의 알라크란(스콜피온)[5] 가문의 수장 엘 파트론(El Patron)의 저택으로, 겉으로는 백 년 전의 멕시코 마을에 멈춰있지만 내부는 홀로그램, 복제인간, 칩 이식 등의 첨단 과학 장비가 갖추어져 있고, 거대한 아편 재배 농장으로 둘러싸여 외부 세계와 고립된 채 철저히 통제되는 공간이다. 이곳에서 엘 파트론은 장기 이식이라는 비윤리적 목적으로 복제인간을 생

5 알라크란(Alacran)은 스페인어로 전갈(Scorpion)을 의미한다.

산한다. 그는 복제인간의 뇌를 파괴하도록 지시하지만, 자신의 복제는 건강한 신체를 유지하도록 뇌기능을 유지시킨다. 실험실의 과학자는 갓 태어난(제작된/생산된) 생명체의 뇌를 보호하며 "내가 호의를 베푼 거니?", "나중에 내게 고마워할까?"[6]라고 말함으로써, 앞으로 초래될 복제인간과 인간의 불확실하고 복합적인 관계를 암시한다.

맷 알라크란은 엘 파트론 대저택의 농장에 딸린 외딴 농가에서 요리사 겸 하녀인 실리아(Celia)에게 위탁되어 성장한다. 맷의 발바닥에는 '알라크란 가문의 자산'(Property of the Alacran Estate, 23)이라는 글자가 새겨져 있다. 실리아는 맷을 '내 사랑'(mi vida, 12)이라고 부르며 자식처럼 아끼고, 어린 맷은 실리아를 어머니처럼 의지한다. 그러나 여섯 살이 되던 해에 그는 갑자기 바깥사회로 내몰리게 되어 갑작스럽게 정체성의 혼란을 겪게 된다. 농가에서 지내던 맷은 알라크란 가문의 아이들인 에밀리아(Emilia), 스티븐(Steven), 그리고 이곳을 방문 중인 다른 상류층 가문의 마리아(Maria)에게 노출됨으로써 바깥 세계로 나오게 되고, 마치 프랑켄스타인이 창조한 괴물처럼 인간이 자신을 대하는 태도를 통해 자신의 정체성을 형성해가게 된다.[7] 맷이 복제인간임이 알려지는 순간 그는 알라크란 가문의 자산이자 가축으로, 또 괴물로 규정된다. 스티븐의 아버지 알라크란 씨(Mr. Alacran)는 맷을 짐승으로 간주하고 그를 집안에 들여와 집이 오염되었다고 혐오감을 드러내며 분노한다.

---

6 Nancy Farmer. *The House of the Scorpion*(NY: Atheneum, 2002), 4. 앞으로 텍스트의 인용은 본문 중에 페이지만 표시함.

7 우리는 낯선 존재에 대해 공포와 혐오, 그리고 동시에 호기심과 매혹이라는 복합적인 감정을 느낀다. 우리의 양면적이고 복합적인 감정은 문학이나 영화 등에 다양한 방식으로 반영되어, 포스트휴먼적 존재들은 인간 세계를 위협하는 에일리언, 인간을 지배하려는 인공지능, 인간의 영혼을 말살하고 신체만 향상시킨 로봇 등 악의 존재로 묘사되기도 하고, 한편 반대로 인간보다 더 인간적인 존재 혹은 초능력을 가진 구원자로 묘사되기도 한다.

"이 멍청아! 이 어린 짐승한테는 수의사나 불러라. […] 감히 이 집을 더럽혀 놓아? […] 저것을 당장 바깥으로 내쫓아." (23)

에밀리아는 맷을 늑대인간으로 취급하고, 하녀인 로사(Rosa)는 같은 소외계층이면서도 동정은커녕 맷을 "불결한 클론"(a filthy clone, 27)이라고 부르며 학대한다. 푸른 초원의 작은 집에서 실리아의 사랑을 받으며 자라던 맷은 갑자기 가축으로 불리며 좁은 우리에 갇혀 시멘트 바닥에서 먹고 자고 용변을 보며 짐승처럼 지내게 된다. 오염으로 냄새가 심하게 되자, 로사는 바닥에 닭장처럼 톱밥을 깔아 놓는다. 어린 맷은 톱밥 밑에 숨겨진 온갖 쓰레기와 벌레를 장난감 삼아 외로움을 달래지만, 여기서 겪은 신체적 정신적 충격으로 실어증에 걸리고 평생 천식으로 고생하게 된다. 작가는 자신이 누구인지 혼란스러워 하는 맷을 괴물이라 부르며 학대하는 인간들을 오히려 괴물로 묘사함으로써 인간이 지닌 위선, 혐오, 분노, 자아도취, 탐욕, 잔인성을 폭로한다.

육 개월 간 축사에 갇혀 있던 맷은 마리아와 실리아의 도움으로 엘 파트론에 의해 구출되고 다른 아이들처럼 스콜피온 대저택 안에서 지내게 된다. 작가는 '가짜' 인간인 순수한 맷과 그를 둘러싼 탐욕스러운 '진짜' 인간들의 대조를 통해 진정한 인간이란 과연 어떤 존재인가의 문제를 제기한다. 엘 파트론은 자신의 복제인 맷의 신체를 상하게 한 하녀에게 분노하여, 그녀의 뇌에 칩을 이식시켜서 이지트(eejit)라는 자동로봇으로 만들어 버린다. 그리고 자신의 젊은 시절을 상기시키는 맷을 곁에 둠으로써, 자신의 재산을 노리는 알라크란 사람들에게 질투의 감정을 일으키고 이러한 상황을 즐긴다.

"이 아이는 나의 클론이다. 내 인생에서 가장 중요한 인물이야. 너희

들, 이 덜떨어진 돼지들아, 너희가 그런 인물이라고 생각했으면 다시 생각하는 게 좋을 거다." 노인은 나지막한 소리로 낄낄거렸다. "나한테 하듯 맷을 깍듯하게 대하도록 해라. 이 아이가 제대로 교육받고 영양 섭취를 잘하고 즐겁게 지내도록 해야 한다." (62)

엘 파트론의 의심스러운 호의로 대저택에 머물게 된 맷은 때로 엘 파트론의 권력을 흉내 내기도 하지만, 자신이 '인간의 복사(a photograph of a human, 84)'에 불과하며 어떤 자연 질서에도 속하지 못하는 혐오 대상이라고 절망하기도 한다. 그러나 그는 또래인 마리아와 친해지며 자신을 마리아의 애완견과 같은 '동물'로 여기게 된다. 맷이 자신을 동물로 정의하는 것은 인간에 내재된 동물성, 혹은 동물에 내재된 인간적 속성을 지적하며 인간과 동물의 관계를 새로이 조명하는 효과를 가져온다.[8] 수녀원에서 지내는 마리아는 지상의 모든 피조물을 교회로 받아들였던 성 프란시스를 언급하며 동물인 맷에게도 영혼이 있다고 주장한다. 갈등하고 절망하던 맷은 성 프란시스가 늑대는 물론 모든 자연을 형제라고 불렀으니 동물인 자신을 포함하여 온 세상이 한 가족이라는 훈훈한 생각에 평온을 되찾는다.

> 성 프란시스는 살인을 저지른 강도부터 거지에 이르기까지 모든 이를 사랑했다.... 성 프란시스는 모든 것 — 형제인 태양과 자매인 달, 형제인 매와 자매인 종달새 — 에 말을 걸었다. 그 생각을 하자 맷은 세상이 저 알라크란 집안 사람들과는 달리 하나의 사랑스러운 가족 같다는 훈훈한 느낌이 들었다. (166)

---

8 포스트휴먼 이론과 아동문학 연구의 밀접한 관계를 지적한 제이퀴즈(Zoe Jaques)는 아동의 특징으로 인간과 다른 동물이나 타자 사이의 구분을 잘 모른다는 점을 든다. 그런 점에서 그녀는 아동문학이 인간과 다른 존재의 이분법에 토대를 둔 휴머니즘을 해체하는 경향을 보인다고 주장한다(1).

그러나 맷이 스스로에게 부여한 반려동물이라는 정체성은 사악한 또래 소년 탐(Tom)의 모략에 의해 여지없이 깨져버린다. 탐은 맷을 유인하여 장기 이식을 위해 병원에 묶여있는 뇌가 훼손된 복제인간의 처절하고 비참한 모습을 목격하게 만들고, 맷은 공포에 휩싸여 자신은 그런 복제인간이 아니라고 절규한다.

> 난 클론이 아니야. 그럴 리가 없어! […] 나도 결국 침대에 묶인 채 숨이 막힐 때까지 비명을 지르게 될까? (122)

실리아는 가장 잔인한 방법으로 맷에게 장기이식용 복제인간이라는 정체성을 일깨운 알라크란 가문 사람들을 사악한 전갈과 같은 자들이라고 비난한다. 맷은 자신이 절대 장기이식을 위한 존재가 아니라고 외치지만, 결국 뇌가 없이 동물처럼 울부짖기만 하는 비참한 복제인간에게 동정심을 느끼며 순수한 마음으로 그를 형제로 받아들이는 따뜻한 인성을 드러내 보인다. 그는 수학, 언어, 음악에 있어서도 뛰어난 재능을 보이며 훈련을 게을리 하지 않고, 어려운 상황에서도 희망을 잃지 않고 '나는 중요한 존재'라고 다짐하며 자신의 정체성을 확립해간다. 작가는 엘 파트론을 위시하여 그의 후손인 알라크란 씨와 아편중독 아내, 그리고 그들의 세 자녀의 사악함을 폭로하고, 오히려 이들과 대조적인 복제인간 맷의 "감정이입, 도덕성, 자유의지, 고결함(Ostry 2004: 236)"과 같은 인간성(humanity, humanness)을 부각시킴으로써 복제인간이 인간보다 오히려 더 인간적임을 보여주고, 인간과 인간이 아닌 존재의 이분법적 대립을 전복한다.

엘 파트론은 부와 권력을 위해 수많은 사람을 살해하고 로봇으로 만든 악당이며 탐욕스러운 독재자이지만, 맷은 그를 은인으로 생각하며 친근감을 느낀다. 그런 맷에게 스코틀랜드 출신으로 테러리스트라는 어두운 과거를 지닌 경호원 탬 린(Tam Lin)은 "너는 엘 파트론을 닮았어."(You're like the old man. 69) 혹은 "너는 그의 복제본이야."(I know you're a copy of him. 69)라고 말하면서 엘 파트론의 유전자를 공유한 맷이 사악한 인물로 성장할까 우려한다. 그러나 탬 린은 맷이 농장에서 비참하게 살다가 죽어가는 노동자들을 보고 눈물을 흘리며 구해주고자 하는 것을 보고 그의 인간적 가치를 인정하게 된다. 탬 린은 "더러운 작은 비밀을 말해줄게… 아무도 클론과 인간의 차이를 알아낼 수 없어. 정말로 아무런 차이도 없기 때문이지. 클론이 열등하다는 건 추악한 거짓말이야."(245)라고 말하며 인간의 위선을 폭로하고 우월주의의 근거를 전복한다. 그는 맷이 장기이식 도구로 살해되고 폐기되는 것을 막기 위해, 둘만이 아는 비밀의 장소에 마리아의 모친인 에스페란자(Esperanza)가 집필한 아편 왕국의 실체를 고발하는 책과 지도, 그리고 비상용품을 숨겨둔다.

엘 파트론 가문의 이름이 알라크론(스콜피온)이라는 것은 이들의 사악함이 마치 전갈의 독과도 같다는 것을 의미한다. 이곳은 머리에 칩이 이식된 난민들의 노동을 착취하여 권력과 부를 쌓아가는 탐욕스러운 아편 제국, 인간의 의식을 마비시키고 파멸로 이끄는 타락한 공간이다. 그러한 막강한 권력을 가진 사악한 아편 제국을 무너뜨리는 존재는 '인간이 아닌' 복제인간 맷이다. 고결한 성품을 지닌 맷은 결국 인간의 잔인성, 배타성, 이기주의, 탐욕이 응축된 이 왕국을 무너뜨리는 인물로 성장하게 된다. 그레엄(Elaine Graham)은 사이보그가 인간/비인간의 이분법의 자의성을 폭로하면서 사회적 위계질서를 해체하는 힘이 있다고 주장한 바 있는데(201), 바로 맷이야말로 "인간/비인간의 이분법이 자의적으로 구성된 것임을 폭로할 뿐 아니라 사회적 위계질서를 해체하는 힘"(Jaques 2018: 18-19)을 지닌 인물이다.

아편제국을 벗어나 국경을 넘은 맷은 다시 미국과 멕시코 사이의 국경 경비대에 붙잡혀 난민 수용소에 갇힌다. 고아들을 수용한 이곳에서 그는 인간 이하의 존재로 밀려나 학대받는 피델리토(Fidelito), 차코(Chacho), 톤톤(Ton-Ton)이라는 새로운 친구들을 만나게 된다. 맷은 경비대원의 조롱과 학대를 받으면서도 고귀한 인성을 잃지 않고, 이에 감동을 받은 고아들에게서 친구로 인정을 받으면서 스스로를 인간으로 규정하게 된다. 인간이라는 정체성을 갖게 된 맷은 이들을 자유로 이끄는 지도자의 역할을 하게 된다.[9]

> 맷은 새로 만난 친구들의 칭찬을 흠뻑 즐겼다. 이는 지금껏 그에게 일어난 일 가운데 최고로 멋진 일이었다. 아이들은 그가 진짜 인간인 것처럼 받아들여 주었다. 그는 평생 사막을 걷고 있었는데 이제 최고로 크고 훌륭한 오아시스에 도달한 것만 같았다. (276)

결국 맷은 고아들과 국경의 난민수용소를 탈출하여 마리아가 있는 아즈틀란의 수녀원에 무사히 도착하게 되고, 에스페란자에 의해 아편 제국으로 파견된다. 에스페란자는 아편 제국이 몇 달 째 봉쇄된 채 완전히 교류가 끊긴 점에 의문을 갖고 아편 왕국으로 들어갈 방법을 찾다가 맷과 엘 파트론과 유전자가 일치한다는 점에 주목하게 된다. 에스페란자는 맷이 붉은 스콜피온 시그널을 열 수 있는 엘 파트론의 DNA를 지닌 유일한 존재임을 알고 아즈틀란과 미국의 동의를 받아 맷으로 하여금 아편 왕국에 들어가도록 한다. 아편 제국에 돌아온 맷은 엘 파트론이 장례식 때 이집

---

9 맷은 아이들을 개조한다는 명목 아래 고아를 학대하는 아즈틀란 공장의 실체를 폭로하며 고아들을 구출할 계획을 세우고, 체제에 순응하며 노동력을 착취당하던 아이들은 맷의 용기와 결단에 감복하여 그를 따라 고아원을 탈출하게 된다. 이러한 인간 사회에서 밀려나 공장에 억류되어 있던 불법 이주자의 아이들 역시 인류의 역사에서 자행되어 온 이분법과 배제의 결과를 요약하여 보여주는 역할을 한다. 작가는 맷과 난민 아이들의 우정을 통해 대등한 인간으로 대우받고 서로를 인정해주는 것이 인간에게 얼마나 중요한 것인지 보여주고 인류 사회의 공존과 상생의 가치를 다시 한 번 강조한다.

트의 파라오처럼 모든 사람들을 죽음의 세계로 함께 이끌고 갔다는 사실을 알게 된다. 엘 파트론은 자신의 재산을 누구라도 물려받는 것을 용납할 수가 없어 장례식 때 쓸 포도주에 독을 넣어 장례식에 참석한 모든 사람을 죽음으로 이끈 것이다. 스콜피온 가문의 유일한 상속자가 된 맷은 이 잔인한 아편 제국을 무너뜨리고, 핍박받던 모든 존재들을 해방시킬 계획을 세운다.[10]

맷의 정체성은 변화무쌍하다. 그는 실험실에서 제작되었으므로 '사물(thing)'이며 동물인 소를 통해 생산되었으므로 '동물(animal)'이며 복제인간이므로 '복제품(copy)'이며 스콜피온 가문의 자산이므로 '재산(property)'이다. 동물이자 물건이자 괴물이자 늑대로서의 맷의 정체성은 고정된 것이 아니라 "끊임없이 변화하고 유동적이며 집합적이며 상호관계의 망에 걸려있는(White 2018: 137)" 것이다. 그런 점에서 맷은 "휴머니즘의 쫓겨난 타자들—동물, 광물, 식물, 기계(White 2018: 149)"를 대표하는 포스트휴먼 주체이다. 작가는 스콜피온의 저택에 모여 있는 인간들의 뒤틀린 괴물성을 폭로하고, 오히려 복제인간 맷이 유동적이고 열려있는 존재로서 모든 밀려난 존재들을 끌어안을 수 있는 진정한 인간적 가치를 지닌 인물임을 보여주는 것이다.

인간이 다른 존재보다 우위에 있는 독특한 존재라는 것은 신화이다. 인간은 자연환경, 기술과 얽힌 채 다른 생명체와 공동으로 진화하고 상생하는 집합체라는 것이 포스트휴먼 시대의 인간관이다(Nayar 2014: 3–4). 포스트휴머니즘은 인간종족중심주의(anthropocentrism)을 해체하며 인간이 다른 존재들과 상호의존하고 대등한 상호관계를 지속하며 다른 종과 공생관계를 유지할 것을 지향한다(White 2018: 143). 『전갈의 아이』에는

---

10 마지막 알라크론 가문의 후손으로 인정받아 아편 제국의 수장이자 스콜피온 저택의 주인이 된 맷은 『전갈의 아이』의 후속작인 『아편 제국의 왕』(*The Lord of Opium*, 2013)에서 모든 고통 받는 존재들을 해방시키는 꿈을 실현하게 된다.

이러한 포스트휴머니즘의 기본 사상이 잘 담겨있는 것이다.

IV. 맺음말

인간은 사유하는 주체이자 세상의 중심으로서 인간이 아닌 존재를 정복하며 인류문명을 구축해왔다. 그러나 과학기술의 발달로 복제인간, 사이보그, 인공지능 같은 포스트휴먼이 출현하면서 유일무이한 영혼을 가진 존재로서의 인간의 위상이 흔들리게 되었다. 과거에 인간을 닮았지만 인간이 아닌 존재가 등장하면 인류는 공포와 불안을 느끼며 혼란스러워하고 이를 배척하였다. 그러나 이제 포스트휴먼 시대를 맞아 인류는 과학기술을 인문학적으로 사유하며 낯선 포스트휴먼 주체에 공감하고, 인간중심적 배타주의를 넘어서 모든 존재와 상생하는 방법을 터득해야 하는 것이다.

『전갈의 아이』는 바로 이러한 포스트휴먼 주체를 어떻게 이해하고 어떻게 받아들여야 할 것인가의 문제를 다룬 작품이다. 주인공 맷은 동물이자 사물이며, 복제인간이면서 인간이다. 작가 낸시 파머는 맷에게 인간보다 더 인간적인 성품을 부여함으로써 복제인간이라는 이질적이고 낯선 존재를 친근하게 받아들일 수 있도록 만들고, 인간과 비인간의 경계를 해체하며 인간의 범주를 확장한다. 포스트휴먼 청소년 문학작품으로서 『전갈의 아이』는 포스트휴먼 주체의 인간성을 강조하며 인간/비인간의 이분법을 해체한다는 점에서 포스트휴머니티를 지향한다. 그러나 동시에 인간적 가치, 즉 인간의 관용과 배려, 공감과 상생이라는 휴머니즘의 가치를 강조한다. 그렇다면 이 작품에 나타난 휴머니즘과 포스트휴머니즘의 관계를 어떻게 이해해야 할 것인가.

휴머니즘이 위기에 처했다는 주장은 이미 널리 확산되어 있다.[11] 그러나 헤일스의 주장처럼 포스트휴먼의 등장이 반드시 인간의 종말, 휴머니즘의 종말을 의미하는 것이 아니다. 포스트휴머니즘은 사회의 꼭대기에서 권력을 지니고 인간 길들이기를 지속해온 소수의 인간에 대한 비판이며, 인간중심주의라는 한 사고방식의 반성을 의미하는 것이다(286). 배드밍턴은 포스트휴머니즘보다 포스트인간중심주의(postanthropocentrism)라는 용어를 사용할 것을 권한다. 포스트휴머니즘은 휴머니즘의 인간종족중심주의 사상을 벗어나는 것을 의미한다는 것이다.

제이퀴즈는 포스트휴먼 아동청소년 문학의 특징으로 휴머니즘과 포스트휴머니즘의 혼재 혹은 모순을 지적한 바 있다. 포스트휴먼 아동청소년 작품들이 휴머니즘을 반성하지만 결국 휴머니즘의 가치관을 벗어나지는 않는다는 것이다(5). 그녀의 지적처럼 포스트휴먼 아동·청소년문학은 휴머니즘의 이분법적 우월주의를 해체하지만 교훈을 위해 결말에서 휴머니즘으로 돌아가는 특성이 있다. 『전갈의 아이』 역시 포스트휴먼을 통해 인본주의적 가치를 강조한다. 그렇다고 해서 모든 포스트휴먼 아동청소년 문학이 인간의 우월성을 재확인하고 인간중심주의를 재생산하는 감상적인 작품으로 돌아가는 것은 아니다. 『전갈의 아이』는 인간과 비인간의 이분법과 배타주의를 꼼꼼하고 치밀하게 반성하고 있으며, 인간의 범주를 벗어난 낯선 비인간적 존재들을 포용할 것을 강하게 주장한다. 그러한 점에서 이 작품은 휴머니즘의 내부에서 휴머니즘을 비판하는 자기성찰적인 포스트휴먼 문학, 좁은 의미의 휴머니즘을 벗어난 새로운 확장된 의미의

---

11 배드밍턴은 철학적 이론과 대중문화 모두 인간의 종말을 다루고 있다고 지적한다. 그는 유럽의 인간의 종말 혹은 휴머니즘의 종말에 대한 비판적 이론과 헐리우드 영화의 감상적인 결말을 비교하면서, 유럽의 비판과 헐리우드의 옹호가 결국 같은 것이라고 주장한다. 영화의 결말에서 인간과 휴머니즘의 승리가 제시된다 해도, 이미 인간과 휴머니즘이 위기에 처했으며 종말을 맞이할 수 있다는 점을 충분히 피력했으므로, 유럽의 비판적 포스트휴머니즘과 같은 맥락이라는 것이다(5-9).

(포스트)휴머니즘을 지향하는 문학이라고 할 수 있겠다.

4차 산업혁명 시대의 저작권 이슈

−법적 권리와 공정 이용

김기태 (세명대학교 디지털콘텐츠창작학과 교수)

1. 머리말

▶ 가상사례−저작권의 늪에 빠진 아카데미

2025년 5월 어느 날, S대 문화콘텐츠학과 K교수는 지난 해 학교에서 지원받은 연구비로 완성한 논문을 앞에 두고 망연자실한 표정으로 연구실을 서성이고 있었다. 애초에 제출한 연구비 신청 계획서에 따라 "인터넷을 통한 문화콘텐츠의 국제교류 양상에 관한 연구—미국과 유럽연합(EU)을 중심으로"라는 주제의 논문이 완성되었지만, 논문의 완성과 함께 이메일로 들어온 '로열티 산정 내역서'를 확인하는 순간 그 동안의 고생이 물거품처럼 여겨졌기 때문. 지난 2007년 4월에 타결된 한·미 FTA, 그리고 이듬해에 타결된 한·유럽연합 FTA가 지식재산권 분야, 그 중에서도 저작권과 관련하여 어떤 효력을 미치고 있는지 미처 헤아리지 않은 채 논문을 작성한 것이 화근이었다. 저작권보호재단이란 곳에서 보내온 이른바 '로열티 산정 내역서'의 내용은 대충 이랬다.

* 항상 공정한 저작물 이용에 협조해 주시는 귀하의 양심에 경의를 표합니다.
* 최근 귀하께서는 아래와 같이 국내법 또는 국제법상 저작권이 유효한 저작물을 이용하였으며, 이에 따르는 저작권 사용료(로열티)를 모두 원화로 환산하여 청구하오니 정하여진 일자에 납부하여 주시기 바랍니다.
* 로열티 산정 내역
- 온라인 콘텐츠의 일시적 저장에 따른 로열티 : 1,590,000원(총 1,325회, 회당 사용료 1,200원)
- 온라인 콘텐츠의 검색 및 파일복사에 따른 로열티 : 1,799,000원(총 514건, 건당 사용료 3,500원)
- 온라인 음악 콘텐츠 사용료 : 177,000원(총 590분, 분당 300원)
- 법정손해배상제도에 따른 보험료 : 356,600원(전체 로열티 액수의 10%)
- 합계 금액 : 3,922,600원
* 위 금액을 납부하지 않으시면 귀하의 연구 결과는 무단복제에 해당하여 연구 성과로 인정되지 않을 뿐만 아니라 형사 처벌의 대상이 되므로 유념하시기 바랍니다.

모두 500만 원의 연구비를 가지고 이미 시청각 자료 및 참고문헌 구입에 쓴 돈만 해도 200만 원이 넘어가는 마당에 추가 로열티로 부담해야 할 금액이 400만 원 가깝다니 기가 찰 노릇이었다. 논문을 발표할 학술지 발행학회에 지불하게 될 게재료까지 포함한다면 논문 한 편 때문에 연구자가 부담해야 할 적자는 이만저만 큰 게 아니었다.

비슷한 시각, 대학 본관 대회의실에서는 총장이 긴급 소집한 학과장 회의가 열리고 있었다. 학과장들이 모두 참석한 것을 확인한 교무처장이 총장의 인사말도 생략한 채 먼저 회의 소집 사유를 설명했다.

"최근 국내 저작권보호재단을 포함해서 미국 저작권 단체, 유럽연합 저작권 단체 등으로부터 저작권을 침해한 우리 학교 학생들의 명단이 끊임없이 답지하고 있습니다. 정확한 통계를 집계중입니다만, 전체 재학생 중 절반 이상이 해당되는 걸로 파악하고 있습니다. 인터넷을 통해 신성한 타인의 저작권을 침해했으니 학칙에 따라 엄벌에 처해달라는 요구가 대부분인데, 아마도 학생들 개인적으로는 이미 손해배상을 요구하는 문서나 경찰에 출두하라는 명령서를 받았을 것으로 보입니다. 어떻게 우리 학생들의 개인 신상이 저작권 단체에 노출되고 있는지 모를 일입니다."

교무처장에 이어 학생처장이 말문을 열었다.

"일부 학생들은 자기도 모르는 사이에 범법자가 되어 있는 현실이 당혹스럽다면서도 어떻게 하면 문제를 해결할 수 있는지 학교 차원에서 대책을 마련해 달라고 요구하고 있습니다. 이대로 가면 총학생회 연합 차원의 전국적인 대규모 시위도 염려되는 상황입니다."

이윽고 학과별로 저작권 침해범으로 지목된 학생들의 명단을 받아든 학과장들은 난감한 표정을 감추지 못한 채 대책 마련을 위한 회의에 돌입했나. 도대체 무엇이 어떻게 잘못된 것일까?

저작권 제도는 최초로 만들어 낸 것에 대한 보호를 목적으로 하는 것이 아니라 창의적 표현 활동을 장려함으로써 문학·예술·과학·문화 등의 발전을 도모하고자 하는 데 근본 목적이 있다. 그런 점에서 저작권이란 "창의성을 나타내기 위한 노력에 대하여 주어지는 법적 대가"라고 정의할 수 있으며, 이렇듯 창작물을 저작한 사람에게 저작권이라는 권리를 부여하여 보호하는 이유는 "저작물은 곧 문화 발전의 원동력이 되므로 좋은 저작물이 많이 나와야 그 사회가 문화적으로 풍요로워질 수 있기 때문"이라고 할 수 있다. 곧 "저작자에게 군이 저작권을 부여해서 보호하는 이유는 그 권리의 행사를 통해 창작을 위한 노력에 대한 적절한 보상을 보장함으로써 창작 행위를 계속할 수 있는 동기를 제공하기 위함"(오승종·이해완, 1999, 9쪽)이라고도 할 수 있다.

문제는 이러한 저작권 보호제도가 지극히 아날로그 미디어 친화적이라는 데 있다. 저작권을 뜻하는 원어 'copyright'가 구텐베르크의 인쇄술 발명에 따라 출판물의 대량복제 시대를 거치면서 '복제할 수 있는 권리'라는 뜻에서 출발했다는 점에서, 그리고 동양권에서는 이를 '출판할 수 있는 권리'로 보아 '판권'으로 번역했다는 점에서 저작권은 수백 년 동안 아날로그 미디어와 함께 발전해 온 개념이다.[1]

유발 하라리는 그의 역작 『사피엔스[2]』를 통해 과거에서 오늘날까지 수만 년의 역사를 관통하여 인간의 진로를 형성한 것으로 세 가지 대혁명을 제시한다. 바로 약 7만 년 전의 인지혁명, 약 12,000년 전의 농업혁명, 약 500년 전의 과학혁명이다. 과학혁명은 여전히 발전하고 있는 역사의 한 부분이고, 농업혁명은 새로운 사실들이 계속 밝혀지고 있지만, 인지혁명은 여전히 많은 부분 신비에 싸여 있다고 진단한다. 그리고 그 다음에 펴낸 『호모 데우스: 미래의 역사[3]』에서는 마침내 진화를 끝낸 인간의 다음 단계를 말하고 있다. 곧 '호모 데우스(HOMO DEUS)'의 '호모(HOMO)'는 '사람 속을 뜻하는 학명'이며 '데우스(DEUS)'는 '신GOD'이라는 뜻이어서 '신이 된 인간'이라고 번역할 수 있거니와, 인류는 드디어 인류를 괴롭히던 기아, 역병, 전쟁을 진압하고 신의 영역이라 여겨지던 '불멸, 행복, 신성'의 영역으로 다가가고 있다고 선언한다. 그리하여 이제 인류는 진지하게 "그래서 무엇을 인간이라고 할 것인지, 어디까지 타협하고 나아갈 것인지" 종의 차원에서 논의해야 한다고 주장한다. 곧 『사피엔스』에서는 인류가 어디에서 왔는지 살폈다면 『호모 데우스: 미래의 역사』에서는 인류가 어디로 가는지 살피고 있는 것이다. 그리고 이 같은 양상은 이른바 '4

---

1 동양의 초창기 저작권 개념에 대한 보다 자세한 내용은 김기태(2014), 『동양 저작권 사상의 문화사적 배경 비교 연구: 한국·중국·일본의 근대 출판문화를 중심으로』(도서출판 이채) pp.48~53 참조.

2 유발 하라리, 조현욱 옮김(2015), 『사피엔스』(김영사) 참고.

3 유발 하라리, 김명주 옮김(2017), 『호모 데우스: 미래의 역사』(김영사) 참고.

차 산업혁명'[4]이라는 말로 대체되고 있는 중이다.

그렇다면 인지혁명, 농업혁명, 과학혁명을 거치는 동안 사람이 손으로 쓰고, 그리고, 찍거나 인쇄술로 복제해서 만든 저작물을 기준으로 정립된 '저작권' 개념이 저작물 창작 과정에 인공지능(AI; Artificial Intelligence)이 개입하고 전 과정이 디지털화한 미디어를 통해 구현되는 4차 산업혁명 시대를 맞이하여 여전히 유효한 것인지 의문을 갖지 않을 수 없다. 나아가 1957년 1월 28일부터 법률 제432호로 시행된 최초 저작권법이 전문 5개 장에 걸쳐 75개 조문에 불과했었는데, 2021년 현재 시행되고 있는 저작권법(법률 제17592호)은 전문이 11개 장에 걸쳐 190개 이상의 조문으로 대폭 늘어난 배경에는 어떤 이유가 있는 것일까? 이 같은 문제의식을 바탕으로 여기서는 '제4차 산업혁명 시대의 저작권 이슈'를 중심으로 저작권의 '법적 권리와 공정이용'이라는 측면에서 논의를 전개하고자 한다.

2. 제4차 산업혁명 시대의 저작권 이슈

1) 디지털 저작물의 특성으로 인해 저작권 보호 기준이 흔들리고 있다

디지털 미디어 시대의 특성과 이에 따르는 저작권 보호 문제를 살피려면 우선 최근 급속히 그 이용자가 늘고 있는 트위터(Twitter) 및 페이스북

---

4 정보통신기술(ICT)의 융합으로 이뤄지는 차세대 산업혁명. 인공지능, 로봇기술, 생명과학이 주도하는 차세대 산업혁명을 말한다. ▷ 1784년 영국에서 시작된 증기기관과 기계화로 대표되는 1차 산업혁명 ▷ 1870년 전기를 이용한 대량생산이 본격화된 2차 산업혁명 ▷ 1969년 인터넷이 이끈 컴퓨터 정보화 및 자동화 생산시스템이 주도한 3차 산업혁명에 이어 ▷로봇이나 인공지능(AI)을 통해 실제와 가상이 통합돼 사물을 자동적, 지능적으로 제어할 수 있는 가상 물리 시스템의 구축이 기대되는 산업상의 변화를 일컫는다. [네이버 지식백과] 4차 산업혁명(시사상식사전, 박문각).

(Facebook), 인스타그램(Instagram) 등 소셜미디어(social media)[5]를 활용한 소셜네트워크서비스(SNS)에 주목할 필요가 있다.

또한, 디지털 기술에 힘입어 집단지성의 생성 및 활용이 다양한 영역에서 활발하게 이루어지고 있다는 점도 간과해서는 안 된다. 특히 1990년대 초 핀란드 대학생 리누스 토발즈(Linus B. Torvalds)가 구역 내 근거리 통신망(LAN)이나 웹사이트에 사용되었던 유닉스(UNIX)를 대체하기 위해 개발한 컴퓨터 운영체제 리눅스(Linux), 누구나 자유롭게 글을 쓸 수 있는 사용자 참여의 온라인 백과사전 위키피디아(Wikipedia)[6]를 주목하지 않을 수 없다.[7] 리눅스의 경우 초기에 특정 조직이나 개인이 초기 콘텐츠와 기반 시스템을 제공하는데, 최초 개발자 리누스 토발즈가 초기 리눅스 커널

---

5 소셜미디어는 사람들이 자신의 생각과 의견, 경험, 관점 등을 서로 공유하고 참여하기 위해 사용하는 개방화된 온라인 툴과 미디어 플랫폼으로, 가이드와이어 그룹(Guidewire Group)의 창업자인 크리스 쉬플리(Chris Shipley)가 처음 이 용어를 사용하였다. 소셜미디어는 그 자체가 일종의 유기체처럼 성장하기 때문에 소비와 생산의 일반적인 매커니즘이 동작하지 않으며, 양방향성을 활용하여 사람들이 참여하고 정보를 공유하며 사용자들이 만들어 나가는 미디어를 소셜미디어라 부른다. 소셜미디어는 접근이 매우 용이하고 확장가능한 출판기법을 사용하여, 사회적 상호작용을 통하여 배포될 수 있도록 설계된 미디어를 말한다. 소셜미디어는 방송 미디어의 일방적 독백을 사회적 미디어의 대화로 변환시키는 웹 기반 기술을 이용한다. 소셜미디어는 지식과 정보의 민주화를 지원하며 사람들을 콘텐츠 소비자에서 콘텐츠 생산자로 변화시킨다. 이러한 소셜미디어에는 블로그(Blog), 트위터 또는 페이스북 같은 소셜네트워킹서비스(Social Networking Service; SNS), 위키(Wiki), 손수제작물(UCC), 마이크로 블로그(Micro Blog) 등이 있으며, 사람과 정보를 연결하고 상호 작용할 수 있는 서비스를 제공하는 웹 기반의 애플리케이션도 소셜미디어의 범주에 포함시킬 수 있다. 위키백과.

6 2001년 1월 15일 시작되었다. 비영리 단체인 위키미디어재단이 운영하며 설립자는 지미 웨일스(Jimmy Wales)이다.

7 이하의 내용과 관련하여 보다 자세한 내용은 이서영·이봉규(2012), 「리눅스와 위키피디아를 중심으로 분석한 소셜 저작 시스템의 성공요소에 대한 연구」.《한국인터넷정보학회논문지》, 제13권 4호, pp.73~80 참조.

코드를 작성하여 인터넷에 공개하였고, 다양한 프로그래머가 코드 제작에 참여할 수 있는 소스 관리 프로그램을 공개한 바 있다. 이후 다양한 저작자들이 참여하여 콘텐츠를 성장시켰다. 위키피디아는 진입장벽을 최대한 낮춤으로써 가장 많은 저작자들이 참여하는 온라인 백과사전으로 발전시켰다. 이처럼 리눅스와 위키피디아는 모두 시스템과 콘텐츠를 오픈함으로써 저작권 자체를 사회 공동의 자산으로 만들었다.

〈표 1〉 리눅스와 위키피디아 소셜 저작 시스템의 성공 요소 비교

구분	리눅스	위키피디아111
이용 동기	명예, 협력, 기여	명예, 협력, 기여
통합 시스템	관리자 개입 반자동	자동 수작업
고의적 훼방의 방어	관리자 개입	관리지 권한 보호 페이지 별도
관리자 권한	강한 통제권 발휘	분산화된 관리자 권한 부여
사용자 등록	불필요	불필요
저작툴	제공하지 않음	제공함

*출처 : 이서영·이봉규(2012)의 논문 내용을 바탕으로 연구자가 작성함.

또, 그 영향력이 매우 큰 소셜 미디어로 무료 동영상 공유 사이트인 유튜브(YouTube)[9]를 빼놓을 수 없다. 사용자가 직접 영상 클립을 업로드하

---

8 위키피디아는 간단한 규칙만을 정하고 나머지는 모두 자유의사에 맡김으로써 사용자들의 폭넓은 참여를 유도하고 있다. 위키피디아의 다섯 가지 운영원칙을 살펴보면 다음과 같다.

  1. 위키피디아는 백과사전이다.

  2. 위키피디아는 '중립적 시각'에서 운영한다.

  3. 위키피디아의 글은 우리 모두의 사회 자산이다.

  4. 위키피디아는 다른 이용자를 존중한다.

  5. 위키피디아에는 엄격한 규칙은 존재하지 않는다.

9 2005년 2월에 페이팔(PayPal; 인터넷 결제 서비스) 직원이었던 채드 헐리(Chad Meredith Hurley), 스티브 첸(Steve Shih Chen), 자웨드 카림(Jawed Karim)이 공동으

거나 이용하거나 공유할 수 있는 것을 특성으로 하는 유튜브 사이트 콘텐츠의 대부분은 영화와 텔레비전 클립, 뮤직 비디오 등이고 아마추어들이 만든 것도 상당수 올라 있다. 다만, 유튜브의 이용약관에 따르면, 이용자는 자신의 User Submissions(사용자 데이터그램 통신규약) 및 이를 게시하거나 출판하여 생기는 결과에 단독으로 모든 책임을 져야 한다. 또한 User Submission과 관련하여 이용자는 유튜브 웹사이트 및 약관에서 의도한 바대로 User Submissions의 이용 및 포함을 가능하게 하는, 기타 모든 User Submissions와 관련된 특허권, 상표권, 영업비밀, 저작권 또는 기타 소유권을 유튜브가 이용하는 데에 필요한 허가, 권리, 허가 및 승인을 보유하고 있거나 유튜브에게 위의 권리를 이용할 수 있는 권한을 부여해야 한다.(유튜브 이용약관 제6조 B항)

최근 스마트폰 이용자가 급증하면서 모바일 서비스를 통한 소셜 미디어 이용자 또한 매우 빠른 속도로 늘어나고 있다. 그리하여 SNS는 곧 '온라인 인맥관리 시스템'으로 자리 잡게 되었다. 하지만 소셜 미디어 이용자급증으로 인한 부작용도 점차 커지고 있다. 특히 SNS를 통해 "자연스럽게 자신의 정보를 다른 사람과 공유하게 되는 만큼 '나만의 이야기'가 아니라 '우리의 이야기'가 되는 것이고, 그 정보는 자신도 모르는 사이에 급속도로 확산되어 나감에 따라 개인의 '사생활'이나 타인의 권리 침해를 야기할 가능성이 커지고 있다"(김병일, 2010, p.106)는 주장이 제기되고 있는 것이다. 구체적으로는 SNS가 과다한 개인정보 노출이나 해킹, 스팸메일 양산, 퍼블리시티권 침해, 저작권 침해, 범죄에의 악용 등의 역기능을 동반할 수 있다는 경고인 셈이다.

물론 SNS의 활용이 부작용에만 그치는 것은 결코 아니다. 이를 잘 활용하게 되면 다양한 문화 콘텐츠의 향유와 더불어 글로벌 마케팅에도 크게

로 창립하였다. 한국어 서비스는 2008년 1월 23일에 시작했다. 위키백과 참조.

기여할 수 있기 때문이다. 실제로 2012년 7월 15일, 우리나라 가수 싸이의 노래 '강남스타일'이 발표된 후 국내뿐만 아니라 전 세계적으로 폭발적인 반응을 이끌어낸 배경에는 바로 SNS가 있다. 음악 그 자체의 매력 요소도 배제할 수는 없지만, 과거에는 생각할 수 없었던 무한복제를 가능하게 한 SNS의 영향력이야말로 '강남스타일'의 인기 확산을 이끈 가장 큰 요인이 아닐 수 없다.

아래 〈그림 1〉에서 보는 것처럼 '강남스타일'은 1990년대에 전 세계적으로 큰 인기를 끌었던 '마카레나(Macarena)'와 비교되곤 한다. 스페인의 남성 듀오 '로스 델 리오(Los Del Rio)'가 부른 노래 '마카레나'는 1993년 첫 음반 발매 이후 전 세계적으로 인기를 얻기까지 4년여의 시간이 걸렸다면, '강남스타일'은 음반 발매 이후 약 2개월 만에 세계적 인기를 얻었기 때문이다.

이러한 '강남스타일' 성공이 주는 가장 큰 의미는 "SNS를 통한 세계 시장 공략 가능성이 재확인되었다는 점"(고정민 외, 2012, p.30.)이다. "특히 유튜브의 경우 유저들의 진입제한 및 언어적 장벽을 최소화하여 수많은 사람들이 싸이의 강남스타일에 접속했고, 현지방송 출연 및 오프라인 공연에서 양방향적 성격을 지닌 소셜미디어가 온라인 유통채널로 자리매김하면서 K-pop은 세계화의 길로 치닫게 되었다."(고정민 외, 2012, pp.30~31.)는 진단이 가능해진 것이다.

유튜브가 서비스를 시작하기 이전에는 일반 컴퓨터 사용자들이 온라인에 동영상을 올려 다른 사람들에게 보여주기 위한 방법이 그리 많지 않았다. 유튜브의 등장 덕분에 컴퓨터와 인터넷을 이용하는 사람이라면 누구나 동영상을 올릴 수 있게 되었고, 동영상을 올린 후 얼마 지나지 않아 수백만 명 또는 그 이상의 이용자를 확보할 수 있는 환경이 구축된 것이다. 그리하여 유튜브를 통한 동영상 공유 관행은 이제 인터넷 문화의 주요 부분으로 자리 잡게 되었다.

<그림 1> 마카레나와 강남스타일 확산과정 비교

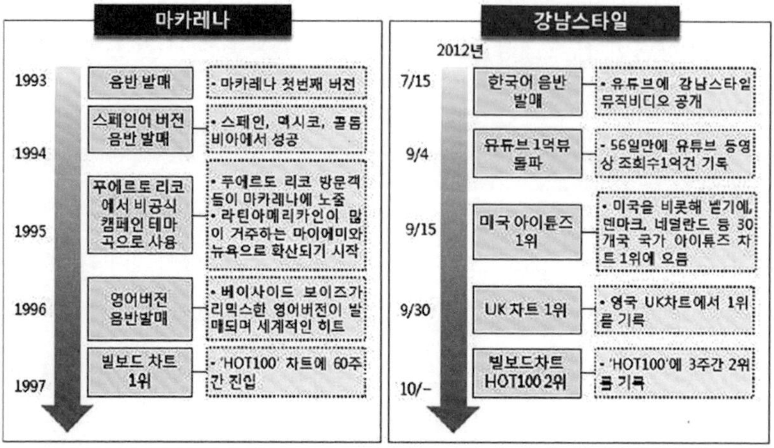

* 출처 : 한국창조산업연구소(2012). 싸이신드롬의 의미와 효과. KBS 한류통신

2) 저작권 환경이 급속도로 변하고 있다

인터넷 온라인 네트워크의 활용이 일상화하면서 이를 통한 저작물 유
통 또한 급증함으로써 온라인 상황에서의 저작권 침해 가능성도 크게 증
가하고 있다. 특히, 특정주제어의 검색만으로 각종 콘텐츠에 접근하기가
매우 쉬워졌다는 점에서 인터넷을 둘러싼 저작권 침해 논란 또한 높아지
고 있는 것으로 보인다. 이러한 인터넷 및 SNS 서비스에 있어서 가장 문
제가 되는 것은 복제권을 둘러싼 해석이다. 저작물 이용 행위 가운데 가
장 많은 부분을 차지하고 있는 것이 바로 복제라고 할 수 있는데, 현행 저
작권법에 따르면 복제란, "인쇄·사진·복사·녹음·녹화 그 밖의 방법에 의
하여 일시적 또는 영구적으로 유형물에 고정하거나 유형물로 다시 제작
하는 것을 말하며, 건축물의 경우에는 그 건축을 위한 모형 또는 설계도서

에 따라 이를 시공하는 것을, 각본·악보 그 밖의 이와 유사한 저작물의 경우에는 그 저작물의 공연·실연 또는 방송을 녹음하거나 녹화하는 것을 포함"(제2조 제22호)하는 개념이다. 따라서 복제는 저작재산권 중에서 가장 기본적인 권리이며, 저작물 이용에 있어서도 가장 기본적인 형태라고 할 수 있다.

여기서 예시하고 있는 인쇄·사진·복사·녹음·녹화 등은 우리가 일상적으로 저작물을 이용하는 방법들이기 때문이다. 여기에다 디지털 기술의 발달양상을 반영하여 "일시적 또는 영구적으로 유형물로 다시 제작하는 것" 이외에 "유형물에 고정하는 것"을 복제의 개념에 포함시킴으로써 디지털 복제까지 포괄하는 것임을 명시하고 있다. 이렇듯 저작권법에서 말하는 복제란, 유형물 즉 구체적으로 존재하는 물건 속에 저작물 등을 수록하는 행위를 말한다.[10] 그러므로 상연이나 연주 또는 방송 등의 무형적인 것은 복제의 대상이 아니며, 각본이나 악보 따위를 공연·방송 또는 실연한 것을 녹음하거나 녹화하는 것은 복제에 해당한다. 이러한 복제의 개념은 또 인쇄나 사진 또는 복사처럼 가시적인 복제와 녹음 또는 녹화 같은 재생 가능한 복제로 나누어 볼 수 있다.[11]

그 밖에 권리관계에 있어서는 저작재산권은 양도가 가능하므로 만일 저작자가 누군가에게 복제권을 양도한다면 복제권을 양도받은 사람이 복제권자가 된다. 결국 대개의 국가에서 복제에 대하여 인쇄물처럼 사람이 직접 시각적으로 인식할 수 있는 복제와 녹음물이나 녹화물처럼 재생의

---

10 구 저작권법(1957년)에서는 각본의 상연, 음악의 연주, 영화의 상영 등 무형적인 것도 복제에 포함시켰으나 신 저작권법(1987년)에서는 유형적인 복제에만 한정하고 있다.

11 복제의 개념에 대한 국제협약의 규정을 살펴보면, 베른협약에서는 가시적인 복제는 물론 재생 가능한 복제까지 포함하고 있지만(제9조 제3항), 세계저작권협약(UCC)에서는 녹음이나 녹화처럼 재생 가능한 것은 복제로 인정하지 않는다(제6조).

방법으로 시청각에 호소하는 것을 복제의 개념으로 파악하고 있다. 그런데 오늘날과 같은 디지털 미디어 환경에서는 디지털화에 따른 저작물의 이용과 네트워크를 통한 전송이 빈번하게 이루어지고 있다. 이러한 저작물 이용 형태 변화와 관련하여 기존의 '복제' 개념이 계속 유용한 것인지 검토할 필요가 있는 것이다.

또한 인터넷을 통해 저작물을 이용할 경우 파생되는 문제를 생각해 볼 수 있다. 특히 웹진 또는 인터넷신문을 웹상에서 열람할 때 링크 (link) 과정을 거치게 되는데, 링크(또는 하이퍼링크)란 웹(web)에서 보통 밑줄 또는 청색으로 표시되어 있는 주컴퓨터의 도메인 이름으로서의 URL(Uniform Resource Locator)에 이용자가 마우스로 이를 클릭하면 다른 조작 없이도 표시된 URL에 직접 연결되는 시스템을 말한다. 저작권과 관련하여 문제가 제기되는 경우는 이렇게 링크되는 웹사이트 자체가 개인의 독창성이 인정되는 저작물인 경우 저작자 본인의 허락 없이 그 저작물을 임의로 이용하는 경우라고 할 수 있다. 하지만 인터넷의 특성상 타인의 웹사이트를 링크하는 모든 경우에 대하여 문제를 삼는다는 것은 인터넷의 기본개념에 배치되므로 일정한 범위에서 인터넷상의 보호범위를 정해야 할 것이다.

(1) 디지털 기술로 인한 변화

인터넷으로 유통되는 저작물(텍스트, 이미지, 비디오, 오디오 등)은 기본적으로 디지털화 과정을 거쳐야 한다. 이렇게 디지털화된 자료들은 원본과 복사본의 차별 없이 유통된다는 점에서 전통적인 저작물 유통과정과는 큰 차이점을 갖게 된다. 기존 인쇄매체 중심의 복제에서는 그 질적 차이 때문에 원본과 사본의 구별이 가능하였지만, 디지털화된 자료에서는 그 차이를 발견할 수 없다. 그리고 콘텐츠의 내용도 사용자가 원하는 대로 변경할 수 있으며, 그에 따르는 비용 또한 저렴하다는 특징 때문에 이용자들이 급증하고 있다. 이처럼 디지털 기술의 발달은 저작물의 창작과 유통에 있어 그 용이성과 저렴한 비용이라는 긍정적인 측면이 있는 반면, 불법 개작과 복제를 통한 저작권 침해가 짧은 시간에 대량적이면서 광범위하게 발생할 수 있다는 점에서 권리구제를 매우 어렵게 만든다는 부정적인 측면 또한 무시할 수 없게 되었다.

대량복제기술(인쇄술)이 탄생하기 이전에는 복제하는 행위 자체가 상당한 노력을 필요로 했으며, 그 노력은 원본을 취득하는 행위와 비교했을 때 그다지 차이가 없었다는 점에서 저작자의 권리는 미약할 수밖에 없었다. 이처럼 저작권은 저작물 복제기술과 매우 밀접한 관계 속에서 발전해 온 권리였다.

〈표 2〉 전통적 기술과 디지털 기술의 비교

구분		전통적(analogue) 기술	디지털(digital) 기술
실체면	원본의 특정	특정된다.	특정될 수 없는 경우가 있다.
	원본의 체화(體化)	통상 체화된다.	체화되지 않는 경우가 있다.
	복제비용과 시간	어느 정도 비용이 들고 시간이 걸린다	대부분 무료이며, 단시간이다.
	복제 품질	원본과 비교해서 질이 낮다.	질이 낮지 않다.
	전달의 경우	전달에 비용이 들고 시간이 걸리며, 원본과 비교해 질이 낮다.	전달에 비용이 거의 들지 않고 단시간에 전달가능하며, 원본과 질의 차이가 거의 없다.
	개변의 경우	위와 같다.	위와 같다.
절차면	침해의 특정	특정하기 쉽다.	특정하기 어렵다.
	침해자의 범위	원본에 접근할 수 있는 범위로부터 멀지 않다.	전 세계 어디라도 가능하다.
	침해자의 수	한정적이다.	특정할 수 없을 만큼 다수이다.
	중개자 책임	크게 생각하지 않아도 좋다.	침해자를 대신해서 책임을 묻게 된다.
	소송의 곤란성	비교적 용이하다.	준거법, 재판관할 등의 복잡성

*출처 : 이상정(2006), 「디지털환경에서 저작권의 배타성에 관한 일고찰」, 한국저작권위원회 편,《계간저작권》, 제76호, p.9.

만약 과거의 아날로그 환경에서 구축된 저작권 법제가 오늘날의 디지털 환경에서까지도 그대로 유지된다면 어떻게 될까? 아마도 저작권 환경은 상상하기 힘들 정도로 큰 어려움에 직면하게 될 것이고, 우리 사회 각 분야에서는 엄청난 혼란이 야기될 수밖에 없을 것이다. 결국 저작물 창작 및 유통, 그리고 이용에 활용할 수 있는 기술이 변화함에 따라 저작권 법제 또한 함께 변화함으로써 시대 환경에 맞게 저작(권)자와 이용(권)자의 관계를 조율해 줄 수 있어야 한다.

(2) 디지털 저작물의 특성으로 인한 변화

디지털 기술은 저작물의 유통뿐만 아니라 표현수단이 다른 저작물들 상호융합도 부추긴다. 아날로그 저작물의 경우 어문저작물이 주류를 이루었다면, 디지털 저작물은 어문·음악·미술·영상 등 다양한 형태의 저작물들을 통합한 멀티미디어저작물이 주류를 이루게 되었다. 나아가 디지털 저작물은 처음부터 디지털 형태로 창작한 저작물뿐 아니라 아날로그 저작물을 디지털 형태로 가공한 저작물도 포함하게 된다.

이러한 디지털 저작물이 가지고 있는 특성을 구체적으로 살펴보면 다음과 같다(이대희, 2002 참조).

첫째, '복제의 용이성과 신속성'이다. 기존 아날로그 시대에서는 책을 복제하려면 복사기를 통해 일일이 직접 해야만 했다. 이는 시간과 노력이 많이 드는 일일 뿐 아니라 완성된 복사본이라 하더라도 원본과 비교하여 질적으로 수준 차이가 현저했으며, 경우에 따라서는 원본과 맞먹는 비용이 들기도 했다. 그러나 디지털 기술의 발전으로 저작물 복제는 매우 쉬워졌고 경제적으로도 비용을 대폭 줄일 수 있어 대량복제 환경이 조성되었으며, 또한 디지털 저작물은 초고속 통신망을 통해 순식간에 세계 어느 곳으로나 무제한적으로 복제·전송될 수 있는 특성을 지니게 되었다.

둘째, '아우라(aura)의 실종' 즉, '질적 수준의 고도화'이다. 아날로그 시대의 저작물은 그 복제에 있어서 일정 횟수 동안 복제하거나 복제를 거듭하는 과정에서 처음의 저작물보다 그 질이 낮아질 수밖에 없었다. 그러나 디지털 복제는 횟수와 무관하게 거의 원작과 비슷하거나 원작을 능가할 정도의 질을 갖춘 복제품을 생산해 낼 수 있게 되었다.

셋째, '저장과 수정의 용이함'이다. 디지털 형태로 보관된 정보는 전자적으로 저장하거나 디스크에 저장할 수 있고, 이는 데이터를 저장하는 매체나 데이터가 전송되는 방법을 혁신하였다. 예컨대, 수백 권 분량의 백과사전을 CD 또는 외장하드에 저장하여 이를 전송할 수 있으며, 흑백영화를 컬러영화로 만들거나, 음악의 일정 부분만 뽑아서 듣거나, 텍스트를 수정하거나 사진이나 비디오에 첨삭을 가할 수 있게 되었다. 또한 디지털 기술, 특히 압축 기술은 많은 양의 데이터를 적은 분량으로 저장하는 것 또한 가능하게 하였다. 곧 디지털 시대에는 저작물 등 각종 정보의 저장이 쉬워짐과 동시에 디지털 저작물은 편집이나 수정 등 가공이 자유로워졌다는 특징을 수반한다는 점에서 그 의미가 크다고 하겠다.

(3) 저작물 이용방식으로 인한 변화

저작물의 디지털화는 저작물 이용 양상에도 큰 변화를 가져왔다. 매체 중심에서 내용 중심으로 이용행태가 변화했다는 것(황희철, 1996)을 비롯하여 복제 및 접근의 개념에 혼란을 야기하였고, 그 밖에도 문서수집 방식의 변화, 사적이용과 공정이용에 대한 생각의 변화 등이 뒤따랐다. 좀더 구체적으로 살펴보면 저작물 이용방식의 변화는 다음과 같이 네 가지 양상으로 요약된다.

첫째, 디지털 기술은 저작물 이용행태를 매체 중심에서 내용 중심으로 변화시켰다. 아날로그 환경에서 저작권법은 매체에 고정된 저작물을 대상으로 했다. 저작물은 매체에 고정되어야만 유통되고 인식될 수 있었으며, 저작물의 유통은 곧 매체의 유통이라고 할 수 있었다. 따라서 저작권법은 기본적으로 고정할 수 있는 권리, 즉 '복제권' 중심이었고 따라서 '출판법'에 가까웠다. 그러나 디지털 기술이 발달하면서 '매체(physical, tangible medium)'가 움직이는 것이 아니라 '저작물(works, contents)'이 스스로 움직이게 되었다. 매체의 유통에서 내용물의 유통으로 바뀐 것이다.

둘째, 디지털 기술은 복제 및 접근의 개념에 혼란을 야기하였다. 전통적으로 저작물은 고정매체에 복제하는 방식으로 이용되거나, 인쇄물에 접근하여 내용을 훑어보는 방식으로 이용되었다. 후자는 아날로그 환경에서는 복제의 개념에 포함되지 않지만 디지털 환경에서는 비록 일상적인 정보접근이라 하더라도 항상 복제와 관련될 수밖에 없게 되었다. 복제에 대한 배타적인 권리는 저작재산권자의 가장 기본적인 권리인 반면, 접근은 '제한된 범위'에서 모든 이용자에게 주어진 권리라고 할 수 있다. 만일 디지털 환경에서 접근이 곧 복제라면 그 동안 이용자에게 주어진 정보접근권은 상실된다는 점에서 혼란이 가중되고 있는 것이다.

셋째, 디지털 환경은 문서수집 및 보존과 관련하여 중대한 시사점을 제기하고 있다. 사회문화적 담론의 기록물, 학문의 결과물, 과학논쟁 등은 사회에서 가장 중요한 창작물이라고 할 수 있다. 전통적 정보커뮤니케이션 환경에서는 도서관이 이러한 출판물들을 수집하고 보존하여 왔다. 그러나 디지털 환경에서는 라이선스 체결이 점차 확대됨으로써 계약에 의거하여 분명하게 인정받은 경우에만 문서수집이 허용되고, 그렇지 않은 경우 계약기간이 끝난 후에는 데이터를 보관할 수 없게 된다. 아울러 불안정한 기술적 지식 기반, 불충분한 자금, 저작권 책임에 관한 문제, 대규모 집합적 노력의 부족 등으로 디지털 환경에서의 문서수집과 보존상의 문제가 야기되고 있다.

넷째, 디지털 기술의 특징은 사적이용과 공정이용에 있어서 개인의 비상업적 복제의 합법성 여부에 관한 문제를 제기하였다. 저작권은 전통적으로 공공의 행위 즉 공표, 공연과 관련되어 있다. 그러나 정보하부구조가 발전함에 따라 개인적 이용이 시장에 막대한 영향을 미칠 수 있으며, 공중과 개인 간의 구분이 모호해질 수 있다.

아울러 이러한 디지털 기술의 발달과 디지털 저작물의 특성은 저작물 생산자와 이용자의 경계 또한 모호하게 만들었다. 이용자는 이제 인터넷 상에서 정보의 이용자일 뿐 아니라 콘텐츠 생산자로서 과거와는 다른 역할을 수행하게 된다. 브런스(Bruns, 2008)는 이처럼 정보·콘텐츠 분야에서 나타나는 이용자의 역할 변화를 '프로듀저(produser)'라는 말로 설명하고 있다. 현대적 생산체계 내에서 제한적인 피드백 제공자에 그쳤던 프로슈머(prosumer)와는 달리 프로듀저들은 생산의 기획에서 제작, 유통 등 전 과정에 걸쳐 새로운 대안적 생산양식으로 거듭나고 있다는 것이다.

이러한 정보화 혁명으로 인해 물질적 제품은 정보재와 서비스로, 산업은 인터넷으로, '소비'(消費; consumption)는 '사용'(使用; usage)으로 각각 이동하면서 기업과 산업의 영역 밖에서도 콘텐츠의 창작과 배급망의 가능성이 발생하게 된 것이다. 그럼으로써 생산자와 배급자, 그리고 소비자의 구분 자체가 무의미해지면서 콘텐츠 생산방식의 가치 사슬이 붕괴되기에 이른 것이다. 특히, 인터넷의 부상은 생산자(producer), 배급자(distributor), 소비자(consumer)를 네트워크 상에서 상호작용하는 동등한 노드 행위자로 인식하게 함으로써 생산과 사용의 새로운 네트워크 패러다임이 등장했고, 프로듀저들은 CSCW(computer supported corporative work)를 통한 '상호창작성(intercreativity)'을 추구하게 되었다.

이것은 이용자들이 인터넷 공간을 정보수집과 네트워크 확장의 공간뿐 아니라 자신들의 의견을 적극적으로 피력하고 그러한 콘텐츠를 생산해 내는 장으로써 적극 활용하고 있음을 의미한다. 대표적인 예로는 UCC, 블로그, 인터넷 카페, 위키디피아(공개 백과사전), 트위터, SNS(소셜 네트워크 서비스) 등에서의 이용을 들 수 있는데, 이런 사이트들은 사이버 공간과 도구만 제공할 뿐 내용을 채우는 것은 모두 사용자들의 몫이다. 사용자들은 다른 사람이 만든 콘텐츠를 단순히 감상하는 데 그치지 않고, 평가를 하거나 댓글을 통해 자신의 생각을 적극적으로 표현한다(박영길·김원오·이대희·박덕영, 2006). 이로써 참여와 공유의 시스템이 저절로 이루어지는 것이다.

(4) 저작권의 국제화와 일반화

저작권 환경의 변화 중에서 최근 주목되는 것은 저작권의 국제화이다. 디지털 기술의 보편화에 힘입어 무한복제·무한송신이 전 세계에 걸쳐 이루어지는 시대상을 반영한 변화이기 때문이다. 이처럼 저작권 문제 해결을 위한 국제적 공조가 필수적이라는 공통인식을 바탕으로 현재 다수의 국제협약이 존재하게 되었다.

우리나라는 "문학 및 예술 저작물의 보호를 위한 베른협약"(이하 베른협약; Berne Convention for the Protection of Literary and Artistic Works), "음반의 무단 복제로부터 음반제작자를 보호하기 위한 국제협약"(이하 제네바협약; Convention for the Protection of Producers of Phonograms against Unauthorized Duplication of their Phonograms)에 가입한 바 있으며, "무역관련 지식재산권 협정"(TRIPs; Agreement on Trade—Related

Aspects of Intellectual Property Rights), "WIPO저작권조약"(WCT; WIPO Copyright Treaty), "WIPO실연·음반조약"(WPPT; WIPO Performance and Phonogram Treaty) 등을 체결하였다. WCT와 WPPT는 과거 저작권 관련 국제협약에서 규정하지 못했던 기술 부분에 대한 보강을 목적으로 만들어진 것으로, 인터넷 등 네트워크 기술과 디지털 기술의 발전이 저작권 환경에 커다란 영향을 미치고 있는 현대적 상황을 반영한 것이라고 할 수 있다.

우리나라는 현재 이러한 국제 저작권 환경의 변화와는 별도로 한·미/한·EU 자유무역협정(FTA)의 후속조치에 따라 상당 폭의 저작권법 개정을 거쳐 오늘에 이르고 있다. 이렇듯 저작권을 둘러싼 제반 문제와 저작권 관련 정책은 이제 국내 현안인 동시에 국제적인 현안으로 대두되고 있다. 저작권관련 국제협약이 다수 존재하고 있고, 나아가 최근에는 다자협약 대신 양자협약을 선호하는 국제경제 질서의 흐름에 따라 각국에서는 FTA를 적극 체결하고 있으며, 주요사항으로 저작권 관련 조항을 규정하는 추세가 두드러지고 있다. 따라서 각국의 저작권법은 시간이 흐를수록 비슷해져 가고 있는 중이다.

3) 인공지능(AI)의 등장으로 저작물의 개념이 변하고 있다

'저작권'이란 "인간의 사상이나 감정을 창작적으로 표현한 저작물을 보호하기 위해 그 저작자에게 부여한 권리"를 말한다. 곧 저작물의 창작자에게 자기 저작물의 이용에 관한 배타적인 권리를 부여하고, 그 저작물을 다른 사람이 이용할 때에는 저작권자의 허락을 필요로 하며, 그러한 허락을 얻지 않고 이용하는 행위를 위법으로 규정하는 것이 바로 저작권 보호의 원칙이다. 저작권법에 따르면, 저작물을 창작한 저작자에게는 '저작인격권'과 '저작재산권'이 부여되며, 각각의 내용은 다음과 같이 정리할 수 있다.

먼저, 저작권법에서 말하는 저작물이란 "인간의 사상 또는 감정을 표현한 창작물"을 가리킨다. 대법원 판례[12]에 따르면 "저작권법상 '창작성'이란 완전한 의미의 독창성을 말하는 것은 아니며, 단지 어떤 작품이 남의 것을 단순히 모방한 것이 아니고 각자 자신의 독자적인 사상 또는 감정 표현을 담고 있음을 의미할 뿐이어서 이러한 요건을 충족하기 위해 단지 저작물에 그 저작자 나름대로의 정신적 노력의 소산으로서의 특성이 부여되어 있고 다른 저작자의 기존 작품과 구별할 수 있을 정도이면 충분하다"고 함으로써 창작성의 정도를 높게 요구하지 않는 입장을 보이고 있다.

또 다른 판례[13]에서도 저작권법에서 보호하는 저작물, 즉 창작물이란 "저작자 자신의 작품으로서 남의 것을 베낀 것이 아니라는 것과 수준이 높아야 할 필요는 없지만 저작권법에 의한 보호를 받을 가치가 있는 정도로 최소한도의 창작성이 있다는 것을 의미한다"고 한다. 특히 학술의 범위에 속하는 저작물의 경우 그 학술적인 내용은 만인에게 공통되는 것이고 누구에 대하여도 자유로운 이용이 허용되어야 하는 아이디어의 영역에 속하는 것으로서 그 저작권의 보호는 창작적인 표현형식에 있지 학술적인 내용에 있는 것은 아니라고 할 것이어서, 이러한 학술적인 내용은 그 이론을 이용하더라도 구체적인 표현까지 베끼지 않는 한 저작권 침해로 볼 수 없다고 한다.

그렇다면 인공지능(AI)에 의한 창작 행위에도 저작권이 부여되는 걸까? 저작권이 발생한다면 저작권자는 누가 되어야 하는가? 다음 사례를 살펴보기로 하자.[14]

---

12 대법원 2000.10.24. 선고 99다10913 판결 등.

13 서울중앙지방법원 제4형사부 2005.12.13. 선고 2005노3375 판결.

14 김영주(2015), 「로봇이 기자를 대체할 수 있다 vs. 없다」, ≪미디어 이슈≫ 2015년 1권 13호(한국언론진흥재단), p.1.

두산은 6일 열린 홈 경기에서 LG를 5:4, 1점차로 간신히 꺾으며 안방에서 승리했다. 두산은 니퍼트를 선발로 등판시켰고 LG는 임정우가 나섰다. 팽팽했던 승부는 5회말 2아웃에 타석에 들어선 홍성흔에 의해 갈렸다. 홍성흔은 LG 유원상을 상대로 적시타를 터뜨리며 홈으로 주자를 불러들였다. 홍성흔이 만든 2점은 그대로 결승점이 되었다. 두산은 9회에 LG 타선을 맞이해 2점을 실점했지만 최종 스코어 5-4로 두산의 승리를 지켜냈다. 한편 오늘 두산에게 패한 LG는 7연패를 기록하며 수렁에 빠졌다.

이 기사를 누가 썼을까? 이 기사의 작성자를 묻는 질문에 일반인의 81.4%, 기자의 74.4%가 '인간 기자'라고 답했다. 그런데 그 답은 틀렸다. 이 기사는 인간기자가 아닌 로봇기자, 더 정확히 말하자면 알고리즘이 작성한 기사다. 이 기사 작성의 주체를 '로봇'이라고 맞힌 사람은 일반인은 10명 중 2명, 기자는 3명이 채 안 된다.

위의 사례를 보면 자못 충격적이다. 어디 그뿐인가. 인공지능 바둑기사 '알파고'의 활약은 인류를 또 다른 충격 속으로 몰아넣었다.

알파고(AlphaGo)는 구글 딥마인드(Google DeepMind)가 개발한 인공지능 바둑 프로그램이다. 2015년 10월 판 후이(樊麾) 2단과의 5번기에서 모두 승리해 핸디캡(접바둑) 없이 호선(맞바둑)으로 프로 바둑기사를 이긴 최초의 컴퓨터 바둑 프로그램이 되었다. 2016년 3월에는 세계 최상위 수준급의 프로기사인 이세돌 9단과의 5번기 공개대국에서 대부분의 예상을 깨고 최종전적 4승 1패로 승리해 '현존 최고 인공지능'으로 등극하면서 세계를 놀라게 했다. 이 대국을 통해 인공지능의 새 장을 열었다는 평가를 받았으며, 바둑계는 기존의 통념을 깨뜨리는 창의적인 수와 대세관으로 수천 년 동안 이어진 패러다임이 바뀔 것으로 전망했다. 한국기원은 알파고가 정상의 프로기사 실력인 '입신(入神)'의 경지에 올랐다고

인정하고 '프로명예단증(9단)'을 수여했다. 2017년 5월에는 바둑 세계
랭킹 1위 프로기사인 커제(柯洁) 9단과의 3번기 공개대국과 중국대표 5
인과의 상담기(相談棋, 단체전)에서도 모두 승리하며 '세계에서 가장 강
력한 인공지능'임을 다시 한번 각인시켰다. 중국기원도 알파고에게 '프
로기사 9단' 칭호를 부여했다.[15]

　이제 인공지능은 기사 작성과 바둑 대국뿐만 아니라 문학작품 창작에
도 나서고 있다. 다음과 같은 "소설창작까지 도전한 인공지능… 日문학상
1차 심사 통과"라는 제하의 연합뉴스(2016년 3월 22일자) 기사를 보면 더
욱 모골이 송연해진다.

　　(도쿄=연합뉴스) 조준형 특파원 = "그 날은 구름이 드리운 잔뜩 흐린
　날이었다. 방안은 언제나처럼 최적의 온도와 습도. 요코 씨는 그리 단정
　하지 않은 모습으로 소파에 앉아 시시한 게임으로 시간을 보내고 있다."
　　일본 연구자들이 인공지능을 활용해 쓴 소설의 일부다.
　　이세돌—알파고의 '세기의 대국' 이후 인공지능에 대한 관심이 새삼
　높아진 가운데, 인공지능에 소설을 쓰게 하는 프로젝트를 진행해온 일본
　연구자들이 21일 도쿄 도내에서 보고회를 열었다고 NHK 등 일본 언론
　이 보도했다.
　　프로젝트를 주도한 마쓰바라 진(松原仁) 공립하코다테미래대 교수는
　인공지능을 활용해 쓴 4편의 단편소설을 SF작가 호시 신이치(星新一) 씨
　의 이름을 붙인 '호시 신이치' 문학상에 응모한 결과 수상에는 실패했지
　만 일부가 1차 심사를 통과했다고 밝혔다.
　　연구진은 대략의 플롯(구성)은 인간이 부여하고 인공지능은 주어진
　단어와 형용사 등을 조합해 문장을 만드는 형식으로 소설을 썼다. 먼저
　사람이 '언제', '어떤 날씨에', '무엇을 하고 있다'는 등의 요소를 포함시키
　도록 지시하면 인공지능이 관련 있는 단어를 자동으로 골라 문장을 만

---

15 위키백과. https://ko.wikipedia.org/wiki/%EC%95%8C%ED%8C%8C%EA%B3%A0
　2017년 6월 11일 검색.

드는 식이었다. 아직 핵심적인 역할은 인간이 맡고 인공지능은 보조적
인 역할을 하는 수준인 셈이다.

마쓰바라 교수는 "1차 전형을 통과한 것은 쾌거"라면서도 "현재의 인
공지능은 미리 스토리를 결정해야 하는 등 인간의 손길이 필요한 부분
이 많아 앞으로 더 연구가 필요하다"고 말했다. 또 응모작에 사용된 인
공지능을 개발한 나고야(名古屋)대 사토 사토시(佐藤理史) 교수는 "몇
천자에 달하는 의미 있는 문장을 (인공지능이) 쓸 수 있었던 것은 큰 성
과"라고 자평했다.

연구진은 향후 스토리를 자동으로 생성하는 인공지능도 연구해 2년
후에는 인공지능이 인간의 개입 없이 소설을 쓸 수 있도록 한다는 목표
를 세웠다고 NHK는 소개했다.

이뿐만이 아니다. 인공지능이 따라올 수 없을 것이라는 그림과 음악 분
야에서 인공지능의 창작 도전도 이어지고 있다. 다보스포럼에서는 인공
지능, 로봇공학 등의 기술 발전으로 2020년까지 전 세계 일자리 중 510만
개가 사라질 것이라는 전망이 나온 바 있다. 인공지능이 이 같은 폭발적인
영향력을 갖게 된 것은 빅데이터와 이를 기반으로 학습하는 기계학습(머
신러닝) 기술 덕분이다. 과거 정해진 알고리즘대로 역할을 수행하던 것이
이제는 방대한 데이터를 바탕으로 스스로 학습하고 발전할 수 있게 된 것,
즉 인간의 학습 방식을 모사하기 시작한 것이다.

이처럼 사람이 아닌 인공지능 곧 컴퓨터 프로그램이 만드는 저작물(뉴
스기사, 바둑기보, 문학·미술·음악 작품 등)은 저작권법이 보호하는 '저
작물'인가? 저작물이라면 저작권은 누구에게 있는 것일까?

3. 디지털 저작물에 대한 법적 권리와 공정이용

1) 디지털 저작물의 저작자와 저작권

저작자著作者란 곧 "저작물을 창작한 사람", "사실상의 저작행위를 함으로써 저작물을 창작해 낸 사람"을 가리킨다. 그러므로 숨겨져 있던 다른 사람의 저작물을 발견했거나 발굴해 낸 사람, 저작물의 작성을 의뢰한 사람, 저작에 관한 아이디어나 조언을 한 사람, 저작을 하는 동안 옆에서 도와주었거나 자료를 제공한 사람 등은 저작자가 될 수 없다. 그리고 저작물의 내용이나 수준은 문제가 되지 않으므로 직업적인 문인이나 학자, 또는 예술가가 아니라도 저작행위만 있으면 누구든지 저작자가 될 수 있다. 따라서 법률상 무능력자로 취급되는 미성년자나 정신이상자라 할지라도 저작행위를 했다면 저작자가 된다. 또한 자연인으로서의 개인뿐만 아니라 단체 또는 법인도 저작자가 될 수 있다. 그리고 저작물에는 1차적저작물뿐만 아니라 2차적저작물과 편집저작물도 포함되어 있으므로 2차적저작물 또는 편집저작물의 작성자 또한 저작자가 된다.

그런데 하나의 저작물에 대해 저작자와 저작재산권자가 서로 다른 사람일 수 있다는 점에서 주의가 필요하다. 현행 저작권법의 규정에 따라 저작인격권은 저작자 일신에 전속되므로 별 문제가 없지만, 저작재산권은 저작자가 전체 또는 부분적인 권리를 제3자에게 양도할 수도 있으므로, 그럴 경우에는 일정권리를 양도받은 사람이 저작재산권자가 되기 때문이다. 나아가 저작재산권은 "저작자의 생존하는 동안과 사망 후 70년간 존속한다"는 규정에 따라 상속이 될 수 있다는 점에서 저작자와 저작재산권자는 구별될 수밖에 없는 경우가 있다. 또, 저작물의 저작자는 1인에 한정되지 않으며 2인 이상의 사상이나 감정이 하나가 되어 구체화된 공동저작물의 경우에는 공동으로 창작한 사람 모두가 저작자가 된다. 저작권법에서는 이런 저작자의 특성과 관련하여 '저작자 등의 추정'[16]과 '업무상저작

---

16 저작권법 제8조(저작자 등의 추정)
① 다음 각호의 1에 해당하는 자는 저작자로 추정한다.
 1. 저작물의 원본이나 그 복제물에 저작자로서의 실명 또는 이명(예명·아호·약칭 등.

물의 저작자'[17]에 관한 규정을 별도로 두고 있다.

이러한 저작자에게 주어지는 '저작인격권'이란 "저작자가 자신의 저작물에 대해 갖는 정신적·인격적 이익을 법률로써 보호받는 권리"라고 할 수 있으며, 저작권법에서는 이를 세분하여 공표권, 성명표시권, 동일성유지권의 세 가지로 나누어 규정하고 있다. 아울러 인격권은 곧 정신적인 권리라는 점에서 '일신전속성'이란 특성을 띤다. 남에게 양도하거나 상속시킬 수 없는 권리란 뜻이다.

끝으로, '저작재산권'이란 저작자가 자신의 저작물에 대해 갖는 재산적인 권리를 뜻한다. 따라서 일반적인 물권物權과 마찬가지로 지배권이며, 양도와 상속의 대상일 뿐만 아니라, 채권적인 효력도 가지고 있다. 저작자 일신에 전속되는 인격권과는 사뭇 다른 특성을 가지고 있는 것이다. 또한 저작재산권은 저삭자가 자신의 저작물에 대해서 갖는 배타적인 이용권이라고도 할 수 있다. 그러나 실제로는 자신이 직접 저작물을 이용하는 경우보다는 남에게 저작물을 이용하도록 허락하고 그 대가를 받는 경우가 대부분이다. 이러한 저작재산권을 세분하여 저작권법에서는 복제권, 공연권, 공중송신권, 전시권, 배포권, 대여권, 2차적저작물작성권 등 일곱 가지에 대해 규정하고 있다.

한편, 일반적인 소유권은 보호기간이 정해져 있지 않고 영구적인 것이 특징이지만, 저작재산권은 한 사회의 문화발전을 꾀하는 수단이어야 한다는 측면에서 법에 의해 그 보호기간이 "저작자 사망 후 또는 저작물 공

___

이하 같다)으로서 널리 알려진 것이 일반적인 방법으로 표시된 자

2. 저작물을 공연 또는 공중송신하는 경우에 저작자로서의 실명 또는 저작자의 널리 알려진 이명으로서 표시된 자

② 제1항 각호의 1의 규정에 의한 저작자의 표시가 없는 저작물의 경우에는 발행자 또는 공연자로 표시된 자가 저작권을 가지는 것으로 추정한다.

17 저작권법 제9조(업무상저작물의 저작자) 법인 등의 명의로 공표되는 업무상저작물의 저작자는 계약 또는 근무규칙 등에 다른 정함이 없는 때에는 그 법인 등이 된다.

표 후 70년까지" 등으로 한정된다.

2) 온라인서비스제공자(OSP)의 책임 강화

인터넷 서비스와 관련하여 최근에는 온라인서비스제공자(OSP; On-line Service Provider)의 역할이 주목받고 있다. 나아가 온라인서비스제공자가 저작권 침해의 직접적인 당사자는 아니지만 이를 유발하거나 가능하게 한다는 점에서 온라인서비스를 통한 저작권 침해에 대해 민사상 및 형사상 책임을 져야 하는 경우가 예상된다. 그러나 다른 한편으로는 온라인서비스제공자야말로 이러한 저작권 침해를 가장 효과적으로 방지하거나 중단시킬 수 있는 위치에 있다. 따라서 온라인서비스제공자의 책임을 엄격하게 따지기보다는 그로 하여금 저작권 침해를 방지하거나 중단시키는 역할을 맡게 하고 그에 상응하게 저작권 침해에 대한 책임을 제한해 줌으로써 온라인서비스제공자가 건전한 사업환경을 조성하여 온라인서비스를 통한 저작물의 원활한 유통을 촉진하게 하는 것이 더 디지털 미디어 시대의 특성에 부합하는 조치라고 판단한 것이다.

우리 저작권법에서 이러한 '온라인서비스제공자의 책임제한' 규정을 신설한 것은 2003년 개정 저작권법에서의 일이며, 국제적으로는 1998년 미국의 '디지털밀레니엄저작권법(DMCA)'에서 처음 도입한 이래 전 세계에서 고루 채택되었다. 2007년 전부개정법에서는 제6장에서 온라인서비스제공자의 책임제한에 대하여 그가 자신이 서비스를 제공하는 것과 관련하여 다른 사람의 저작권이 침해된다는 것을 안 경우, 그리고 자신의 권리가 침해되고 있다고 주장하는 사람으로부터 침해가 되는 복제 및 전송을 중단해 줄 것을 요청받은 경우로 나누어서 규정한 바 있다. 나아가 한·EU FTA 개정 저작권법(법률 제10807호, 2011.6.30.)에서는 온라인서비스제공자의 유형별 면책 요건을 반영하였으며, 한·미 FTA 개정 저작권법

(법률 제1110호, 2011.12.2.)에서는 면책 요건에 '반복적 저작권 침해자 계정해지 정책 실시' 및 '표준적인 기술조치 수용' 요건을 추가하였다.

이처럼 온라인서비스제공자의 책임제한 규정이 온라인서비스제공자가 일정한 절차에 따른 경우에 단순히 그의 책임을 감면할 수 있다는 취지를 담고 있는 반면에 제104조[18]는 적극적으로 온라인서비스제공자에게 직접 의무를 부과하고 이를 따르지 않을 경우 그에 대해 과태료를 부과할 수 있도록 함으로써 의무사항의 이행을 강제하고 있다는 점에서 다르다.

먼저 다른 사람들 상호간에 컴퓨터 등을 이용하여 저작물 등을 전송하도록 하는 것을 주된 목적으로 하는 온라인서비스제공자(특수한 유형의 온라인서비스제공자)는 권리자의 요청이 있는 경우 그 저작물 등의 불법적인 전송을 차단하는 기술적인 조치 등 필요한 조치를 취해야 한다고 규정하고 있다. 여기서 "다른 사람들 상호간에 컴퓨터 등을 이용하여 저작물 등을 전송하도록 하는 것을 주된 목적으로 하는 서비스제공자"란 곧 P2P서비스업자를 염두에 둔 것으로 판단된다. 이른바 P2P는 사용자끼리 자유로운 파일(저작물)의 교환(전송)을 주된 목적으로 하므로 저작권자 등 권리자의 요청이 있을 경우 자신의 저작물이 더 이상 공유되지 못하도록 대통령령이 정한 보호조치를 취하게 하는 강제규정이 마련된 것이다. 또 저작권법 제104조 제1항에서 말하는 "해당 저작물 등의 불법적인 전송을 차단하는 기술적인 조치 등 필요한 조치"란 다음의 모든 조치를 가리

---

18 저작권법 제104조(특수한 유형의 온라인 서비스제공자의 의무 등) ① 다른 사람들 상호간에 컴퓨터를 이용하여 저작물등을 전송하도록 하는 것을 주된 목적으로 하는 온라인서비스제공자(이하 "특수한 유형의 온라인서비스제공자"라 한다)는 권리자의 요청이 있는 경우 해당 저작물 등의 불법적인 전송을 차단하는 기술적 조치 등 필요한 조치를 하여야 한다. 이 경우 권리자의 요청 및 필요한 조치에 관한 사항은 대통령령으로 정한다.
② 문화체육관광부장관은 제1항의 규정에 따른 특수한 유형의 온라인서비스제공자의 범위를 정하여 고시할 수 있다.

키며 이 중 첫 번째와 두 번째 조치는 권리자가 요청하는 즉시 이행해야
한다.

1. 저작물 등의 제호 등과 특징을 비교하여 저작물 등을 인식할 수 있
  는 기술적인 조치
2. 이러한 조치에 따라 인지한 저작물 등의 불법적인 송신을 차단하
  기 위한 검색제한 조치 및 송신제한 조치
3. 해당 저작물 등의 불법적인 전송자를 확인할 수 있는 경우에는 그
  저작물 등의 전송자에게 저작권 침해금지 등을 요청하는 경고문구
  의 발송

또, 문화체육관광부장관은 특수한 유형의 온라인서비스제공자의 범위
를 정해서 고시할 수 있음을 규정하고 있다. 곧 P2P 서비스뿐만 아니라 웹
하드 서비스도 특수한 유형의 온라인서비스에 해당한다. 웹하드 서비스
는 비록 개인에게 일정 저장 공간을 마련해주는 것이 기본적인 서비스 형
태지만, 최근에는 이를 벗어나 이용자들이 자유롭게 파일을 교환하는 장
을 마련해주고 이를 통해 수익을 얻는 경우가 빈발하고 있기 때문이다. 따
라서 순수하게 웹하드 공간의 제공만을 목적으로 하지 않는 서비스업체
도 이 조항의 규율을 받게 될 것으로 보인다.

결국 저작권자로서는 저작권법에 따른 복제 및 전송의 중단요구와 함
께 불법전송을 차단하는 기술적 조치 등 필요한 조치를 함께 요청함으로
써 온라인서비스제공자의 저작권 침해방지 및 중단을 위한 노력을 기대
할 수 있을 것이다.

3) 공정이용 범위의 확대

'저작물의 공정한 이용'은 저작권법에서 규정하고 있는 저작재산권의

제한에 해당한다. 저작권법상 공정이용(fair use)은 "이용자가 저작권자의 동의나 허락 없이 저작물을 정당한 범위 내에서 합리적인 방법으로 사용할 수 있는 권리"라고 정의할 수 있다. 이러한 공정이용의 법리는 이용자의 편의를 도모함으로써 저작권자의 이익이 공공의 이익을 넘어서지 않도록 제어하는 장치라고 할 수 있다(이혼재, 2016, p.428.). 즉, 저작권이 지나치게 배타적이어서 사용자의 권리가 침해되고, 학문과 예술의 발전 등 공공의 이익이 저해되는 것을 막기 위해 일정한 조건에 한하여 이용자들의 자유이용을 허락하고 법적 책임을 면제시켜 줄 목적으로 제정된 규정인 셈이다. 달리 말하면, 저작권법은 저작권자의 이익을 보호하기 위해서만 존재하는 것이 아니라 저작권자와 이용자 사이의 관계를 합리적으로 규율해 주는 측면이 강하다고 볼 수 있으며, 공공의 이익을 위한 대표적인 조항이 바로 공정이용이다(손수호, 2006, p.214.). 2016년 개정되어, 현재 시행되고 있는 저작권법 공정이용의 조문은 아래와 같다.

> **제35조의3(저작물의 공정한 이용)** ① 제23조부터 제35조의2까지, 제101조의3부터 제101조의5까지의 경우 외에 저작물의 통상적인 이용 방법과 충돌하지 아니하고 저작자의 정당한 이익을 부당하게 해치지 아니하는 경우에는 저작물을 이용할 수 있다.
> ② 저작물 이용 행위가 제1항에 해당하는지를 판단할 때에는 다음 각 호의 사항 등을 고려하여야 한다.
> 1. 이용의 목적 및 성격
> 2. 저작물의 종류 및 용도
> 3. 이용된 부분이 저작물 전체에서 차지하는 비중과 그 중요성
> 4. 저작물의 이용이 그 저작물의 현재 시장 또는 가치나 잠재적인 시장 또는 가치에 미치는 영향

우리 저작권법에서 특별히 위의 조건을 공정이용에 해당하는 이용목적

과 성격을 지닌 행위로 제시한 이유는 우선, 위의 조건은 저작권법상 공정이용이 신설되기 이전에 존재하던 저작권법 제28조(공표된 저작물의 인용) "공표된 저작물은 보도·비평·교육·연구 등을 위하여는 정당한 범위 안에서 공정한 관행에 합치되게 이를 인용할 수 있다."에 명시되어 있었다. 우리 법원은 공정이용의 법리가 저작권법에 도입되기 이전에, 제28조에서 규정한 '공정한 인용'에 대하여 '공정이용'이라고 판결한 사례가 있었다.[19] 제28조와 관련한 대법원 판례를 보면, "인용의 목적, 저작물의 성질, 인용된 내용과 분량, 피인용저작물을 수록한 방법과 형태, 독자의 일반적 관념, 원저작물에 대한 수요를 대체하는지 여부 등을 종합적으로 고려하여 판단하여야"[20] 한다고 하면서 영리성과 관련하여서는 비영리성이 반드시 요구되는 것은 아니지만, 영리적인 이용의 경우 공정한 인용에 해당할 가능성이 좁아진다고 판시한 바 있으며, 이후 "인용의 목적, 저작물의 성질, 인용된 내용과 분량, 피인용저작물을 수록한 방법과 형태, 독자의 일반적 관념, 원저작물에 대한 수요를 대체하는지 여부 등을 종합적으로 고려하여 판단하여야 한다"[21]고 판시하였다. 그리고 그 이후, 공정이용에 판단기준으로서 동일한 입장을 유지하고 있는 것으로 보인다.

이러한 공정이용 정신은 저작물 공유운동의 일환으로 제기된 바 있는 '카피레프트(copyleft)'와 맞닿아 있다. 결국 저작권 공유(sharing copyright)는 공정이용이 가능한 공유영역(public domain)을 기본으로 하되 권리자가 스스로 자유이용을 허락함으로써 독점이 배제된 상태를 포함하는 넓은 의미로 볼 수 있을 것이다. 또한 권리자 보호가 과도하면 자칫 이용자의 활용권을 축소하고 결과적으로 공유·개방을 생명으로 하는

---

19 서울남부지법 2008.6.5. 선고 2007가합18479 판결.

20 대법원 1997. 11. 25. 선고 97도2227 판결.

21 대법원 1998. 7. 10. 선고 97다34839 판결, 2004. 5. 13. 선고 2004도1075 판결 등.

인터넷 공간을 위축시킬 수 있다는 점에서 저작권 문제를 단지 권리자 보호정책만으로는 해결할 수 없다는 점도 분명해졌다고 하겠다.

4. 맺음말

1) 퍼블릭 도메인(Public Domain) 정책의 강화와 공정이용의 범위 확대

'퍼블릭 도메인'은 저작권이 있는 저작물 등 사적 소유에 속한 권리에 대비되는 개념으로서, 저작물로서 인정되지 않거나 저작권 보호기간이 만료되어 누구든지 아무런 허락 없이 저작물을 이용할 수 있는 상태를 말한다. '사회 모두(public)의 소유'를 의미하는 것이다. 하지만 '퍼블릭 도메인'이라는 용어는 국내 법률에서 나타난 개념이 아니다. 이미 1791년 프랑스 저작권법에서는 이 용어를 사용하고 있었지만, 지적재산권법제에서는 이를 차용한 베른협약을 그 시초로 보고 있다(최정환, 2005).

이러한 퍼블릭 도메인은 그 개념의 범위가 갈수록 확장되고 있는데, 이는 퍼블릭 도메인이 가지는 의미의 확장이라기보다는 그 해석을 통해 이용자의 저작물 등 정보에 대한 접근을 보다 확대하기 위해 의도적 또는 정책적으로 확장시키려는 시도가 포함된 것이기도 하다(김윤명, 2007).

미국에서는 퍼블릭 도메인이라는 명칭 이외에도 공공 소유물(Public Property)이라거나, 공동 소유물(Common Property)이라고 표현하기도 한다. 그리고 그 유형은 ① 저작권법상 보호가 배제되는 저작물, ② 저작권 보호기간 만료의 저작물, ③ 보호요건 미상의 저작물, ④ 저작물 중 원천적인 만인공유의 요소, ⑤ 저작재산권이 제한되는 경우, ⑥ 기타 사유로 보호가 종료 또는 제한된 저작물 등으로 나눌 수 있다.

이러한 퍼블릭 도메인 정책의 강화와 더불어 저작권법에서 규정하고 있는 저작재산권 제한으로서의 공정이용의 범위를 확대해야 한다. 앞서 살핀 것처럼 디지털 기술의 특성을 감안해서 이른바 카피레프트(copyleft)로서의 저작물 공유 차원의 공정이용이 보장되는 방향으로 개선될 필요가 있는 것이다. 하지만 우리 사회에는 아직도 공정이용으로서의 '인용引用'을 위한 '정당한 범위에서의 사용' 내지 '출처의 올바른 표시'에 대한 인식조차 제대로 뿌리내리지 못하고 있다. 곧 무엇이 공표된 저작물에 대한 공정한 인용인지, 저작물의 정당한 이용방법은 무엇인지에 대한 공감대가 시급하다는 뜻이다. 이처럼 공정이용 및 정당한 이용을 위한 합리적인 방법이 우리 사회에 제대로 인식된다면 보상금을 물리는 것보다 훨씬 큰 효과를 기대할 수 있다.

2) CCL 등 형식적 절차의 확대

만약 형식적 절차가 제대로 이루어진다면 어떤 콘텐츠가 자유로운 이용이 가능한지, 특정한 콘텐츠에 대한 권리를 누가 통제하는지 확인하는 일 또한 간단해질 것이다. 특정한 콘텐츠에 대한 권리 주장과 함께 정당한 이용권을 주장하는 것도 매우 쉬워질 것이다. 이러한 형식적 절차의 대표적인 것으로 CCL을 들 수 있다.

CCL(Creative Commons License)은 저작물을 창조한 사람이 일일이 사용자와 계약을 맺지 않아도 CCL이 정한 규칙만 지키면 누구나 그 표준약관에 따라 저작물을 이용할 수 있게 한 시스템이다. 사회적 창작활동에 있어 자신의 저작물을 공유하자는 새로운 라이선스 시스템인 CCL은 로렌스 레식(Lawrence Lessig)을 비롯한 여러 전문가들에 의해 2001년 만들어졌다. 이후 세계 여러 나라에 확산되었으며, 2005년 3월에는 CC Korea(Creative commons Korea)[22]가 공식 출범하였다.

---

22 Creative Commons Korea 홈페이지(www.creativecommons.or.kr) 참고.

좀더 구체적으로 살펴보면, CCL은 일반적으로 많이 쓰이는 저작물 이용방법 및 조건을 정하고 표준 라이선스를 유형화해서 저작권자가 자신의 저작물에 라이선스 유형을 선택하여 표시하면 이용자들은 저작물에 표시된 라이선스에 따라 그 저작물을 이용할 수 있게 되는 시스템이다. 주로 저작물 이용의 활성화 및 2차적저작물 창작의 활성화를 위해 원저작물 저작권자의 동의를 미리 표시하는 역할을 하는 경우가 많다. 이러한 CCL은 저작권자의 배타적 권리를 부인하지 않는다. 오히려, CCL은 저작권자의 배타적 권리를 전제로 저작권자의 필요에 따라 다른 사람들이 저작물을 쉽게 활용할 수 있도록 하는 것이다. 특히 디지털 기술에 기반한 창작물들은 복사 및 전송이 쉽기 때문에 별다른 죄의식 없이 저작권자의 권리를 침해하는 경우가 많다. 반면, Web 2.0의 철학 및 인터넷의 참된 가치는 참여·개방·공유에 있으므로 기술 발전으로 야기되는 저작권 혼란을 해결하기 위해 이러한 개념이 고안되었다. 결국 CCL은 저작물 공유와 저작권 보호라는 상충된 입장을 절충하기 위한 노력의 결과로 기존 저작권 표시인 'all rights reserved'와 완전한 공유인 'no rights reserved'의 중간에 'some rights reserved'라는 영역을 만드는 것이라고 할 수 있겠다.

한편, CCL은 저작권 체계를 새롭게 바꾼 것이 아니고, 다만 현행 저작권법 테두리 안에서 저작물의 이용에 대한 조건을 명확히 밝혀 놓은 것에 불과하다. 따라서 이용자는 저작물에 표시된 이용 범위 안에서 자유롭게 저작물을 이용할 수 있고, 이용 범위를 벗어나서 이용한 경우에는 저작권을 침해한 것이 된다. 다음은 CCL의 구성요소로서 이용자에게 부과하고 있는 '이용방법 및 조건'의 구체적 내용이다.

〈표 3〉 CCL의 구성요소

이미지	의미	세부 내용
	저작자 표시 BY	저작물의 원작품이나 그 복제물 또는 저작물의 공표에 있어서 그의 실명 또는 이명을 표시할 권리인 성명표시권을 행사한다는 의미이다. 따라서 이용자는 저작물을 이용하려면 반드시 저작자를 표시하여야 한다.
	비영리 NC	저작물의 이용에 있어 영리를 목적으로 할 수 없다는 의미이다. 영리 목적의 이용을 원하는 이용자에게는 별개의 계약으로 대가를 받고 이용을 허락할 수 있다.
	변경금지 ND	저작물을 이용하여 새로운 2차적저작물을 작성하는 것뿐만 아니라 저작물의 내용, 형식 등의 단순한 변경도 금지한다는 의미이다.
	동일조건 변경허락 SA	원저작물이 허락한 라이선스와 동일한 라이선스를 적용할 경우에 한해 원저작물의 내용·저작물의 내용을 변경할 수 있다는 의미이다. 즉, 저작자표시-비영리 조건이 붙은 원저작물을 2차적저작물로 작성한 경우 그 2차적저작물에도 역시 저작자 표시-비영리 조건으로 이용허락을 해야 한다는 뜻이다.

* 출처 : Creative Commons Korea 홈페이지에서 가져온 내용을 재정리함.

　　기존 CCL의 범위를 넘어 해당 콘텐츠를 상업적 용도로 사용하고자 할 때 이 표지를 웹상에서 클릭하면 상업적 조건을 의논할 수 있는 안내 표시로 연결된다. CCL은 위 4가지 요건 중에 어느 것을 채택하였느냐에 따라 서로 다른 내용의 라이선스가 되는데, 성질상 '변경금지'와 '동일조건 변경허락'은 동시에 적용할 수 없으므로 논리적으로 가능한 이용허락의 유형은 모두 11가지이다. 그러나 '저작자 표시'는 모든 라이선스에 기본으로 들어가 있어 실제 운용되는 라이선스는 '저작자 표시', '저작자 표시-비영리', '저작자 표시-변경금지', '저작자 표시-동일조건 변경허락', '저작자 표시-비영리-변경금지', '저작자 표시-비영리-동일조건 변경허락'의 6가지가 된다. 이렇게 디지털 콘텐츠에 대해 CCL을 널리 활용함으로써 저작자들 스스로 공정이용 및 공유의 영역을 넓히려는 노력이 많아질수록 저작권 보호 의식도 더불어 높아질 것이다.

<표 4> CCL의 종류

이미지	의미	세부 내용
CC BY	저작자 표시 BY	−원저작자를 표시하여야 한다.
CC BY SA	저작자 표시, 동일조건 변경허락 BY−SA	−원저작자를 표시하여야 한다. −이 저작물을 개작, 변형 또는 가공했을 경우에는, 이 저작물과 동일한 이용허락조건하에서만 배포할 수 있다.
CC BY ND	저작자 표시, 변경금지 BY−ND	−원저작자를 표시하여야 한다. −이 저작물을 개작, 변형 또는 가공할 수 없다.
CC BY NC SA	저작자 표시, 비영리 BY−NC	−원저작자를 표시하여야 한다. −이 저작물을 영리 목적으로 이용할 수 없다.
CC BY NC SA	저작자 표시, 비영리, 동일조건 변경허락 BY−NC−SA	−원저작자를 표시하여야 한다. −이 저작물을 영리 목적으로 이용할 수 없다. −이 저작물을 개작, 변형 또는 가공했을 경우에는, 이 저작물과 동일한 이용허락조건하에서만 배포할 수 있다.
CC BY NC ND	저작자 표시, 비영리, 변경금지 BY−NC−ND	−원저작자를 표시하여야 한다. −이 저작물을 영리 목적으로 이용할 수 없다. −이 저작물을 개작, 변형 또는 가공할 수 없다.

*출처 : Creative Commons Korea 홈페이지(www.creativecommons.or.kr)

3) 저작권 인증제도의 활용

수많은 저작물이 생겨나는 동시에 소멸되고 있는 현실에 비추어볼 때 권리자와 이용자가 안전하게 저작물을 거래할 수 있는 기반 환경을 조성하기 위해 저작권 관련 인증의 중요성은 날이 갈수록 커지고 있다. 우리 저작권법은 2006년 개정에서 '인증' 시스템을 도입하면서 저작권법 제2조 제33호에 "인증은 저작물 등의 이용허락 등을 위하여 정당한 권리자임을 증명하는 것을 말한다"고 규정하고 있다. 이는 저작권법이 천명하고 있는 무방식주의의 한계를 보완함으로써 저작물 유통의 활성화를 도모하고자 하는 목적을 띠고 있으며, 따라서 정당한 권리보유 사실을 공신력 있는 기관(한국저작권위원회)이 증명해주는 행위로 이해할 수 있을 것이다.

한편, 저작권법 제2조 제33호를 그대로 해석하면 저작권 인증은 곧 '권리에 대한 인증'만을 의미하는 것으로 해석될 소지가 있으나, 다시 동법 시행령 제37조 2항[23]에서는 인증기관으로 하여금 "정당한 권리자(정당한 권리자로부터 저작물 등의 이용허락을 받은 경우를 포함한다)라고 인정되는 경우에는 이를 인증하여야 한다"고 규정하고 있다. 이를 다시 살펴보면, 인증에는 '권리인증'과 '이용허락인증' 등 두 가지로 나뉜다는 사실을 알 수 있다. 여기서 '권리인증'은 저작물에 대해 정당한 권리자임을 인증기관이 인증해 주는 것임에 반해, '이용허락인증'은 정당한 권리자로부터 이용허락에 대한 계약을 하고 이용허락인증기관으로부터 정당한 권리자로부터 이용허락에 대한 계약을 체결하였음을 인증 받는 것으로 이해할 수 있다.

이처럼 저작권 인증제도를 도입하게 된 본질적인 이유는 이러한 제도를 갖추게 되면 저작재산권이 존재하는 창작물인지, 퍼블릭도메인에 속하는 창작물인지 분명하게 파악할 수 있고, 이 같은 내용이 기록된 공부公簿를 통해 특정 창작물의 저작권이 누구에게 있는지, 그리고 이용허락을 얻기 위해 누구와 연락을 취해야 하는지 알 수 있다는 점에서 매우 유용한 제도라고 할 수 있다. 또한, 공동저작물에 대한 저작권을 사전에 명확하게 정리하여 분쟁의 소지를 제거할 수 있으며, 저작권 침해 관련 소송의 경우

---

23 저작권법 시행령 제37조 (인증 절차 등) ② 인증기관은 제1항에 따라 인증을 신청한 자가 정당한 권리자(정당한 권리자로부터 저작물 등의 이용허락을 받은 경우를 포함한다)라고 인정되는 경우에는 이를 인증하여야 한다. 이러한 구분은 심사요건과 효과에 있어 차등적으로 적용할 수 있음을 의미한다.

에는 권리자가 특정 저작물의 저작권이 자신에게 있음을 손쉽게 입증할 수 있다는 점에서도 인증제도의 유용성이 기대된다.

4) 저작권 등록제도의 활성화

저작권법상 '등록'이란 저작재산권의 이전 등 소정의 사항을 저작권 등록부에 기재하는 것 또는 그 기재행위를 가리킨다. 주지하는 바와 같이 저작권법은 산업재산권법과 달리 형식주의가 아닌 자연발생적 권리로서 저작권을 저작자에게 부여하고 있다. 따라서 현행 저작권법은 권리발생적 요건으로서 등록제도를 인정하지 않고 있다. 이는 1908년 베를린에서 개정된 베른협약에서 무방식주의를 채택함으로써 모든 회원국들이 채택하고 있는 방식이다. 즉, 저작권은 창작자가 창작(저작)하는 순간 발생하며 특허 등 여타 산업재산권처럼 특허청에 등록을 해야만 권리가 발생하는 것이 아님을 뜻한다. 곧 저작권은 헌법과 저작권법에 의해 보호받고, 그 보호에 있어 어떠한 절차나 형식의 이행을 요하지 않는다. 다만, 저작권법에서 규정하고 있는 등록제도는 제3자에게 대항할 수 있는 요건으로만 기능하는 것이다.

따라서 저작권법 관련학계 일각에서도 어떠한 절차나 방식의 이행 없이 권리가 부여되는 무방식주의에 의한 보호시스템에 대해 회의적인 시각이 공존하고 있다. 저작물을 자유롭게 이용할 수 있는 경우를 예외적으로 규정함으로써 저작권자의 의사나 이용 목적과 상관없이 저작권자의 별도의 허락을 받지 않은 대부분의 이용자들을 일단 저작권 침해자로 보고, 저작권자의 의사에 따라 선별적으로 권리행사가 이루어지는 현행 보호방법은 오늘날 인터넷 환경에 있어 정보의 원활한 이용에 커다란 장애가 되고 있기 때문이다.

저작권 발생에 있어 이러한 제도적인 한계를 극복하기 위한 시스템으로는 미국의 저작권법에서 운용된 바 있는 등록제도의 도입과 같은 구체적 요건화가 필요하다. 물론, 저작권법상 등록제도가 갖는 의미는 권리 발생 요건이 아니기 때문에 그 한계를 갖지만 저작권 등록이 갖는 의미는 저작자를 보호하며, 그 저작물의 공정이용에 기여하는 제도로서 가치가 재인식되어야 할 필요성이 크다(김윤명, 2007)고 하겠다.

5) 결론적 논의

저작자는 누구든지 "거인의 어깨 위에 올라서 있는 난쟁이"이다. 창작 행위의 결과물인 저작물은 다양한 매체를 통해 마치 새로운 것처럼 공표되지만, 이미 다른 창작물로부터 영향을 받아 서로 관계를 주고받는 가운데 생산되는 것이기에 저작권법에서도 소극적이나마 저작물이 사회적 생산결과임을 인정하고 있다. 그러나 상당수의 저작물이 퍼블릭 도메인으로 흡수되어야 함에도 저작재산권의 보호기간이 점차 연장됨으로써 저작권자에게는 보다 강력한 통제권이 생기게 되었고, 그로 인해 더 풍요로운 창작활동의 가능성이나 2차적 창작의 가능성이 줄어드는 상황임을 감안할 때 퍼블릭 도메인은 적극적으로 넓게 해석할 필요가 있다고 판단된다.

다음으로, 기존 제도가 소홀히 취급하고 있는 저작권 관련 사항들을 좀 더 분명하게 하기 위해서는 형식적인 절차가 확대되어야 한다는 점을 확인할 수 있었다. 예컨대, CCL(Creative Commons License)을 비롯하여 인증제도의 활성화, 그리고 저작권의 등록 및 갱신의 활성화 방안이 강구되어야 하는 것이다.

구체적으로는 온라인서비스제공자(OSP)가 인터넷 상에 게시되는 콘텐츠에 대해 특별한 표기가 없는 한 CCL로 약정하는 표준약관을 채택하는 방안, 인터넷에 게시되는 다양한 콘텐츠 작성에 사용되는 틀에 대해 CCL을 사용하게 하는 방안, 그리고 이러한 저작물을 게시하는 위치를 구별하는 방안이 적절히 강구되어야 한다. 다만, CCL은 부착한 이와 표시가 부착된 저작물을 이용하는 사람 모두 저작권법을 이해하고 있어야 하므로, 표시의 보급과 함께 저작권 교육을 강화해야 하며, CCL을 표시하지 않은 저작물에 대해서는 향후 저작권 침해 문제가 발생할 수 있으므로 이용자들로 하여금 이에 대한 위험을 자각하게 하여 무단 사용에 대한 인식을 갖게 함으로써 저작물에 대한 이용활성화를 도모해야 할 것이다.

인증제도에 있어서는 이러한 제도를 갖추게 되면 창작물의 저작권 존재 여부를 쉽게 확인할 수 있어 그 저작물의 이용허락을 얻는 것도 용이해질 뿐만 아니라, 저작권 침해에 따른 소송에 있어서도 사실 입증이 쉬워진다는 점에서, 또한 권리자 사칭을 방지할 수 있다는 측면에서 그 유용성이 커지고 있음을 확인하였다.

나아가 저작권의 등록과 갱신에 있어서는 저작권법상 등록 자체가 권리발생요건이 아니기 때문에 한계를 띠기는 하지만, 저작자를 보호하면서 저작물의 공정이용에 기여하는 제도임을 알 수 있었다. 곧 등록을 통해 권리자의 파악, 권리발생시점 및 존속기간에 관한 사항, 권리관계의 변동 등을 확인할 수 있기 때문에 등록의 의무화는 매우 효용성 있는 제도임을 확인하였다. 이에 따른 개선방안으로는 등록의 일정한 요건 등에 대해서는 강제성을 부여하는 한편, 등록이 간편하고 누구나 활용할 수 있을 정도의 적은 비용이 들어야 하며, 저작권 관련 소송을 진행하기 위해서는 반드시 등록이 되어 있는 경우에만 그 소권訴權이 발생하도록 함으로써 소권의 남용을 방어하는 역할을 수행하도록 하는 등의 실질적인 법 개정이 필요하다.

결국 디지털 혁명으로 표현되는 기술적 진보와 함께 저작권 환경이 급변함으로써 아날로그 미디어에서 파생한 저작권 질서가 크게 흔들리고 있지만, 이상에서 살핀 바와 같이 '법보다 사람'이라는 인식을 바탕으로

'공정이용'을 확대하는 방향으로의 법리 도입과 함께 형식적 절차를 보완하는 제도적 장치가 마련되어야 한다. 다만, 고의적이고 상업적인 저작권 침해 행위에 대해서는 '징벌적 손해배상'과 더불어 강력한 형사 처벌이 가능해져야 한다. 그리하여 공정이용을 기반으로 한 저작권 보호 관행이 정착된다면 인간 본위의 새롭고 건강한 저작권 질서를 구축할 수 있을 것이며, 나아가 저작물 이용에 따른 분쟁을 줄이고 새로운 콘텐츠의 창작 활성화와 더불어 새로운 시장의 창출도 기대할 수 있을 것이다.

전후 일본 고도경제성장의 성공 스토리와 테크노크라트의 유산

-일본 드라마 〈관료들의 여름(官僚たちの夏)〉(2009)을 중심으로

이혜진 (세명대학교 교양대학 교수)*

I. '잃어버린 20년'과 요동치는 국민 서사

2007년 11월 9일 『아사히신문(朝日新聞)』은 1996년도에 4만 5천 명이 넘었던 국가공무원 1종[1] 수험생이 2007년에 이르러 절반으로 감소한 데 대해 우려를 표명하는 기사를 게재했다. 2001년부터 2006년까지 개인 사정으로 사직한 '커리어 관료'가 총 292명에 달하는 등, 일본 기업 최대의 장점으로 꼽혔던 종신고용제와 같은 안정적인 인사시스템이 붕괴하면서 테크노크라트(technocrat)와 같은 고급관리직 역시 사향 길로 접어든 것이다. 이러한 분위기는 일본 사회가 공유해왔던 직업에 대한 가치관이 변화하고 있다는 사실을 시사해준다. 20대 청년들의 약 40%가 공무원직을 희

---

*이 글은 『스토리앤이미지텔링』 제18집, 2019. 12.에 발표된 것임을 밝힌다.

1 일본에서 '국가공무원 1종 시험'이란 한국의 행정고시에 해당하는 고위 공무원 임용 시험으로서, 보통 여기에 속한 관료들을 가리켜 '커리어 관료(career 官僚)'라고 부른다.

망하고 있는 한국의 경와 비교할 때, 높은 경쟁률을 뚫고 진입한 일본의 젊은 공무원들이 연쇄적으로 퇴직하고 있는 현상은 무언가 합리적인 쇄신이 요망되고 있는 것처럼 보인다.[2]

　1991년부터 이어져온 일본의 장기 경제 불황은 1990년대 중반부터 2000년대 초반까지 사회에 진출해야 할 일본 청년들로 하여금 혹독한 '취업빙하기'를 경험하게 만들었다. 이 시기에 급증한 비정규직 청년들 중의 많은 숫자는 2020년대에 이르러서도 여전히 아르바이트로 근근이 생계를 이어가는 '중년 프리터(freeter)'[3]가 되어버렸다. 한국에서 X세대와 N세대가 등장했던 이 시기에, 일본은 버블경제 붕괴 이후 고용 절벽에 내몰린 이 청년세대를 '로스트 제너레이션(Lost Generation)'이라고 불렀다. 하지마 이 보다 더 심각한 문제는 나이를 먹어서도 여전히 삶의 여건이 개선될 기미가 보이지 않는 이 '로스트 제너레이션'의 실상을 그대로 목도해버린 후대의 청년들이었다. 이들은 그동안 일본 중산층이 누려왔던 풍요로운 생활양식을 스스로 포기하고 체념하는 길을 선택해버렸기 때문이다. 이 후세대는 경제적 풍요와 사회적 지위 향상을 위해 투자하는 대신에 마치 온갖 세상만사에 대해 득도해버린 것처럼 보이는 이른바 '사토리 세대'

---

2 「일본, 젊은 공무원 퇴직 갈수록 늘어」, KBS 뉴스, 2019.4.30.; 「20대 40% "직업안정성 높은 공무원 희망한다"」, 『매일경제』, 2018.6.18.

3 2019년 5월 20일 『니혼게자이신문(日本経済新聞)』에 따르면, '빙하기 세대'로 불리는 35~44세의 '중년 프리터'나 무직자는 현재 약 92만 명이 넘는 것으로 밝혀졌다. 이는 2003년 대비 약 두 배 가까이 증가한 것으로서, 35~44세 인구의 5%가 넘는 수치에 해당한다. 이 '빙하기 세대'는 1993~2004년 사이에 고등학교와 대학을 졸업한 사람들로서, 이들이 사회에 진출할 무렵 버블경제의 붕괴와 금융시스템의 불안으로 기업의 신규채용이 감소한 상태였다. 급기야 2000년도에는 미취업 졸업자가 12만 명에 달하며 정점을 찍기도 했다. 기사는 "아르바이트나 원치 않는 직종을 전전하느라 능력 개발의 기회가 적었던 사람이 많다"라고 지적했다. 한 연구결과에 따르면, 2002년에 무직자였던 '빙하기 세대'의 약 40%가 2015년에도 여전히 무직 상태를 벗어나지 못한 것으로 집계되었다. 「日 완전고용의 그늘, 3544세대 프리터·무직자 90만 명」, 『아시아경제』, 2019.5.20.

의 감성을 형성했다. '사토리 세대'의 탄생 배경이 되었던 과거 1991년부터 약 20여 년 동안 경제성장률이 평균 1.1%에 그쳤던 유례없는 장기경제침체를 가리켜 일본인들은 '잃어버린 20년'이라고 자조했다.

'잃어버린 20년'이라는 이 자조 섞인 용어는 드라마 〈관료들의 여름〉을 이해하는 데 중요한 정서적 배경이 된다. 1975년에 발간된 시로야마 사부로(城山三郎)의 동명소설을 원작[4]으로 한 이 드라마가 1996년 NHK에서 처음 방영된 이래 2009년 TBS에서 리메이크 되었던 현실적인 이유가 바로 '잃어버린 20년'에 대한 일본의 집단적 상실감을 기반으로 하고 있다고 생각하기 때문이다. 드라마 〈관료들의 여름〉의 시대적 배경은 일본이 아시아·태평양전쟁에서 패배한 지 정확히 10년 후, 이른바 '고도경제성장기의 원년'이라 불리는 쇼와 30년(1955년) 봄에서 출발한다. 잘 알려져 있는 것처럼 이 시기는 패전의 상흔을 단시간에 극복한 현대 일본사회의 영광과 자긍심의 기원이 되는 해였다. 따라서 "패전국 일본을 세계와 어깨를 나란히 하는 풍요로운 국가로 만들겠다"는 사명감에 불탄 '통상산업성'[5]의

---

4 드라마 〈관료들의 여름〉은 '경제소설의 개척자'로 불리는 시로야마 사부로가 「通産官僚たちの夏(통산관료들의 여름)」이라는 제목으로 『週間朝日(주간 아사히)』에 연재했던 것을 1975년 『Mr.通産省の四季節(미스터 통산성의 사계절)』(新潮社)이라는 제목으로 간행한 단행본을 원작으로 삼은 것이다. 이 소설은 처음 1996년 NHK에서 드라마로 방영되었고, 이후 2009년 TBS에서 히라노 슌이치(平野俊一)의 연출과 하시모토 히로시(橋本裕志)의 각본으로 리메이크 되었다.

5 1949년 5월에 발족한 '통상산업성(通商産業省, Ministry of International Trade and Industry)'의 역사는 근대적 상공업이 본격적으로 이식된 메이지(明治) 시기로 소급된다. 1881년 4월 7일 최초의 상공업 관할관청으로 설치된 '농상무성'이 바로 이 '통상산업성'의 기원이다. 메이지의 근대적 산업화의 근간은 '부국강병'과 '식산흥업'이었는데, 이때 '농상무성'이 '식산흥업'을 담당했다. 그러나 상공업의 발달이 가속화 되자 1925년 4월 1일 '농상무성'을 '농림성'과 '상공성'으로 분리함으로써 상공업만 전담하는 기구로서의 '통산성'이 완성되었다. 하지만 당시 '통산성'의 실제적 위상은 내무성, 대장성, 외무성에 비해 미약했다. 그러다 1937년 중일전쟁이 발발하자 상공행정에 중대한 영향력을 행사했던 '기획원'이 신설되었는데, 일종의 '경제참모

관료들을 주인공으로 내세우면서 시대적 장애물에 맞선 그들의 분투와 좌절을 재현하는 것은 허무와 상실감에 젖어 있는 일본 국민의 노스텔지어를 효과적으로 자극해 줄 수 있었다. 패전에 대한 좌절감과 미 점령군에 의한 경제적 압박을 극복하고 단시간 내에 일본 산업계의 고도성장을 선두 지휘했던 통산성 관리들의 희생과 성공담은 전후 일본 발전국가의 성공 스토리를 신화화함으로써 '잃어버린 20년'이 초래한 국민적 우울을 치유해주는 하나의 수단이 될 수 있기 때문이다.

즉 '잃어버린 20년'에 대한 국민적 공감은 과거 '패전국' 일본이 '전후부흥'에서 '고도경제성장'으로 급격히 태세 전환을 꾀해갔던 고난 극복의 역사를 상기시킴으로써 또 다시 찬란한 일본의 미래상을 구현해 갈 수 있으리라는 희망과 믿음의 국민 서사를 유도한 것이라고 할 수 있다. 그런 점에서 이 드라마는 전후 통산성 관료들의 고군분투와 그 성공담을 복원하기 위해 과거의 영광에 대한 이미지와 스토리를 현재적 감성으로 재창조했다는 점에서 문제적이다.

하나의 국민 공동체가 특정한 기억을 전유한다는 것은 과거에 대한 사실이나 기억 이상의 그 무엇인가를 함의하는 일이다. 그런 점에서 우리는 대중의 가치관과 욕망, 실천과 사유를 특정한 방향으로 유도해가는 기억의 정치학을 상기할 수밖에 없다. 하나의 사건이 제도화된 기억에 따라 역

본부' 기능을 수행했던 이 '기획원'은 각 성(省)의 업무를 지시·조정하는 막강한 권력을 행사했다. 이때 '상공성'의 많은 관리들이 '기획원'으로 자리를 옮겨가면서 '기획원'과 '상공성'의 긴밀한 협조체제가 시작되었다. 이후 태평양전쟁의 패색이 짙어가던 1943년 11월 1일 '상공성'과 '기획원'을 통합하면서 따로 전쟁에 필요한 경제적 원조를 위한 '군수성'을 독립적으로 설치했다. 그러나 1945년 8월 25일 연합국 최고사령부에 의해 일본의 군사 관련 기구들이 폐지되면서 '군수성'이 다시 '상공성'으로 부활했다. 이어서 1949년 5월 25일 '농상성'을 폐지하고, '군수성'이 합세한 '상공성'을 '통상산업성'으로 개칭했다. 전후의 일본 경제를 주도적으로 견인해갔던 '통상성'은 2001년 1월 6일 현재의 '경제산업성'으로 전환되었다. 오영교 지음, 『일본 통산성의 실체』, 포도원, 1994, 75~77쪽.

사적으로 재창조될 때, 그 하부에서 작동하는 기억의 스토리텔링은 이미 일정한 정치적·현재적 요구를 반영하고 있기 때문이다. 그런 탓에 '경험' 혹은 '역사'라는 미명 하에 '기억'에 대한 담론을 생산해내는 주체는 대부분 근대 국민국가였다. 이때 '국민'이라는 유기체로 구성된 시민들은 자신들의 기억과 욕망은 접어둔 채 국가가 재현해낸 기억과 욕망을 열정적으로 소비하는 대상으로 활용되어갔다.

즉 역사적 기억이란 특정한 시공간적 맥락에 따라 각각 다른 모습으로 나타난다는 익숙한 사실에 의거하여 우리는 예리한 논리로 접근해가야 할 필요가 있다. 특히 역사적 기억 그 자체가 그 시대 혹은 그 사회가 지향하고자 하는 집단 정체성을 구축해가는 하나의 수단이 될 때, 그것은 흔히 사회적 혹은 공공적 합의의 형태로 욕망을 은폐해가면서 발현된다는 점에서 더욱 문제적이다. 더욱이 국가권력과 시민사회가 각각 생산과 소비의 두 축을 형성하면서 집단적 정체성을 하나의 권위나 권력으로 전유하고자 할 때, 그 담론의 전략이 어떤 이미지와 스토리를 동반하면서 국민적 서사로 공유되고 소비되는가의 문제는 섬세한 분석적 접근이 요청될 수밖에 없다. 이 글은 이러한 문제의식에서 출발한다.

II. 1955년 '화려한 통산성의 시대'와 커리어 관료의 신화

드라마 〈관료들의 여름〉의 첫 장면은 1945년 8월 6일 원자폭탄 투하로 폐허가 되어버린 히로시마의 정경과 함께 일본국 국민에게 패전을 고하는 '천황의 옥음방송'이 라디오를 타고 흐르는 것으로 시작된다. 곧이어 8월 30일 아쓰기(厚木) 공항에 도착한 연합국 최고사령관(GHQ) 맥아더가 파이프를 입에 물고 비행기 계단을 내려온다. 그러자 곧 괴멸된 일본의 대

도시에 고층빌딩이 세워지고 고속버스와 신칸센(1964)이 달리며 도쿄 올림픽(1964)과 오사카 만국박람회(1970)의 개최 장면이 파노라마처럼 이어진다. 세계 최초의 상업용 고속철도 시설과 함께 아시아 최초로 개최된 도쿄 올림픽은 전후 일본 경제 부흥의 상징으로 통했다.

패전 이래 10년 후 이른바 '일본 고도성장기의 원년'이라 불리는 1955년, 연합군의 공습과 원자폭탄으로 일본 전역이 쑥대밭이 되어버린 시절에 일본은 '전후복구'를 개시한지 단 10년 만에 '경제부흥'을 넘어 마침내 경이로운 '고도경제성장'을 이루어냈다. 장기간의 침략전쟁에서 패배한 국가가 단시간 내에 고도의 기술발전과 급속한 자본축적으로 국민 생활 향상에 성공하고 세계 제2위의 경제대국을 이룩한 사례는 유래가 없는 일이었다. 당시 '동양의 기적'으로 불렸던 전후 일본의 경제 성장은 관료주도형 발전국가를 기반으로 하고 있었는데, 이 과정을 특별히 집중 조명한 드라마 〈관료들의 여름〉은 이 시기에 대해 다음과 같이 묘사했다.

쇼와 20년(1945년) 제2차 세계대전의 패전으로 괴멸적으로 타격을 받았던 일본 경제는 단 10년 만에 '더 이상 전후가 아니'라는 말을 들을 정도로 경이로운 부흥을 이루어냈다. 그리고 그 이후로 약 10년 뒤 국민총생산 세계 제2위로 약진하는 대위업을 달성하여 현재까지 이어지는 번영의 시대를 맞이하게 되었다. '동양의 기적'이라 불렸던 전후 일본의 고도경제성장. 그 뒤에는 이름 없는 남자들의 뜨거운 투쟁이 있었다.

이 드라마가 환기하고자 하는 소재는 전후 일본 경제의 발전과정에서 괄목할 만한 성과를 이끌어낸 일본의 관료주의적 리더십이다. 전후 일본의 관료주도형 산업화 정책이 이끈 성공신화는 그 동안 한국과 타이완을 비롯한 동아시아 정치·경제 관련자들의 관심대상이었을 뿐만 아니라 대다수 신흥공업국들의 모델이 되기도 했는데, 그 중에서도 특히 일본 산업

발전의 산 역사로 불리는 통상산업성은 일본 제일의 경제부처이자 산업을 관장하는 유일의 부처인 동시에 정치적으로는 외무성·대장성과 함께 일본 국내에서 막강한 위력을 발휘했다. 또한 대외적으로도 통상외교의 전담부처로서 국내외에서도 높은 평가를 받으며 굴지의 영향력을 행사했다.[6]

1955년 일본 국내 산업의 기반시설과 국제경쟁력이 전무한 데다 기술력조차 마련되지 않았던 시절에 국내산 자동차를 만들어 내수산업 육성의 기틀을 다지겠다는 무모할법한 발상을 밀어붙이는 통산성 관료 '가자코시 신고(風越信吾)'.[7] 그가 이 드라마의 주인공으로 채택된 데는 재기를 꿈꿀 수조차 없었던 1940년대의 경제 상황과 전후 경제복구의 긴박함에 대한 국민적 기대감이 형성되었던 시기의 감성이 반영되어 있다. 즉 경제부흥을 최우선시하면서 국가의 산업육성과 무역진흥을 담당했던 통상산업성에 대한 기대에 국민적 총의가 모이고 있었던 시기에 점령국 미국과의 통상 마찰을 감수하면서 자족적 경제성장을 달성해간 전력은 '잃어버

---

6 오영교 지음, 앞의 책, 83쪽.

7 이 드라마의 주인공 '가자코시 신고(風越信吾)'는 고도경제성장기 일본의 관료주도형 시스템이 만들어낸 상징 관료로 꼽히는 전 통상성 사무차관 '사하시 시게루(佐橋滋, 1913~1993)'를 실존모델로 한다. 기후현(岐阜県) 토키시(土岐市) 출신의 사하시는 도쿄대 법학부를 졸업하고 1935년 '상공성'에 입성(入省), 섬유국·석탄국·중공업국에서 두루 경력을 쌓으며 획기적인 전략적 성과를 거둔 이력에 더하여 고위 정치가들에게도 서슴지 않고 자신의 의견을 강하게 피력하는 과단성으로 인해 통상성 관료들 중 가장 대중적으로 알려진 인물이다. 이러한 그의 경력과 개성 탓에 그는 다양한 별명을 갖고 있었는데, 가령 '이색관료異色官僚', '무사 중의 무사', '게바루토(Gewalt) 관료(폭력을 실행하는 관료)', '괴인(怪人) 관료', '통산성 내 〈민족파〉의 의심할 나위 없는 리더', '산업국수주의자' 등이 그것이다. 유능한 커리어 관료의 대명사로 불리는 사하시 시게루의 최대 업적은 통상성이 외환관리관할권을 상실한 이후 가장 중요한 정책수단으로 알려져 있는 '행정지도' 제도를 확립한 것이다. 찰머슨 존슨 지음, 장달중 옮김, 『일본의 기적』, 박영사, 1984, 248~249쪽.

린 20년'이 불러일으킨 국민적 상실감을 봉합하는 데 효과적인 수단이 될 수 있었다. 이와 함께 미국의 공격적인 무역자유화에 저항하며 국내산업 보호·발전을 주장하는 '국내파'의 리더이자 총리대신의 정치적 압력 앞에서 고자세를 유지하는 강한 신념의 소유자로 세간에서 '통산성의 명물' 또는 '통산성의 민족파'를 대표하는 인물이라는 뜻이 담긴 '미스터 통산성'으로 불렸던 가자코시는 전후 일본 국민의 자긍심을 대변해주기에 충분한 인물이었다.

이 드라마를 관통하는 중심 사건은 기반시설이 매우 취약했던 1950년대에 일본의 국산 자동차 기술의 기반을 구축해가기 위해 '국민차' 구상을 실현해가는 험난한 과정이다. 당시 일본의 자동차 산업은 외제차 수입의 폭증으로 인해 국내 업계를 위협하는 대표적인 사례였기 때문에 외제차 수입 억제를 도모하는 한편 자동차 산업에 대한 국제 경쟁력 강화가 시급했다. 이때 통산성의 당면과제는 미국의 무역자유화 조치에 따라 시시각각 밀려들어오는 수출입 업무를 위해 연합군 최고사령부와의 협의를 원만히 처리해나가는 동시에 근본적으로는 국내 경제성장정책을 추진해가기 위한 기초를 다져가는 데 있었다. 1955년 당시 통산성은 일본 정부 내에서 성(省) 단위의 유일한 경제정책 관련기관이었기 때문에 모든 정책 전략은 곧장 실효를 낼 수 있는 결정으로 기울 수밖에 없었다. 따라서 통산성의 정책결정은 그대로 정부 승인을 받을 수 있었고, 이러한 실물 중심의 정책 기획력은 통산성의 위상을 강화하는 결과로 이어졌다. 특히 1954년에 발표한 「신 통상산업정책 요강」이 그대로 실행에 옮겨지면서 통상성은 외무성·대장성과 함께 '3성청(3省廳)'의 위상을 확보할 수 있었다.[8] 이 드라마가 특별히 '화려한 통상성의 시대'가 개막된 '쇼와 30년(1955)'을 배경으로 하고 있는 것은 바로 이러한 사정이 전제되어 있었다.

---

8 오영교 지음, 앞의 책, 89~92쪽.

일본의 도로 포장률이 5%에도 못 미치던 당시 일본의 서민 가정에서 자동차를 구입한다는 것은 그야말로 꿈과 같은 일이었다. 당시 수입 외제 차에 대항하여 도요타사가 출시한 일본 최초의 승용차는 한 대에 100만 엔 값이었는데, 이는 당시의 집 한 채보다도 비싼 가격이었다. 지속적인 설비투자가 확대되고 내구소비재 수요가 증대되는 등 전반적인 호경기가 이어지고 있었지만, 당시 그 누구도 국산 자동차를 만든다는 발상에는 회의적이었다. 그럼에도 통산성은 일본 가정에서 구입할 수 있는 국산차의 전국적 보급을 목표로 한 '국민차' 구상을 계획했다. 이 드라마에서 미쓰비시(三菱) 자동차를 모델로 한 '아케보노 자동차'의 사장과 가자코시의 의견 충돌 장면은 국산 자동차 구상을 통해 도로와 유통시스템 정비를 꾀함으로써 일본 산업의 기반을 마련하고자 한 통산성의 강력한 의지를 반영한 것이다.

시속 100km에 10만km를 달릴 수 있는 25만 엔 가격의 4인승 자동차를 3년 안에 개발해 달라는 가자코시의 무리한 요청에 대해 '아케보노 자동차'의 사장은 현실적으로 불가능한 일이라며 단호하게 거절한다. 그러나 가자코시는 앞으로 전개될 미국의 통상압력과 무역자유화 조치에 대비해 국내 산업의 내실을 튼튼히 다져야 한다고 강변한다. 실제로 그것은 일본 중소기업의 체력을 증강하는 데 효율적인 방법이기도 했다.

값이 싸지 않으면 서민은 자동차를 살 수 없습니다. 저는 일본인들도 자동차를 타게 하고 싶습니다. 미국처럼 한 가정에 한 대의 자동차를 가질 수 있는 나라를 만들고 싶다고요. 패전 후에 이 부근은 쑥대밭이었습니다. 그랬던 것이 겨우 10년 만에 이렇게까지 부흥을 이루어냈지 않습니까. 저는 일본인의 힘을 믿습니다. 국민생활에도 전기, 수도, 가스가 필요하듯이 산업발전에는 도로 정비와 자동차 보급이 필수적입니다. 미국의 프리웨이에 뒤지지 않는 고속도로를 만들어서 유통시스템이 정비된다면 일본산업의 기반이 될 겁니다. 국민차 구상에는 산업국가 일본의 운명이 달려있습니다. 미국과의 전쟁에서 패배한 후 일본인들이 잃어버린 자신감과 기력을 자동차 산업의 힘으로 다시 불어넣고 싶습니다.

이 드라마의 주제를 한 마디로 요약해주고 있는 듯한 가자코시의 이 대사는 폐허가 된 전후 일본이 미 점령군의 통상압력으로 겪고 있는 숱한 난관을 극복하고 경제부흥을 위해 자주적인 노력을 전개해갔던 통산성 관료들의 내셔널리즘에 기반을 둔 리더십을 보여준다. 현재 일본 '경제산업성'의 전신인 '통상산업성'의 활약이 가장 빛을 발했던 시기는 1950년대부터 1960년대 초반까지였다. 이 드라마가 1955년 '고도성장기의 원년'에서부터 1964년 도쿄 올림픽 개최까지를 배경으로 삼고 있는 것 역시 숱한 곤경을 극복하고 세계 제2위의 경제대국을 이끈 일본인들의 힘과 의지를 환기해 줌으로써 현재의 고난을 상쇄하려는 의도가 내포되어 있다.

그런 탓에 '일본인답지 않은' 독단과 강한 애국심, 그리고 조직에 대한 충성심과 경이로운 작업량을 소화해가는 극단의 성과주의를 보여준 이른바 '통산성의 정신'은 현재까지도 일본 관료들 사이에 전설로 남아있다. 이 드라마의 원작인 시로야마 사부로(城山三郎)의 〈官僚たちの夏(관료들의 여름)〉(1975)은 현재까지도 경제 관련 베스트셀러 소설 중에서도 으뜸으로 꼽히고 있는데, 그 이유는 세계적으로도 유례가 없는 관료주도형 경제성장의 성공스토리를 소설로 재현함으로써 통산성 관료들의 이미지를 신화화 하는 데 결정적인 영향력을 끼쳤기 때문이다. 영미권에서 발간된 경제 관료들을 소재로 한 소설이 주로 경제 스파이나 정치적 암약에 치중해 있는 데 비해, 이 소설은 경제 관료들의 강인한 의지와 모범적 활약상을 통한 성공의 이미지를 구축해가면서 내셔널리즘에 공명하는 대중의 인기를 모았다는 특징이 있다.

III. 통산성 '국내파'의 정당화 기제

드라마 〈관료들의 여름〉은 크게 두 가지의 스토리 축으로 구성된다. 첫째는 가자코시 신고를 중심으로 한 '국내파(산업파·통제파)'와 그의 동기 다마키 히로부미(玉木博文)를 중심으로 한 '국제파(통상파·자유파)'가 전후 일본산업의 부흥전략을 둘러싸고 치열하게 대결하는 스토리 축이다. 둘째는 이케다 하야토(池田勇人)[9] 내각을 실존모델로 한 이케우치 노부토(池内信人) 총리와 사토 에이사쿠(佐藤榮作)[10] 내각을 모델로 한 스도 케이사쿠(須藤惠作) 총리를 중심으로 정계인사들과 통산성 관료들이 협조체제를 이루며 정치적 권력 암투를 그린 스토리 축이다. 모든 정책결정은 결국 예산과 자금의 성패에 걸려있는 만큼 통산성과 대장성의 긴밀한

9 이케다 하야토(池田勇人, 1899~1965): 중의원(7선), 대장대신(제55·61·62대), 통상산업대신(제2·7·19대), 경제심의청장관(제3대), 제58·59·60대 일본 내각총리대신을 지냈다. 요시다 시게루의 최측근으로서 냉전 하의 친미관계 구축과 함께 전후 일본경제 재편성에서 주도적인 역할을 했다. 즉 기시 내각의 주요 정치쟁점이었던 미일안보조약개정과 헌법개정 문제 등으로 격화된 정치적 쟁점에서 한 발 물러나 경제성장노선을 주요정책으로 삼아, 10년 안에 국민평균소득을 두 배로 늘린다는 '소득배증정책'을 통한 고도경제성장 정책을 추진했다. 또한 기시 내각시절에 격화된 보혁 갈등을 완화시킴으로써 '정치의 계절'에서 '경제의 계절'로 사회 분위기를 전환하는 등 현재 일본의 고도경제성장 진전에 큰 역할을 한 정치가로 간주되고 있다. 1964년 10월 25일, 도쿄 올림픽 폐회식 다음날 암 치료를 위해 사의를 표명, 그는 후임 자민당 총재에 사토 에이사쿠를 지명했다.

10 사토 에이사쿠(佐藤榮作, 1901~1975): 제2차 기시 내각에서 재무장관을, 이케다 내각에서 통산장관을 역임하고, 1960년 친형 기시 노부스케(岸信介)가 안보소동으로 퇴진한 뒤 후계자 선정과정에서 고교시절의 친구였던 이케다와 미묘한 라이벌 관계를 형성했지만, 1964년 이케다 총리의 뒤를 이은 사토는 7년 8개월이라는 최장수 집권기를 보냈다. 재임 중 한일기본조약 체결(1965), 국제노동기구(ILO)조약 승인, 대학운영임시조치법(1969) 성립 등의 업적을 달성했으나, 그의 최대의 업적은 존슨·닉슨 미국 대통령과의 협상을 성사시켜 '오키나와 반환'을 달성(1972)한 일이다. 1974년 '비핵 3원칙'을 제시해 노벨평화상을 수상했다.

협조는 각자의 입지와 생존을 지켜가는 데 매우 중대한 것이었다. 따라서 전후 일본경제를 통산성 관료들이 주도해가게 된 이상 자신들의 기획결정력에 유리한 정치계의 실권을 선점하는 것은 사활을 걸만한 일이었다. 더욱이 요시다 시게루(吉田茂) 파를 계승한 '관료파' 출신의 실력자들이 보수정계의 중진으로 등극해 있었던 이케다—사토 내각은 총 12년간 지속적인 경제성장과 장기적인 안정정권을 구현해가면서 자민당의 황금기를 이끌었다.

통산성은 허인가사무와 행정지도업무 등 주로 행정사무를 관장하는 기관이었기 때문에 다른 성에 비해 예산 규모가 비교적 작은 편에 속했다. 따라서 가자코시가 기획하는 대규모의 신규사업을 실행하기 위해서는 원활한 예산확보가 필수적이었고, 그것은 결국 대장성의 결단에 달려있었다. 따라서 대장성과 통산성의 협조적 파워 트레인(power train) 체제는 전후 일본의 경제 우선 패러다임을 이해하는 데 중요한 맥락을 형성한다. 선진 외국자본에 의한 자유경제체제가 마련되기 시작한 전후 일본경제의 최대 사안은 구조개혁에 의한 국내산업의 육성 발전이냐 아니면 대미협조와 외부 개방에 의한 국제화 시류에 편승하느냐의 문제를 두고 치열한 각축전을 벌이고 있었기 때문이다. 먼저 〈관료들의 여름〉에서 '국내파'와 '국제파'로 분리된 통산성 관료들의 구도, 그리고 그들과 긴밀한 협조관계를 형성하고 있는 내각의 정치적 대립 상을 등장인물별로 구별해 보면 다음과 같다.

	극중인물	직책 변동 과정	실존모델
국내	카자코시 신고 (風越信吾)	중공업국자동차과과장→대신관방비서과장→중공업국장→기업국장→특허청장관[좌천]→사무차관→퇴임→전관 없이 경제평론가로 전직	**사바시 시게루** (1913-1993) 전 통상성 사무차관
	아유카와 코타로 (鮎川光太郎)	중소기업청중소기업진흥과장→중공업국자동차과장→중공업국전기기계과장→대신관방비서과장→광산보안국장→기업국장→사망	**미야케 유키오** (1920-1988) 전 특허청장관
	니와노 미치오 (庭野貴久)	광산국석유과장보좌→중공업국전기통신기과장→통상산업성대신비서관→기업국산업자금과장→광산보안국관리과장→중공업국장→섬유국장[좌천]→특허청장관→퇴임	
	야마모토 마코토 (山本真)	섬유국섬유수출과장보좌→기업국산업자금과장보좌→특허청 총무과장보좌→기업국산업자금과장	
	마루오 카나메 (丸尾要)	중공업국장→기업국장→사무차관→퇴임	**마쓰오 긴조** (1911-2002) 전 통상성 사무차관
국제파	다마키 히로부미 (玉木博文)	재미일본대사관참사관→섬유국장→통상국장→특허청장관→사무차관→퇴임→중동석유개발임원	
	마키 쥰조 (牧順三)	특허청총무과장→재프랑스대사관통상담당서기관→기업국제1기업과장→기업국장→통상국장→사무차관→퇴임	
	가타야마 다이스케 (片山泰介)	통상국외환과장보좌→재캐나다대사관통상담당서기관→섬유국면업과장→통상산업성대신비서관→중공업국중공업과장→중공업국장→섬유국장→기업국장→사무차관→퇴임	
	미카케 다이키 (御影大樹)	비서과→기업국제1기업과장보좌→중공업국중공업과장보좌→중공업국전자공업과장→중공업국제철과장→중공업국전자공업과장	
내각	이케우치 노부토 (池内信人)		일본 제58-60대 내각총리대신 **이케다 하야토**
	스도 케이사쿠 (須藤恵作)		일본 제61-63대 내각총리대신 **사토 에이사쿠**

통산성은 전전戰前의 '상공성'과 '군수성'의 후신이었지만, 전후에 '외무성'이 주관하던 무역 업무를 흡수·통합하면서 내부적으로 두 개의 진영

으로 나뉘어졌다. 가령 중공업국이 '국내파'로 분류된다면, 통상국과 무역진흥국은 '국제파'의 입장을 견지했다. 이러한 입장 차이는 국내산업의 보호육성을 우선시하느냐 아니면 국제통상무역에 중점을 두느냐에 대한 견해로 구분되었다. 그런 점에서 '국제파'는 대외협조적이고 개방적인 데 반해 '국내파'는 자립적이고 민족주의적 경향을 띠고 있는 것으로 간주되었다. 통상성 관료들은 휴일도 반납해가면서 연일 불야성을 이룬다는 뜻에서 '통산잔업성'으로 불릴 만큼 잦은 야근을 거듭하고 있었지만, 철강업계와 섬유업계, 종이업계 등 거의 모든 국내의 산업계가 과당경쟁으로 몸살을 앓고 있었던 데다 경제자유화에 대한 압력이 거세지고 있는 상황에서 국내파의 리더 가자코시는 과감한 산업개혁을 통한 경제적 체질 개선의 필요성을 절감하고 있었다. 그러나 그의 오랜 친구이자 라이벌인 국제파 다마키는 적극적인 자유화 추진론자였다. 국제파 다마키에게 국내파 가자코시는 그저 구태의연한 통산성 관료의 계승자로만 비쳐졌다.

이 드라마가 방영된 2009년의 일본 사회는 장기 경제불황을 경험하고 있는 가운데, 각 산업계에서는 성청省廳 개혁의 필요성을 주창하는 등 고급관료에 대한 부정적인 이미지가 팽배해있던 시기였다. 이때 패전의 상실감을 극복하고 고도경제성장을 주도해간 과거 통산성 관료들의 역사적·경험적 서사는 현실에 대한 좌절감과 오버랩 되면서 국내파의 리더 가자코시의 결단력에 정당성을 부여하는 효과를 발휘할 수 있었다. 요컨대 서사가 역사이고 역사가 서사가 되어버리는 이러한 상황적 맥락은 국민적 위안으로 전유됨으로써 내셔널리즘을 기반으로 한 자기동일성의 감성을 내면화하는 계기가 된다는 점에서 '국민 만들기' 전략에 포함될 수 있다. 국민적 정체성이란 타자를 배제하는 행위에서만 구축되는 것이 아니라, 내부적으로 단일한 민족·국민적 정체성을 강조하는 동시에 젠더나 계급, 신분, 세대와 같은 정체성의 위계질서를 구축함으로써 다중적 정체성을 획일화해가는 기제[11]도 포함하기 때문이다. 그런 점에서 2009년의 시점에서 이 드라마가 환기하고자 했던 것은 가자코시가 절망감을 극복하고 이루어낸 승리의 쾌거에 내포된 역동성에 동일시된 국민 공동체의 이념을 고양하는 데 있었다고 할 수 있다. 드라마에 재현된 이미지에 응집된 힘과 낭만적으로 채색된 환상적 특질은 현실의 상실감을 전복해주는 체계적인 힘을 가질 수 있기 때문이다.

정치계의 지속적인 견제를 받는 가운데 가자코시는 아유카와, 니와야, 마키와 같은 훌륭한 인재들을 등용하여 은밀히 국내파의 최강 진용을 구성하면서 독보적인 활약을 보여준 사례는 전후 일본 최대의 경제입법이라 할 수 있는 '국내산업보호법'을 제정하는 과정에 잘 드러나 있다. '국내산업보호법'이란 근본적으로는 관료통제와 다름없는 관민협조행정법을 도입하기 위한 것으로써 자유방임도 통제경제도 아닌 합의와 계약에 입각한 제3의 행정을 구현한다는 가자코시 사단의 전략이었는데, 이는 장차 다가올 경제자유화에 대비하여 정부가 지정한 몇 개의 후진산업에 대한 육성대책을 마련하기 위한 것이었다. 외국자본이 급속히 밀려오는 상황에 대항하기 위해서는 주요 산업계의 경쟁체제를 정비하고 기업의 체질 강화를 통해 외압에 견딜 수 있도록 경쟁력을 키워주는 것이 시급하다고 판단했기 때문이다. 따라서 가자코시는 지금까지 이어져오던 행정지도방식을 지양하고 어디까지나 법률에 근거한 새로운 통제수단이 필요하다고 생각했다. 만약 '국내산업보호법'에 따라 정부·산업·금융·소비자 각계 대표의 협조경제방식이 성공한다면 강력한 관료지도체제를 확립함으로써 통산성의 획기적인 쇄신을 가져올 수 있기 때문이었다. 이렇게 통산성의 사활이 걸려있었던 '국내산업보호법'의 원안의 주요 골자는 다음과 같다.

---

11 2002년 당대비평 특별호, 『기억과 역사의 투쟁』, 삼인, 2002, 12~13쪽.

경제 환경의 변혁기를 맞이하여 대외경쟁력을 조속히 강화하기 위해서는 산업 재편성을 통해 생산 규모의 적정화를 도모할 필요가 있다. 이 산업 진흥을 위한 기준은 정부, 산업계, 금융계가 협의하여 정한다.

법령으로 지정된 산업은 이 진흥 기준에 따라 집중·합병·전문화를 도모한다.

금융기관은 이 진흥 기준에 따라 자금 공급을 시행한다. 또한 정부도 정부관계 금융기관을 통해 자금을 공급함과 동시에 과세감면조치를 취한다.

진흥 기준에 의해 합병 등을 할 경우에는 독점금지법을 적용치 아니한다.[12]

이 거대하고도 야심찬 정책안은 일본의 산업구조 전반을 총망라하는 국가 최대의 법률을 마련하는 일이었던 만큼 야당은 물론 여당에서도 반대할 가능성이 큰 것이었다. 하지만 '국내산업보호법'의 도입은 일시적으로 거대한 경제 혼란을 불러일으킬 만한 소지도 있었지만 과당경쟁을 방지하는 데 큰 실익을 가져다줄 수도 있었다. 그럼에도 이 거대한 법안이 한낱 통산성에서 나온 발상인 데다 결정적으로 정계에는 아무런 실익이 없었기 때문에 정부로서는 자유경제화에 대한 우려보다도 관료통제의 부활을 경계했다. 따라서 가자코시 사단이 통산성의 사활을 걸고 동분서주하는 것을 비웃기라도 하듯 '국내산업보호법'은 국회에 계류된 채 방치되었을 뿐만 아니라 심의를 늦추기 위해 모종의 정치적 압력이 행사되기도 했다. 또한 통산성 내에서 비범한 실력자로 인정받는 데다 이미 비서과장─중공업국 차장으로 탄탄대로를 걷고 있었던 가자코시의 사무차관 승진이 보장되어 있었던 만큼 정계에서는 저돌적이고 비협조적인 근성을

---

12 시로야마 사부로 지음, 김형준 편역, 『미스터 통산성의 사계절』, 계명사, 1998, 169~170쪽.

가진 그를 은밀히 배제하려는 의도도 갖고 있었다.[13] 게다가 가자코시가 차기 선거에서 현 이케우치 총리의 정적인 스도(順藤) 파를 통해 정계진출을 꿈꾼다는 소문까지 돌면서 총리를 비롯한 정치계는 그의 목을 죄기 시작했다.

그보다 더 문제적인 사안은 경쟁의 메커니즘 속에서 적자생존은 당연한 일이며, 오히려 그런 과정을 겪어야만 국가의 경제 체질이 강화된다고 생각하는 이케우치 총리가 자유주의 경제론자였다는 점이다. 게다가 나날이 선진 외국의 개방화 압력이 가중되고 있었고 또 내부적으로는 대미협조를 중시하는 여당과 외무성의 압력도 거세지고 있었다. 따라서 이케우치 총리는 경제자유화정책을 강력하게 추진하고자 했을 뿐 아니라 무역자유화의 명분으로 원면과 원모의 할당제도를 이용해 정치자금을 마련하고 있었던 탓에, 통산성의 숙원사업이었던 '국내산업보호법'은 결국 폐안 처리되었고 그 결과 가자코시의 사무차관 내정이 취소된 것은 물론 가자코시 사단도 뿔뿔이 흩어질 수밖에 없었다.

이례적인 인사 조치에 따라 가자코시가 아닌 국제파 다마키가 통산성 사무차관의 자리에 오르면서 본격적인 무역자유화정책이 추진되었다. 그 결과 경제분야에서 약 90%의 무역자유화가 확립된 1963년, 철강, 자동차, 가전제품 등 일본의 주요산업들은 외국기업과 어깨를 나란히 할 수 있을 정도의 궤도에 올라있었다. 바야흐로 일본 경제계는 패전 이래 20년이 채 안 되어 본격적인 국제화시대를 맞이한 것이다. 1964년 아시아 최초로 개최되는 도쿄 올림픽을 앞두고 국내기술로 완성한 YF 여객기와 국산 컴퓨

---

13 통산성은 기업국·통상국과 같은 통상산업정책 전반에 관한 기획과 조정업무를 관장하는 총괄업무국, 그리고 중공업국·화학공업국·섬유잡화국·광산석탄국 등 분야별 산업을 담당하는 원국으로 구성되어 있었다. 이 원국들 중 최우익국에 해당하는 곳은 중공업국이었다. 따라서 중공업국의 차장 승진은 가자코시에게 있어서 전천후 통산관료가 되기 위한 마지막 보직인 셈이었다. 시로야마 사부로 지음, 앞의 책, 56쪽.

터 개발 성공은 일본 산업의 우수성을 전 세계에 선전하는 효과를 가져왔다. 패전 직후 국산 자동차 기술조차 마련하지 못했던 일본은 단 시간 내에 컬러 TV와 에어컨, 국산 자동차를 각 가정에 보급하고 항공기와 컴퓨터 제조기술을 확보했으며 국민소득의 증대로 경제적 풍요가 가져다준 행복을 실감하고 있었다.

다른 한편 석유 수입자유화에 따라 석탄산업이 붕괴하고, 오키나와 반환의 교환조건으로 미국이 섬유수입 규제조치를 단행하면서 국내 섬유산업이 일거에 붕괴했다. 국제화와 무역자유화의 이면에서는 전후 일본을 지탱해주었던 국내 재래산업들의 도산이 줄줄이 이어지고 있었다. 정치계에서는 가자코시 견제의 주역이었던 이케우치 총리가 사망하자, 곧바로 자유주의 신중론자였던 스도 내각이 성립하면서 가자코시가 다카키의 후임 사무차관으로 부임했다. 그러나 때는 전 지구적 자본주의 시장경제의 큰 파도가 불가항력적으로 전 세계를 뒤덮고 있었다.

한편 베트남전쟁으로 재정난에 빠져있었던 미국이 그동안 후방기지로 사용해왔던 오키나와를 일본에 반환하는 조건으로 오키나와에 건설해 놓은 사회간접자본 비용을 내놓을 것을 요구하였다. 이것은 당시 군사적으로 대미 의존도가 높았던 일본을 통해 베트남전쟁 비용을 조달하고자 했던 미국의 전략으로써, 일본으로서는 일견 무리한 요구로 받아들여졌지만 스도 내각은 이에 응해 3억 2000만 달러(당시 약 천억 엔)를 미국정부에 지불했다. 1972년 오키나와 반환은 현재까지도 스도 정권의 최대공적으로 꼽히고 있거니와 베트남전쟁 특수는 전후 일본 최고의 경기호조를 가져다주기도 했다. 당시 '삼신三辰'으로 일컬어졌던 컬러TV, 에어컨, 신용카드 등이 일반 가정에 보급되면서 일본사회에도 화려한 대중소비문화가 개시된 것이다.

이렇게 〈관료들의 여름〉은 이러한 경제성장 신화의 공적을 가자코시를 중심으로 한 통산성 국내파의 내셔널리즘의 심성으로 돌림으로써 현재의 경제적 상실감에 대한 봉합을 계몽주의적 맥락으로 접근했다. 하지만 1960년대 중후반 전면적인 개방경제체제는 피할 수 없는 전 세계적인 흐름이었다. 따라서 이 드라마에서 국내파와 국제파의 대립은 점차 이해와 화해로 수렴된다. 국제파의 리더 다마키의 대사는 전후 일본의 고도경제성장의 공적을 통산성 관료들의 민족주의적 감수성을 다음과 같이 재소환한다. "우리는 같은 목적을 위해 매진했다. 다만 그 길이 달랐을 뿐."

IV. 전후 일본 테크노크라트의 국민적 노스텔지어

한국의 '경제기획원'에 해당되는 일본의 통상산업성은 고도경제성장기가 끝난 2001년 '경제산업성'으로 개칭되면서 그 위상은 과거에 비해 현저히 축소되었다. 하지만 이 드라마의 시대적 배경이 되고 있는 1950-1960년대는 통산성이 가장 빛을 발했던 시기였다. 통산성은 당시 일본 경제체제의 별칭인 '일본주식회사'의 총사령탑으로서 대외수출입을 규제하고 대기업 독점금지 및 중소기업 육성정책을 입안하는 등 경제정책 전반을 관장하며 고도성장을 견인해갔다. '행정지도'의 제도화를 통한 이들의 대범한 결단력을 보여준 또 하나의 사례는 미국 컴퓨터 수입에 대한 압박에 대응하여 우여곡절 끝에 국내 컴퓨터 개발권 확보에 성공한 장면이라 할 수 있다. 이때 미국의 바이어들이 가자코시를 가리켜 'Almighty MITI' 혹은 'Notorious MITI'라고 불렀던 장면에서 볼 수 있듯이 통산성의 커리어 관료들은 일본 테크노크라트(technocrat)[14]의 선두에 서있었다. 그리고 일

---

14 기술이나 과학적 지식을 통해 사회의 사상적 결정에 영향력을 행사하는 권력을 뜻하는 '테크노크라시(technocracy)'와 '관료'를 뜻하는 '뷰로크라트(bureaucrat)'의 합성어인 '테크노크라트(technocrat)'는 과학·기술·경제 등의 전문지식을 기반으로

본 테크노크라트가 주도한 산업부흥의 성공 스토리는 동아시아 신흥공업국들의 유효한 모델이 되었다.[15]

미국의 점령기가 끝나자 국산 항공기 제작과 같은 군사노선 부활에 힘을 쏟았던 통산성이 대중소비사회에 걸맞은 민생 중심의 국민생활 개선으로 업무방향을 바꾼 것은 매우 획기적인 변화를 뜻하는 것이었다. 통산성의 공식 영어 명칭이 Ministry of International Trade and Industry인 것에서도 짐작할 수 있듯이, 통산성의 주요임무는 국내산업을 진흥시키고 수출무역을 신장함으로써 경제성장을 모색해가는 데 있었기 때문에 민생 문제는 그들의 관심대상이 아니었다.[16] 그런데 석탄에서 석유로 전환되던 시기의 에너지 공급과 산업발전에 수반된 공해 피해는 20세기 후반 전 세계에 심각한 문제를 제기했다. 이른바 '공해선진국'들의 사례에서 볼 수 있듯이 근대 산업화 정책에 필연적으로 동반되는 환경문제와 함께 자동차, 항공기, 가전제품 등이 상용화 되면서 기술 혁신의 이면에 에너지 공급과 공해문제가 인간의 생존을 위협하고 있었다. 당시 산업공해와 환경파괴가 수많은 사람들에게 심각한 영향을 미쳤다는 이유로 모든 비난이 통산성에 쏟아졌고, 공해병과 소음, 인구과밀로 인한 대도시 주택용지의 부족 등을 경험한 많은 사람들이 고도성장의 가치에 대해 의문을 제기하면서 지역주민과 소비자가 조직을 형성하여 움직이기 시작했다. 즉 성장 일변도의 급속한 산업화는 국민의 생명을 둘러싼 심각한 문제들을 연이어 초래했고, 이러한 부작용들을 더 이상 방치할 수 없게 된 통산성이 민

국가를 이끌어가는 관료를 뜻한다. 테크노크라트들은 주로 기획재정부, 국세청, 건설교통부, 과학기술정보통신부 등 과학기술이나 경제분야를 담당하는 정부부처에 포진되어 관련제도를 만들어 가는 역할을 한다.

15 가령 박정희 시대에 등장한 한국형 공업화 모델은 상공부 테크노크라트들이 주도한 정책의 결과물이었다는 관점에서 서술한 책으로, 김형아 지음, 신명주 옮김, 『유신과 중화학공업 박정희의 양날의 칼날』, 일조각, 2005.이 주목할 만하다.

16 나카야마 시게루 지음, 오동훈 옮김, 『전후 일본의 과학기술』, 소화, 1998, 74쪽.

생문제에 개입하기 시작하면서 점진적으로 관료기구의 확대로 이어졌다.

일반적으로 '커리어 관료'로 지칭되는 일본 테크노크라트는 학교 교육을 통해 정책적으로 양산되었다. 가령 전시 중에 가장 인기 있는 전공은 항공 관련 학과였다 그러나 미 점령군이 항공기 생산을 금지함과 동시에 군사 관련 과목을 폐지하자 패전 이후 항공기 연구 개발에 대한 꿈은 물거품으로 돌아갔다. '도쿄제국대학 항공연구소'가 '이공학연구소'로 개칭된 것도 이 무렵이었다. 전후 일본의 수출 주력상품이었던 섬유산업이 1960년대 들어 고졸 직원이 급증하면서 임금인상이 불가피해졌고 또 한국과 타이완의 값싼 섬유에 밀려 경쟁력이 떨어졌다는 국제파 가타야마의 대사에서도 볼 수 있듯이, 1960년대에 고교 진학률이 매년 상승하면서 일본도 대중교육사회로 진입하고 있었다.[17]

그 중에서도 특기할 만한 것은 1961년에 실시된 '고교 급증대책'은 신설고교의 60%를 공업교육 과정으로 재편할 것을 목적으로 했다는 점이다. 이것은 전후 일본교육의 인재개발이 어디까지나 '기술산업사회'의 재편과 확대를 명분으로 한 사회설계방식을 도모하고 있었다는 사실을 보여준다. '교육이 곧 투자'라는 인식이 대중에 침투되기 시작한 것도 바로 이 시기다. 1960년 이케다 내각의 '소득배증계획'과 동반하여 경제심의회가 발표한 '장기교육계획'에는 이러한 내부 사정이 반영되어 있었다.

현대사회 경제의 커다란 특징은 높은 경제성장의 지속과 급속한 과학기술의 발전이 지탱하는 기술혁신시대라는 점이다. 이러한 과학기술을 충분히 이해하고 이용하여 사회와 산업의 요청에 바로 반응하고, 나아가 사회 경제의 고도 발전을 지속적으로 유지해가기 위해서는 경제정

---

17 가령 1950년에 45.5%(남 54.7%, 여 35.9%)였던 고교진학률은 1960년에 60%를 넘어섰고, 이어서 1964년에는 70.6%(남 73.3%, 여 67.8%), 1974년에는 90%에 도달했다. 사또 이즈미 지음, 신지숙 옮김, 『일본 국어교과서의 전후사』, 제이앤시, 2018, 164쪽.

책의 일환으로서 인적 능력의 향상을 도모할 필요가 있다.[18]

　요컨대 1960년대의 일본교육은 경제계와 산업계의 요구를 반영한 경제 구상의 일환에 따라 교육방침을 재편해갔다고 할 수 있다. 메이지 이래 국가 주도로 이루어졌던 교육정책이 전후에 와서 경제주도형으로 구조적인 방향전환을 꾀했던 것은 미 점령군이 군사 관련 제도 및 관련 교과목을 폐지함에 따라 일본의 교육이념을 민주주의와 평화주의와 같은 '전후적 가치'와 연결지어버린 것과도 관련되어 있다. 학교 교육 역시 직접적으로 기업 및 산업계의 요구를 반영함으로써 학교는 일종의 직업배분기구의 역할을 병행했다. 즉 1950년대 중반 경제성장의 환희를 맛보았던 일본의 산업정책이 그랬듯이, 교육정책 역시 '전후부흥'을 넘어 '경제성장' 단계로 목표 사정권을 넓혀나간 것이다. 이에 따라 당시 급격히 증가한 고졸자들은 낮은 임금노동자였음에도 기술혁신에 적응할 수 있는 지적능력과 유연성을 갖추고 있었다. 1960년 '미일안보조약개정'을 날치기 통과시킨 대가로 기시 노부스케 내각이 총사직한 이후에 들어선 이케다 내각이 '10년 이내에 국민소득을 배증倍增하여 금후 3년간 경제성장을 연평균 9%를 목표로 한다'라는 '소득증배계획' 방침을 내렸을 때, 그것은 내부적으로 '정치의 시대'에서 '경제의 시대'로 전환한다는 것을 의미했다.[19]

　한편 도시중산층의 가정생활에 큰 변화가 생긴 것은 1950년대 중반이다. 당시 신문광고에 자주 등장하는 '3종의 신기神器'란 전기세탁기, 전기냉장고, 그리고 흑백텔레비전을 가리키는 용어였는데, 이것들은 당시 일본인의 생활수준에서 볼 때 상당한 고가품이었음에도 매우 급속히 보급되어갔다. 1955년만 해도 세탁기의 보급률이 4%, 냉장고와 텔레비전이

18『戰後日本敎育史集成 7』(사또 이즈미 지음, 앞의 책, 167쪽에서 재인용)
19 사또 이즈미 지음, 앞의 책, 163~164쪽.

1%에도 못 미치고 있었지만, 1960년에는 세탁기가 45%, 텔레비전이 54%, 냉장고가 15% 수준에 달해 있었다. 이렇게 '3종의 신기'는 고도성장기 일본인의 일상적 감각과 결부되어 있는 동시에 경제성장을 뒷받침해주는 주력상품이었다. 원래 '3종의 신기'라는 것이 일본열도의 지배자 자격을 정통화하는 상징물을 가리키는 용어였다는 사실을 상기한다면 당시의 이 가전제품들에 반영된 신화적 감수성, 즉 천황가가 소유한 거울이나 검을 대신하여 국민의 가정에 보급된 가전제품은 전후 일본 내셔널리즘의 감성에 내포된 노스텔지어를 형성하고 있었다고 볼 수 있다. 가전제품의 보급이 한편으로는 미국적 라이프 스타일에 대한 욕망이 투사된 주부의 이미지, 다른 한편으로는 일본의 문화적 전통에 기초한 기술발전 신화의 이미지와 결부되어 있다는 것은 잘 알려진 사실이다. 실제로 1956-1957년에 걸친 호황을 '진무(神武) 경기', 1958-1961년에 걸친 호황을 '이와토(岩戸) 경기', 1960년대 중반의 호황을 '이자나기(伊邪那伎)[20] 경기'라고 부르고 있는 것처럼, 당시 국가 신화적 감성에 의탁하여 경제를 이야기하는 방식은 널리 유통되고 있었다.[21]

보호무역주의가 자유무역주의로 전환되는 과정에서 통산성 관료들 사이에 '국내파'와 '국제파'로 나뉘어 격렬한 투쟁을 노정했던 것은 어쩌면 매우 자연스러운 일이었다. 하지만 1960년대 후반 세계경제의 자유화는 이미 국제적인 대세였고, 당시 경제성장의 진전과 함께 세계경제와 대등한 관계 수립을 요구하는 일본사회의 움직임도 활발하게 진행되고 있었다. 그럼에도 〈관료들의 여름〉이 통산성 국내파의 민족주의에 기초한 일본식 테크노크라트의 '사무라이 정신'을 강조하고 있는 것은 2000년대에 도래한 현실의 우울을 상쇄하고자 하는 과잉의 의도가 내포되어 있었음

---

20 천신의 분부로 처음 일본을 다스렸다는 남신(男神).

21 강상중·요시미 슌야 지음, 임성모·김경원 옮김, 『세계와의 원근법』, 이산, 2004, 143~144쪽.

을 부정할 수 없다. 이러한 일본의 국민적 신화의 노스텔지어는 다양한 견제세력을 극복하고 우여곡절 끝에 통산성 사무차관에 부임한 가자코시의 취임사에서 단적으로 드러난다.

통산성 관료로서 내 눈앞에는 항상 미국의 등이 버티고 있었습니다. 정치가도 관료도 기업도 한 발자국이라도 미국의 풍요로움에 다가서려는 집념 이외에 어디에도 길이 없었습니다. 지금 일본은 미국이나 세계에 부끄럽지 않은 경제력을 갖게 되었습니다. 하지만 우리 발밑에는 역경과 싸워온 일본인들의 피와 뼈가 잠들어 있다는 것을 잊지 말아주십시오. 지금보다 훨씬 더 가혹한 운명으로 살아온 사람들이 풍족한 현재를 개척했다는 것을 잊지 말아주십시오. 우리가 지도를 잘 하지 못하면 이 나라를 빈곤의 위기에 떨어뜨릴 수 있다는 위험성 또한 잊지 말아주십시오. 마지막으로 일본은 더 이상 미국의 뒤꽁무니를 쫓는 것이 아니라 자신만의 길을 걸어야 할 때가 왔다는 것을 가슴 속에 새기길 바랍니다. 일본인이라는 긍지를 결코 잊지 말아주십시오.[22]

국민소득 증대와 완전고용 달성, 사회자본의 확대, 인적능력의 향상과 과학기술의 진흥으로 1968년 미국과 소련에 이어 세계 제3위의 경제대국을 달성한 일본은 패전의 상처를 딛고 단 시간에 이룬 고도경제성장의 풍요를 맛보고 있다는 사실만으로도 일본인으로서의 긍지를 느끼기에 충만했다. 이러한 사실을 알아듣기 쉬운 방식으로 일본 국민에게 피력하고 있는 가자코시의 대사는 과거의 영광과 현재의 좌절감을 교차시키면서 현실의 우울을 상쇄하는 계몽적 레토릭으로 활용되었다. 실제로 가자코시의 실존모델인 사하시(佐橋)가 구식 커리어 관료의 마지막 존재 형태인 자신을 가리켜 '국내용 관료(domestic-use only bureaucrat)'라고 정의하고 그 뒤를 이은 신진관료들을 가리켜 '코스모폴리탄적 민족주의자

---

22 드라마 〈관료들의 여름〉 제10화.

(Cosmopolitan nationalist)'라고 불렀듯이,[23] 일본식 테크노크라트의 내셔 널리즘적 감성은 국가를 위한 희생을 국민적 긍지와 동일시하는 본원적 뿌리를 내포한 것이었다.

V. 일본의 우울과 기억의 원근법

1960년대는 전후 일본의 기틀이 정착된 시기였고, 2000년대는 이 전후 의 기틀이 붕괴된 시기에 해당한다. 특별히 1950−1960년대를 배경으로 한 이 드라마가 2009년에 리메이크 되었던 것은 과거의 노스텔지어와 현 재의 허탈감을 교차시킴으로써 동종의 연대의식을 불러일으키기 위함이 었다. 때로는 기억이나 회상에 의거한 드라마의 재현이 객관적인 기록문 서 자료보다 더 박진감을 가지면서 과거를 구축한다. 드라마는 기록문서 에서는 포착할 수 없는 현실감이나 숨겨져 있는 사실을 시각적인 효과와 흥미를 통해 누구나 알기 쉽게 풀어놓기 때문이다. 하지만 독일이나 일본 과 같은 패전국에서 전후사를 거론할 때 항상 전후책임이나 과거청산의 문제들이 따라다니기 때문에 전후와 간단히 결별하는 것은 매우 어려운 일이다. 그런 의미에서 미국 컬럼비아대학 교수 캐롤 글럭(Carol Gluck)은 독일과 일본의 전후란 어디까지나 '긴 전후(long postwar)'로 불러야 한다 고 말했다.[24]

일반적으로 일본의 고도경제성장 시기란 1955년−1973년 제1차 석유 파동까지 약 18년의 기간을 가리키는데, 이 시기는 이케다−사토 내각의 시대와 거의 일치한다. 이때는 자본축적이나 노동력 증가에 의한 경제성

---

23 찰머슨 존슨 지음, 앞의 책, 284쪽.

24 나카무라 마사노리 지음, 유재연·이종욱 옮김, 『일본전후사 1945~2005』, 논형, 2006, 22쪽.

장이었다기보다 기술의 진보가 고도경제성장에 기여한 바가 더 컸으며, 특히 경제부흥의 의미를 넘어 장기호황에 의거한 본격적인 고도경제성장을 달성한 때였다는 점에서 일본 전후사에서도 가장 역동적인 시대로 꼽힌다.[25]

그렇게 볼 때 드라마 〈관료들의 여름〉이 전 세계의 경제자유화라는 대세 속에서 통산성 국내파 관료들에 초점을 맞추고 있는 것은 국가를 초월하는 영원한 존재로서의 민족과 조국을 위한 자기희생의 정신을 통해 국민정신의 공동원리를 발견하고자 하는 바람 때문이다. 근대 국가의 국민 만들기 과정에서 자주 활용되는 방법 중의 하나는 국가를 위한 자기희생의 계기를 과거와 현재가 교착하는 정신원리로 재현하는 것이다. 이것은 국가와 민족을 위해 희생한 조상을 야스쿠니 신사의 유슈칸(遊就館)에 전시하여 현재를 살아가는 사람들로 하여금 그들을 숭배하고 애도하게 하는 것과 동일한 원리다. 과거의 영웅이나 영광스러운 과거라는 하나의 사회적 자본은 자기동일성의 연대감을 부추기면서 국민의 관념을 구축하는 데 유용한 수단이 되기 때문이다. 영광스러운 과거란 환희로만 이루어지는 것이 아니라 고통과 절망 혹은 후회와 같은 부정적인 감성까지를 포함한다. 그렇게 해서 현실의 상실감이나 허탈감을 공유하는 심성은 국민적 감정으로 연결해주는 끈이 되고,[26] 영광스러운 과거는 하나의 확실한 국민적 감수성을 실현할 수 있다는 합의된 욕망을 이끌면서 현재 속에 재현된다. 일본의 전후사를 국민적 감성으로 간편히 읽어내고자 하는 대중적 욕망이 위험성을 내포하고 있는 것은 바로 그 때문이다.

---

25 나카무라 마사노리 지음, 앞의 책, 95쪽.
26 다카하시 데쓰야 지음, 이목 옮김, 『국가와 희생』, 책과함께, 2008, 141~142쪽.

4차 산업혁명 시대의 교양교육과 공동탐구방법

신득렬 · 김양수[1]

I. 서언

교양교육(liberal education)이란 말은 고대 그리스와 로마시대에 처음 사용되었지만 시대에 따라 상이한 내용을 갖게 되었다. 고대의 교양교육은 선입견, 편견, 무지, 독단, 편협, 탐욕 등으로부터 자유롭게 하려는 활동으로 간주되었다. 불행하게도 교양교육은 노예가 아닌 시민, 평민이 아닌 귀족에 국한되었다. 노예들에게는 시야를 좁히고 비판적 의식을 갖지 못하도록 직업훈련의 기회만 주어졌다.

현대사회에서는 노예들이 받은 직업훈련과는 비교가 되지 않을 정도로 지적 내용을 가진 전문가, 기술자, 기능인을 위한 훈련이 보편화되었다. 이런 훈련을 받는다고 해서 교양교육이 부수적으로 따라오는 것은 아니다. 취업중심의 교육이 지배적이 됨에 따라 교양교육이 결여된 전문직업

---

1 신득렬 : 계명대학교 은퇴교수, 파이데이아 아카데미아 원장.
  김양수 : 세명대학교 국제언어문화학부 강사.

인들이 양산되었다. 이러한 분위기가 대학과 사회를 지배하게 되자 여러 가지 부작용이 일어나게 되었다. 왜냐하면 사회생활은 너무 복잡하고 다원적이어서 전문직업훈련을 받은 것만으로는 성인이 직면하는 문제를 감당할 수 없기 때문이다. 취업 후 3년 이내에 사직하는 젊은이가 많아질 뿐만 아니라 난관에 직면하게 되면 쉽게 자포자기하거나 범죄와 부도덕에 연루되고 있다.

교양교육은 전문직업훈련의 기초가 될 뿐만 아니라 사람들을 문명에 입문시키려는 활동이다. 이러한 교육활동은 전문직업훈련 못지않게 수고와 노력을 요구한다. 이러한 교양교육을 위해서 여러 가지 방법들 즉 여행, 명사와의 만남, 독서 등이 활용될 수 있다. 앞의 두 방법은 많은 경비를 필요로 한다. 독서는 저렴한 경비로 언제 어디서나 할 수 있다. 독서를 지속적으로 하려면 독서활동이 습관이 되어야 한다.

기계화, 자동화, 민주화의 덕택으로 자유시간이 대폭 늘어나 교양교육을 받을 기회가 많아졌다. 4차 산업의 도래는 노동시간이 줄어들게 하고 자유시간이 늘어나게 될 것이다. 교양교육을 받지 못하면 사람들은 늘어난 자유시간을 부업에 사용하고 오락, 향락으로 보내게 될 것이다. 4차 산업이 발달할수록 교양교육은 더욱 더 요구되어진다고 할 수 있다.

이 글에서는 교양교육의 중요한 콘텐츠인 「위대한 저서 읽기 프로그램」(Great Books Program)과 이를 실행하는 방법인 '공동탐구'(shared inquiry)를 탐구하는 동시에 4차 산업이 요구하는 인문학적 상상력과 소양에 대해 고찰하려고 한다.

II. 교양교육

1. 교양교육의 개념

우리나라 국토는 약 10만 ㎢이며, 인구는 5100여만 명이다. 인구밀도가 높은 나라에서는 불가피하게 생존과 계층상승을 위한 치열한 경쟁을 하게 된다. 교사, 학생, 학부모는 자연스럽게 전문가, 기술자, 기능인 등 인적 자원의 양성에 관심을 갖게 된다. 이런 사람이 되는 것이 취업에 유리하다고 믿기 때문이다. 전문가, 기술자, 기능인이 되기 위해서는 좁고 특수한 분야에 장기간 훈련을 받아야 한다. 취업이 되었다 할지라도 그 안에서 지위 상승을 위해 또 다시 경쟁하게 된다. 이러한 경쟁을 계속하다 보면 결국 인간이 되는 교양교육을 받을 기회를 갖지 못하게 된다.

교양교육은 고대 그리스와 로마에서 시작되었다. 고대 그리스에서의 교양교육은 위대한 서사시인들, 비극작가들, 역사가들, 철학자들의 저서를 통해 편견, 선입견, 독단, 무지, 탐욕 등으로부터 인간의 마음을 자유롭게 하려는 동기에서 비롯되었다. 고대 로마에서는 고대 그리스의 또 하나의 전통 즉 이소크라테스(Isocrates)[2]를 시작으로 사회적 지도력을 훈련시키는 교양교육이 중시되었다. 이 전통에서는 수사학과 웅변술이 중시되었다. 두 전통은 시대에 따라 부침을 거듭하였다.

전 세계의 초 · 중등학교는 본래 교양교육을 위해 설립되었다. 중세에 널리 실시되었던 7자유과, 중세대학의 철학, 미국에서 유행하고 있는 교양대학(liberal arts college)은 교양교육의 중요성을 반영한다. 미국에는 4백여 개의 저명한 교양대학이 있으며, 학생과 부모는 교양대학을 선호한다. 역대 대통령, 대법관, 퓰리처상 수상자들의 20% 정도가 교양대학 출

---

2 소크라테스와는 다른 이소크라테스 Isocrates, 이소크라테스는 웅변보다 글의 힘을 중시했다.

신이었다. 이들 대학 출신들이 50대 이후에 두각을 나타내는 이유는 무엇인가? 가장 큰 이유는 너무 일찍 전문직에 들어가는 사람들은 지적 호기심이 줄어들고 제한적인데 비해 교양대학 출신자들은 50대 이후까지도 줄기차게 지적 호기심과 탐구욕이 줄어들지 않기 때문이다.

민주화, 기계화, 자동화의 덕택으로 현대인은 전례 없이 많은 자유 시간을 갖게 되었다. 오늘날 사람들은 노동시간 후 얻어진 자유 시간을 다양한 방식으로 보낸다. 일부 사람들은 자유 시간에 부업하는 사람도 있고, 바람직하지 못한 활동을 하기도 한다. 자유 시간을 보내는 방식에 따라 'leisure', 'relaxation', 'play', 'amusement', 'refreshment', 'recreation' 등 여러 이름들이 사용된다. 이러한 말들 중 '여가'가 교양교육과 깊은 관련을 가지고 있다.

여가와 학교는 같은 어원을 가지고 있다. 자유 시간을 여가로 보냈다고 말하려면 학교에서 보내는 방식으로 자유 시간을 보내야 한다. 학교에서 시간을 보내는 대표적인 방식은 독서, 사색, 대화 등이다. 이런 활동은 인간이 되기 위한 좋은 방법들이다. 이런 것을 염두에 두고 아리스토텔레스는 노동의 목적이 여가에 있다고 말했던 것이다.

오늘날 우리 사회에는 고등교육기관과 성인교육기관을 통해 수많은 전문가, 기술자, 기능인이 배출되고 있다. 공동체가 유지되고 발전하기 위해서는 이러한 능력을 가진 사람들의 계속적인 충원이 필요하다. 앞으로도 이러한 과업은 계속 존중될 것이다. 교양교육이 결여되거나 부족한 전문가, 기술자, 기능인의 배출은 사회적 공헌 못지않게 부작용을 가져올 수 있다.

공동체정신의 결여에서 비롯되는 각종 범죄와 비행, 삶의 의미를 상실한 데서 오는 자살자의 급증, 저급한 문화의 범람, 권력과 부에 집착하는 편향된 가치관에서 오는 지나친 경쟁과 이로 인한 패배감 등으로 인해 삶의 질이 점점 저하되고 있다. 물질적인 풍요와 생활의 편이가 주어졌지만 이전보다 인생이 더 자유로워지고 행복해졌다는 의식이 생겨나지 않고 있다. 교양교육이 이러한 문제들을 해결하는 유일한 방책은 아니지만 해결을 위한 하나의 중요한 과정일 수 있다.

2. 교양교육의 내용

교양교육을 받기 위해서는 많은 것들을 배워야 하지만 가장 많이 거론되는 것은 '교양적 기술'(liberal arts)과 문명의 결정체인 '위대한 저서'(great books)다. 이러한 내용은 고대 그리스 시대에 연원을 두고 있으며 중세를 거쳐 현대에 이르기까지 전 세계적으로 강조되고 있다.

(1) 교양적 기술

교양적 기술은 읽기, 말하기, 듣기, 쓰기, 셈하기 등을 의미하며, 이 기술들은 특정 직업을 위한 것이 아니라 모든 직업에 사용될 수 있다. 이 기술과 대조적인 것이 '유용한 기술'(useful arts)이다. 이것은 미용술, 제빵술처럼 특정 직업과 관련된 기술이다. 이런 기술은 그 직업에 종사하지 않으면 효용이 극히 제한적이다.

초·중등학교에서는 교양적 기술들이 집중적으로 그리고 정교하게 교수된다. 이 기술의 획득을 통해 청소년들은 더 많은 지식과 경험을 얻게 되며, 사회 안에서 성인으로서의 지위를 갖게 된다. 이러한 기술들을 획득하는 것은 매우 가치 있는 것이지만 더 중요한 것은 이 기술들을 어디에 어떻게 사용되는가 하는 것이다.

이러한 기술들이 선의지와 결합하지 못하면 악행에 사용될 수 있다. 탁월한 두뇌가 악용되면 공동체에 엄청난 피해를 가져오게 된다. 사람들은 각종 지능범들이 가져오는 해악을 직접적으로 경험하고 있다. 교양적 기술들은 고급문화 즉 문명에 입문하는 도구로 사용되어져야 한다. 입문의 과정은 어려우며 장기간에 걸쳐 실행되어야 비로소 성취될 수 있다.

(2) 위대한 저서

문명의 근간을 이루는 것은 위대한 저서 또는 고전이라고 할 수 있다. 교육에 있어서 고전의 중요성을 강조한 사람들은 아주 많다. 고전의 가치를 강조한 프로그램들 가운데 가장 영향력 있는 것은 1940년대에 만들어진 「위대한 저서 읽기 프로그램」이다. 이것은 30세에 시카고대학 총장이 된 R. M. Hutchins(1899-1977)와 그의 친구이며 저명한 철학자인 M. J. Adler(1902-2001)에 의해 만들어졌다. 이들은 '고전'이라는 말 대신에 '위대한 저서'란 말을 사용했다. 고전은 옛것이라는 인상을 준다는 이유 때문이었다.

그들은 1952년 서양의 위대한 저서들로 된 전집을 내어 누구나 손쉽게 구해 읽을 수 있게 하였다. 이 전집에는 74명의 위대한 작가와 그들이 쓴 443편의 작품이 실려 있다. 그들은 동양인들이 동양의 위대한 저서를 선정할 것을 기대하였다.

위대한 저서들은 오랜 세월 동안 역사적 시련을 견디면서 살아남은 책들이다. 우리나라에서는 한 해 5만 여종의 신간서적이 출판되고 있다. 이들의 대부분은 책이 나온 그해 수명을 다한다. 위대한 저서를 읽는 것은 인생의 필수적인 지식과 지혜를 얻는 가장 안전한 길이다. 이러한 책들은 문명세계에 처음으로 들어오는 사람들에게 지적 여행을 안내한다. 위대한 작가들과 그들의 책들은 우리들에게 그들의 지혜, 용기, 모험, 탐구, 애환, 실패 등을 음미해보도록 요구한다.

위대한 저서를 읽는 것은 개인의 취향이나 취미생활이 아니라 생업처럼 인간의 본업이라고 할 수 있다. 위대한 저서를 읽고 음미함으로써 인간

동물(human animal)은 비로소 인문학적 소양을 함양한 사람(person)이 되기 때문이다. 문명세계에 처음으로 들어오는 사람은 인류의 탁월한 활동을 기록한 문헌을 활용하지 않고는 결코 문명세계에 입문될 수 없다.

3. 교양교육의 방법

(1) 교양교육 교사

소수의 뛰어난 사람들은 독학으로 지적 성취를 이룰 수 있다. 그렇지만 대부분의 사람들은 교사와 전문가의 도움을 받으면서 성장한다.

전통적으로 교사의 역할은 매우 중요시되어 왔다. 학습자가 어떤 교사를 만나느냐에 따라 교육의 성과는 아주 다르게 나타난다. 위대한 인물들이 자신의 학창시절을 회고할 때는 언제나 자신에게 교육적 영향을 미친 교사들에 대해 언급하고 있다. 교육공학의 발달로 교수활동과 학습활동이 편리하고 다양해졌지만 교육공학이 성취할 수 없는 부분이 있다. 교육공학은 단시간에 많은 지식과 정보를 제공하고 검색하도록 하지만 기술과 기능을 전수하는 일, 개인의 신념을 확인하고 개선하는 일 등은 교사들이 할 수 있는 영역이다.

교양교육의 방법은 교양교육을 받은 교사를 만나는 데서 시작한다. 교사는 본질적으로 문화적 전통들 즉 과학과 역사, 시와 철학, 예술과 종교의 매개자이다. 교사는 이러한 것들이 학습자에게 의미가 있도록 흥미를 만들어 내는 사람이다. 이러한 과업을 잘 수행하려면 교사가 먼저 이러한 학문을 탐구하고 공감하는 가치들에 대해서 헌신하여야 한다. 교사는 자신이 가르치는 전문분야에 대해 전문성을 가져야 하지만 학습자의 교양교육을 위해서는 스스로 교양교육을 받은 사람이어야 한다. 불운하게도 대부분의 교사는 전문가, 기능인, 그리고 평범한 직장인으로 살아간다.

교양교육의 교사는 교양교육의 성격상 어떤 교육형태의 교사들보다도 모범이 되어야 한다. 그 자신이 학문과 인생에 넓은 시야를 가지고 있을 뿐만 아니라 가치, 진리에 헌신하기로 다짐하고 있기 때문이다. 학습자들도 그런 기대를 교양교육의 교사에게 온다.

여기서 모범을 보인다는 것은 지적, 도덕적 측면에서 탁월성을 보인다는 것을 의미한다. 교양교육 교사는 교양교육의 목적에서 논의한 탁월성들을 실제로 가지고 있어야 한다. 그는 이러한 탁월성들을 사랑하고 배려함으로써 학습자들을 교양교육을 받은 사람으로 만들 수 있다. 이 점에 대해 오크쇼트는 이렇게 말했다.

> 지적 탁월성들은 탁월성 그 자체를 실제로 배려하는 교사에 의해서만 전달될 수 있지 그것들을 언급하는 것으로는 전달되지 않는다. 한 마리의 들오리가 다른 들오리를 하늘 높이 날아오르도록 하는 데는 외침이 아니라 스스로 먼저 비상하지 않으면 안 된다(Oakeshott, 1989, 62).

수만 마리의 들오리가 일제히 날아오르는 데는 어느 들오리 한 마리가 먼저 혼신의 힘을 다하여 먼저 비상함으로써 가능하다는 것이다. 혼신의 힘을 다해 먼저 비상하는 한 마리 들오리처럼 교사가 먼저 지적 탁월성들을 획득하고 그것들을 몸소 학습자들에게 보여야 학습자들도 거기에 관심을 갖게 된다. 들오리의 비유가 보여주는 바와 같이 교양교육은 모범에 의해 이루어질 수 있다.

오크쇼트는 어린 시절에 이런 모범적 교사를 만났다고 술회하였다. 그가 지적 탁월성을 향유하는 삶을 살게 된 것은 자신이 다녔던 학교의 체육교사로부터 배운 덕택이라고 말했다. 그는 그 교사에 대해 이렇게 썼다.

> 여러분이 내게 인내심, 정확성, 절제, 우아 그리고 스타일의 가치를 깨닫게 해준 상황이 무엇인지를 묻는다면 나는 그것들을 문헌, 논증, 기

하학적 증명에서 인식하게 된 것이 아니라 '체육'의 시대에 살았던 체육교사를 통한 것이라고 말하겠다. 그에게 있어서 체육은 하나의 지적 기술이었다. 나는 그가 말한 내용 때문이 아니라 그 자신이 인내, 정확, 절제, 우아 그리고 스타일을 지닌 사람이었기 때문에 그를 통해 배웠다(Ibid.).

체육교사는 수업시간 특별히 체조시간에 평행봉 위에서 직접 시범을 보여줌으로써 학습자들에게 경탄을 자아내게 한다. 정확하고 절제된 동작, 우아한 모습, 간결하고 분명한 언어가 어린 오크쇼트에게 강렬한 인상을 심어주었다고 할 수 있다.

오크쇼트는 학교 교사로부터 삶의 방향과 태도를 배웠기 때문에 늘 감사하는 가졌다. 그는 감사하는 마음을 다음과 같이 표현했다.

인간이 이룩한 정신세계에 입문하는 것은 현인 즉 교사의 덕택이다. 이러한 빚은 가장 큰 존경으로 인정되어야 한다. . . 문명의 중개인은 현인 즉 교사이다. 존슨(S. Johnson) 박사가 말한 바와 같이 저명한 사람들을 배출한 학교와 교사들을 거명하지 않은 것은 일종의 역사적 사기이다(Ibid., 46).

모든 교사가 이러한 존경의 대상이 되는 것은 아니다. 전달하고자 하는 가치들에 진실로 헌신하는 모습을 보인 교사들만이 이런 찬사를 받을 수 있을 것이다. 자신을 가르친 초중등학교 교사들의 이름을 모를지라도 어린이를 문명에 입문시키고자 애쓴 교사들에 감사하는 마음을 갖는 것은 너무나 당연하다고 할 수 있다.

교양교육 교사의 과업은 현재 지배적인 사조나 신념, 자신의 신념을 전달하는데 있지 않다. 그는 신참자인 학생을 문명에 입문시키는 안내인이자 중개인이다. 이 과업은 아주 어려운 것이며 저절로 이루어지는 것이 아니다. 훌륭한 교사는 아동의 흥미와 소망을 인식하고 그것을 활용하는 사람이다. 아동의 흥미 중에는 세속과 초연한 것들도 있다. 교사는 이러한 흥미를 적극 활용할 필요가 있다.

교양교육의 교사는 위대한 관념이 아닌 자신의 신념이나 의견을 가르치는 것은 바람직하지 않다. 학습자들은 교사의 신념, 의견, 관념을 배우러 오지 않았다. 이러한 것들을 가르치거나 강조할 경우 학습자들은 편견에 사로잡히거나 세뇌될 것이다. 교사의 임무는 지적인 전통과 문명, 위대한 관념들과 학습자들 사이에 가교를 놓아주는 것이다. 교사가 전면에 나서 이러한 것들을 막아서면 가교가 아니라 방해물이 될 것이다.

(2) 교양교육의 방법

교양교육의 방법은 전달하고자 하는 내용에 따라 결정되어진다. 가장 널리 사용되고 있는 방법으로는 강의(lecturing), 코칭(coaching), 그리고 토론(discussion)이 있다.

강의는 짧은 시간에 많은 학습자들에게 체계적인 지식과 정보를 전달할 수 있다. 직업적 교사들인 소피스트들이 이 방법을 고안하고 사용한 것은 너무나 당연한 것이었다. 수강자가 많을수록 많은 수입을 올릴 수 있기 때문이다. 강의는 텍스트와 여러 가지 보조도구를 사용하여 조직화된 지식을 획득하도록 도와준다. 이 교수법은 새로운 자료를 제시하는데 필요하다. 그러나 강의는 많은 장점에도 불구하고 학습자를 수동적이게 만든다는 점에서 큰 결함을 가지고 있다. 이를 교정하기 위해 수많은 보완책이 강구되고 있지만 근본적으로는 해결하지 못하고 있다.

강의가 효과적이 되려면 강사는 말하기, 좋은 학습자료를 준비해야 하고, 학습자는 경청하기, 읽기, 쓰기 활동에 충실해야 한다. 훌륭한 강사는 학습자들을 강의에 흥미를 갖게 하고 몰입시키는 능력을 보여준다. 이런 강사는 자신이 제시하는 학습자료들이 살아있도록 한다. 학교와 대학에는 드물게 학생들을 열광시키고 몰입시키는 강사들 즉 M.Weber가 말한 '카리스마를 가진 사람'(charismatic personality)이 있다. 이런 강사는 자신에게 향하는 학습자들의 관심을 교과로 돌린다면 학습효과를 크게 향상시킬 수 있을 것이다.

교양교육의 내용 속에는 기술과 기능이 들어 있다. 이것들을 가르치려면 거기에 상응하는 방법 즉 코칭을 사용해야 한다. 특별히 교양적 기술은 전문적인 코칭이 요구된다. 코칭이란 1:1, 1:소수로 전문적인 기술, 기능을 가르치는 교수법이다. 이 방법은 비능률적으로 보이지만 기술과 기능을 가르치는 데는 가장 좋은 방법이다. 더 많은 학습을 하기 위해서는 도구로서 사용될 지적 기능들이 필요하다. 교양적 기술이 주된 교육내용이 되는 초중등학교 수업시간은 많은 부분이 코칭으로 진행된다. 현재 널리 사용되고 있는 문제해결학습, 개별수업, 프로젝트학습 등도 넓은 의미에서 보면 모두 코칭에 해당한다.

아들러가 중심이 되어 만든 '파이데이아 그룹'(Paideia Group)은 관념들과 가치들의 이해를 확장하기 위해서는 조산술이라고 불리는 교수법 즉 '소크라테스식 교수법'(Socratic mode of teaching)을 사용해야 한다고 생각했다. 플라톤의 대화편은 소크라테스식 교수법의 성격을 잘 보여준다. 소크라테스는 대화를 진행함에 있어서 지식의 권위자로서 학습자들을 이끌어가는 것이 아니라 단순히 지혜를 사랑하는 사람 즉 탐구자로서 활동한다. 그는 계속적인 질의응답을 통해 학습자들이 사용하는 관념들을 명료하게 하려고 하였다. 그는 학습자와 자신을 대등한 지위에 두려고 하였다.

파이데이아 그룹은 소크라테스식 교수법을 다음과 같이 규정하였다. "소크라테스식 교수법은 질문을 하고 토론을 주도하고 학생들의 마음을 낮은 수준의 이해와 감상의 상태에서 높은 수준의 이해와 감상의 상태로 끌어올리는데 도움을 주는 교수법이다."(Adler, 1982, 29). 관념들과 가치들을 이해하고 거기에 헌신하게 하려는 소크라테스식 방법은 진리를 탐구하는 방식인 동시에 하나의 교수법이었다. 파이데이아 그룹은 이 방법을 통하여 강의와 코칭이 할 수 없는 교육적 효과를 얻으려 하였다.

소크라테스식 교수법이 기대하는 이해의 학습은 가장 오래 지속된다. 언어적 기억과는 달리 한 번 이해된 것은 그것이 다시 갖기 위해 연습할 필요가 없다. 이해는 단순한 정보나 지식이 아닌 원리들에 대한 이해이며 개인의 가치관과 세계관을 형성시켜 준다. 세미나식 수업은 잘 진행된다면 학습자와 학습자생, 학습자와 교사 간에 상호존중의 유대가 만들어질 수 있으며 관점의 차이로 빚어지는 갈등들이 어느 정도 해소될 수 있다. 경청하는 습관, 비판적으로 사고하는 능력이 향상될 뿐만 아니라 모두가 참여할 경우에는 참여자들이 세미나 시간이 순식간에 지나가는 것을 경험하게 된다.

III. 공동탐구방법

1. 공동탐구방법의 개념

허친스와 아들러는 지난 3천년 동안에 나온 책들 중에 영원한 가치를 가진 책들을 선정하여 읽고 토론하는 프로그램 즉 「위대한 저서 읽기 프로그램」을 만들었다. 이 프로그램은 '위대한 저서 재단'에 의해 주도되어왔다. 이 재단은 프로그램을 오래 동안 실행한 경험을 바탕으로 1987년 「위대한 저서 읽기 프로그램」에 참여하는 사람들에게 지침을 제공하기 위해 『공동탐구입문』이라는 책을 간행하였다. 이 책에서 '재단'은

"공동탐구란 주어진 작품을 주의 깊게 읽은 참여자들이 작가가 말하고자 하는 의미를 탐구하는 데 서로 도움을 주려는 활동"(The Great Books Foundation, 1987, vii)이라고 정의하였다.

1992년에 나온 제3판에는 이를 약간 다르게 정의되었다.

> 공동탐구란 하나의 텍스트가 제기한 근본적인 문제들에 대한 대답을 찾는 독특한 학습방법이다. 이 탐구는 본래 능동적이다. 이것은 저자가 우리에게 주는 내용을 이해하고 텍스트의 충분한 의미를 파악하고, 우리 자신의 경험에 비추어서 건전한 추리를 이용하여 텍스트를 해석하고 이해하려고 노력하는 것을 포함한다(The Great Books Foundation, 1992, ix).

'재단'이 지적한 대로 이 독서토론 방법은 독특한 측면을 보여준다. 대부분의 독서토론회는 텍스트를 즉흥적으로 선정하는 경향을 보여주며 읽고 토론하는 방식도 능동적이지 못하다. 모두가 텍스트를 읽고 오는 것이 아니라 대체로 장 별로 분담하여, 배정받은 사람이 많은 시간을 들여 정독한 후 '발제'라는 이름으로 내용을 소개하고 논평을 한다. 다른 사람들은 텍스트를 읽어오지 않거나 정독을 하지 않는 경향을 보여준다. 소위 발제자가 친절하게 텍스트 내용을 요약, 설명, 비판까지 해주기 때문이다. 이런 상황에서는 심도 있는 토론이 이루어질 수 없다.

공동탐구로 이루어지는 토론회에는 두 명의 공동탐구지도자들이 토론을 진행한다. 아들러는 이전에는 세미나를 지도하는 사람을 '세미나 지도자' 또는 '사회자'라고 불렀다. 새로 명명된 공동탐구지도자들은 강의를 하는 것이 아니라 지도자들과 참여자들이 제기한 해석적 문제에 대해 함께 탐구한다.

2. 공동탐구방법의 규칙

독서토론이 활발하게 그리고 효과적으로 진행되려면 참여자들이 활동의 규칙을 가지고 있어야 하며 이를 잘 지켜야 한다. '위대한 저서 재단'은 오랜 경험과 숙고를 통해 독서토론의 규칙들을 만들었다.

(1) 좋은 토론환경 조성의 규칙

토론이 효과적으로 이루어지려면 일정한 규칙이 있어야 하고 이 규칙이 준수되어야 한다. 이 규칙은 토론의 진행은 물론 시설과 규모에 대해서도 적용된다. 토론실은 공동탐구지도자들을 향해 바라보는 전통적인 강의실이 아니라 참여자들이 얼굴을 마주 볼 수 있도록 원형 또는 사각형으로 된 방이어야 한다. 이러한 시설은 토론자들이 대등한 지위에 있음을 확인시켜 주고 환대하는 분위기를 보여준다.

독서토론에 적합한 인원으로는 10~15명이 적합하다. 15명이 넘으면 발언의 기회가 줄어들게 되고 10명 이하이면 참석자들이 발언을 자주 해야 한다는 부담감을 갖게 된다. 결석자가 있을 수 있으므로 토론의 적합한 인원을 확보하기 위해 정원을 약간 늘려 잡을 필요가 있다.

좋은 독서토론이 이루어지려면 텍스트의 선정이 아주 중요하다. 가장 바람직한 것으로는 '위대한 저서'를 선택하는 것이다. 검증되지 않는 신간서적, 당대의 베스트셀러가 되고 있는 책을 텍스트로 했을 경우 많은 경우 자주 실망하게 된다. 왜냐하면 베스트셀러는 얼마의 기간이 지나면 독자들의 관심에서 사라지는 경우가 너무 많기 때문이다.

파이데이아 아카데미아에서 시행하는 독서토론회의 교재는 '서양의 위대한 저서' 목록에 있는 책을 활용한다. 성인과 청소년 모두 요약본이 아닌 원본 국역본을 사용하고 있다. 일부 사람들은 원본 번역본을 청소년들이 이해할 수 있을까 하고 의문을 제기한다. 청소년들은 원본 번역본을 모두 이해할 수는 없을 것이다. 그들은 그들의 수준에서 원본을 이해하며 성장하면 다시 그것들을 읽어 이해의 폭을 더욱 넓히게 될 것이다.

(2) 독서토론 준비를 위한 규칙

「위대한 저서 읽기 프로그램」에 참여하기로 한 토론집단은 '해석적인 독자'(interpretive reader)가 되기 위해 노력하여야 한다. 해석적 독자란 텍스트를 능동적으로 읽고 노트하는 사람을 의미한다. 책을 읽고 얻은 반응을 여백에 기록하는 일은 아주 중요하다. 독서를 거듭할수록 여백의 기록은 다르게 될 것이다. 왜냐하면 처음 읽을 때와 두 번째 읽을 때는 다르게 감상되기 때문이다.

필기구의 색깔을 달리하는 것도 도움이 된다. 첫 번째 독서는 책 전체의 윤곽을 파악하기 위한 것이며, 두 번째 독서는 세부적인 내용을 숙지하기 위해서이다. 독서는 반드시 '기록하는 일'과 병행되어야 한다. '위대한 저서 재단'은 노트를 잘 하기 위해 다음과 같이 제안하였다(The Great Books Foundation, 1992, 3).

① 당신이 이해하지 못한 것을 기록하시오.
(Note anything you do not understand.)
등장인물이 말하는 것을 이해하지 못하거나 저자의 논증이 불명확할 때 그 부분을 노트한다. 토론이 진행될 때 이해하지 못한 부분을 발표하여 참여자들로부터 도움을 받을 수 있다.

② 특별히 중요하다고 생각되는 것을 기록하시오.
(Note anything you think is especially important.)
특별히 중요하다고 생각되는 부분을 노트한다. 참여자들 각자가 중요하다고 표시한 부분이 서로 다를 것이다. 표시된 부분을 비교하는 것은 흥미로운 일이다. 차이점의 발견은 지적 자극이 된다.

③ 강력한 느낌을 받은 것을 기록하시오.

(Note anything about which you feel strongly.)

텍스트는 참여자에게 감동을 주거나 반감을 불러일으킬 것이다. 참여자는 저자의 논지에 동의하거나 반대하고 싶다면 그 부분을 기록해야 한다. 이런 부분에 대해 다른 참여자와 공유하는 것이 바람직하다.

텍스트를 읽은 사람은 세 가지 측면을 염두에 두고 책을 읽게 된다. 즉 읽어도 이해되지 않는 부분, 중요하다고 생각되는 부분, 공감 또는 이견이 있는 부분이 그것들이다. 이 노트를 중심으로 토론함으로써 이해하지 못한 부분을 이해하게 되고, 중요하다고 생각한 것, 느낀 점 등을 상호 비교하게 된다. 이러한 비교활동을 통해 참여자는 자신의 신념을 수정하고 보완하게 된다.

(3) 참여자 모두를 위한 규칙

'위대한 저서 재단'은 독서토론회에 참여하는 사람들 모두에게 적용되는 네 가지 '공동탐구의 규칙'을 제시하였다(Ibid., 26).

① 작품을 읽은 사람만이 토론에 참여할 수 있다.

(Only those who have read the selection may take part in discussion.)

이 규칙은 참여자들이 읽고 있는 저서에 관해 근거가 있는 의견을 제시할 수 있는 기회를 준다. 저서를 읽지 않은 사람은 내용을 모르기 때문에 제대로 토론할 수가 없다. 다른 사람이 제시하는 의견에 대해서도 건전한 판단도 할 수 없다. 이 규칙이 준수되면 책을 읽지 않은 참여자는 다른 별도의 좌석에서 경청할 기회를 제공하는 것이 좋다.

② 토론은 읽은 작품을 해석하는 데만 초점을 맞춰야 한다
   (Discussion should focus only on interpreting the assigned
   story or essay.)

다른 책이나 영화에 대한 참여자들의 개인적 경험이나 가치나 의견은 텍스트를 해석하는데 적합성을 갖지 못하며, 다른 참여자들을 토론에서 배제시킬 수 있다.

③ 참여자 자신의 증거로서 지지될 수 없다면 외부의 의견을 끌어들이지 말아야 한다
   (Do not introduce outside opinions unless you can back
   them up with evidence of your own.)

참여자들은 관념들을 공유하지만 참여자 개인은 스스로 사고하여야 한다. 참여자들이 다른 사람의 의견 즉 배우자, 부모, 텍스트, 백과사전 등에 의존한다면 그들 자신의 관념과 통찰을 발달시키지 못하고 능동적이고 해석적인 독자가 되지 못할 것이다.

④ 공동탐구지도자들은 질문만 할 수 있고 질문에 대답해서는 안 된다
   (Leaders may only ask questions; they may not answer them.)

공동탐구지도자는 참여자들보다는 작품을 더 많이 읽고 탐구했을 가능성이 있다. 따라서 참여자들에게는 공동탐구지도자의 대답을 자신의 것

보다 중요시할 우려가 있다. 이러한 우려를 씻기 위해 공동탐구지도자는 질문만 하도록 하고 있다. 그는 정답을 말하는 사람이 아니며 참여자 모두가 자신의 해석능력을 발달시키도록 해야 한다.

이 '재단'은 네 개의 규칙을 잘 준수하면 토론시간을 가장 유용하게 사용할 수 있을 것이라고 생각했다. 이 규칙들은 저마다 고유한 기능을 가지고 있다. 공동토론을 위한 4가지 규칙들은 쉽게 잊어버릴 수 있기 때문에 공동탐구지도자는 이 규칙을 기록한 메모를 앞에 놓고 수시로 확인하며 진행하여야 한다.

(4) 공동탐구지도자를 위한 규칙

공동탐구 활동이 활발하게 전개되려면 공동탐구지도자들은 물론 토론 참여자들이 먼저 '해석적 독자'가 되어야 한다. 해석적 독자가 된다는 것은 능동적으로 독서하는 것을 의미한다. 능동적으로 독서하는 사람은 텍스트에 밑줄을 긋거나 여백이나 다른 곳에 기록하면서 읽는다.

공동탐구지도자들은 노트된 부분들을 읽으면서 토론이 활발하게 이루어질 수 있도록 해주는 해석적 질문(interpretive question)을 만들어야 한다. 해석적 질문이란 두 개 이상의 답을 제시할 수 있는 질문을 의미한다. 토론 참여자들은 주어진 작품 안에서 해석적 질문에 대한 답을 찾아야 한다. 다른 자료들을 끌어들이거나 자신의 개인적 생각을 제시해서는 안 되기 때문에 참여자들은 텍스트를 정독하게 된다. 참여자들의 관점에 따라 다양한 대답이 제시되므로 토론은 활기를 띠게 된다.

공동탐구지도자는 특정 분야의 전문가가 아니라 공동탐구지도자 교육과정을 이수한 비전문가이다. 공동탐구지도자는 자기가 제기한 기본적 질문들 즉 해석적 질문들을 해결하기 위해 집단이 활발하게 움직이도록 해야 한다. 그는 또한 참여자들이 제시하는 관념들과 의견에 관심을 기

우려야 한다. '위대한 저서 재단'은 공동탐구지도자들이 토론을 성공적으로 이끌어가기 위해 다음과 같은 지침을 제시하였다(The Great Books Foundation, 1992, 30-33).

① 천천히 진행하시오
 (Lead slowly.)
 토론은 천천히 진행되어야 한다. 해석적 질문을 받은 참여자는 텍스트 안에서 답을 찾아야 하고 그것을 명료하게 전하기 위해서는 시간을 필요로 한다. 공동탐구지도자는 질문을 한 후 기다릴 줄 알아야 한다. 침묵이 길게 느껴지지만 실제로는 길지 않다. 초중등학생의 경우에는 더욱 천천히 진행하여야 한다. 왜냐하면 해석적 질문과 답을 메모하도록 해야 하기 때문이다.

② 참여자들의 논평을 신중히 들으시오
 (Listen carefully to your participants' comments.)
 참여자의 논평을 신중히 그리고 정확히 들어야 다음 질문을 할 수 있다. 공동탐구지도자가 참여자의 말을 경청하게 되면 참여자가 자신이 제시하는 관념이 가치 있다고 생각하게 된다. 경청해야 좋은 추수질문을 할 수 있다.

③ 아이디어를 적기 위해 좌석도를 규칙적으로 활용하시오
 (Use your seating chart regularly to note ideas.)
 누가 누구에게 질문을 하고 대답을 했는지 기록하면 참여자의 토론기여도를 알 수 있다. 좌석도(seating chart)를 통해 참여자들은 자신의 활약을 알 수 있고 공동탐구지도자는 누구에게 질문과 대답의 기여를 주어야

하는지를 알게 된다.

④ 참여자들이 서로 말하도록 격려하시오

(Encourage participants to talk to one another.)

공동탐구지도자와 참여자의 대화는 물론 참여자들끼리 활발하게 대화가 이어지도록 해야 한다. 참여자들은 그들끼리 대화를 나누는 것이 더욱 편안하게 생각할지도 모른다. 공동탐구지도자는 참여자들의 한 사람에 불과하다.

⑤ 관념들을 서로 그리고 기본적 질문에 관련시키시오

(Relate ideas to each other and to the basic question.)

공동탐구지도자는 참여자들이 관념들 간의 관계를 이해하도록 질문을 통해 토론의 계속성과 일관성을 유지하도록 해야 한다. 제시된 기본적 질문은 탐구가 이루어질 때까지 계속 유지시켜야 한다.

⑥ 자주 텍스트로 돌아가시오.

(Turn to the text frequently.)

토론을 하다보면 종종 주제에서 이탈하게 된다. 토론시간이 제한되어 있기 때문에 이탈하는 시간이 길어지면 텍스트에 대한 이해를 하지 못하게 된다. 공동탐구지도자는 텍스트로 돌아가도록 주지시켜야 한다.

⑦ 참여자들이 여러분의 질문들 안에 있는 가정들에 도전하도록 자극하시오.

(Be open to challenges to any assumptions in your questions.)

참여자들이 공동탐구지도자가 제시하는 해석적 질문에 대해 반길 수도 있고 난처한 태도를 보일 수도 있다. 참여자들은 자유롭게 제시된 질문이 갖는 가정들에 대해 도전할 수 있어야 한다.

⑧ 참여자 모두가 기여할 기회를 주시오

(Give everyone a chance to contribute.)

모든 참가자가 발표할 기회를 가져야 한다. 소수의 사람들이 토론을 지배하도록 해서는 안 된다. 토론에 참여하지 않는 참여자들에게 발언할 기회를 마련해줘야 한다.

⑨ 종종 추수질문을 하시오

(Ask follow-up questions often.)

참여자의 발언이 불분명하거나 더 깊게 생각하도록 하기 위해서는 때로는 추수질문을 해야 한다. 추수질문이 없으면 참여자는 자신의 발언이 중요하지 않다고 생각할지도 모른다.

위의 지침은 공동탐구지도자들이 반드시 지켜야 할 것들이다. 이러한 것들을 잘 준수하려면 공동탐구지도자들은 훌륭한 공동탐구지도자가 지도하는 모습을 관찰하고 실제로 토론경험을 많이 가져보아야 한다.

「위대한 저서 읽기 프로그램」가 제시한 규칙들은 오랜 기간 동안 실행해 본 결과 얻어진 것이다. 위의 규칙들 중 '④ 참여자들이 서로 말하도록 격려하시오'는 참여자들에게 대등한 지위를 부여하기 위해 필요한 규칙이다. 매주 약속한 독서 분량에 국한하여 토론해야 한다는 의미이다. 공동탐구지도자는 약속한 분량보다 더 많이 읽어온 참여자가 그 내용에 대해 발언하려고 할 경우 제지해야 한다.

Ⅳ 한국에서의 「위대한 저서 읽기 프로그램」

1. 「위대한 저서 읽기 프로그램」(GBP)의 실행

'파이데이아'(Paideia)는 그리스어로 '교육', '교양'을 의미하며 플라톤은 인간이 저승에 갈 때 이승의 것들 중 하나만 가져갈 수 있는데, 그것이 바로 '파이데이아'라고 말했다. 이러한 플라톤의 꿈을 한국에서 몸소 실천하고자 신득렬은 1991년 11월 교양교육 기관인 '파이데이아 아카데미아'를 설립하여 시민들과 함께 서양의 「위대한 저서 읽기 프로그램」을 교육운동으로 실천하고 있다.

「위대한 저서 읽기 프로그램」을 실행하는 공동탐구지도자들은 최대의 수혜자라고 할 수 있다. 예를 들면 공동탐구지도자인 신득렬은 작년 9월 『플라톤의 「국가」 연구』라는 단행본을 출간하였다. 이 프로그램의 2년차에 읽게 되는 플라톤의 『국가』는 대화체로 되어 있어 독서회원들이 이해하기 어렵다고 토로하자 쉽게 이해할 수 있는 책을 저술하기로 하고 수년 동안 노력한 끝에 출간하였다. 이런 프로그램을 다년간 수행하지 않았더라면 팔순을 눈앞에 둔 은퇴교수가 이런 과업을 수행하지 못했을 것이다.

파이데이아 아카데미아에서 주관하고 있는 「위대한 저서 읽기 프로그램」은 인류의 유산인 위대한 저서를 읽고 자신의 교양 수준을 점검하고 인간과 사회와 자연에 관한 넓은 통찰력을 지닌 고급문화를 향유함은 물론이고 대화와 토론을 통해서 자신을 성찰하는 삶의 본질을 깨닫게 하는 기회를 제공하고 있다.

'파이데이아 아카데미아'가 29년 동안 교양교육에 미친 영향력은 적지 않다. 연인원 1천여 명의 회원들이 독서토론회에 참석하였으며 370명이 공동탐구지도자 교육을 받았다. 2019년 3명, 2020년에는 5명의 회원들이

12년 정규교육과정을 수료하였다.

　공동탐구지도자 교육을 받은 분들은 파이데이아 지부를 설립하거나 각급 학교의 고전교사로 활동하고 있다. 전국에 산재해 있는 지부는 모두 13개로 지부명과 설립연도는 다음과 같다.

　부산지부(2008), 청주지부(2017), 시흥선우지부(2017), 대구상인지부(2017), 시흥정왕지부(2018), 포항지부(2019), 경주지부(2019), 동부산지부(2019), 대구남산지부(2019), 부산동래지부(2019), 경북도청신도시지부(2020), 양평지부(2020), 부산연제지부(2020)

　지부장들 중에는 겸직한 분들도 있고 전업으로 하는 분들도 있다. 교양교육을 하는 교육자도 직업인이 되어야 교양교육에 전력을 쏟을 수 있다. 파이데이아 지부의 창설은 새로운 직업의 창출이라는 것을 의미한다.

　각 지부는 성인반과 청소년반을 함께 운영하고 있다. 지부는 1차적으로는 문화센터가 아니라 교양교육을 하는 작은 학교이다. 이러한 역할이 우선적이지만 주민들이 쉽게 찾아와 음료를 마시며 인생문제를 함께 풀어가는 'community center'의 역할도 하고 있다. 고전공부는 영혼의 치유도 가져다주기 때문이다.

　2021년에는 창원지부, 김천지부, 고양일산지부 등이 개관준비를 하고 있다. 확산 속도는 조금 느리지만 고전의 가치를 발견하는 사람들이 늘어날 것으로 본다. 12년이라는 긴 교육기간을 감내할 수 있어야 「위대한 저서 읽기 프로그램」을 만날 수 있다.

　파이데이아 아카데미아는 사립기관인데도 불구하고 오랜 연륜이 쌓여 공적 신임을 얻게 되었다. 대구광역시 교육연수원, 대구광역시 남부교육지원청, 대구광역시 수성구청, 대구광역시 동부도서관, 경암중학교, 부산교육대학 교육대학원 인문교육과 등이 협약을 맺자는 요청을 해왔으며

MOU를 맺어 상호 지원을 하고 있다.

2. 연차별 독서목록

파이데이아 아카데미아에서는 12년 과정으로 위대한 저서를 읽고 토론하고 있다. 책을 읽는 순서는 책이 출판된 순서로 읽고 있다. 다음은 연차별 독서목록이다.

<u>1년차</u> 호메로스(Homer, 8C BC), 『일리아스』, 『오디세이아』

아이스킬로스(Aeschylus, c.525-456 BC)의 비극전집

소포클레스(Sophocles, c.495-406 BC)의 비극전접

에우리피데스(Euripides, c.480-406 BC)의 비극전집

아리스토파네스(Aristophanes, c.445-c.380 BC)의 희극전집

헤로도토스(Herodotus, c.484-c.425 BC), 『역사』

투키디데스(Thucydides, c.460-c.400 BC), 『펠로폰네소스 전쟁사』

<u>2년차</u> 플라톤(Plato, c.428-c.348 BC)의 중요 작품들:

『소크라테스의 변론』, 『크리톤』,

『파이돈』, 『향연』, 『국가』, 『법률』 외

아리스토텔레스(Aristotle, 384-322 BC)의 중요 작품들:

『니코마코스 윤리학』, 『정치학』, 『수사학』, 『시학』 외

<u>3년차</u> 루크레티우스(Lucretius, c.98-c.55 BC), 『사물의 본질』

에픽테토스(Epictetus, c.55-c.135), 『대화록』 외

아우렐리우스(Marcus Aurelius, 121-180), 『명상록』

베르길리우스(Virgil, 70-19 BC), 『아이네이스』 외

플루타르코스(Plutarch, c.46-c.120), 『영웅전』

타키투스(P. Comelius Tacitus, c.55-c.117), 『연대기』 외

플로티노스(Plotinus, 205-70), 『여섯 엔네아드』

4년차 아우구스티누스(Saint Augustine, 354-430), 『고백록』, 『신국론』 외

아퀴나스(Saint Thomas Aquinas, c.1225-1274), 『신학대전』

단테(Dante Alighieri, 1265-1321), 『신곡』

초서(G. Chaucer, c.1340-1400), 『캔터베리 이야기』 외

5년차 마키아벨리(Nicolo Machiavelli, 1469-1527), 『군주론』

홉스(Thomas Hobbes, 1588-1679), 『리바이어던』

라블레(F. Rabelais, c.1495-1553), 『가르강투아』, 『팡타그루엘』

몽테뉴(Michel E. de Montaigne, 1533-1592), 『수상록』

6년차 셰익스피어(William Shakespeare, 1564-1616), 주요작품들

세르반테스(Miguel de Cervantes, 1547-1616), 『돈키호테』

베이컨(Sir Francis Bacon, 1561-1626), 『학문의 진보』, 『신기관』

『새로운 아틀란티스』

7년차 데카르트(Rene Descartes, 1596-1650), 『방법서설』 외

스피노자(Benedict de Spinoza, 1632-1677), 『윤리학』

밀턴(John Milton, 1608-1674), 『실낙원』 외

파스칼(Blaise Pascal, 1623-1662), 『팡세』 외

로크(John Locke, 1632-1704), 『인간지성론』, 『통치론』, 『관용론』

버클리(George Berkeley, 1685-1753), 『인간의 지식원리』

8년차 흄(David Hume, 1711-1776), 『인간오성론』

스위프트(Jonathan Swift, 1667-1745), 『걸리버 여행기』

스턴(Laurence Sterne, 1713-1768, 『트리스트람 션디의 생애와 사상』

필딩(Henry Fielding, 1707-1754), 『톰 존스의 이야기』

몽테스큐(Charles de Montesquieu, 1689-1756), 『법의 정신』

루소(Jean Jacques Rousseau, 1712-1778), 『불평등기원론』, 『사회

　　계약론』, 『정치경제론』

9년차　스미스(Adam Smith, 1723-1790), 『국부론』

　　　　기번(Edward Gibbon, 1737-1794), 『로마제국쇠망사』

　　　　칸트(Immanuel Kant, 1724-1804), 『실천이성비판』 외

10년차　미국의 중요 공문서(American State Papers), 『독립선언서』 외

　　　　해밀턴(A. Hamilton, 1757-1804), 매디슨(James Madison, 1751-

　　　　1836), 제이(John Jay, 1745-1829), 『연방주의자』

　　　　밀(John Stuart Mill, 1806-1873), 『자유론』, 『공리주의』 외

　　　　보스웰(James Boswell, 1740-1795), 『사무엘 존슨의 생애』

　　　　헤겔(Georg Wilhelm Friedrich Hegel, 1770-1831), 『법철학』, 『역사

　　　　철학』

　　　　괴테(Johann Wolfgang von Goethe, 1749-1832), 『파우스트』

11년차　멜빌(Herman Melville, 1819-1882), 『백경』

　　　　다윈(Charles Darwin, 1809-1882), 『종의 기원』 외

　　　　마르크스(Karl Marx, 1818-1883), 『자본론』

　　　　마르크스와 엥겔스(F. Engels, 1820-1895), 『공산당선언』

12년차　톨스토이(Count Leo Tolstoy, 1828-1910), 『전쟁과 평화』

　　　　도스토예프스키(F. M. Dostoevsky, 1821-1881), 『카라마조프의

　　　　형제들』

　　　　제임스(William James, 1842-1910), 『심리학 원리』

　　　　프로이트(Sigmund Freud, 1856-1939), 『정신분석의 기원과 발달』 외

3. 대구파이데이아학교

(1) 설립취지

대구파이데이아학교는 비인가 독서토론학교이다. 이 학교는 2009년 5월 10일 교양교육기관인 파이데이아 아카데미아에 의해 설립되었다. 이「위대한 저서 읽기 프로그램」에 참여하는 시민들은 자기의 자녀들도 참여시키고 싶은 열망을 가진 나머지 학교설립을 요청해왔다. 해마다 늘어나는 학교 중퇴자들은 마땅하게 갈 곳이 없는 상황이다. 시민들의 요청을 받아들여「위대한 저서 읽기 프로그램」의 독서목록 중 일부를 선정하여 청소년들을 대상으로 독서토론 지도를 하고 있다.

이 학교를 설립하면서 학교가 무엇인가를 생각해보게 되었다. 어느 시대에나 기성인들은 문명과 문화를 전수하기 위해 학교를 설립하였다. 학교가 전승되는 과정에서 학교의 정신이 자주 변경이 되었다. 여러 힘들이 개입하여 학교를 이용하려 자신의 의지를 실현하려고 하였다. 사람들 중에는 자신의 주관적인 신념이 학교에서 받아들여지기를 원하기도 했다. 정치적, 종교적 힘들이 이런 입장을 취했다. 이들은 정당화되지 않고, 검증되지도 않은 신념들을 학생들에게 가르치기를 기대하였다.

교육을 사회적 성공의 수단으로 이용하려는 사람들은 학교를 상급학교 진학을 위한 준비기관으로 생각하였다. 학교를 입시준비기관으로 활용함으로써 해마다 많은 학생들이 자퇴하고 있다. 학교 교육이 사회계층을 고착화시키고 교육의 종결의식을 심화시킨다고 생각하는 사람들은 학교를 폐지하여 그곳에 도서관을 세우자고 제안하기도 한다. 이런 여러 힘들이 학교에 영향을 미침으로써 학교의 이념이 무엇인가 하는 물음이 제기되고 있다.

이러한 문제를 바라보는 사람들에게 오크쇼트의 학교관은 매우 인상적이고 본질적인 관점을 제공해준다. 그는 학교는 지적, 상상적, 도덕적, 그리고 정서적 유산에 진지하고 질서정연하게 입문시키는 곳이라고 말했다(Oakeshott, 1989, 68). 문명에의 입문은 저절로 되는 것이 아니라 교사들의 땀과 열정이 담긴 노력을 통해 성취될 수 있다.

학교는 사람들이 많이 있는 곳에 설립되지만 그 안에서 문명의 입문이 일어나려면 현실과 다소 초연해야 한다. 모든 학교는 설립목적에 따른 자신의 고유한 업무를 가지고 있다. 학교가 독립적인 기관이라면 어느 정도 외부의 요구로부터 초연해질 수 있다. 다음의 인용문은 본래의 학교 모습을 잘 보여주고 있다.

> 나는 Sir E. Barker의 자서전으로부터 기억할만한 문장 즉 '오두막 집 밖에서 나는 나의 학교 이외 아무 것도 가지고 있지 않다. 그러나 나는 나의 학교를 가짐으로써 모든 것을 가졌다.'라는 말을 종종 회상한다. 학교에서는 지역적이고 현대적인 것의 편협한 경계들이 다음 도시나 마을, 국회나 유엔에서 진행되고 있는 일이 아니라 가장 우둔한 사람까지도 전적으로 무관심할 수 없는 사물들, 사람들, 사건들, 언어와 신념, 주장들, 시각, 음향, 그리고 모든 상상적인 것의 세계를 드러내기 위해 무너져 버린다. . . 학생이 잉크 묻은 손으로 숙제를 하기 위해 책가방을 열어젖힐 때 그는 과거 3천년 동안의 인간의 지적 모험의 행운과 불운을 열어젖히고 있는 것이다(Ibid., 40).

학생들이 학교에서 배우는 교육내용은 '지금 그리고 여기서' 일어나고 있는 사건이 아니라 3천년 전의 사건이라는 말에서 초연의 의미를 이해하게 된다. 숙제를 하기 위해 잉크 묻은 손으로 책가방을 열어젖히는 어린이는 지적 호기심으로 충만되어 있다. 호메로스의 서사시를 읽는 학생들은 이런 호기심을 실제로 보여준다.

학교가 학생들을 문명에 체계적으로 입문시키는 장소라면 거기에 맞는 교사, 시설, 교칙, 교풍을 가져야 한다. 대구파이데이아학교는 이러한 조건을 갖추지 못했다. 소규모의 시설과 교사를 통해 위대한 저서의 일부를 읽고 자유롭게 토론함으로써 교양교육을 받은 청소년을 양성하려는 것이다. 이를 위해 다음과 같은 것을 명시하였다.

(2) 교육목적

대구파이데이아학교의 교육목적은 위대한 저서 읽기를 통해 교양교육을 받은 청소년을 양성하는데 있다. 교양교육을 받은 청소년이란 교양적 기술 즉 읽기, 쓰기, 말하기, 듣기, 셈하기 등의 기술을 획득하고 이 기술을 통해 위대한 관념들을 학습한 청소년을 의미한다. 2년 과정을 이수한 학생들은 상급학교에 진학하더라도 고전에 대한 관심을 그대로 유지되고 있다.

(3) 정규학교에서의 「위대한 저서 읽기 프로그램」 시행

파이데이아 아카데미아는 대구광역시 수성구청, 대구광역시 중앙도서관, 대구광역시 동부도서관, 대구광역시 교육연수원, 대구광역시 남부교육지원청 등과 협약을 맺어 「위대한 저서 읽기 프로그램」을 공립도서관과 공립학교에서 실행하고 있다. 파이데이아 아카데미아에서 양성된 공동탐구지도자들은 관련 기관들이 정해준 정규 수업시간인 창의체험시간에 들어가 토론지도를 하고 있다. 텍스트로는 주로 호메로스의 『일리아스』, 『오디세이아』, 플루타르코스의 『영웅전』, 세르반테스의 『돈키호테』, 스위프트의 『걸리버 여행기』를 활용하고 있다.

2017년에는 대구시내에 있는 사립학교인 경암중학교, 경화여자고등학교, 효성여자고등학교에 파이데이아 공동탐구지도자들이 파견되어 중학교에는 『걸리버 여행기』를 고등학교에는 『돈키호테』, 플라톤의 『향연』이 교재로 사용되었다.

V. 인문학적 소양과 4차 산업혁명의 연관성

4차 산업이란 인공지능(AI), 사물인터넷(IoT), 로봇기술, 드론, 자율주행차, 가상현실(VR)등이 주도하는 차세대 산업혁명을 말한다. 이 용어는 2016년 6월 스위스에서 열린 다보스 포럼(Davos Forum)에서 포럼의 의장이었던 클라우스 슈밥(Klaus Schwab)이 처음으로 사용하면서 이슈화 됐다.[3] 당시 슈밥 의장은 "이전의 1, 2, 3차 산업혁명이 전 세계적 환경을 혁명적으로 바꿔 놓은 것처럼 4차 산업혁명이 전 세계 질서를 새롭게 만드는 동인이 될 것"이라고 밝힌 바 있다. 그렇다면 인문학적 관점에서 우리는 4차 산업혁명의 변화를 어떻게 받아들일 것인가?

작년 2020년 추석에 KBS2를 통해 방영된《대한민국 어게인 나훈아》에서 나훈아는 "우린 지금 스트레스를 너무 많이 받으며 살고 있다. 테스형에게 세상이 왜 이렇고 세월은 또 왜 저러냐고 물어봤더니 테스형도 모른다고 하더라 세월은 너나 할것 없이 어떻게 할 수 없다"고 대답하여 대한민국 국민의 화제를 이끌어 낸 이후 〈테스형〉이 대한민국을 강타하고 있다. 이러한 사실(fact)로부터 왜 하필이면 저서도 한권 남기지도 않은 소크라테스인가? 또 왜? 고전으로 돌아가야 하는가? 라고 인문학적 소양과 4차산업혁명의 연관성에 대해서 인문학적 상상력으로부터 생각해보고자 한다.

스티브 잡스는 생각이 막힐 때마다 혼자 "비밀 서재"로 갔다. 그곳에서 18세기 낭만주의 시인 윌리엄 블레이크의 시집을 펼쳤다. 전에도 읽고 또 읽었던 그 시집의 한 구절에서 그는 새로운 아이디어를 얻곤 했다. 200년

---

3 아직 명확한 개념정의는 이루어 진 것은 아니지만 클라우스 슈밥(Klaus Schwab)을 비롯한 일부에서는 이렇게 사용되고 있다.

시차를 초월한 시적 교감에서 잡스의 인문학적 사고가 꽃피었고, 아이폰의 모서리를 사각으로 할까, 둥글게 할까를 고민할 때도 그는 블레이크의 시를 읽고 영감을 얻었다고 한다.

　페이스북의 창시자 마크 저커버그도 그랬다. 고대 로마 시인 베르길리우스[4]의 장편 서사시 『아이네이스』[5]에 심취한 그는 젊은이들과 함께 이 시를 읽고 많은 이야기를 나눴다. 토론 과정에서 20대의 반응을 심리학적 관점에서 분석했고, 이들이 친구들의 관심에 따라 행동한다는 패턴을 발견했다. 이런 사회적 교감 위에서 페이스북이라는 세계 최대의 소셜네트워크서비스(SNS)를 구축할 수 있었다. 이처럼 세상의 패러다임을 바꾸는 최고의 CEO들은 고전을 탐독하고, 거기서 영감을 얻는다.

1. 테스와 잡스, 후나의 만남

　스티브 잡스는 왜 소크라테스를 만나고 싶어 했을까? 스티브잡스는 살아생전 "소크라테스를 만나서 점심식사를 같이 할 수만 있다면 내 전 재산의 절반을 주겠다" 혹은 다른 곳에서는 스티브 잡스가 테스형과 한 나절을 보낼 수 있다면 자신의 기술 모두를 건네주겠다 또는 전 재산을 다

---

4 로마의 가장 위대한 시인 베르길리우스는 기원전 70년 10월 15일 북이탈리아의 만투아(지금의 만토바) 근처 안데스(지금의 피에톨레) 마을에서 태어나 기원전 19년 브룬디시움(지금의 브린디시)에서 운명하여 네아폴리스(지금의 나포리) 근처에 묻혔다. 『아이네이스』는 『성경』, 호메로스의 『일리아스』와 『오뒷세이아』와 더불어 서양 정신세계에 큰 영향을 미친 대표적인 고전으로, 시, 예술의 최고 경지를 구현한 작품으로 평가받는다.

5 위대한 저서읽기 프로그램 443권 중 2년차의 『아이네이스』는 베르길리우스(Virgil, 70-19 BC)가 시적 상상력을 발휘해서 트로이가 망할 때 유일하게 지하통로를 통해서 가족과 부하 일부를 이끌고 트로이 성을 빠져나와 지중해를 거쳐 로마에 들어가서 로마를 건국했다는 세계 3대 서사시에 해당하는 『아이네이스』를 썼다. 이 책을 통해 로마의 건국 기원을 위로 당길 수 있었으며 로마인들의 사기를 부여하는데 도움이 많이 된 저서다.

주겠다는 등 여러 가지 설이 있지만 그 진실은 현실적으로 만남이 불가능한 소크라테스를 만나고 싶어 한다는 사실이며, 만나고 싶어하는 잡스의 본심은 소크라테스에게서 신의 한 수 가르침이 절실하다는 것이다.

2500여년 전의 역사적 인물인 소크라테스로부터 직접적인 가르침은 불가능하므로 그의 저서를 통하는 것이 가장 좋은 방법이다. 그러나 아이러니하게도 소크라테스의 가르침은 대부분 대화를 통해서 이루어졌기 때문에 사실 소크라테스의 저서는 존재하지 않는다. 그러나 소크라테스의 대화에 의한 가르침은 그의 제자인 플라톤과 아리스토텔레스의 저서에 요약되어 전해지고 있다. 플라톤의 초기작품은 대부분이 소크라테스의 사상을 정리한 것이며 후반부로 갈수록 자신의 생각을 저술해가는 형식을 취하고 있다.

플라톤은 처음부터 끝까지 소크라테스를 사랑했고 두 사람의 사상을 엄밀하게 구별할 수 없을 정도로 플라톤은 소크라테스 안에서 살아온 사람이기 때문에 철학자 소크라테스의 진면목을 후세에 전한 것은 거의 전적으로 플라톤의 공헌이라고 할 수 있을 것이다.

플라톤의 여러 연구 중 소크라테스와 플라톤의 사상이 가장 잘 나타난 『국가』를 일독해 보면 '세상이 왜 이렇고 세월은 또 왜 저러냐'라는 나훈아의 질문에 〈테스형〉의 대답이 있을 것이다. 테스형은 결코 '나도 모른다'고는 대답하지는 않았다. 나도 잘 모르겠다는 말은 나에게 세상을 보는 주관과 사회현상을 어떻게 바라보아야 하는지에 대한 자신의 가치관이 제대로 확립되어 있지 않다는 의미일 것이다.

플라톤과 소크라테스는 조국의 패망을 경험하고 계속되는 정치적 무질서와 혼란 속에서 살다가 세상을 떠났다. 플라톤은 소크라테스의 제자로서 인류의 스승 소크라테스를 만나 교육받은 것은 행운이었고, 전쟁의 와중에 태어나 성장하고 활동하게 된 것은 불운이었다. 그들은 이런 불운

속에서도 "세상이 왜 이렇고 세월은 또 왜 저러냐"고 좌절하지 않고 교육과 연구를 통해 후진을 양성하고 불후의 저술을 남겼다. 그는 잃어버린 조국과 헬라스[6]를 위해 문학적, 철학적 천재성을 발휘하여 이상국가의 청사진을 만들어 발표했다. 하지만 오늘날까지도 그의 꿈은 실현되지 않고 있다.

노래 가사에서 〈테스형〉은 처음에는 자신의 아버지를 가리켰으나 뒤에 고대 그리스 철학자 소크라테스를 '테스형'이라고 부르게 된다. 즉 아버지가 소크라테스로 변신하게 된다. 그러나 여기까지는 그냥 웃고자 한 이야기일 것이며 정말 소크라테스는 어떻게 생각할까? 라는 궁금증을 떨쳐 버릴 수가 없다.

필자는 그 해답으로 2020년에 출판된 신득렬의 『플라톤의 「국가」 연구』의 일독을 권하고 싶다. 특히 대화하기를 좋아하는 소크라테스의 성격상 '모른다'라고 대답할 리가 없을 것이다.

2. 트로이목마

트로이목마(Trojan Horse)란 이름은 호메로스의 『일리아스』에서 유래하였으나 실제로 트로이 목마에 관련된 내용이 등장하는 곳은 『오딧세이아』 제4권에서 오딧세우스의 아들 텔레마코스가 라케다이몬[7]을 방문 하였을 때 메넬라오스가 트로이 전쟁의 원인 제공자이자 그의 부인인 헬레네에게 10년간의 트로이 전쟁에서 일어났던 무용담을 자랑 삼아서 하는 이야기 속에 잠깐 등장한다(Homeros. *Odysseia*. 천병희 역 『오딧세이아』 2015, 숲, pp.103~104).

그리스 군대가 트로이성을 10년 동안 포위하고 전쟁을 벌였으나 성을

6 그리스를 의미함. 그리스인들은 자기들의 조국 그리스를 부를 때 '헬라스'라고 한다.
7 호메로스 시대에는 라케다이몬과 스파르타가 구별 없이 왕국의 이름으로 불렸다.

함락하지 못하자 거대한 목마를 만들어 버려두고 퇴각하였다. 이를 평화의 선물이라고 생각한 트로이 군대가 목마를 끌고 들어와 축제를 벌이던 한밤중에 목마 속에 숨어있던 오딧세우스를 비롯한 그리스 병사들이 급습하여 트로이를 멸망시킨 것을 비유하는 것이다.

'트로이목마'는 아킬레우스가 죽은 뒤 그리스군이 생각해낸 것으로 장인匠人 에페이오스가 만든 이 거대한 목마 안에 오뒷세우스를 포함한 장수들을 남겨둔 채 그리스군은 배를 타고 테네도스 섬 뒤쪽으로 사라진다. 트로이아인들이 몰려오자 목마가 성안으로 들어가면 밤에 햇불로 신호를 주기로 하고 혼자 남아 있던 첩자 시논(Sinon: '해코지 하는 자'라는 뜻)이 자기는 그리스군에 불만이 많아 탈영했으며 목마는 안전한 귀향을 위해 아테나 여신에게 바친 제물인데 목마를 성안에 끌고 들어가면 트로이아는 앞으로 난공불락이 될 것이라고 말한다. 이때 아폴론의 사제인 라오코온(Laokoon)이 '그리스인들의 선물'을 받지 말라고 경고하지만 트로이아인들은 그가 경고하자마자 라오코온 삼부자三父子가 두 마리의 거대한 바다뱀에 감겨 죽는 것을 보고 불경不敬에 대한 벌이라고 확신하고 성 안에 목마를 끌어들인다. 캇산드라도 트로이아의 파멸을 예언하지만 아무도 그녀의 말을 믿으려 하지 않는다. 그리하여 그날 밤 승전을 자축하던 트로이아인들이 모두 술에 곯아 떨어졌을 때 그리스군 장수들이 밧줄을 타고 목마에서 내려오고 테네도스 섬 뒤에 숨었던 그리스군이 돌아와 트로이아를 함락시킨다(Homeros. *Odysseia*. 천병희 역(2015). 『오디세이아』, 숲, p. 105).

최근에 필자는 스마트폰을 해킹 당한 적이 있는데 스마트폰 사용이 일상화 된 오늘날 해킹 자체는 그다지 특별한 일도 아니며 우리 주변에서 흔히 일어날 수 있는 이야기다. 그러나 필자는 해킹을 당한 사실보다 더욱더 흥미로운 일은 악성 코드 즉 바이러스의 이름을 왜? 하필이면 트로이 목마로 명명하였을까 라는 점이다. 그들이 호메로스의 『일리아스』를 읽지 않고는 트로이 목마의 명명이 도저히 불가능했기 때문이다.

오늘날 트로이 목마는 컴퓨터 악성 코드(malware)의 대명사로 더 유명하다. 악성 코드 중에는 마치 유용한 프로그램인 것처럼 위장하여 사용자들로 하여금 거부감 없이 설치를 유도하는 프로그램들이 있는데, 이들을 '트로이 목마'라고 부른다. 그리스의 트로이 목마처럼 치명적인 피해를 입힐 수 있는 무언가를 숨겨 놓은 것이다. 이처럼 악성 코드의 상당수를 차지하고 있는 이 트로이 목마는 다양한 방법으로 침투하고 있으며 상대방이 눈치 채지 못하게 몰래 숨어든다는 의미에서 붙은 이름이다.

지금까지의 트로이 목마의 주 감염 경로는 이메일 첨부파일이다. 따라서 검증되지 않은 첨부 문서의 확장자가 exe, vbs, com, bat, zip 등의 실행파일이라면 가급적 파일을 열지 않는 게 좋다. 하지만 많은 사용자가 트로이 목마의 지능적인 수법에 걸려 첨부파일을 열어보곤 하는데, 이메일로 전파되는 트로이 목마들은 카드사의 결제 명세서, 마이크로소프트의 윈도우 업데이트 권유 메일, 관공서의 협조공문 등 '열어보지 않을 수 없게 만드는' 가짜 파일로 위장하고 있기 때문에 지속적인 관심을 가질 필요가 있다.[8] 그러나 필자의 사례에서처럼 이메일뿐만 아니라 이미 스마트폰에도 자유자재로 출입이 가능한 단계까지 트로이목마는 진화되고 있다.[9]

3. 스타벅스

전세계적으로 가장 유명한 커피숍의 하나인 스타벅스에는 위대한 저서 443편 중 2편의 저서가 포함된다. 11년차에 배우게 되는 Herman

---

8 네이버 지식백과, 트로이목마 (시사상식사전, pmg 지식엔진연구소)
9 이 점은 정보보안 분야의 전문가에 의한 전문적인 정보 및 연구가 요구된다.

Melville(1819-1882)의 『모비딕』[10]에 등장하는 일등항해사 '스타벅'[11]의 이름을 딴 '스타벅스 커피, 티 앤 스파이스(Starbucks Coffee, Tea and Spice, 스타벅 3명이라는 뜻으로 '스타벅스(복수형)'를 취하였으며 사이렌[12]의 형상을 응용해 간판을 만들었다. 이것이 오늘날 '스타벅스' 브랜드의 시작이 되었다. 스타벅스는 세이렌을 로고로 사용하여 손님을 끌어 모으는 흥행에는 성공한듯하며 세이렌에 관련된 이야기는 『오디세이아』 12권에 나온다.

세이렌(Sirens)은 그리스 신화에 나오는, 아름다운 인간 여성의 얼굴에 독수리의 몸을 가진 전설의 동물들이다. 세이렌은 이탈리아 반도 서부 해안의 절벽과 바위로 둘러싸인 사이레눔 스코풀리(Sirenum Scopuli)라는 섬에 사는 바다의 님프들 모두 3명 혹은 4명(텔레스, 라이드네, 몰페, 텔크시오페) 세이렌은 여성의 유혹 내지는 속임수를 상징하는데, 그 이유는 섬에 선박이 가까이 다가오면 아름다운 노랫소리로 선원들을 유혹하여 바다에 뛰어드는 충동질을 일으켜 죽게 만드는 힘을 지녔기 때문이다.

VI. 결언

초 · 중등학교가 상급학교 입시준비가 아니라 그 자신의 설립목적 대로 운영된다면 교양교육은 상당한 수준으로 성취될 것이다. 불행하게도 우리나라는 중등학교는 대학입시 준비기관으로, 대학은 취업준비기관으로

---

10 허먼 멜빌 지음 김석희 옮김 『모비 딕』, 2019, 작가정신.
11 '스타벅'은 피쿼드호의 1등 항해사이며 블랙커피를 매우 좋아하는 인물로 묘사되고 있다. 큰 키에 열정적인 성격이면서도 신중함을 가진 선원이다. 그래서 모비딕을 잡기 위해 선원들을 선동하는 에이허브 선장에 맞서려고 하지만 결국에는 피쿼드호와 운명을 함께 하였다.
12 (Siren, 바다의 신)

전략하였다. 전문직업훈련이 중시되고 교양교육은 등한시되었다. 교양교육의 등한시는 불행한 개인들과 공동체를 가져왔다. 이런 현실은 직면한 대학은 교양교육에 관심을 돌리고 있지만 교육효과는 미지수이다. 교양교육을 받지 못한 교수들과 행정가들은 교양교육의 중요성을 여전히 인식하지 못하고 있다.

교양교육의 방법은 다양하지만 독서활동이 가장 많이 선호되고 있다. 독서는 문명에 입문시켜 주는 중요한 수단이기 때문에 인생의 선택사항이 아니라 필수사항이다. 여행과 명사와의 대화도 중요한 교양교육의 방법이지만 대체로 많은 경비가 든다. 독서는 적은 경비로 평생에 걸쳐 즐길 수 있는 방법이다. 영속적인 독자가 되려면 독서는 습관이 되어야 한다. 독서토론회에 참여하는 것은 독서의 습관을 갖게 하는 좋은 기회가 된다.

위대한 저서는 그만큼 오늘날에도 고전에서 지혜를 얻을 수 있기 때문에 그런 의미에서 꼭 읽어 볼 가치가 있는 책이다. 그리스 정신의 출발점이자 원천인 호메로스의 양대 서사시 『일리아스』와 『오디세이아』는 기원전 6세기 이후 그리스의 교과서가 되어 지식인들에 전송되고 암기되었던 이유는 아무도 노래하지 않는 어둠에 싸인 먼 역사의 첫 새벽에 인간으로서 겪는 모험과 인간이라고 불리려면 반드시 알아야 하는 인간적인 삶의 본질을 호메로스가 노래했기 때문이다.

독서는 혼자서 할 수 있지만 그럴 경우 편향된 독서가 되기 쉽다. 독서토론회는 텍스트에 대한 다양한 해석을 보여주기 때문에 자신의 이해, 관점, 가치관이 수정되고 보완되어지도록 해준다. 독서토론은 해석적 질문을 사용하고 있으며 이로 인해 토론은 활발하게 진행될 뿐만 아니라 작가의 의도를 정확하게 파악하도록 해준다.

독서토론회는 인문학에 국한될 것이 아니라 사회과학, 자연과학 저서를 포괄함으로써 인문학적 상상력과 소양을 갖춘 교양교육의 일환이 되어야 한다. 교양교육이 전문화와 조화를 이룰 때 우리들은 인간, 사회, 자연에 대한 이해가 확장하고 스스로 탐구하고 공감한 관념들에 헌신하게 될 것이다. 어디에서나 고전기의 아테네가 칭송되는 것은 전 시민이 독서, 사색, 대화에 몰입함으로써 도시 전체가 '학습하는 사회'(learning society)가 되었기 때문이다.

2부

인문학의 미래와
예술적 상상

인공지능시대와 시詩

설태수 (세명대학교 명예교수, 시인)

1.

'인공지능'(AI)이라는 용어가 이제는 익숙해진 단계에 접어들었다는 느낌이 든다. 일반인이 그 내용을 세세하게 알기는 어려우나, 바둑 기사 이세돌과의 대국에서 드러났듯이 분야에 따라서는 인간의 능력을 뛰어 넘기도 하고 인간이 하기 어려운 영역을 인공지능의 로봇이 대신한다는 것 정도는 익히 알려져 있다. 머잖아 빼어난 기능을 지닌 인공지능 로봇을 누구나 비서처럼 활용하게 되는 시대가 도래 할 것이라고 한다. 보다 나은 행복을 추구하고자 하는 인간의 욕망에는 끝이 없기에 인공지능의 영역 또한 다채롭고 깊이 있게 진화할 것임은 분명해 보인다.

그러나 '명암明暗의 비례', 즉 밝은 면에 비례하여 어두운 면도 그만큼 생길 수 있다는 이치를 헤아려 본다면, 인공지능시대에 걸맞은 인간의 윤리관 및 가치관이 어떠해야 하는가를 심사숙고하지 않을 수 없다. 원자력 에너지가 용도에 따라 폭탄으로 또는 발전소로 응용되는 현상을 우리는 경험하였기 때문이다. 그러므로 세계에 대한 인간의 관점이 어떠한가에 따라서 인공지능시대가 바람직하게 전개될 수도 있고 문제점이 적지 않을 수도 있을 것이다. '人工'이라는 단어 자체에 이미 그 의의가 함축된 것으로 볼 수 있는 바, '사람'이 '工' 앞에 설정되어 있다는 점이다. '인간'이 출발점이면서 귀착점이 된다는 것이다. 그래서 본 글에서는 몇 편의 시 詩를 통하여 자연계에서의 인간의 위치, 삼라만상과 인간의 관계 등을 음미한 후 바람직한 세계관은 어떠해야 하는지를 소략하게나마 살펴보고자 한다.

2.

미국 시인 에머슨(R. W. Emerson)의 「개체와 전체」라는 시에는 이런 구절이 있다.

> 나는 새벽녘 오리나무 가지에서 노래하는
> 참새소리를 천국의 것으로 생각하였다.
> 저녁때 둥지 째 집으로 가져왔다.
> 새가 노래를 불렀지만 유쾌하지 못했다.
> 왜냐하면 강과 하늘을 집으로 가져오지 못했기에;
> -----
> 나는 해초와 거품을 씻어내고
> 바다에서 탄생한 보물을 집으로 가져왔다.
> 그러나 초라하고 모양새 별로인 이것들은
> 해변에 아름다운 것들을 두고 온 것이다,
> 해와 모래와 파도소리 속에.

이 시에서 말하고자 하는 바는 결국 각각의 개체들은 있어야 할 자리에 제대로 있어야만 전체로서의 조화로운 아름다움을 지니게 된다는 것이다. 2020년 초부터 지금까지 전 지구적으로 겪고 있는 역병으로 인하여 무수한 사람이 사망한 것도 자연 파괴로 인한 생태계 교란이 직접적인 원인이다. 잘못된 인간중심주의가 화를 부른 것이라 할 수 있다. 여기에는 타 생명체에 대한 인간 우월주의가 그 밑바탕에 깔려있기 때문이다. 그러나 19세기 시인 휘트먼(Walt Whitman)은 장시 「나 자신의 노래」 14절에서 이미 만물이 절대 평등 관계 속에 있음을 다음과 같이 노래하였다.

　　　　북부의 발굽 뾰족한 사슴, 문지방의 고양이, 박새, 초원의 개,
　　　　어미젖을 빨 때 툴툴대는 새끼돼지들,
　　　　반쯤 날개를 편 칠면조와 그 새끼들,
　　　　나는 그들과 내 안에 있는 똑같은 오래된 섭리를 본다.

　　모든 동물과 화자 안에는 "똑같은 오래된 섭리"가 작용하고 있다는 것이다. 생명체의 존재원리가 동일함을 휘트먼은 통찰하였던 것인데, 따라서 그가 대지를 이렇게 찬미한 것은 극히 자연스러운 일이다.

　　　　땅을 발로 밟을 때 백가지 애정이 생긴다,
　　　　어떤 말로도 그것들을 설명할 수 있는 재간이 나에겐 없다.

　　이러한 세계관을 지니고 있는 사람이라면 결코 자연을 함부로 대할 수 없을 것이다. 흙 속에도 벌레들을 비롯하여 무수한 미생물들이 다른 동물들과 마찬가지로 같은 섭리 속에서 살아가고 있기 때문이다. 우리나라 시인 구상(1919-2004)은 자연계에서의 인간의 위치를 연작시 「밭 일기 1」에서 이렇게 포착하였다.

밭에서 싹이 난다.
밭에서 잎이 돋는다.
밭에서 꽃이 핀다.
밭에서 열매가 맺는다.

밭에서 우리는
심부름만 한다.

　짧은 시에 깊이 있는 울림이 담겨있다. 사실, 인간은 모래알 하나 풀잎
하나를 만들어내지 못한다. 기존의 자연 재료를 응용 변용하여 생활의 편
리를 도모할 뿐이다. 선한 땀을 흘리면서 지혜롭게 생을 이끌어나가는 일
만이 인간의 참된 영역인 것이다. 그뿐만 아니라 인간사회에서도 한 인간
의 존재는 전 인류와 불가분의 관계를 맺고 있는 바, 구상 시인은 연작시
「그리스도 폴의 강 60」에서 다음과 같이 표출하고 있다.

　한 방울의 물이 모여서/ 강이 되니
　강은 또한 크낙한/ 한 방울의 물이다.

　그래서 한 방울의 물이 흐려지면/ 그만큼 강은 흐려지고
　한 방울의 물이 맑아지면/ 그만큼 강이 맑아진다.

　우리의 인간세상/ 한 사람의 죄도
　한 사람의 사랑도/ 저와 같다.

　그러므로 자연계나 인간세상의 이치가 크게 다르지 않음을 실감할 수
있다. 알게 모르게 각 개체들이 서로 영향을 끼치고 있다는 점이 바로 그
것이다. 불교에서는 이것을 연기설緣起說로 설명하고 있는데, 틱낫한 스
님의 언급을 살펴보겠다.

중아함경에는 어떻게 세상이 생겼는가에 관한 짧은 구절이 있습니다.
매우 간단하고 이해하기 쉬우나 그 뜻은 아주 깊습니다.
"이것이 있으므로 저것이 있고, 이것이 없으므로 저것도 없으며
저것이 저러하므로 이것이 이러하다."
이것이 만물의 기원에 대한 불교의 가르침입니다.

마치 만물이 존재의 그물로 빈틈없이 엮여있는 듯한 분위기를 느끼게
하는 설명이다. 이런 이치는 현세에만 그치는 것이 아니라 무시무종의 세
계에도 통할 것 같은 그런 논리가 아닐까 한다. 어떻게 보면 추상적으로
들리기도 하는 이 내용은 현상계에서 그대로 목격되고도 족히 남음이 있
다. 덕성화상德成和尚의 선시禪詩를 음미해보자.

千尺絲綸直下垂　천길 낚싯줄을 수직으로 드리우니
一波纔動萬波隨　파문 하나 일렁였는데 일 만 물결 뒤따르고
夜靜水寒魚不食　깊은 밤 차가운 물에 물고기 물지 않아
滿船空載月明歸　공이 가득 실린 배는 달빛 속으로 돌아간다.

이 시는 일상의 매순간이 무한 세계에 맞닿아 있음을 보여주고 있다.
강에 드리운 낚싯줄 하나의 파문에 숱한 물결이 연달아 일고 있는 현상이
바로 그것이다. 더욱이 물고기 하나 잡히지 않아서 빈 배로 돌아가는 길
이지만, 그 배에는 공이 가득 실려 있다고 한다. 물고기 한 마리 쉽게 잡히
지 않는 신산스러운 삶이라는 것도 사실은 빈틈없는 공의 세계로 충만해
있다는 것이다. 이 말은 존재 자체가 어떤 모습, 어떤 상황에 처해있는 것
에 상관없이 공의 무한성에 안겨있는 것으로 볼 수 있음을 뜻한다. 그러므
로 공이 빈 배에 가득 실려 있다는 표현은, 일상적인 일들에 붙들린 나머

지 현재가 곧 무한이라는 것을 미처 깨닫지 못하고 있는 우리의 협소한 인식체계를 일거에 무너뜨리는 효과를 불러일으키고 있다. 이와 유사한 맥락의 시를 필자도 써본 적이 있다.

동이 틀 무렵/ 고요한 강 위에/ 나룻배 한 척이 미끄러진다.
물결이 퍼져나가/ 그 넓은 강의/ 양쪽 기슭에 닿는다.
아름다운 파동에/ 부초가 전율하고/ 나는 이쁜 생각을 품는다.
무지개 서린 내 눈빛에/ 논둑을 걷고 있는 농부와
푸른 안개 바다 위로/ 떠오르는 해도/ 아름다운 꽃이 된다.
문득/ 세상은 큰 꽃이다. (「새벽 강변에서」 전문)

새벽 기차를 타고 가다가 강변에 펼쳐진 정경을 옮겨놓은 글이다. 누구든 드물지 않게 볼 수 있는 풍경이라는 점에서 해설의 필요성이 느껴지지 않는다. '世界一花', 곧 세계는 하나의 꽃이라는 말이 자연스럽게 연상되는 내용이 아닐까 한다. 우리의 삶을 가까이 들여다보면 희로애락喜怒哀樂으로 점철되어 있어 때로는 감당하기 어려운 고통을 겪는 경우도 허다하다. 그런데 좀 더 생각해보면 기쁨과 슬픔은 빛과 그림자의 관계라서 한 몸이나 다를 바 없다. 어둠 없으면 밝음이 뭔지 모르듯 밝음 또한 어둠을 배경으로 하고 있는 것이다. 캄캄한 우주에서 별빛이 빛나듯이. 그러니까 찬 이슬 소복이 뒤집어쓰고 꽃은 피어나듯이 매순간 죽음이 이끌어주지 않으면 생의 존재 또한 불가한 것이다. 살아있는 것만이 죽을 수 있다는 점에서 생사가 한 몸 아닐 수 없다. 따라서 거시적 관점으로 본다면 존재 자체가 꽃이라 해도 지나친 말은 아니다.

그러면 우리 실생활과 구체적으로 밀착된 시를 읽어보자. 성찬경 (1930-2013) 시인의 「물권시物權詩」가 그 한 예이다.

〈物權〉이란 말이 사전에 있는지 몰라.
호기심이 나서 한번 찾아보니
야아, 있기는 있는데, 이건 너무 했다.

物權 : 재산권의 하나.
　　특정한 물건을 직접으로 지배하는 배타적 권리.
　　즉 사람의 행위를 개입시키지 않고
　　물건에 관한 이익을 누릴 수 있는 권리.

이렇게 정의를 내려놓고 나서 그 예로,
소유권, 地上權, 永小作權,
地役權, 留置權, 先取得權,
質權, 抵當權, 傳貰權, 鑛業權, 漁業權,
따위를 열거하고 있으니 이 ‘물권’은
내가 생각하는 〈물권〉과는
정반대의 개념일 뿐만 아니라
결국 인간의 끝없는 탐욕을 옹호하는 권리를
말하고 있을 뿐이다.
인간 意識의 경직이 이 지경에 이르렀으니
산업공해가 안 올 리가 없다.

전에 어떤 책에서
영원한 棋聖인 吳淸源 九단이
바둑돌의 권리를 〈石權〉이라 했던 일이
생각난다.
물권이건 석권이건
木權이건 地權이건
山權이건 水權이건
금속권이건 火權이건 大氣權 이건
또는 무슨 權이건 간에
탐욕을 버리고

마음이 가난해져야
세상의 평화가 오리라는 것은
자명한 일이다.

(이하 생략)

  물론 〈物權〉이라는 것이 실생활이 통용되는 법 테두리에서는 당연히
필요한 것이다. 그리고 그와 같은 법이 엄정하게 집행되어야 인간사회의
혼란을 줄일 수 있다. 그러나 이 글에서 지적하고 싶은 것은 저러한 용어
들이 우리 의식에 깊이 자리 잡고 있는 바람에 부지불식간에 우리 생각마
저 저와 같은 법에 노예가 되어버린 게 아닌가 한다. 그래서 자연물을 이
용대상으로만 집착하는 인간의 이기심 때문에 오늘날 심각한 생태계 파
괴가 초래된 것이다. 특히 경계해야할 것이 '탐욕'이라고 할 수 있는데, 프
로스트(Robert Frost)의 경우, 세상이 멸망한다면 외적 요인 때문이 아니
라 과도한 욕망과 증오가 그 원인이 될 수 있다고 하였다. 「불과 얼음」을
인용해보자.

    세상이 불로 끝나리라는 사람이 있고
    얼음으로 끝나리라는 사람도 있다.
    욕망을 맛본 바에 의하면
    불이라는 주장에 동의하고 싶다.
    그러나 두 번 망할 수밖에 없다면
    증오를 잘 알고 있는 나로서는
    얼음도 파괴력에 있어
    대단하고
    충분하다고 생각한다.

  불에 비유된 욕망, 얼음에 비유된 증오 등이 바로 세상을 멸하게 하는

결정적 원인이 된다는 것이다. 그런데 증오라는 것도 지나친 이기적 욕망에서 나오는 것이기 때문에 이를 경계하는 것은 어느 종교에서나 공히 무겁게 자리 잡고 있다.

이처럼 분별없는 탐욕으로 인해서 예전에 없던 질병들이 생기고 하여 인간은 자업자득의 길을 고스란히 겪고 있는 상황이 지금의 현 시국이다. 이러한 유기적 관계는 물질계뿐만 아니라 형이상학적 세계와도 무관할 수 없을 것이다. 블레이크(William Blake)의 시에서 이러한 내용을 파악할 수 있는데, 「순수 무구無垢의 전조前兆」의 일부를 보자.

> 새장에 갇힌 가슴 붉은 방울새는
> 온 천국을 분노케 한다
> 집비둘기와 들비둘기로 가득 찬 비둘기 집은
> 온 지옥을 소름끼치게 한다
> 주인 집 문에서 굶주린 개는
> 국가의 멸망을 예언한다
> 길에서 학대당한 말(馬)은
> 인간의 피를 신(神)에게 요구한다
> 사냥 당하는 토끼의 비명 소리 하나하나가
> 인간의 뇌로부터 섬유를 하나하나 찢어낸다
> 종달새가 날개를 다치면
> 천사도 노래하기를 그친다
> 싸움하도록 깃털 잘린 투계(鬪鷄)는
> 떠오르는 태양을 위협한다
>
> (이하 생략)

따라서 형이하학의 현상계와 형이상학적 세계도 한 몸임을 블레이크는 간파하고 있는 것이다. 왜냐하면 티끌 하나도 존재원리를 벗어나지 못하기 때문이다. 그런데 이와 같은 이치를 우리 몸은 이미 알고 있다. 삶이 힘들어 몸이 고달파도 우리는 착하게 살려고 노력하며, 어디 앉을 때에도 아무데나 털썩 주저앉지 않고 본능적으로 가려서 앉는 것만 봐도 몸이 가는 길이 암시하는 바를 어느 정도 짐작할 수 있는 것이다. 이러한 상호관계의 신비스러움을 토머스(Dylan Thomas)도 노래한 바 있다. 「녹색 도화선을 통하여 꽃을 피어나게 하는 힘」의 일부를 보자.

> 녹색 도화선을 통하여 꽃을 피어나게 하는 힘이
> 나의 녹색 나이를 몰아간다, 나무뿌리를 시들게 하는 힘이
> 나의 파괴자이다.
> 그리하여 나는 말문이 막혀 굽은 장미에게 말할 수 없다
> 내 젊음도 똑같은 겨울 열병으로 굽어졌음을.
>
> 바위들 사이로 물을 몰아가는 힘이
> 나의 붉은 피를 몰아간다; 하구의 강물을 마르게 하는 힘이
> 내 피를 밀랍으로 바꾼다.
> 그런데 나는 말문이 막혀 내 혈관에 말할 수 없다
> 산에 있는 샘물을 어떻게 똑같은 입이 빠는가를.
>
> (이하 생략)

나무에서 꽃을 피우는 힘과 화자가 나이 드는 것, 나무뿌리를 시들게 하는 힘이 화자를 파괴시키는 것, 구부러진 장미와 화자의 청춘이 똑같은 열병으로 굽어졌다는 것은 각각 별개의 사건들이지만 서로 불가분의 관계에 놓여있다고 한다. 그리고 이 시를 이해할 수 있는 주요 단서는 제2연 4,5행 "그런데 나는 말문이 막혀 내 혈관에 말할 수 없다/ 산에 있는 샘물을 어떻게 똑같은 입이 빠는가를."에서 찾을 수 있다. 그 핵심은 '똑같은 입'이라고 할 수 있는데, 존재하는 현상들이 서로 연관성이 없는 듯이

보여도 같은 지구상에서 펼쳐지고 있다는 점에서 암시하는 바가 크다. 더 나아가서 우주가 한 점에서 폭발되어 형성되었다는 빅뱅이론의 관점에서 본다면, 불가佛家의 '천지일근 만물동체'天地一根 萬物同體라는 말과도 잘 통하고 있다. 하늘땅이 하나의 뿌리에서 나왔으며 만물이 같은 몸이라는 것이다. 그러므로 무수한 현상들이 공존하고 있다는 것은 각각의 특성에 따라 다양한 기질을 지녔을 뿐, 존재의 근본원리는 같다고 할 수 있다. 삼라만상이 중력의 법칙에 따르고 있는 것만 봐도 익히 수긍하게 된다. 그런 점에서 천지 만물을 하나의 가족으로 인식할 수 있으니, 이를 극적으로 설파한 효봉(曉峰) 선사의 오도송(悟道頌)을 음미해보자.

> 海底燕巢鹿抱卵　바다 밑 제비집에서는 사슴이 알을 품고
> 火中蛛室魚煎茶　불속 거미집에서는 물고기가 차를 끓이네.
> 此家消息誰能識　이 두 집안 소식을 누가 능히 알 수 있으리오
> 白雲西飛月東走　흰 구름 서쪽으로 가고 달은 동쪽으로 가네.

　일상적 논리로 보면 이 시를 이해하기 어렵다. 그러나 통상적인 지식을 뛰어넘을 수 있다면, 즉 이 시에서의 '바다 밑'과 '불속'이라는 상황이 일반적 사고의 틀을 벗어난 상태를 상징한다면, 어렵지 않게 그 의미가 파악될 수 있다. 풀어서 말하면, 연약해 보이는 제비 알이 존재할 수 있는 것은 사슴이 그 알을 품어준 덕이고, 거미집에 먹잇감이 걸려든 것은 그 먹이로 인하여 거미가 살아갈 수 있다는 것이다. 거시적인 상생과 공존의 관점으로 볼 때 이와 같은 역설적이면서도 극적인 표현이 가능하게 된다. 생물계를 약육강식이 지배하는 먹이사슬의 법칙으로만 볼 경우 더없이 삭막하고 살벌한 곳이지만, 강자와 약자가 그래도 공존하는 것은, 개체수가 많은 약한 것들의 일부가 강자의 먹이가 됨으로써 개체수 적은 강자를 살릴 수 있다는 점은 전체를 하나의 가족개념으로 볼 수 있는 것이다. 그러므로 같

은 현상이 미시적 관점으로는 약육강식의 세계로 보이고 거시적 관점으로는 천하 만물이 한 가족이라는 것이다. 생물계 이외의 모래알 같은 무생물 세계도 우리가 애정 어린 마음으로 응시한다면 신비로운 광경이 펼쳐져 있음을 깨닫게 된다. 성찬경 시인의 「보석밭」 全文을 읽어보자.

> 가만히 응시하니/ 모든 돌이 보석이었다.
> 모래알도 모두가 보석알이었다.
> 반쯤 투명한 것도/ 불투명한 것도 있었지만
> 빛깔도 미묘했고/ 그 형태도 하나하나가 완벽이었다.
> 모두가 이름이 붙어 있지 않은/ 보석들이었다.
> 이러한 보석이/ 발아래 무수히 깔려있는 광경은
> 그야말로 하늘의 성좌를 축소해놓은 듯/ 일대 장관이었다.
> 또 가만히 응시하니/ 그 무수한 보석들은/ 서로 빛으로
> 사방팔방으로 이어져 있었다./ 그 빛은 생명의 빛이었다.
> 이러한 돌밭을 나는 걷고 있었다./ 그것은 기적의 밭이었다.
> 홀연 보석밭으로 변한 돌밭을 걸으면서
> 원래는 이것이 보석밭인데/ 우리가 돌밭으로 볼 뿐이 아닌가
> 하는 생각이 들었다./ 있는 것 모두가 빛을 발하는
> 영원한 생명의 밭이/ 우리가 걷고 있는 곳이다.

이 시에서 돌이 보석으로 인식될 수 있는 관건은 '응시'에서 나온다. 그냥 스쳐가듯이 보는 게 아니라, 그것도 막연하게 생각 없이 보는 게 아니라, 애정 어린 마음으로 골똘하게 돌을 응시했기에 비로소 돌의 본래 면목이 보석임을 알아챈 것이다. 육체의 눈을 통해서 내면의 눈, 즉 영혼의 눈이 열렸기 때문에 이와 같은 진기한 발견이 가능해졌다. 돌의 '존재성'이 지닌 그 비밀스럽고 오묘한 세계를 시인은 통찰하였던 것이다. 발아래 있는 돌이 '어떻게 하여 그 자리에서 화자와 조우하게 되었을까'에 대한 깊이 있는 묵상을 거치지 않고서는 나오기 어려운 시이다. 시작도 끝도 모를

우주 공간에서 그리고 영원 속에서 돌과 화자가 함께 있다는 그 사실 자체가 기적이 아닐 수 없다. 그러니까 '존재'에 대한 근원적인 질문을 거듭 캐묻는 과정에서 도저한 시적 안목이 황홀하게 열린 것이라 할 수 있을 것이다. '영원'이라는 말도 '순간' 없이는 있을 수 없다는 점, 순간을 영원은 건너뛸 수 없기 때문이다. 역으로 말하면 매'순간'이 '영원'을 암시하는 이정표 역할을 하고 있다는 것이 된다. 가치 면에서 '영원'과 '순간'은 절대 평등의 관계를 이루고 있으며, 둘은 한 쌍을 이루고 있는 셈이 된다. 낮과 밤, 암수, 남녀 한 쌍처럼. 그러므로 "있는 것 모두가 빛을 발하는/ 영원한 생명의 밭"이라는 표현이 절대 과장된 것이 아님을 알 수 있다.

3.

그러면 앞서 살펴본 몇 편의 시에서 드러났듯이 그와 같은 시적 안목을 갖추기 위해서는 어떠한 자세가 필요할까. 인간의 오관이라는 감각세계는 현상계를 인식하는 창문 역할을 하지만, 정신이 깨어있지 못할 때에는 인식 대상의 본질을 지각知覺하는데 장애가 될 수도 있다. 보고 듣고 하는 감각으로 느끼는 것이 마치 존재의 본질이며 전부인 것처럼 피상적인 판단을 내릴 수 있기 때문이다. 그래서 블레이크는 현상계에서의 무한성을 통찰하는 방편을 이렇게 제시하고 있다.

> 만약 知覺의 문들이 깨끗해진다면 인간에게 모든 것은
> 현재 있는 그대로가 무한임을 자각하게 될 것이다.

사실, 현재는 그 끝이 안 보인다. 년, 월, 일 등으로 시간을 구분하고 있는 것은 생활의 방편에 지나지 않는다. 따라서 현재 그때그때가 무한을 거

느리고 있는 것이라 할 수 있다. 바닷물 한 방울에서 바다 전부의 맛이 나듯이 매 순간에는 무한의 맛이 녹아있기 때문이다. 꽃이 피고 지고 소멸되는 과정에서도 이와 같은 이치가 적용되지 않을 수 없다. 따라서 인식의 창문이 깨끗하게 유지될 수 있도록 온갖 편견과 선입견과 같은 얼룩들을 제거해야할 책무가 우리에게 있는 것이다.

그런 점에서 퇴옹 성철性徹은 다음과 같은 충고에 귀기울이 필요가 있다.

> 지금 우리는 지구라고 하는 정류소에 머물고 있는 나그네입니다.
> 그러나 이곳을 아름답게 가꾸느냐 아니면 파경으로 이끄느냐 하는
> 자유 선택의 의지 여하에 따라서 우리는 주인공이 될 수 있습니다.
> 만약 우리가 무명의 사슬에 얽혀 덧없는 유전을 거듭한다면
> 그것은 우리의 미래를 스스로 어둡게 하는 일입니다. 반면에
> 슬픔의 예토를 장엄정토로 승화시키는 간곡한 의지의 집약은
> 희망의 내일을 기약하게 하는 척도가 될 것입니다.

결국 우리 인류 개개인의 세계에 대한 관점과 가치관에 따라서 지상의 운명이 좌우될 것임은 불문가지의 일이다. 인공지능이 발전하면 할수록 우리들 각자는 이전에 없던 엄청난 권력을 누리게 될 수도 있다. 그렇기에 우선적으로 필요한 것이 절제력이다. 그리고 앞서 언급했듯이 '명암의 비례'처럼 인공지능의 양면성을 어떻게 다루어야 바람직한지를 우리 모두 지혜롭게 대처해나가는 길만이 지구의 내일, 인류의 밝은 미래를 기약할 수 있다. 그래서일까 이 글을 정리하다 보니 숲과 나무를 동시에 볼 줄 아는 통합적 안목이 긴요한 것과 아울러, 엘리어트(T. S. Eliot)의 "겸허에는 끝이 없다"는 구절이 거듭 메아리치듯 울려 퍼지는 것은 필자만의 소감은 아닐 것이다.

융복합 콘텐츠 프로덕션 기반의 VR콘텐츠 개발

-VR 시네마 호녀전설을 중심으로

이지은(세명대학교 공연영상학과 교수) · 최양현(㈜파란오이 대표, 감독)

1. 들어가기에 앞서

영상은 무언가를 재현(Representation)하려는 시도라고 할 수 있다. '재현'이라는 것을 두고 우리는 시각적인 것만을 연상하기 쉬운데 사실 글, 음악, 연극 같은 것도 무언가를 재현하려는 시도의 일환으로 볼 수 있다. 재현의 방법 가운데, 영상은 가장 늦게 등장했다. 그 이유는 영상을 만들려면 광학, 물리학, 화학 등 자연과학에 근거한 지식과 공학기술 등이 동원되어야 하기 때문이다. 결국 영상은 근원적으로 기술에 매우 경도된 것이라고 할 수 있다. 1895년 뤼미에르 형제에 의해 모션픽쳐(Motion Picture), 즉 우리가 영상이라고 말하는 것이 처음으로 발명되었다. 그 후 영상은 우리 눈앞에 보이는 것을 얼마만큼 똑같이, 혹은 우리가 상상하는 것을 얼마만큼 그럴싸하게 보여줄 수 있는지를 목표를 두고 발전해왔다. 독일의 문예비평가 발터 벤야민이 1920~30년대 초기의 영화를 두고 "매우 촉각적이다"라고 한 것은 스크린 위에 환등幻燈되는 물건을 직접 만져

보고 싶을 정도로 재현성이 발전했다는 것을 의미한다.[1]

여기서부터는 다양한 영상매체 중에서 영화만을 한정시켜서 이야기해 보겠다. 1950년대 TV의 발명으로 위협을 느낀 영화산업이 만든 시네마스코프, 제임스 카메론에 의해 촉발된 3D 입체영상기술, 초고해상도 영상기술인 UHD는 모두 영상의 근본적인 목적, 즉 무언가를 재현하려고 하는 그 시도를 극대화하기 위한 방법일 것이다. 필름 시대에 있어 재현을 위한 영화기술의 발전은 대부분 렌즈광학, 기계공학, 필름화학을 통해 이루어졌다. 렌즈의 구경을 크게 해 최대한 빛을 집적시켜 해상도를 높이는 기술, 필름을 구동하는 모터의 속도를 더 빠르게 개선하여 24fm을 구현하는 기술, 필름현상에서 은입자를 남기는 실버 리텐션(Silver Retention) 같은 것들이 바로 이런 기술의 일환이다.

각종 영화기술에 능통한 대표적인 이는 영화촬영감독이다. 영화촬영감독은 카메라로 대변되는 기계공학, 렌즈와 조명기, 필름현상이라는 화학적인 과정에 대해 종합지식을 가지고 있으며 이를 영화 제작과정 전반에 적용시키는 사람이다. 촬영현장에서 영화촬영감독이 제2의 권력자가 될 수 있었던 것은 바로 이러한 기술에 대한 통제권과 구현권을 동시에 가지고 있었기 때문이다. 하지만 영상기술이 필름, 전자기 테이프에 정보를 기록하는 비디오테이프 방식인 아날로그에서 이른바 디지털로 넘어가면서 기존의 우리가 알고 있던 영화제작기술은 근원적으로 흔들리게 되었다. 현대의 영화촬영감독은 압축코덱과 감마로그스케일 같은 전자공학지식을 알고 있는 것이 더 중요하게 되었다. 실제로 영화가 아날로그에서 디지털로 넘어오면서 많은 영화촬영감독이 일자리를 잃었다. 영상을 만들기 위해 예전과는 전혀 다른 지식이 필요했기 때문이다. 원점에서 다시 출발한 이들은 살아남았지만 대부분은 도태되었다.

---

1 Benjamin, Walter. 사진의 작은 역사 외. 서울: 길, 2008.

현대의 영화를 제작하기 위한 신기술의 탄생과 기술변화 속도의 주기가 너무나도 빠른 상태다. 영화제작에 필요한 기술과 관련 지식습득은 비단 영화촬영감독에게만 국한된 것이 아닌 영화감독, 편집감독, 컬러리스트 등 영화 스태프 전반에 요구되고 있으며 그것 또한 매년 업그레이드되어야만 충분히 숙지가 가능한 상황이다. 그런 가운데 등장한 VR 이른바 가상현실이라는 기술은 영상제작자들과 예술가들을 더욱 난감하게 만들고 있다.

2. 가상현실을 통한 콘텐츠의 제작

2-1. 기술에 경도된 가상현실

앞서 영화를 비롯한 영상은 기술에 매우 경도된 매체라고 이야기했다. 그런데 가상현실은 현시점에서 영상을 만들 수 있는 많은 기술 가운데 가장 복잡한 기술적 난관들을 가지고 있으며 예술가, 창작자가 다루기 힘든 그 틀이 유연하지 않은 매우 경직된 기술이라 할 것이다. 사실 가상현실 이전에도 많은 기술이 나왔지만 그 기술은 그래도 우리가 그 기술 안으로 개입하고 그 기술을 충분히 능숙하게 다루어 새로운 창의적 결과물과 예술적 비전을 보여줄 수 있는 여지를 제공해왔다. 반면 현재 수준의 가상현실은 우리의 상상력과 창의력을 바탕으로 기술을 이용한다기보다, 기술 안에서 우리가 표현할 수 있는 부분과 없는 부분을 탐색하고 있다고 보는 것이 맞을 것 같다. 2016년, 2017년 가상현실 VR 기술 대한 인식이 퍼지면서 VR은 차세대 콘텐츠로 언급되며 콘텐츠 업계의 변화를 일으켰다. 가상현실은 게임분야에 적극 활용되어 게임을 하는 사람이 입체적으로 구성된 화면에서 문제를 해결할 수 있도록 하며 인터렉션을 통한 플레이를 선사한다. 또한 의학, 항공, 군사, 산업 분야 등에 도입되면서 활발히 응용되고 있다. VR은 직접 경험하기 어려운 것을 가상으로 체험하게 하는 체감형 교육의 형태로 산업 분야의 전문가 양성을 위한 교육 콘텐츠 등으로 활발히 활용되고 있다. 높은 몰입감을 통해 교육효과를 배가 시킬 수 있다는 점에서 교육 분야에서도 관심을 쏟고 있다.[2] 또 프로모션 및 홍보, 영화산업까지 분포되며 체험형 콘텐츠로서 VR의 영역은 점차 확대되고 있다.[3]

그러나 가상현실은 기술의 한계가 명확하고 그렇기 때문에 이 기술이 표현할 수 있는 것과 없는 것의 구분이 매우 정확하게 구분된다. 가상현실 기술은 위에서 언급한 바와 같이 게임, 교육 등의 분야에서 적극 표현이 가능하며 콘텐츠 활용의 가능성을 확장해주고 있다. 그러나 예술의 영역에서 살펴본다면 가상현실의 기술의 한계가 노출되는 것도 사실이다. 과거 재현적 연극에서 영상기술의 발달로 실제 영상이 무대에 옮겨지며 새로운 예술적 지평을 열어준 때와 달리, 현대의 기술은 그 발전 속도가 급격하게 빨라 기술 구현의 최대치를 발현하기 위해 기술표현에 적합한 예술적 창작품을 고안하여 만들어내는 실정이다. 그렇기에 오히려 이 기술에 예술가가 하고자하는 표현과 상상력을 억지로 구겨 넣는다는 표현이 좀 더 맞을 것이다. 이 이야기를 좀 더 보충한다면 우리가 어떤 예술작품, 콘텐츠를 만들 때 필요한 인문, 예술, 공학의 융합이 가상현실에 있어서는 적당한 비율과 배분으로 작용하지 않다는 것을 의미한다. 가상현실은 현 시점에서 기술주도의 표현영역임이 분명하기 때문이다.

이번엔 가상현실 기술이 구현된 영상제작 방법을 통해 왜 가상현실이 기술주도의 영역인지를 조금 더 들여다보겠다. 우리가 만약 가상현실기

---

2 민슬기, and 김성훈. "VR컨텐츠 활성화 전략으로서 프레즌스에 관한 연구-Safeline 사례를 중심으로 -." 커뮤니케이션 디자인학연구 62. - (2018): 59-70.

3 유미. VR 영상 콘텐츠. 서울: 커뮤니케이션북스, 2018.

술을 이용해 영화를 제작한다고 가정해 보자. 현재 산업계에서는 가상현실 기술을 도입해 제작한 영화를 보통 'VR시네마'라고 지칭한다. 'VR필름', '씨네마틱 VR'이라는 용어도 쓰이지만 지금 시점에서는 VR시네마라고 부르는 것이 어느 정도 일반화되었다.

VR시네마는 일반적인 영화촬영용 카메라가 아닌 360°, 앞뒤좌우 동서남북 전 방향을 포괄해 촬영할 수 있는 카메라를 사용한다. 초창기에는 여러 대의 카메라를 리그(Rig)라고 부르는 특수 장치에 연결하는 방법도 사용했지만,[4] 지금의 제작방식에서는 아예 하나의 카메라에 여러 개의 렌즈가 붙어있는 형태로 개발된 VR카메라를 쓴다. 영화제작기술은 시간과 비용의 효율을 극대화하는 방식으로 발전하는 게 보편적인데, VR카메라의 개발과 도입 역시 제작의 효율성을 극대화하기 위한 방법이라 할 수 있다.

〈그림 1〉 VR 카메라를 이용해 촬영 중인 VR시네마 〈호녀전설〉의 제작현장

그런데 VR카메라를 사용하면 전 방위 즉 모든 공간영역이 커버되어 촬

---

4 김광수 and 이용환. "360도 VR 영상 촬영 리그 비교와 활용 방법 분석." 현대사진영상학회논문집 19.1 (2016): 5−25.

영되기 때문에 클로즈업(Close Up), 롱쇼트(Long Shot) 같은 영화적인 화면구성을 하는 것이 무의미해져버린다. 정보를 취사선택하고 등장인물의 감정적인 고조의 튜닝을 하는 것을 목표로 하는 영화적인 화면구성을 할 수 없다는 것은 영화감독에게는 꽤나 골치를 썩게 한다. 연출의 의도대로 영상을 관람하게 하는 것이 아닌 연극과 같이 관람자가 주도적으로 자신이 보고 싶은 것을 볼 수 있게 된 것을 의미한다. 이러한 기술적인 제약은 자칫하면 지루하고 단조로운 영상구성으로 이어질 위험성으로 연계될 수 있다. 이는 배우들의 영역에서도 새로운 시도를 필요로 한다. 기술적 제약 안에서 영상구성의 어려움은 피사체인 배우의 다양한 시도와 표현으로 대체될 수 있겠으나, 연극과 영화에서 분명하게 드러나는 연기적 측면의 차이를 VR시네마에서 어떻게 구현할 것인가도 우리가 직면하는 과제이기도 한 것이다. 또 VR카메라로 촬영을 할 때는 카메라 앞에서 연기자, 카메라 뒤 스태프라는 이분적인 영역체계가 파괴되어버린다.[5] VR카메라는 전 방위를 촬영하기 때문에 스태프가 서 있는 공간도 전부 노출이 되기 때문이다. 그래서 VR시네마는 스태프들은 카메라가 보이지 않는 곳에 숨어서 카메라를 원격 조정하는 식으로 촬영을 한다. 이렇게 VR 촬영기술만의 특성은 다양한 영상적 표현에 대한 커다란 제약을 가한다. 이처럼 가상현실 기술로 통제된 영상제작 환경에서 영화감독의 입장에서는 의도했던 스토리텔링을 구사하는 것은 퍽이나 어려운 일이다.

2-2. 지각의 교란과 프레젠스

그렇다면 왜 예술가들이 기술의 한계도 분명하고 영화형식과 호환성이 떨어지며 기술적 배타성이 강한 가상현실 기술을 구태여 왜 창작에 도

---

5 김태은(Tae-Eun Kim). "VR 영화에서 암묵적 프레임의 존재." 한국콘텐츠학회논문지 18.8 (2018): 272-286.

입하려고 하는 것일까? 그 이유는 한가지다. 가상현실이 다른 영상기술과 달리 재현의 효과, 그리고 재현을 통해 유발되는 몰입감이 너무나도 강력하기 때문이다. 가상현실은 완전하지 않은 지금 상태의 기술수준 만으로도 가상현실 기술을 구현하게끔 하는 장치인 HMD(Head Mounted Display)를 사용자가 착용하는 순간 인간의 지각과 지각을 담당하는 의식을 완전히 교란시켜 현실과 재현 사이의 경계구분을 하지 못하게 만들어 버린다.

보다 높은 차원의 재현과 이를 통한 몰입이라는 공통의 목표로 개발된 유사기술인 시네마스코프, 3D 입체영상, UHD이 도입된 영화의 경우, 우리가 그 기술로 만들어진 영화에 아무리 몰입되어도 우리는 스크린에 투영된 이미지가 우리의 주변과 상황이 아닌 단지 영화일 뿐이라고 의식 한 구석에서 전제를 한다. 그러나 VR시네마는 영화감독에 의해 재현되었을 뿐인 가짜의 상황을 우리의 의식 안으로 완전히 끌어당긴다. 예술가, 창작자가 재현한 공간 안에 우리가 정주하도록 강제적인 지각을 시켜버리는 것이다. 이렇게 영상과 영상을 경험하는 관람자가 분리되지 않고 마치 영상 안에 있는 듯한, 지각의 혼란에 기반한 몰입을 유발하는 특이한 체험이 가상현실이 내포한 무시무시한 힘이라 할 것이다. 학술적으로는 이러한 현상학적 체험을 두고 프레젠스(Presence)라는 용어가 일반적으로 쓰기 때문에 가상현실기술이 도입된 콘텐츠를 체험하면서 겪는 인지적인 혼란과 착각의 상태를 이제부터는 프레젠스로 부르도록 하겠다.[6]

가상현실 기술이 지금보다 더 고도로 발전하면 영화 매트릭스에서 묘사된 것처럼 현실과 재현의 구분하는 것이 불가능해질 것이다. 프레젠스의 완벽한 상태라 할 수 있겠다. 영화가 단순히 재현을 넘어 극한의 몰입감을 주려는 시도의 최전선에 서 있는 대표적인 영화감독인 스티븐 스필

---

6 김영용. HDTV 프레젠스 미디어의 해석. 서울: 커뮤니케이션북스, 2014.

버그가 아예 가상현실 자체를 소재로 만든 영화 〈레디 플레이어 원〉은 궁극의 프레젠스 상태를 정확하게 묘사한다. 영화에서 묘사된 것처럼 현실과 가상이 분간이 전혀 안되고 오히려 가상의 상황과 현실이 진짜처럼 느껴지는 지각적 속임수는 아마 가상현실 기술이 도달하고자하는 최후의 비전이라 할 것이다.

2-3. VR 시네마 〈호녀전설〉에서의 접근 방향

이 글에서 계속 가상현실이라는 것 자체가 기술에 경도되어있다고 강조를 하고 있는데 그렇다면 인문, 예술의 영역은 가상현실에 있어 아무런 역할을 못하는 것일까? 그렇지는 않을 것 같다. 가상현실은 현실과 가상의 경계가 무너지면서 다양한 윤리적인 문제들이 발생할 수 있다. 가상현실에서 이루어질 수 있는 범죄와 도덕적 타락은 용인할 수 있는 것인지에 대한 딜레마가 대표적이다. VR콘텐츠가 개인의 이용으로 확장되면서 도덕적, 윤리적인 문제에 직면하게 된 것도 사실이다. 예를 들어 기혼자가 가상현실 안에서 사이버 연인을 만나 사랑을 하고 현실생활에 곤란을 겪을 만큼 가상현실 연애에 탐닉을 한다면 그것을 두고 현사회의 가족제도와 법 테두리 안에서 그것을 어디까지 용인할 수 있는지에 대한 물음표가 생긴다. 특히 게임 산업의 경우, 주 사용자인 청소년층이 범죄에 가담하는 등의 몰입감 높은 게임을 접하게 되면서 현실과 가상이라는 경계의 혼란에 빠질 수 있다는 점 등이 우려되는 부분이기도 하다. 가상현실의 발전으로 말미암은 상황들과 부작용들을 주의 깊게 살펴보고 문제제기를 하며, 가상현실 기술이 밟고 있는 무제한의 드라이브에 제동을 걸 수 있는 담당자가 바로 인문, 예술의 영역일 것이다. 현대철학이 가상현실을 중요한 테제로 인식하고 주의 깊게 연구하는 이유도 바로 여기에 있다.

〈그림 2〉 영화 〈호녀전설〉의 포스터(제작 (주)파란오이)

  인문, 예술은 윤리적인 검증과 문제제기라는 다분히 사후관리적인 측
면뿐만이 아니라 영상의 제작과정의 전면에 나서 끼어들 여지도 분명 있
다. 필자의 회사에서 제작한 VR시네마 〈호녀전설〉을 예로 들어보겠다. 〈호
녀전설〉은 제목 그대로 한국의 전통적인 귀신인 구미호를 소재로 삼고 있
다. 전설, 구전, 설화를 콘텐츠로 기획하고 스토리텔링화 하는 것은 당연
히 인문계열의 전공자가 잘 할 수 있는 일이다. 실제로 〈호녀전설〉의 시
나리오는 인문학을 전공한 작가가 직접 쓴 작품이다. 덧붙여 가상현실 기
술이 도입된 영화 자체가 어떻게 구성되고 표현되어야 할지를 가장 창의
적으로 제시할 가능성이 높은 이도 엔지니어, 테크니션보다는 예술가일
것이다.
  〈호녀전설〉은 문화체육관광부가 주최하고 네이버와 한국콘텐츠진흥

원이 공동 주관한 VR 영상 콘텐츠 공모대전인 'VRound'에서 총 230여 편의 응모작 중 최우수상을 수상한 작품으로, 과거를 보러 가던 선비들이 인적이 드문 길에서 길을 헤매고 낡은 집에서 하룻밤을 묵으며 구미호를 체험하는 것이 줄거리다. 이 영화는 선비가 3명에서 최대 6명 선비의 인원수를 골라 이야기를 전개하고 인원수가 바뀌면 이야기도 바뀌는 것으로 기획이 되었다. 또한 동시에 여러 명이 복수의 관람을 할 수도 있다. 이러한 방식을 두고 제작진은 다자참여형 구조의 인터랙티브형 시네마를 표방한다고 정의했다. 관람자는 주인공 선비가 되어 낡은 한옥에서 구미호와 함께 무시무시한 체험을 하게 되며, 관람자 수에 따라 이야기는 다른 결말로 바뀌게 된다. 이 VR시네마는 일인칭 시점에서 벗어나 다양한 앵글로 이야기를 전달한다. 또 관객의 몰입감을 증대하기 위해 게임을 하는 듯한 이야기 구조를 선택하여 인터랙티브 요소를 활용한 볼거리를 제공한다. 이와 같은 구조적 특징은 VR기술의 특징과 호러 장르의 특성을 부각시켜 관람자에게 다양한 시각적 요소를 제공하는 데에 일조했다.

〈그림 3〉 VR카메라로 촬영된 VR시네마 〈호녀전설〉의 장면

〈호녀전설〉은 한국 전통의 설화를 바탕으로 한 기획 단계에서부터 영상으로 구현할 기술(VR)과 연관한 이해를 바탕으로 한 프로그래밍, 관람객의 새로운 관람 방식, 스토리텔링의 구조 등을 구체적으로 계획하여 제작한 결과물이라고 할 수 있다. 기술적인 영역의 프리젠스에서 머무는 것이 아닌 스토리텔링을 담은 예술작품으로써 가치를 구현하고자 기술과 예술의 융복합을 시도한 작품으로 이해할 수 있겠다. 이렇게 인문지식을 이용해 이야기를 기획하고 형식을 제안하며 작품에 대한 가치와 의의를 정의내리는 것도 인문, 예술이 하는 영역일 것이다. 차가운 기술만을 외피로 두른 작품은 주제나 내용 면에서 다소 얄팍해 보이는 결과물로 나오기 쉽다. 작품 제작과정 속에서 다양한 의도와 의미부여를 통해 콘텍스트를 조금 더 두툼하게 가공하여 무게감을 만들어 들어내는 것도 바로 인문, 예술이 소화해야 할 몫일 것이다.

3. 이야기를 마치며

가상현실 기술은 아직 완벽하지 않은 전인미답의 상황이며 지금도 계속 진화하는 중이기 때문에 이 기술이 영화 혹은 다른 영상장르와 어떻게 결합할지, 새로운 미학적 답변을 제시할 지에 대해 지금 시점에서 결론을 이야기하는 것은 섣부른 판단인 것 같다. 본 글을 통해 누누이 강조했듯 가상현실 기술을 도입하여 콘텐츠를 제작하는 경우, 기술의 의존성이 너무 강하기 때문에 인문, 예술의 영역에서 접근을 하는 예술가, 창작자 보다는, 기술자체에 대해 이해하고 사용할 수 있는 테크니션이나 엔지니어가 주도권을 가지고 있기 때문에 우리가 생각했던 것보다 제대로 된 융합이 이뤄지지 않는 것도 사실이다. 이는 게임개발의 주도권을 프로그래머가 가지고 있는 것과도 유사하다. 인문, 예술, 기술은 사용하는 용어가 상이하여 소통과 협업의 어려움을 빈번히 겪고 있다. 융복합 콘텐츠의 수요는 증가하고 있지만 융복합 산업 성장의 장애물인 콘텐츠 부족의 문제에 지속적으로 당면하는 것도 이러한 융합 과정의 어려움이 쉽게 해결되지 않기 때문이다.

〈그림 4〉 시리아 내전상황을 VR로 담은 프로젝트 시리아 영상 캡쳐

하지만 현실과 재현 사이에서 이를 교란하려는 가상현실의 특성에 대해 여러 가지의 윤리적 의심과 철학적 문제제기를 하고 이 기술이 가진 허점을 집요하게 감시하는 것은 분명 인문, 예술의 영역일 것이다. 차가운 기술에 따뜻한 감성과 휴머니즘을 입히는 시도는 인문, 예술이 잘 하는 영역이다. 시리아 내전 상황을 VR카메라로 촬영하여 전쟁의 비극을 생생하게 전하고,[7] 우울증환자의 심리치료에 VR기술을 도입하려는 새로운 시도

---

7 프로젝트 시리아 https://emblematicgroup.com/experiences/project−syria/

들이 바로 그러한 증거다.[8] 더불어 가상현실기술은 아리스토텔레스가 시학에서 정립한 이래 2000년 동안 한 치의 흔들림이 없었던 이야기 전달의 방법 즉 선형 서사구조와 인과서술이라는 것에 도전장을 던지고[9] VR시네마 〈호녀전설〉의 예처럼 최소한 VR시네마 안에서는 새로운 내러톨로지(Narratology)를 보편화시킨 것도 사실이다. 지금껏 그래왔던 것처럼 무미건조하며 가치중립적인 기술을 휴머니즘에 기초에 사용하고 해석하는 것은 인간의 몫이다. 이 단순한 명제를 가상현실 역시 비켜갈 수는 없을 것이다.

8 어플라이드 VR-VR 치료 https://appliedvr.io/
9 Aristoteles. 詩學. 서울: 문예출판사, 2002.

4차 산업시대의 학습자와 고전 교양 교육의 조응

−X세대 교수자가 Z세대 학습자와 古典을 경유하여
접속하는 교육 방안에 대한 모색−

김지연 (세명대학교 교양대학 교수)

1. 들어가며: 고전 교육의 현재적 과제

오늘날 대학 강의실에서는 전혀 다른 정치적, 기술적, 문화적 환경에서 성장한 교수자와 학습자들이 만나고 있다. 어느 시대든 교육 주체 쌍방 사이에는 나이 차이와 세대 차이에서 비롯되는 입장과 시각의 차이가 존재하기 마련이지만, '4차 산업시대'로 지칭되는 현재, 혹은 근미래의 교실에서 발생하(게 되)는 차이는 보다 근원적이고 복잡하다는 점에서 주의깊은 고찰과 모색이 요구된다.

기술의 발달에 따른 교육 환경의 변화는 교육 주체 양방의 태도와 인식도 변화시켰다. 과거와 크게 달라진 현재의 학습자를 가르치기 위해 교수자들의 부단한 노력과 새로운 시도가 요구되는 시점이다. 현재의 교육 상황이 갖는 특이점과 변화 양상을 파악하고 앞으로의 변화 방향을 궁구하기 위해, 본고는 현재 대학생 학습자들이 보이는 특징을 고찰하고 이를 반영한 교육 방안을 제안하고자 한다. 현재의 학습자를 분석하여 미래의 수업 방안을 설계해보려는 시도인 것이다.

그런데, 변화한 교육 환경 안에서 상호 간의 거리가 더욱 멀어진 교육 주체들이 교육/학습할 내용이 '고전古典'이라면, 강의실 안의 역학 관계는 더욱 오묘해지고, 이 교육에 요구되는 사항들도 복잡해진다. 소위, 20세기에 태어나고 자란 교수자들이 21세기에 성장한 학습자들에게 19세기 이전의 상황과 사건들에 대해 가르치는 상황이기 때문이다. 더군다나 현 사회는 다가올 4차 산업시대를 이끌 미래지향적 인재를 양성할 것을 요구하고 있다. 그렇다면, 고전 교육을 담당하는 교수자는 21세기 학습자의 무엇을 염두에 두고, 21세기의 교육 환경을 어떻게 운영하여, 과거의 '고전'을 무사히 현재에 안착시키고 미래와 조응시킬 것인가. 본고는 4차 산업시대라는 미래지향적 시대 흐름 속에서, Z세대[1]로 정의되는 현재의 대학생들에게 유의미한 고전 교육의 방향을 모색해보고자 한다.

4차 산업시대라는 명명에서도 알 수 있듯이, 현대 사회는 급격한 변화를 통과하고 있다. 본격적인 논의에 앞서, 3차 산업시대에서 4차 산업시대로 이행하는 과정에서 어떠한 변화가 부각되고 있는지, 지식과 정보 등 교육적 측면을 중심으로 살펴 보는 것은 논의 진행에 도움이 될 것이다.

먼저, 4차 산업시대는 질문이 권리이자 의무인 시대로 정의될 수 있다.

---

1 Z세대(Generation Z)란 보통 1990년대 중반부터 2000년대까지 출생한 세대를 가리키지만, 정확히 언제까지를 끝으로 간주할 것인가에 대해서는 아직 통일된 의견이 없다고 한다. Z세대는 유년시절부터 스마트폰을 사용하고 유튜브를 보며 성장한 디지털 네이티브로, 타인과 관계를 맺고 소통하는 방식, 물건의 가치를 매기고 소비하는 방식, 정보를 검색하는 방식이 이전 세대와는 확연히 다르다.(대학내일20대연구소, 『밀레니얼-Z세대 트렌드 2021』, 위즈덤하우스, 2020.) 본고에서는 가장 대중적인 견해를 따라, Z세대를 1995년~2005년 출생자로 한정하고자 하는데, 현재 우리나라의 대학생 대부분이 이에 속한다.

참고서형 지식을 단순 암기하는 것은 이제 학습법으로서의 의미와 가치를 잃어간다. 질문을 통한 성찰과 주체적 지식의 형성이 권리이자 의무로 권장됨에 따라, 교육의 목표도 학습자의 관심을 유도하고 호기심을 격려하는 방향으로 설계되고 있다.

질문이 권리이자 의무가 되어가는 것과 같은 맥락에서, 검색도 하나의 역량이자 능력으로 인식되고 있다는 점에 주목할 필요가 있다. 검색 엔진과 분야별 전문 사이트를 제대로 알고 있으며 검색어를 다양하고 적절하게 동원할 수 있는 사람이, 대중적인 포탈 사이트에서 대표적인 검색어만 입력해 보는 사람보다 양질의 정보와 지식을 확보할 가능성이 크다는 점은 명확하다. 4차 산업시대의 지식이란 주체적으로 형성하는 것이라는 점에서 개인의 역량에 따라 도달할 수 있는 지식과 정보의 수준의 차이는 커질 수밖에 없다. 심지어 인터넷이 일상은 물론 교육 환경 안으로도 깊숙이 침투했다. 대부분의 대학생들이 스마트폰을 휴대하게 됨에 따라 온라인 접속은 상시적인 습관이자 일상적인 행위가 되었다. 이제, 대학 수업에서도 스마트폰을 활용하여 학생들의 질문과 검색을 유도하는 수업 방안을 개발할 필요가 있다. 인터넷을 효과적으로 '활용'하고 윤리적으로 '이용'하여 지식을 확보/획득하고 경험을 창출하는 방법은 학습자 참여를 이끌어내는 적극적 교육 방안이 될 수 있다.

다음으로, 4차 산업시대는 편집으로 지식을 만드는 시대이기도 하다는 점을 지적할 수 있는데, 이는 특히 고전 교육의 방법을 고안하고 설계하는데 중요한 착안점이 될 수 있다. 고전과의 잠깐의 대면이나 불완전·불충분한 감상은 오히려 학습자들이 고전을 기괴하거나 무미한 것, 혹은 '옛지없고' 매력없는 대상으로 오해하거나 치부하게 만들 우려가 있다. 학습자들이 고전이 현재에도 다룰만한 재미와 의미가 있고, 실제로도 여전히 소비 창작/창조되고 있다는 사실을 인식할 때 고전 교육은 비로소 의의를 갖게 된다. 편집은 고전을 주체적으로 경험하고 창의적으로 향유할 수 있는 중요한 방법이 될 수 있다.

4차 산업시대는 편집을 통해 지식과 정보를 만드는 시대인 동시에, 그렇게 만들어진 결과물을 공유하는 것이 필수이자 필연인 시대이기도 하다. 학생들이 검색과 편집으로 만든 과제나 발표 결과 등을 수업 안팎으로 확산시키는 계기를 만드는 것은 수업의 주요 수행 목표가 될 것이다. 이렇게 변모한 사회, 변화한 교육 환경 속에서 '고전' 교육의 비전과 방법을 재점토하는 것은 시대적 과제로 부상한다.

고전 교육에서의 변화란 결국 고전의 무엇을 어떻게 교육/학습할 것인가의 문제와 그것을 누가 누구와 어디에서 왜 교육/학습할 것인가의 문제로 수렴된다. 그 가운데에서도 '고전'이라는 영역은 4차 산업시대로 명명되는 현대/미래 사회에서 '애매한' 위상을 차지한다는 점에서 교육 방안과 의의에 대한 보다 적극적인 논의와 모색이 요구된다. 이에 본고는 4차 산업시대에 고전 교육의 방향을 학습자와 교육 환경의 변화 양상에 입각하여 논의하고자 한다.

2. 4차 산업시대의 도래와 고전 교육 환경의 변화

본고에서 언급하는 '고전'이란 한국 고전문학을 가리키며, 수업에서는 주로 서사 장르인 고소설을 활용하였다. 2010년 이후로 많은 고전문학 연구자들이 고전문학의 지속가능성이나 교육 방안에 대해 논의해 왔다. "고전문학의 미래 환경을 생각할 때 고전문학의 어떤 가능성들을 찾아서 교육하는 것이 좋은지, 이를 위해 고전문학 연구자들은 어떤 연구와 실천을 해야 하는지를 살피는"[2] 한편, 고전문학을 통해 길러질 수 있는 역량이 무엇이며, 교양교육으로서 고전문학은 어떤 방식으로 다루어질 수 있는가[3] 등의 물음을 던지기도 했다.

본고 역시 선행 연구자들의 문제제기에 공감하는 바이며, 교육 주체의 특징과 교육 환경의 변화 양상을 반영하여 교양교육으로서의 고전 교육의 방향을 모색해 보고자 한다.

2.1. 교육 주체: Z세대 학습자의 등장

현재 대학에서 운영되고 있는 고전 교양 교과목을 교육 주체를 중심으로 보자면, 20세기에 태어난 디지털 이민자이자 전공자인 교수자가 21세기에 태어나거나 자란 디지털 원주민이자 비전공자인 학습자를 가르치는 상황으로 요약할 수 있다. 월드컵이나 올림픽 같은 집단 운동 경기, 전쟁, IMF 같은 국가적 위기 등과 같은 공동의 기억이나 특정 경험의 유무 차원을 넘어, 세상을 인식하고 의사를 표현하는 사고 체계와 행동 양상에서 근본적으로 이질적인 세대가 강의실에서 교수와 학생으로 만나는 것이다.

'디지털 네이티브Digital Natives'란 2001년 미국 교육학자 Marc Prensky가 「디지털 원주민, 디지털 이민자*Digital Natives, Digital Immigrants*」라는 논문에서 처음 사용한 개념으로, 태어날 때부터 디지털 기기에 둘러싸여 성장한 세대를 일컫는다.[4]

---

2 고정희, 「고전문학의 지속가능성과 고전문학 교육」, 한국한문학연구 57집, 2015, 133쪽.

3 김종철(2010), 「대학 교양교육으로서의 한국고전문학교육의 과제」, 한국고전연구 22집, 한국고전연구학회.; 조현우(2010), 「고전소설의 현재적 가치 모색과 교양교육」, 한국고전연구 22집, 한국고전연구학회.; 정선희(2014), 「대학 교양교육에서 고전문학의 역할과 의의」, 한국고전연구 30집, 한국고전연구학회.

4 Marc Prensky, (2001), "*Digital Natives, Digital Immigrants*", On the Horizon, Vol. 9 Issue: 5, 1~6쪽. (조금주, 「Maker Space 구축에서 유희할 점」, World Library, 국립중앙도서관 웹진, 2018.10.5.에서 재인용. https://wl.nl.go.kr/usr/com/prm/BBSDetail.

디지털 네이티브들이 세상을 인식하는 방법이 이전 세대와 다르다는 것은 타인과 소통하고 지리를 인식하는 방법에서부터 확연하게 드러난다. 대부분의 개인은 휴대폰을 갖고 다니지만 전화기로 전화를 걸고 받는 일은 점점 줄어들고 있다. SNS가 활성화되고 게임이 일상화되었을 뿐 아니라, 여러 방식과 도구에서 분산되어 수행되던 업무나 공부도 스마트폰에서 어느 정도 해결 가능해졌다. 또, 인터넷만 접속된다면 지구상의 어떤 지역도 실제 거리 풍경을 확인할 수 있고,[5] GPS로 인해 모르는 길도 쉽게 찾아갈 수 있게 되었다. 시공時空에 대한 인식, 타인에 대한 태도, 일상에 대한 통제의 차원에서 현재의 학습자들은 교수자들과 완전히 변별된다. 그들이 타국을 이해하고 여행을 준비하는 과정에서도 타인의 직접적인 경험을 질 높은 정보로 인식하여 전적으로 신뢰하는 양상이 발견되는데, 책이나 신문 보다는 SNS나 TV 프로그램 등이 주요 정보원으로 활용된다. 〈도깨비〉라는 드라마가 유행했을 때, 촬영지였던 캐나다 퀘벡에 대한 관심이 높아지고 실제로 그곳으로 여행을 가는 사람이 증가했었다는 것은 주지의 사실이다.[6]

세상을 인식하는 방식이 달라지다 보니, 그들이 사용하는 언어에도 큰 변화가 생겼다.

---

do?menuNo=11000&upperMenuId=11&bbsId=BBSMSTR_000000000451&nttId=4776&searchBoardGubun=&boardTab=&pageIndex=1&searchCnd=&searchWrd=&boardType=LIST&searchStartDate=&searchEndDate=# 2018.10.10. 검색〉)

5 구글어스의 홍보 문구는 "세계에서 가장 정교한 지구본", "의자에 앉아 세계 여행을 떠나세요"이다.

6 기사에 따르면, 첫 방송된 2016년 12월 2일 이후 퀘벡에 대한 항공권 검색량이 8배 이상 증가했다고 한다. "'도깨비' 방영후 퀘벡 항공권 검색 850% 늘어", 이데일리, 2017.3.4. 〈http://www.edaily.co.kr/news/read?newsId=01272646615860040&mediaCodeNo=257&OutLnkChk=Y 2018.12.30. 검색〉

먼저, 같은 단어를 사용하면서도 구체적인 의미나 용법은 달라지는 경우가 많다. 예를 들어 21세기에 출생한 젊은 세대에게는 '진짜로 보고 싶다/만나고 싶다'라는 말에서 '진짜로'가 '정말로'가 아닌 '(영상통화가 아닌) 실물로'의 의미로 사용되고 있기도 하다.[7] '진짜로'가 정도와 수준을 강조하는 단어가 아닌 직/간접의 의미를 규정하는 기준으로 사용되는 것이다. 이러한 방식은 국어에서 일반적으로 발견되는 의미 확장 방식과도 결이 다르다.

특정 단어가 맥락이 고려된 화자의 공시적인 비유를 거쳐 그 의미를 확장하는 과정은 기본의미로부터 추상화된 방향으로 전개되는 것이 일반적이다. 초기에 맥락의존적 쓰임을 보이던 것이 등재를 통해 고정화되면서 맥락자유적 속성을 획득하고, 이후 어휘 내항의 체계 변화와 함께 단어의 다의적 용법을 구성한다.[8] 그러나 '진짜로'가 원래의 의미인 '꾸밈이나 거짓이 없이 참으로'가 아닌 '실물로', '직접적으로'의 의미로 활용된 경우는 국어 일반의 형태론적 규칙이나 현상이라 볼 수 없다. 새로운 기술과 기계가 도입되면서, 사람을 만나는 방법이 전통적인 직접 대면 외에 '화면으로 상대방의 얼굴을 보면서 통화할 수 있는' 영상 통화가 추가된 사회적 변화상이 의미 확장에 직접적으로 영향을 끼친 경우이다. 비슷한 예로 편지를 이메일과 구분하면서 '손편지'[9]라 부르는 현상을 들 수 있다.

---

7 이러한 내용을 담은 SNS 상의 글을 인용하면 다음과 같다. "아이가 나와는 완전히 다른 세대의 미래인이라고 생각해 오고는 있었지만 그걸 새삼 실감한 게, 아이가 얼마 전부터 '이모 진짜로 보고 싶다', '할머니 진짜로 보고 싶다' 이런 말을 하는데, 이 〈진짜로〉가 '진심으로', '정말로'가 아니라 '사진이나 영상통화가 아닌 실물로'란 뜻이었음." (2018년 10월 11일에 Tweet User 아이디 ee****가 작성한 트윗 멘션이나, 개인 정보 보호를 위해 해당 화면이나 주소, 아이디를 노출하지 않음.)

8 정한데로, 「어휘 변화의 세 방향-'보-'를 중심으로」, 『형태론』 14권 1호, 2012년, 봄철), 36쪽.

9 국립국어원에서 운영하는 참여형 오픈국어사전인 『우리말샘 (함께 만들고 모두

좀더 주목해야 할 언어상의 변화는 단어나 표현의 맥락이 변모하는 경우이다. 물론 이러한 언어 변화는 이전부터 존재했다. 일례로 '라면'이라는 단어는 상황에 따라 '가난한 계층이 생활비가 부족하여 밥 대신 먹는 음식'에서 '맛있지만 건강을 해칠 수 있는 음식', '다이어트 방해 식품'이라는 완전히 다른 맥락으로 읽힐 수 있음을 들 수 있다.[10]

Z세대에 와서 어휘의 개념과 의미가 변화한 대표적인 사례가 '공정'과 '능력'이라 할 수 있다. 2018년 평창동계올림픽 개최 전에 논란이 되었던 남북단일팀 이슈나 인천공항공사 비정규직의 정규직 전환을 둘러싼 공정성 논란 등은 '공정公正'의 의미와 맥락, 가치가 이전과는 완전히 다른 차원에서 언급된 사례이다. Z세대는 도덕과 정의의 문제에도 예민하며, 정당한 대가와 공정성을 추구하거나 요구하는 목소리가 큰 것이 특징이라고 한다.[11] 그러나 마이클 샌델이 최근 저작을 통해 제기했듯이[12] Z세대는 도덕과 정의, 윤리의 문제에 있어 왜곡된 인식을 드러내기도 한다. 능력주

누리는 우리말 사전)』에서는 '손편지'를 '손으로 종이에 직접 쓴 편지. 전자 메일이 등장하면서 이에 대응하여 쓰이기 시작한 말'임을 분명히 밝히고 있다. 〈https://ko.dict.naver.com/#/entry/koko/0d088df7220e415c9734d476ccdf699d〉

10 "86년 아시안게임 여자 육상 3관왕인 임춘애 선수는 우승 직후 인터뷰에서 '라면을 먹고 뛰었다'고 말해 전 국민의 심금을 울렸다. 그 후 임춘애는 헝그리정신의 한 상징으로 사람들의 기억에 남아있다. 얼마 전의 일이다. 텔레비전에서 사회자가 임춘애의 라면신화를 신나게 얘기했더니 20대의 여성 연예인이 부러움에 가득 찬 얼굴로 이렇게 말한다. "그 언니는 좋았겠다. 매일 라면을 먹을 수 있어서. 나는 살찔까봐 못먹는데." 나는 가끔, 인간이 사회생활을 영위함에 있어 절대불가결한 권리라는 '기본권'에 대해 각자의 처지에 따라 이런 식의 현격한 인식차가 존재한다는 느낌을 받곤 한다. "(정희모 외, 〈글쓰기의 전략〉 중 인용문 정혜신, 〈칠흑 같은 어둠 속에 사는 이들〉, 한겨레신문 2005.7.19.)" 중에서.

11 대학내일20대연구소 지음, 『밀레니얼-Z세대 트렌드 2021』, 위즈덤하우스, 2020, 178쪽.

12 마이클 샌델, 『공정하다는 착각: 능력주의는 모두에게 같은 기회를 제공하는가』, 위즈덤하우스, 2020.

의가 야기하는 불공정성이나 공정성에 대한 맹목적 신뢰는 '공정', '능력', '정의'라는 단어의 맥락을 변질시켰다.

이 밖에도 오늘날의 Z세대가 사용하는 단어의 맥락은 기성세대의 그것과 묘하게 어긋날 때가 많다. 시간의 흐름이나 사회 변화에 따라 언어의 의미나 사용법도 달라진다는 언어의 역사성이나 사회성과도 다른 현상이다. 사회 구성원 전체에게 영향을 미치는 사건이나 변화를 통해 언어의 맥락이 변화한 것이 아닌 까닭에, 변화된 맥락이 모든 사회 구성원에게 동일하게 전파되거나 인식되지 않는다. 따라서 맥락이 다르게 쓰이는 단어들은 특정 집단이나 같은 세대 안에서만 통용될 가능성이 큰데, 기존의 단어에서 의미 확장이 일어나는 경우라는 점에서 '은어'와도 다르다.

끝으로 Z세대 학습자들은 줄임말과 언어 유희를 즐겨 사용한다는 점을 중요한 특징으로 지적할 수 있다. '핵인싸' 같은 단어는 한자와 영어단어를 합성한 후 줄여쓴 사례라 할 수 있다. 학습자들의 단어 사용 맥락을 이해하는 것은 학습자들의 특징을 이해한다는 점에서 수업 설계와 구성의 토대를 세우는 데에도 도움이 되지만, '고전'을 다루는 과목에서라면 이 부분이 실질적 커리큘럼이나 수업 내용 구성에도 반영될 수 있을 것이다. 현재 일어나고 있는 '언어' 변화의 현장성을 목도하고 성찰하게 함으로써 '고전'이 현재에도 생명력을 가질 수 있음을 확인할 수 있으며, 고소설 속 언어유희와 고전 속 말줄임 사례 등을 Z세대의 언어 생활과 비교 고찰할 수도 있을 것이다.

2.2. 교육 환경: 고전에 접근 가능한 통로와 방식의 확대/확장/변화

앞에서 살펴본 Z세대 학습자들이 갖는 변별적 특징은 교육과 학습, 지

식과 정보의 영역에서도 이전 시대와는 큰 차이를 만든다. 기본적으로, 교수자와 학습자 사이에는 정보량의 차이에서 오는 정보의 흐름이 생긴다. 그런데 Z세대 학습자와 X세대, 혹은 앞 세대의 교수자들 사이에는 단순히 정보의 양 차이가 발생할 뿐 아니라, 각자가 주로 접근하는 정보의 종류나 형태 등에서도 차이가 발견된다. 대학생들 가운데에는 고소설을 직접 읽어서 알거나 관련 지식을 학습하지 않고 영화나 드라마에서 활용된 소재로서 허구와 사실, 실제와 창작을 구분하지 않은 채 인지하고 있는 경우가 많다. 설령 고소설을 접해본 학생이라 해도, 수능 준비를 위한 문제풀이를 통해 지문으로 제시된 일부분만 접해본 경우나, 수능과 논술 대비를 위한 상세한 요약문을 읽은 경우가 많다. 학생들 수준에서 원문을 직접 읽는 것은 어렵다고 해도, 시중에 출판된 현대 번역본 가운데 전공자들이 원문의 문맥과 문체를 살려 번역한 양질의 출판물들이 있음에도[13] 여기에 접근해본 학생들은 적다.

디지털 기기 사용의 능숙도도 차이가 나는데, 경우에 따라서는 학습자와 교수자 사이에 매체 활용 기술력의 역전 현상이 발생하기도 한다. 영상 제작이나 발표 슬라이드 제작 등에서 높은 수준의 편집과 디자인 실력을 발휘하는 학생들이 있는데, 개 중에는 내용만 일부 수정, 보완된다면 공모전에 출품하거나 유튜브에 업로드 하여 공개 게시하여도 부족함이 없는 작품이 나오기도 한다. 교수자와 학습자 사이에 일방적인 정보나 매체, 기술의 우위가 성립하지 않는다는 점에서, 상호 간에 보다 활발한 소통과 열린 자세가 요구된다.

디지털 네이티브로서 Z세대 고전 학습자가 보여주는 가장 큰 특징은

---

13 대표적으로 다음 시리즈를 들 수 있다. 나라말, 국어시간에 고전읽기 1~18 (2012년까지) / 휴머니스트, 전국국어교사모임 국어시간에 고전읽기 1~26 (2013~현재) / 문학동네, 한국고전문학전집 1-20권 (2010~현재) / 현암사, 우리가 정말 알아야 할 우리 고전 시리즈 1-44 (2000-2015)

고전을 원래의 모습이나 전체/전부로 접하지 않았다는 점인데, 문자로 된 원전 형태가 아닌 각색된 대중문화 작품으로 수용하는 경우가 많아지고 있어, 이러한 경향은 더욱 두드러질 것으로 보인다.

이렇게 본다면, 현재의 Z세대 고전 학습자는 뉴미디어를 통해 고전을 수용하고 소비함과 동시에, 검색과 편집을 통해 스스로 고전의 현대적 재창작자 혹은 생산자로서의 역할을 수행하고 있는 것으로 볼 수 있다. 타인의 정보와 성과물을 이용하고 인용하고 편집하는 것이 고전을 향유하는 주요 방식이라면, 고전 교육은 고전 자체를 다루는 방향에 추가하여 고전 정보를 윤리적으로 다루는 방식을 안내하고 윤리적 태도를 함양하는 방향도 모색되어야 한다.

3. 새로운 세대와 오래된 고전의 접속

21세기의 다가올 미래는 4차 산업의 시대로 정의되기도 한다. 비록 4차 산업에 대한 기대나 진단이 전공이나 학자들 사이에 일치하지 않지만, 우리 사회는 초연결, 초실감, 지능 정보화 사회로 변모해가고 있는 것이 현실이다. AI로 사물이 연결되고 VR이 일상화될 가까운 미래에 지금과는 다른 교육이 요구되고 시행될 것임은 자명하다. 시대의 요구가 달라지면 교육의 향방도 달라질 수밖에 없기 때문이다. 학습자의 요구와 교수자의 필요가 만나는 곳에서 새로운 교육이 모색될 것이며, 한국 '고전'에 대한 교육 조건이나 상황도 그 변화를 빗겨갈 수는 없을 것이다. 그렇다면 우리 '고전' 교육은 시대의 변화를 어떠한 방식으로 반영하고 추동해야 할 것인가.

첫째, 커리큘럼 구성에서 수업 자료 제작에 이르기까지 인터넷과 영상

문화에 익숙한 디지털 세대의 특징을 반영할 필요가 있다.

영화와 드라마 외에도, 웹소설과 웹툰, 게임, 디지털 전시, MV와 광고, 크로스오버 음악 등 장르를 한정하지 말아야 한다. 다양한 형태의 고전 원형은 물론, 이를 재창작/재편집한 고전의 현대적 해석물도 수업 시간에 다룰 수 있다.

둘째. 고전의 동시대성을 체감할 수 있는 커리큘럼을 구성하는 것이 좋다.

예를 들어, 커리큘럼의 일부를 해당 학기의 역사/문화 이슈와 연결시킴으로써, 고전(역사)의 동시대성을 체감시킬 수 있다. 나아가 고전을 향유·학습한 학습자들의 결과물(성과물) 또한 4차 산업시대에 부합하는 다양한 형태로 창작하고 제출할 수 있도록 격려, 유도해야 할 것이다.

셋째, 학습자가 고전 교육의 주체가 되어야 하며, 새로운 학습자의 특징이 반영된 학습자 중심 교육을 시행할 필요가 있다.

서두에서 언급한 4차 산업시대의 특징인 질문, 검색, 편집, 공유의 방법을 수업에서도 충분히 반영해야 한다. 반면, 고전이 일반인들의 일상 영역과 직접적으로 맞닿아 있거나 보편적으로 재생산−재소비되는 대상이 아니라는 점에서, 학습자들이 고전을 '제대로' 다룬 자료(단행본이나 학술 논문 등)를 손쉽게 찾아내거나 입수하기가 쉽지 않다는 점을 고려해야 한다.

대학에서의 교양 수업이 갖는 목표와 효과는 특정 부분에서 심화된 지식을 취하는 방식보다는 가능한 한 넓고 많은 분야에서 인간과 세계, 과거와 현재와 미래의 삶과 가치에 대해 고민할 수 있는 방향을 제시하는 것이 바람직하다. '학부생'을 위한 '교양' 수업에서 고전에 대한 이해를 확장할 수 있는 참고자료는 일차적으로 교수자가 제시해주는 것이 좋으며, 선정 시 다음 기준들을 고려할 필요가 있다.

    가. 책 전체를 아우르는 '키워드'가 있는 것, 즉 고전과 접속하는 맥락 이 분명한 것

    나. 그 키워드가 '당대'의 문제 혹은 가치와 연결될 수 있는 것

    다. 고전을 인접 학문과 연결하여 총체적으로 시대와 사회를 바라보 는 시각을 제시하는 것

    라. 문장이 올바르고, 자료 인용이 구체적이고, 학술 정보가 정확하게 제시된 것

넷째, 4차 산업시대를 윤리적으로 대처할 수 있도록, 고전을 다루는 과정에서 필요한 윤리적 학습 방안과 태도 등에 대한 교육이 동시에 수행되어야 한다.

미디어 리터러시, 자료의 정당한 인용, 저작권 준수, 공유된 저작물에 대한 존중 등의 방법을 구체적으로 학습할 수 있도록 하고, 학습자가 정확하게 인지하고 성실하게 체득할 수 있도록 한 학기 동안 지속적으로 강조하며 반복해야 한다.

'어떤' 자료를 제공하느냐 못지않게 현대 교육에서 중요해진 문제는 '어떻게' 접근하고 다루게 '만들' 것인가이다. 학생들은 고전을 다루는 교양 수업에서 '고전' 자체와도 만나지만, 고전을 다루는 '태도'도 배우게 된다. 20세기의 고전을 다루는 태도가 고전을 어떠한 위상으로 자리매김할 것인가의 문제로 한정될 수 있었다면, 21세기에서는 그것에 더하여, 고전을 다루는 태도를 '어떻게' 판단하고 접근할지에 대한 문제까지 함께 다루어야 한다는 과제가 주어진다.

윤리적 학습 태도를 구현하는 하나의 방법으로 윤리서약서를 활용할

수 있다. 필자의 경우, 수업 태도 및 모둠 발표, 과제 제출에 관한 윤리 조항을 만들어 학생들에게 서명을 받고 있다. 특히 모둠 활동에서 문제가 발생할 시 교수자에게 적극적으로 보고해주길 당부하며, 이것은 '고자질'이나 '예민함', '의리없음'과는 전혀 상관없는 행위이며, 비윤리적 행위를 지적하고 징계하는 것은 우리가 학습/연구를 하는 가치와 의미를 훼손하지 않기 위함임을 강조한다. 비윤리적 학습 행위에는 표절 외에도, 무임 승차나 역할 편중, 소극적 활동은 물론, 아이디어 표절, 자료(그림, 동영상 포함) 출처 누락 등도 포함된다는 점을 반복적으로 강조하는 것이 좋다.

강의 슬라이드를 만들 때에도 자료 인용과 출처 표기에 특히 신경을 쓰고, 수업 중에도 그 부분을 항상 강조한다. 교수자가 철저하게 실천하면서 윤리적 태도를 강조하면, 학생들은 당연한 규칙으로 수용하는 모습을 보인다.

다섯째, 지식을 공유하고 인성을 함양하며 창의성을 발휘하는 방향으로 수행되어야 한다는 교육의 취지는 4차 산업시대의 고전을 다루는 과목에서도 통용된다.

장소로서의 학교의 의미가 퇴색하고, 재택 학습이나 탐방 학습 등이 확대되는 교육 환경의 변화 속에서 교수자의 역할 또한 변화하고 있다. 기존의 교수자에게 가르치는teaching 사람으로서의 위치가 강조되었다면, 오늘날은 지도하고coaching 조언하는mentoring 역할이 더욱 크게 요구된다. 이는 주입식 집합 교육에서 집단지성이나 협업, 공유 학습 중심으로 변화해 가는 교실의 상황과 밀접하게 연관되어 있다.

현재 우리 사회는 기술적인 능력만이 아니라 창의성, 의사소통능력, 협업능력과 같은 역량과 호기심, 진취성, 적응성 등의 인성 자질도 갖춘 인재를 원한다.[14] 따라서 학생의 창의력과 팀워크 및 미래 대응 능력과 인성을 배양할 수 있는 방향으로 교육의 비전도 바뀌어야 할 것이며, 교육의 목표 또한 지속가능한 미래 공동체를 위해 함께하는 인성과 시민의식을 갖춘 미래 인재를 양성하는 것으로 재정립되어야 할 것이다.[15]

이상의 논의를 다음과 같이 정리할 수 있다. 4차 산업시대의 고전 교육은 학습자인 Z세대의 특징과 요구를 충실하게 반영하고, 기술과 매체를 활용하는 방식으로 설계하여야 한다. 과거의 고전을 당대로 끌어오는 과정에서 현재성을 찾을 수 있는 작품과 현재성을 발견하는 시각을 중심으로 커리큘럼을 구성한다. 고전에 대한 두려움과 오해에서 벗어날 수 있도록, 전공과 배경지식과 상관없이 이해할 수 있는 방식으로 수업을 운영한다. 지식 전달식 강의나 정보 수집형 과제를 지양하고, 시험 대신 발표를 통해 직접 고전에 대한 상상과 해석을 표현하는 경험을 가져보도록 독려한다. 작품을 현재적으로 감상하고 주체적으로 해석하는 방법으로서 '상상想像'을 강조한다. 고전을 접하고 활용하는 과정에서 윤리적인 태도로 임할 수 있도록 충분한 방법을 안내한다. 고전을 향유함으로써 자아성찰 및 시민윤리 학습에 이를 수 있도록 수업을 구성, 운영, 환류한다.

4. 나가며: 4차 산업시대의 고전 교양 교육의 방향

이상에서 논의한 방안들에 대해 구체적인 수업안 사례를 제시하는 것

---

14 안윤정·임윤서, 「4차 산업혁명에 대한 대학생 인식과 진로교육 방향 모색」, 『학습자중심교과교육연구』 17권 18호, 2017, 332-333쪽.

15 안종배, 「4차 산업혁명에서의 교육 패러다임의 변화」, 『미디어와 교육』 7권 11호, 한국교육방송공사, 2017, 28-29쪽.

으로 결론을 대신하고자 한다. 필자가 개설한 '고전으로상상하기'라는 수업에서 매학기 수행하는 강의안 중 하나가 〈주생전〉을 대상으로 토론을 통해 인간 '관계'의 속성과 사랑의 '의미'를 궁구해 보는 것이다. 학생들이 흥미로워하며 모둠 활동에 적극적으로 참여하는 커리큘럼이기도 하다. 〈주생전〉의 세 인물의 심리를 상상하여 영화 대사나 광고 카피 등과 연결시킴으로써 학습자들의 흥미를 유도하는데, 현대 대중문화를 경유하여 고소설의 내용을 이해하고자 한다는 점에서 학생들이 느끼는 부담감이 적어진다. 필자는 수업에서 애인을 빼앗긴 배도의 마음을 영화 〈봄날은 간다〉의 "어떻게 사랑이 변하니"라는 대사에, 주생이 의탁하던 기생 배도를 질투하는 선화의 마음은 2000년에 김민희와 차태현이 함께 나오던 PCS광고 속 유명 카피 "사랑은 움직이는 거야"에 적용시켜 보았다.

전공수업이라면 〈주생전〉 자체를 이해하고, 당대의 소설사적 상황과 변화, 맥락을 읽어내는데 주력하겠지만, 교양수업의 목표와 취지는 궁극적으로 학습자에게로 수렴된다. 특히 4차 산업혁명 시대에 의미를 갖는 교양수업이라면, 〈주생전〉이라는 텍스트를 통해 현재의 나(우리)의 역량을 확장하고 삶을 성찰하는 계기를 만드는 것이 중요하다. 세 인물 중 한 인물만 변호할 수 있다는 전제 하에 변호 논리를 만들어 보게 한다거나, 고소설 〈주생전〉을 TV 단막극으로 만든다고 가정하고 실제 배우를 캐스팅하고 캐스팅의 변과 함께 배우의 프로필 사진을 만들어보게(인터넷 상에서 골라오게) 하기도 한다. 작품의 감상과 이해를 지식의 생성과 기억의 과정이 아닌 우리의 경험과 공감의 방법으로 수행하기 위한 방안이었다. 대중문화와 연결하고 자신의 경험과 입장을 반영함으로써 고전은 현재를 살아가는 우리의 이야기, 내가 관여하여 변호하거나 캐스팅할 수 있는 구체적이고 실제적인 이야기로 각인될 수 있을 것이다.

바우하우스 기초과정의 의미성과 오늘날의 의의

신희경 (세명대학교 시각디자인학과 교수)

1. 신격화된 바우하우스와 바우하우스 기초과정

바우하우스 관련 연구사의 초기 단계는 창립자 그로피우스, 혹은 그와 동시대에 속하는 사람들에 의한 것으로, 영국의 페브스너, 스위스의 기디온, 이탈리아의 아르간 등이 대표적이다. 그로피우스는 1938년 뉴욕 근대미술관의 바우하우스전을 계기로, 창립시기부터 28년까지의 역사를 [바우하우스 1919-1928](하버트 바이어, 그로피우스, 1955)으로 정리하였고, 이 책이 1950년대에 이르도록 바우하우스에 관한 유일한 공적 출간 도서이다.

페브스너는 [모던 디자인의 전개](초판은 1936)에서 바우하우스를 윌리엄 모리스에서 시작하는 근대 디자인 운동의 종착점으로 위치매겼고, 기디온도 마찬가지를 건축평론가 입장에서, 근대건축의 전개에서 바우하우스를 위치매겼다. 아르간도 마찬가지이다. 이들은 모두 그로피우스의 생각에 깊이 공감하여 이론적으로, 건축사적으로, 예술사적으로 각각의 전공 관점에서 의의 매김과 평가를 하였기에, 이 단계의 바우하우스는 근대 디자인 운동에서 도달해야할 모델의 이미지를 지니게 되었다. 1950년대 일로, 이때에 바우하우스에 대한 하나의 이미지가 고착되게 되었다. 주로 일명 바우하우스 스타일로 불리우는 뎃사우 시기의 제품 디자인 이미지와, 기초과정에 대한 내용이다.

한편 60년대에 들어서부터 서독에서는 나치의 독재와 전쟁에 의해 흩어졌던 바우하우스 작품들이나 자료를 수집하는 일이 정력적으로 이루어져, 62년에 그 일부가 [바우하우스 1919−1933] (H.M. Wingler, Das Bauhaus 1919−1933 Bramsche 1962)으로 출판되면서, 그로피우스가 형성한 통일적인 이미지가 무너지기 시작하였다. 이후 바우하우스는 그 전체상의 재검토와 연구 단계로 들어섰다. 1950년대까지 지배적이었던 바우하우스상은 바우하우스의 일부, 특히 그로피우스의 뎃사우 바우하우스에 한정된 것이 밝혀지면서, 도리어 그 외의 바우하우스, 구체적으로는 창립기의 바우하우스(표현주의적 경향), 그로피우스 이후의 바우하우스(마이어 교장기, 미스 교장기), 또 그로피우스 교장시기의 그로피우스 외의 사람들(잇텐 등)이 생각한 바우하우스, 바우하우스와 그것을 둘러싼 건축운동, 예술운동과의 관계 등, 소위 바우하우스의 다양한 실제상이 주목받게 되었다.

처음 설립할 때의 이념은 하나였지만, 활동하면서 수많은 변화가 있어 단순하지 않고 다양한 복잡한 면을 지니고, 때로는 상반되는 성격을 지녔기에, 이미지로서 하나의 통일체로 볼 수 없다는 것이 차츰 명확해졌다. 바우하우스란 다수의 개인 집단이며, 조직이다. 더구나, 이를 구성하는 다수의 사람은 각각 강렬한 개성의 소유자였기에, 전체로서 다양한 면을 지니는 것은 당연하였다.

바우하우스의 교육방법, 특히 〈기초과정〉은 세계 각지의 예술 조형교육기관에서 받아들여졌다. 하지만 그때 바우하우스의 〈기초과정〉은 뎃 사우시기의 〈바우하우스 스타일〉과 닮은 신화가 되어버렸다. 바우하우스에 일관된 교육이론이 있었다는 전제도 〈바우하우스 스타일〉과 마찬가지로 신화에 지나지 않는다. 하지만 예비교육으로의 기초과정은 그때까지의 아카데믹한 미술교육의 기존 개념을 부정하여, 자유롭고 종합적인 창조력을 촉발하려는 다양한 시도로 신격화되었으며, 그 성과는 전 세계의 초등학교에서 전문교육기관에 이르기까지 조형교육 전반에 영향을 주었고, 또 잇텐, 클레, 칸딘스키, 모홀리나기, 앨버스의 교육모델은 서적으로 출간되면서 하나의 조형이론으로 정착하였고, 오늘날 거의 대부분의 디자인학과에서는 이 바우하우스의 기초과정을 1학년과정에서 실시하고 있다. 기초과정에 대한 객관적 파악과, 이의 아시아로의 전파를 살펴보겠다.

2. 바우하우스 기초과정

기초교육은 프로그램 상, 신입생에게 충분한 기초를 주고, 조형에 관련된 소재나 기술을 습득시키는 것을 목적으로 한다. 예비교육은 모든 학생에 필수였고, 이는 미스 반데 로에 시대에 완화되기까지 엄격하게 지켜졌다. 형태= 예술적 및 소재=제작적인 요소를 포함하는 예비과정을 수료한 후에, 정규 교육과정, 특히 공방교육을 동반하는 과정으로 진학한다. 이 공방교육은 그 전의 예비과정과 마찬가지로 엄격하게 의무지어져있다. 교육의 최종 목표는 2중의 통합이다. 즉 한편으로는 형태=예술적인 것과 수공업(나중에는 기술)= 제작적인 것의 통합이며, 또 한편으로는 공업화 사회와 그 필요에 대한 예술가/조형가의 사회적 참가이다.

그 예비과정은 다음의 목표를 지니고 있었다. 1. 학생들의 상상력을 해방하고, 2. 자연재료의 본질을 이해시키고, 3. 조형의 기본법칙을 가르치는 것이다.

이러한 교육개혁 프로그램은 결코, 바우하우스에서만 성립된 것은 아니고, 바우하우스만을 위해 만들어진 것도 아니다. 그 영향은 아트앤 크래프트 운동에서 시작된 것은 아니고, 루소, 프레벨, 페스타로치 등의 교육개혁운동에도 연결된다. 1907년에 설립된 독일공작연맹을 통하여 예술교육의 개혁사상은 바우하우스에 유입되었다.

나아가 바우하우스의 기초교육은 신화가 된 예비과정만에 한정되지 않았고, 교육 구성은 (공식문서에 의하면), 첫학기부터 수학외 다른 기초과목을 포함한다. 바우하수의 이런 착실한 눈에 안띄는 기초교육은 사람들 눈에 안띄고, 마치 순수하고 예술적인 교육만이 이루어졌다는 잘못된 인상을 낳게 하였다. 이들 예비과정 또한 다양한 인물에 의해, 그 시기별로 성격이 다르게 발전되었다. 시기별로 살펴보면 다음과 같다.

	바이마르 기 (1919-25)	뎃사우기 (25-28)	마이어기 (28-30)	미스 반 데 로에 기 (30-33)
예비 과정	잇텐 1919-22년3월 앨배르스 23-25 모흘리나기 23-25 그루노프 1920-25	앨배르스 25-28 모흘리나기 25-28 슐렘머 27년 중순- 28	앨배르스 28-30 슈미트 28-30 슐렘머 28중순-29 초	앨버스 30-33 슈미트 30-32초
조형 이론	클레 칸딘스키	〈자유회화〉 클레,칸딘스키,슈미트	〈회화교실〉 클레,칸딘스키	〈조형미술〉 클레,칸딘스키

2-1 기초과정 설립기 잇텐의 예비과정

바우하우스 발족시의 예비과정을 주도한 이는 요하네스 잇텐이다. 학생들이 자기의 가능성을 찾으려는 창조력의 해방, 또 형태나 색채와 함께 소재의 특성을 파악하게 하는 것에 중점을 두었다. 명암이 대비적임을 알

기위한 대비법, 생상 보색 채도 등의 색채론, 다양한 재료를 접하고 만지는 것에서 시작하는 텍스처연구, 공중에서 팔을 돌려서 원을 그리는 것에서부터 체험하는 형태론으로, 이러한 방법론은 그는 17-19년 비엔나의 자신의 예술학교에서 만들어 낸 방법론이다. 1920년 이후, 게오르그 무하가 예비과정 교수진에 참여하였고, 무하는 잇텐의 방법론에 따라, 잇텐과 교대로 수업을 하였다. 이에 더하여, 1922년부터 클레와 칸틴스키도 형태론과 색채론을 담당한다.

2-2. 23년 이후 모홀리나기와 앨버스

잇텐이 퇴직하고는 예비과정은 요셉 앨버르스(1888-1976)와 모홀리나기(1895-1946)에 이어졌다. 모홀리나기는 조형활동을 인간의 생물학적, 생리학적 과정으로, 더 과학적, 객관적으로 파악하려고 시도하였다. 또 목재 유리 금속편을 동력학적인 균등상태에 있듯이 공간구성을 시킴으로서 구성주의적 조형학을 가르쳐, 정과 동의 대비, 입체적인 공간구성에 의한 밸런스 감각을 중시하여, 나아가 사진, 영화, 타이포그래피 등 새로운 미디어를 적극적으로 취급하였다.

또 요셉 앨버스는 한정된 소재에 의한 조형의 가능성 추구 등, 재료와 가공기술의 체험적인 파악을 담당하여, 한 장의 종이에 칼집을 내는 것만으로 입체를 만드는 공작교육 등을 통하여, 구성적 사고법의 훈련을 예비과정에 도입하였다.

2-3. 뎃사우 그로피우스 교장 시기. 모홀리나기와 앨버스

25년 이후의 뎃사우 시대의 분위기는 더욱 근엄하고 기술지향적이며 매우 현실주의적이 되었다. 예술적이며 가치있는 많은 것이 잇텐과 바이마르에 두고 오게 되었으나, 그들은 건축의 실천과 인더스트리얼 디자인의 요청를 향한 조형대학(26년부터 붙여진 이름)에는 적합하지 않은 것이었다. 교수진 중에서는 클레나 칸딘스키가 이와 같은 전환에 대해 반복하여 불쾌감을 표명하였다.

뎃사우 시기의 기초교육과정에는 공작교육과 형태교육을 합하여 1년 배당된다. 새로 조소공방에서 요스트 슈미트가 합세하여, 입체공간의 인식이나 소리의 시각화 등 새로운 관점이 더해졌다. 칸딘스키는 대상의 관찰, 분석과 재구성의 실습에 의해 논리적인 사고와 종합적인 파악을 지향하였다.

기초과정 프로그램은 26년의 그로피우스 규정에 의하면 다음과 같이 되었다.

[1년간의 기초교육은 장래의 실작/형태교육의 모든 범위의 초보를 포함한다. 실작[1]/형태교육의 교육활동은 학생들 중에 있는 창조적인 힘을 해방하여, 재료의 성질을 파악시켜서 조형의 기본원리를 인식시킨다는 목적을 위해, 상호 밀접한 관계를 유지하면서 동시 병행적으로 진행되어 간다. 특정 양식운동으로 밀어 구속하는 듯한 것은 의식적으로 회피되고 있다.]

---

1 * 실작 = 실기작업 〉〉〉 기술 수업, 형태수업 〉〉〉 예술 마이스터 수업

2-4. 뎃사우 한네스 마이어 교장 시기. 앨버스

1928년 그로피우스에 이어서, 모흘리나기도 떠나고, 앨배르스가 예비과정의 주임이 된다. 칸딘스키의 분석과 구성, 클레의 조형론 외에 요스트 슈미트의 레터링과 슐렘머의 인간론이 필수가 되었다.

2-5. 뎃사우 미스 반데 로에 교장 시기. 앨배르스

1930년이후는 운영비삭감 등의 사정과 공과대학의 기초과정으로의 성격이 강화된 부분도 있어서, 도학, 수학, 재료학, 심리학 등의 강의 비중이 높아졌다. 또한 미스의 방침에 따라 이전까지의 필수였던 예비과정이 조금 느슨해진 감이 있다.

3. 기초과정 수업 내용

		1919	1920	1921	1922	1923	1924	1925	1926	1927	1928	1929	1930	1931	1932	1933
		바이마르 국립 바우하우스						뎃사우 시립 바우하우스								베를린
교장	그리피우스															
	H.마이어															
	L.미스반데로에															
기초교육	잇텐															
	앨버스															
	클레															
	모흘리나기															
	칸딘스키															
	슈미스															
	슐렘머															

이들 기초과정의 성과, 교육내용은 2권의 클레의 〈교육적 스케치북〉 제9권의 칸딘스키의 〈점선면〉 14권의 모흘리나기의 〈재료에서 건축으로〉로 발표되어, 바우하우스 교육 엣센스를 드러내었다. 이들 바우하우스 총서를 중심으로 기초과정에 참여한 주요 교수들의 강좌내용에 대해서 살펴보겠다.

3-1. 잇텐의 예비과정 Der Vorkurs 1919-23

잇텐의 교육의 핵심은 감각을 포괄적으로 민감하게 만드는 대비학습이다. 그는 인식가능한 것은 모두, 그 대립관계를 통하여, 대비로 인식가능하다 생각하였다. 명암이나, 소재나 텍스쳐 연구, 형태/색채론, 리듬, 강한 형태등이 그 콘트라스가 주는 영향이라는 관점에서 논해져서, 표현되었고, 다른 과제와 결합된 경우도 있다. 이텐은 명암연구, 재로와 질감에 관한 실기, 형태와 색채수업의 방법으로서 생각할 수 있는 모든 대비들을 끄집어내어 끝까지 공부하게 했다. 대비에 관한 학습을 단지 조형적인 문제로서만이 아니라, 또한 세계관의 차원을 확장시키는 것으로 보았다. 그는 대비의 극점에서 모든 존재의 관계성을 보았다.

이를 통하여, 전공 공방을 위한 예비학습으로서 해야만 하는 재료에 관한 폭넓은 견해를 가질 수 있었다. 이러한 연습에 더하여, 자연을 제재로 한 습작이나 나체화의 뎃상도 주어져, 역사적 거장들의 작품 분석등도 세세함 점에 이르기까지 철저하게 검토되었다.

3-2. 앨버스의 예비과정 23-33

23년부터 예비과정의 일부를 담당하고, 모홀리나기가 떠난 28년 이후는 예비과정을 혼자가 가르쳤다. 앨버스 수업에서 가장 중시된 것은 주어진 재료를 철저하게 연구하는 것으로, 가능한한 소재의 특성을 살려서 필요없이 이용해내는 것을 요구받았다. 이러한 물질 소재를 테마로 한 연습은 특히 후의 공방작업의 준비로서 도움이 되었다. 그 외에도 3차원성이나 운동의 흐름을 어떻게 표현하는가에 대한 문제나 구조/형태/색채의 콘트라스트를 이해하기 위한 습작을 그리는 것이 수업 테마였다.

앨배르스는 뎃사우에서 행한 〈실작적 형태 강의〉 원리를 그 자신이 28

년에 [바우하우스지]에 동일 이름으로, 다음과 같이 서술하였다. [적어도 초보 단계에서는—발명적인 제작이나 무언가를 발견하는 힘은—방해되거나, 영향을 주거나 하는 일 없이, 선입견 없는 시행에 의해 계발되는 것이다. 그것은 재료를 유희적으로 무목적적으로 손으로 하는 시도이다.…… 시도하는 것은 배우는 것에 우선하고, 유희적으로 시작함으로 대담함이 나올 수 있다. 처음은 될 수 있는대로 공구를 주지말고, 재료만 주도록 한다.] 16

학생 측 기록에 의하면 앨버스는 자신의 코스 참가자에게 엄격하여 간혹 과혹한 정도로 극단적 규율을 강요한 것을 알 수 있다. 한편 초보 조형가에 있어서, 문제를 깊이 생각하여 합리적이며 경제적으로 해결하는 것을 배운다는 성과도 있다. 결과적으로 바우하우스 교육 성과안에서, 오늘날에 이르기까지 가장 영향력이 크다.

3-3. 모흘리나기 수업 23-28

구성주의적인 화가인 모흘리나기는 23년 잇텐의 후임으로 바우하우스에 초청되었으며, 바로 그 즈음 〈예술과 기술—새로운 통합〉이른 표어 아래 신 방침을 정한 그로피우스의 분신같다고 일컬어지나, 잇텐과 완전히 유리된 입장만은 아니었다.

그가 바우하우스 총서로 출판한 『재료에서 건축으로』에서 예술교육에 관한 사상을 표명했는데, 청년들이 [오늘 대부분이 주위 세계나 인간에 대한 태도나 자신의 일의 주제, 내용과의 관계를 명확히 하지 않은 채, 일종의 지식만을 습득하는 전통적인 전문과정에 몸담게 되는] 것이 문제라며, [… 바우하우스는 교육 초기에 〈전문학과〉를 두지 않고 자연스럽게 생활 전체를 파악하도록하여 이 결점을 제거하려하였다]고 기초과정에 동의하며, 그가 전제로 한 것은 모든 인간은 창조행위의 능력이 있다는 관점이며, 이 능력을 기초교육에서 개화시키는 것이 중요하고 생각하였다. 모홀리나기의 조형 교육 사상에는 잇텐이나 당시 교육개혁이론 일반에서와 마찬가지로 휴머니즘이 전제가 된다. 단지 근대기술을 포섭해야한다는 의식이 강조된 점만이 다른 것이다.

수업 내용은 시각적 촉각적 연습에 습득된 소재를 체험적으로 파악하는 방법이 그의 〈일반기초이론〉의 주요 테마였고, 그의 개인적 스케치도 3차원적 구성을 취급하는 연습에 의한 공간 경험이 포함되어 있었다. 신체와 공간의 관계를 분석하는 그의 개인 작업은, 구성으로 모습을 바꾸고 있다. 나무, 금속, 유리, 철선이라는 가장 간소한 재료를 사용하여, 밸런스가 잡힌 구성을 조직하는 것을 요구한다. 그 결과 동시에 정지된 형태나 프로포션, 긴장도의 제 문제를 테마로, 콘트라스트의 균형이나 척도의 비례를 문제로 의식화되어, 나아가 개개의 소재에 대한 기본적인 이해도 시도되었다.

3-4. 칸딘스키의 수업 22-33

칸딘스키는 22-33까지 있어서 앨버스와 함께 최장기 재직하였다. 기초교육의 필수과목이었던 그의 코스는 문헌상 자주 〈분석적 뎃상〉 〈형태론〉 〈색채세미나〉라 불린다.

그는 바우하우스에서 회화의 분석이라는 강의를 하였는데, 그 목적은 단지 분석을 위한 분석이 아니라, 도리어 종합을 위한 분석이었다. 그것은 그가 회화를 그리면서, 항상 종합예술로의 연극작품을 구상한 것으로도 알 수 있다. 하지만 그는 슈렘머 등과 달리, 바우하우스 내에서 그것을 적극적으로 상연하려 하지 않았다. 자신의 활동은 어디까지나 회화 분야로 한정하여, 그 경계를 넘지 않았다. 종합적인 예술활동으로의 무대 예술이나 또 러시아에서의 회화분석을 행하는 예술연구소를 꿈꾼 그였지만, 그러한 종합예술을 실현하는 집단으로의 바우하우스와 교육조직으로의 바우하우스는 역시 별도, 다르다고 생각한 것이리라. 그에게 바우하우스는 학교 조직(게제르샤프트)이며, 그 자체가 개성적인 창작 활동을 하는 것은 있을 수 없었다. 창작활동은 어디까지나 개인 활동, 혹은 그에 준하는 공동체집단의 활동인 것이다.

바우하우스에서 칸딘스키의 조형이론은 기본적으로 추상적인 형태요소로의 인도와, 분석적 뎃상의 과정의 두 가지로 이루어진다. 그의 교육 프로그램 부분은 바우하우스 총서9 [점, 선, 면] (1926)에서 논하듯이 시스테마틱한 방법으로 시각적 제 문제가 취급하는데, 기본적인 회화의 요소인 점과 선, 그리고 3개의 기본적인 형태인 원 삼각형, 정방형이 연구 대상이 되었다. 이는 점 선 면에서 시작하여, 평면기하학의 기초도형으로의 원 삼각형 정방형으로, 나아가 이에 입체기하학적으로 대응하는 구, 원추 입방체로 이어진다. 시각적 요소의 분석은 최종적으로는 통합, 즉 합목적적인 〈구조〉와 예술적인 〈콤포지션〉으로 도달하게 된다.

나아가 색채라는 미적 종합이라는 관점에서도 고찰되었다. 11년에 출간된 [예술에 있어서의 정신적인 것에 대해서] 안에, 칸딘스키는 독자의 색채론을 피력하였고, 25년 이후에는 이 이론을 색채와 형태의 제 관계의 현상학으로 넓혔다.

3-5. 클레 수업 21-31

그는 21년에 초청되어 31년 뒤셀도르프 미술학교로 옮기기까지, 예술적인 형태를 위한 기본과정과, 바이마르 섬유 작업장의 형태 마이스터로서 영향을 끼쳤고, 27년부터는 순수회화 수업을 이끌었다. 클레의 매우 포괄적인 교육이론에 관한 문서는 일부만 간행되었는데, 그의 교재가 가장 질적, 양적으로 훌륭하게 기록되어 있다. 이들 강의노트를 비롯한 집필활동을 포함한 그의 폭넓은 교육활동을 통하여 바우하우스에 근본적인 영향을 주었다.

파울 클레는 10년 이상의 기간, 칸딘스키와 마찬가지로 자유로운 예술가 측에 서서, 그 활동의 조직이나 원리에 적극적으로 관여하였다. 기초과정의 구조 안에서도 그는 초청 후, 먼저 콤포지션 연습을 담당하였는데, 그 방법론은 점 선 면에서 출발하여 공간으로 폭을 넓히면서 클레는 나아가 분석적 뎃상이라는 커리큘럼의 큰 구조안에서 학생들로 하여금 구조나 리듬, 움직임을 연구시키는 것이다. 그 안에서 자신의 회화를 분석하였다. 이어서 〈조형적 형태론〉으로 이행하여, 이를 21년 이후 지속적으로 발전시켜갔다. 이는 클레 자신이 25년 [교육 스케치북]에 자세히 적어놓았는데, 예들 들어 선과 그 바리에이션 등 운동의 조형적 구조라는 기본적이며 형태적인 방법이다. 그외 색채론은 괴테는 물론, 화가 들로크로와, 칸딘스키의 이론에서도 영향을 받았다.

강의 내용의 기록이나 강의 노트에 의하면, 초기에는 클레 수업은 실습은 아니고—자주 시각적 시적으로 표현된—강의 성격이 강하였다. 이 코스는 28년 이후—필수기초교육의 외부에 설정된 형태로—〈자유회화조형〉이라 이름매겨진 코스가 되었다. 이는 후(미스 반데 로에 시기)에, 칸딘스키와 함께 〈자유회화클래스〉가 되었다.

3-6. 오스카 슐렘머의 수업 〈인간〉 27-29

오스카 슐렘머 작품 [바우하우스의 계단]은 바우하우스 아카이브의 전 관장 뷩글러의 [DAS BAUHAUS]의 첫장에 실려있듯이, 바우하우스의 상징이 된 작품이며, 바이마르 바우하우스의 계단실에도 슐레머의 벽화와 부조가 있었는데, 이것은 철거되었다가, 전후 복원되었다.

그러한 오스카 슐렘머의 수업 〈인간〉은 이미 21년에 추가되어, 그가 담당하였던 나체뎃상을 바탕으로, 거기에서 인체 뎃상과 인간학적인 강의가 발전하는 형태로 27-28년에 완성된 내용으로, [그는 바우하우스 교육의 핵심 혹은 피라미드의 정점이 된다고 생각한다. 이는 예비과정에서 색채와 형태의 탐구, 또 칸딘스키와 클레가 가르친 것을 인간의 조형으로 이끌고, 그 표현에서 중요한 것은 형태 분석만이 아니다. 본질적으로 〈인간〉 개념의 전체성이, 그리고 그 자연과학적, 사회경제적, 나아가 특히 세계관적인 문맥에 도입하는 것이 문제였다]

슐렘머의 수업 〈인간〉은 인간을 다양한 각도에서 보편적인 규격이나 기준안에서 분석해냄으로, 새로운 우주론적인 인간학을 모색하려는 시도였다. 인간의 육체, 행동, 사고나 감정에 내재한 원리와, 자연환경전체와의 차이에 보이지 않는 법칙을 찾아내어, 이들을 재구축함으로써, 인간과 공간의 새로운 시스템의 프로그램을 획득하려고 하였다. 조형적으로는 인체의 외관적인 구조의 프로포션을 분석하는 인체화가 그려진다. 육체는 일단, 선과 면에 의해 기하학적으로 구성된 도표 공간 안에 표기된다. 그 과정은 해부학적이기도 하다. 또 골격의 구조를 잡고, 근육의 움직임을 관절로 분절하여 운동 메카니즘을 탐구한다. 이어서, 생물학적인 인체의 각 기관의 기능의 분석, 나아가 심리학적 철학적으로 이들을 [우주모델]로 조직해간다.

3-6. 요스트 슈미트의 수업 25-32

요스트 슈미트는 뎃사우에서 조각공방의 지도자였으나, 헬베르트 바이어가 바우하우스를 떠난 이후 28년 이후는 인쇄공방을 담당하였고, 25년부터는 예비과정의 커리큘럼에서 레터링 수업을 담당하였다. 슈미트는 레터링 수업을 기초적인 조형교육으로 발전시켰고, 오스카 슐렘머가 떠난 29년, 슈미트는 〈인간〉론의 커리큘럼에서 형상 뎃상과 나체 뎃상의 지도도 이어받았다. 주로 수업 내용은 〈포스터를 위한 디자인안을 위한 과제〉, 〈인체 프로포션〉, 〈오스트왈트의 색채연습〉, 〈타이포그래피 습작〉 등이다.

이들 외에 겨울방학에 바우하우스 학생들의 요청으로, 개설된 22−23년 겨울 세미나, Ludwig Hirschfeld−Mack 색채세미나가 있다. 괴테의 색채체계에 보이는 질서 원리를 테마로 한 강좌 등이 있다.

4. 오늘날에도 유효한 바우하우스의 진정한 이념적 가치

이념에 관하여 논하기에 앞서, 이념 표출과 충돌로 유명한 사건, 즉 합리적 기능주의적 방향으로 노선 변화의 계기가 된 그로피우스와 잇텐의 갈등과 이념변화에 대해서 살펴봐야할 것이다. 이는 사실 대립이라기보다는 그로피우스 내부의 시대 상황에 따른 입장 변화로도 볼 수 있다.

4−1. 잇텐의 퇴진과 변모하는 교육목표

초창기 그로피우스 자신이 안고 있던 바우하우스 상은 중세 고딕의 대성당을 모델로 하여, 그곳에 제 예술을 통합하려한 새로운 예술가의 공동체를 창설하자는 것이었다. 내용은 복고적이나, 어투는 과거 예술을 찬미하면서, 이를 제작한 건축가들의 조합 바우휘테를 찬미하여, 이에 필적하는 새로운 정신적 공동체에 의해 미래의 예술 정신의 실현을 꿈꾸었다는 극히 낭만적인 자세이다. 더구나, 이러한 이미지를 조장한 것은 표지의 파이닝거의 표현주의적 목판화로, 그 제목 〈사회주의의 대성당〉이 표지에 기입되지 않아서 읽는 이로 하여금 선언내용을 상징하며 바우하우스 그 자체의 상징이라는 인상을 받게 한다.

그로피우스가 이러한 바우하우스의 이미지를 의도하였는지는 모르겠다. 그로피우스에 있어서 예술은 가르칠 수 없는 것이며, 배울 수도 없는 것으로, 결국 바우하우스는 예술작품의 제작기술을 배우기 위한 기관에 그친다. 예술 창작 그 자체는 선생이든, 학생이든 각자가 담당하는 것이다. 잇텐이 바우하우스에서 꽤 자유롭게 행동할 수 있었던 것도 이러한 사고 때문이며, 파이닝거는 수업도 없이 학생도 담당하지 않으면서도 바우하우스에 있을 수 있었다. 창설기의 바우하우스의 표현주의적인 양식과 분위기는 이러한 상황에서 탄생하였다.

반면 빈에서 자기 학생들을 이끌고 온 잇텐은 바우하우스에서 유일하게 교사 경험을 지닌 자로서, 그로피우스와 반대로 가르치는 예술교육을 실천해갔다. 또 논란이 되는 신지학이라는 유사종교에 대한 잇텐의 관심이나 예술에 대한 생각은 잇텐만의 독자적인 것이 아니라, 세기말부터 많은 지식인, 예술가들 사이에 큰 영향을 준 것이었다. 그로피우스는 1923년 논문에서 잇텐의 심신일치 방법(신지학의 방법론을 가미한 예술수업 방법)을 긍정할 정도이기에, 잇텐의 생각이나 시도에 처음부터 반대였던 것은 아니나, 잇텐이 지나치게 그 신비적인 분위기를 강조하거나, 학교 안에 종교적인 그룹을 결성하여 이를 교실 안까지 들고 온 것에 대해서는 반발하였고, 바우하우스 공방이 실습과제를 학교 외에서 수주하느냐 아니냐라는 문제를 둘러싸고 대립하게 된 것이다.

특히 후자의 문제는 결국 바우하우스의 목적이 작가 자신으로 향하는 예술인가, 혹은 일상의 환경이라는 외부세계도 조형의 대상으로 하는 디자인인가라는 문제로 귀결된다. 사실 이 예술과 산업의 관계, 혹은 교육과 생산의 관계를 둘러싼 문제는 바우하우스 창설될 때부터 내재하는 과제였다. 또한 잇텐의 수공작에 대한 생각도 같은 구조에 있다. 그는 일련의 공방에도 열심히 관여하여, 공방에도 그의 영향력이 확실히 미칠 정도로,

공방 수업을 매우 긍정하였다. 하지만, 그는 제작 그 자체를 단독으로 강조하거나, 또 공방 제작을 현실사회의 생산/노동과 연결하는 사고에는 반대하였다. 그는 어디까지나 [예술/ 손 /노동작업(미술공예)의 통일, 즉 사고/ 감각/ 신체의 제 능력의 통일적 육성을 교육일반과 마찬가지로 미술/공예교육에도 일관할 것을 주장한 것이다.

이 대립은 이미 그 1년 전부터 표면화하였다. 칸딘스키 초청에 관한 22년 6월 26일의 마이스터 회의록에는 다음과 같은 기록이 있다. [형태 마이스터의 현재의 구성과 그 장래가 논의되었다. 바우하우스 교육과정을 변경할 수 없는 고정된 형식이라 생각해서는 안된다는 것이 강조되었다.] 그리고 마이스터들에게 23년 2월 13일 날짜의 3페이지로 이루어진 회람장에는, 그로피우스는 새로운 시간표를 제안하였는데, 그 목적은 특히 [하루 종일, 예비과정의 학생을 마이스터 감독 아래 배우게 하는 것이다. 물론 그러한 일을 한명의 마이스터에게 맡기는 것은 불가능하여, 분담하지 않으면 안된다. 신입생에게는 공방과정에 들어가기 위해서 반드시 채우지 않으면 안된다고 엄한 요구(필수)로 하는 것은 유익하다고 믿는다.] 따라서 이 시점부터 예비교육의 책임이 여러명에게 분산되도록 계획되었으며, 실제로 요하네스 잇텐이 떠난 뒤, 그렇게 되었다.

1922년 그로피우스는 새로운 슬로건으로 [예술과 공업기술— 새로운 통일]을 내걸고, 나아가, 1924년 여름의 바우하우스 생산의 제 원칙에서 바우하우스와 그 후의 기본방침을 공식적으로 표명하였다. [진보하는 기술이나 새로운 소재, 새로운 구조의 발견과 끊임없는 접촉을 유지함으로서, 조형활동을 행하는 인간은 대상을 전통과의 생생한 관계 안에 찾아내고, 거기서부터 새로운 공작관을 발전시켜가는 능력을 획득한다. 기계나 타는 것(차 종류)의 활기 넘치는 환경과의 확고한 관계. 어떠한 일을 고유의 법칙에 따라, 로맨틱화하지 않고 유희없이 조형하는 것. 전형적이며 누구나 이해할 수 있는 기본형태/기본색채로 한정하는 것. 다양성 안의 단순함. 공간/재료/시간/자금의 낭비없는 이용]

그렇다면 그로피우스는 예술과 산업의 통일을 외치며, 기초과정을 공방생산을 위한 전단계로 변모시킨 것인가?

5. 바우하우스에서의 기초조형 이념

그로피우스와 잇텐의 근본적 이념은 다른 것인가? 휴머니즘과 창의적 면을 중시하며 독자적 위치를 점하던 기초과정을 갖고 있던 잇텐은 그렇다치더라도, 그로피우스는 기초과정을 어떻게 생각한 것이었나. 먼저 [기초조형이란 무엇인가]라는 기초조형의 개념을 살펴보고자 한다.

5-1. 교육도를 통해 살펴본 기초조형 이념

바우하우스의 교육 모형을 시각화한 것이 바로 그 유명한 바이마르 시기에 그로피우스가 작성한 구성도이다. (그림1) 반면 데사우시기에 클레가 작성한 구성도는 앞선 그림이 동심원의 중심에 모든 예술과 공방 작업을 통합으로'건축'을 둔 것과 달리,'건축'과 함께 바우하우스의 '무대 공방 工房'을 써넣었다. 무대공방은 다른 공방과 성격이 많이 달랐는데, 그로피우스는 무대공방이 근본적으로 형이상학적인 동경에서 생겨났고, 따라서 감각을 넘어 이념을 감각화하는 구실을 한다고 이야기했다. 그로피우스는 이러한 무대 작품의 의미를 건축 작품에 대비되는 또 하나의 온갖 조형 활동의 종합화로 대치시킨 것입니다. 게다가 건축 공간이 생활과 노동을 포함한 일상성의 세계라면, 무대는 인간의 형이상학적 동경, 즉 비일상적인 세계, 바꿔 말해 일상생활을 재생하기 위한 축제 공간이라는 종합성의 세계의 위치를 차지한다. 클레의 구성도는 그로피우스가 설계한 데사우 바우하우스 건물의 무대 공방의 배치나 그로피우스의 사상을 도상화한 것이다.

〈그림 1〉 그로피우스작 교육과정

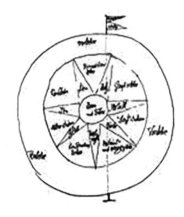
〈그림2〉 클레작 교육과정

　그림3은 1928년 데사우에서 클레가 그린 바우하우스의 구성도이다. 위쪽과 아래쪽에 각각 원이 수직으로 연결되어, 맨 아래의 원이 건축이고, 맨 위의 원이 무대이며, 그 사이의 사각형이 기초교육과정이다. 그 사이에 작게 스포츠가 있다. 기초교육 과정 왼쪽에는 예술이, 오른쪽에는 '정밀한 지식', 즉 과학이 있다. 건축 둘레에는 여러 공방이 자리 잡고 있어, 생활세계를 형성하는 건축과 그에 관련된 여러 디자인 영역이라 할 수 있다. 건축 수업에 포함될 수 있는 도자기, 제품, 가구 등의 세계, 혹은 사진과 광고 등 인쇄를 통한 커뮤니케이션의 세계 등은 일상의 세계를 형성하는 것이며 일상의 세속적 세계이다. 이에 비해 무대는 가장 위에 있기에 비일상적인 성스러운 것, 즉 축제의 세계로 자리 잡고 있다. 여기가 핵심은 그

일상성과 비일상성을 잇는 중심에 기초교육 과정이 있다는 점이다. 이는 기초교육 과정이 일상성을 비일상성으로 매개하여 일상성의 재생을 이루는 매개자라고 해석할 수 있다. 즉 기초조형과정은 일상과 비일상, 그리고 예술과 과학의 매개자이자, 양의적 존재이자, 전체적 융합의 핵심으로 규정한 것이다. 즉 오늘날 우리가 알고 있는 삼각형 피라미드 구조의 하위영역- Basic영역이 아니라는 것이다.

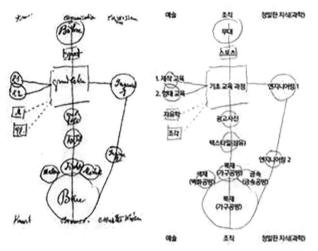

〈그림3〉 1928년작 클레의 바우하우스 구성도

현재 무대공방은 예술, 아트로 이어지고 있다. 즉 배경 막은 회화로, 무대장치였던 모흘리나기의 빛 공간 장치는 설치미술의 계보를 이루며, 무대에서의 공연은 현대의 퍼포먼스 아트의 시초라고 볼 수 있다.

이러한 기초과정을 토대를 이룬 이텐이 점차 표현주의적인 성향과 동양적인 신비주의에 경도되어 학교를 떠난 후, 이 기초교육 과정의 지도는 요제프 알베르스와 라슬로 모호이너지가 계승하여 점차 디자인 교육의 '기초교육 과정Grundlehre'으로 자리 잡았다. 이텐에게서 배운 알베르스는 이텐의 방법을 토대로 삼아 독자적인 기초교육의 세계를 구축했고, 이를 바탕으로 모호이너지 또한 독자적인 기초교육의 방법론을 만들어갔다.

그로피우스는 기초교육 과정에서는 되도록 향후 산업디자인과 기계 시대의 디자인을 떠받칠 기초를 가르치길 바랬고, 알베르스의 기초교육이나 모호이너지의 방법론도 그러한 방향으로 전개됐지만, 잘 보면 각 방법론의 바탕에는 이텐이 제기했던 '신체적'인 그리고 '생명적'이라 할 수 있는 여러 감각에 뿌리를 둔 창조적인 계기이자 근원적인 것으로 거슬러 올라가는 전개를 중요한 근본 원리로 삼고 있다. 그들 방법론은 한편으로는 분명히 공업 생산과 연결된 구체적인 디자인 개발을 뒷받침하는 조형상의 실험적·발전적인 원천으로써 공헌했지만, 그러한 원리와 제작을 파괴해가는 것과 같은 경계 초월성을 끊임없이 잉태했던 다의 원천이기도 했다. 그런 의미에서 기초교육 과정이라는 것은 양의兩儀적이면서 다의적이었습니다. 따라서 기초교육 과정은 반드시 사회의 산업화라는 일상성 세계에 대한 공헌, 즉 디자인 전공교육의 베이직 과정이라는 벡터 Vektor(궤도)로의 지향성뿐 아니라, 끊임없이 그것을 돌아보고 끊임없이 그것을 해체하고 재생해간다는 비일상적인 축제적 구조가 있었던 것이다. 이러한 양의성에는 이들 클레, 칸딘스키 등 색채수업 등을 담당한 바우하우스 화가들의 역할도 컸다.

5-2. 기초조형의 이념의 핵심 : 다원성와 전체성

디자인이 자연과의 공생 이념을 바탕에 두고, 인간의 [생]의 전체성에 관한 생활세계형성의 과제를 목표로 하는 것이라면, 디자인은 자연과학과의 연대뿐 아니라, 나아가 인문, 사회과학을 포함하는 광의의 정신과 관련된 모든 학문과의 견고한 연대를 지닌, 종합적인 새로운 디자인의 지

(知)의 존재형태, 전체성과 횡단성을 갖춘 모습이 요구되고 있다. [기초조형]은 분리된 각 디자인 영역을 통합하는 하나의 계기로 볼 수 있다. 왜냐하면 기초조형은 인지의 문제, 지각의 문제를 포함하고 있고, 이 지각의 문제는 모든 학문의 근원을 이루기 때문이다. 오늘날 기초조형은 각 디자인교육의 전단계로서, Basic design으로 인식되어 왔으며, 이 또한 형태교육에 집중되고 있으나, 기초조형 모태인 바우하우스에서부터 기초조형의 본질과 의미성을 재검토해보고, 전체성, 횡단성을 요청받은 21세기에 필요한 기초조형의 수맥을 찾고자 한다. 그 결과 기초조형의 본질에 건축이라는 생활의 일상성과 무대라는 비일상적 축제성을 매개하는 기초조형의 역할을 찾을 수 있었으며, 생의 전체성을 지향하는 바우하우스에서 기초조형에 대하여 다시 환기하였다. 기초조형을 통하여, 새롭게 일상과 비일상, 디자인과 아트, 그리고 디자인의 전체성과 양의성, 다의성을 회복할 수 있을 것이다.

5-3 바우하우스 교사들의 전체성, 다원성

교육과정 프로그램 방향만이 이러한 전체성을 지향한 것은 아니다.

그 안에서 참가한 디자이너나 건축가, 화가들이 이러한 전체성, 다양성을 전제하고 지향하고 있었다. 그들의 활동은 결과로서 보면, 전위적 조형운동, 새로운 교육활동 등 다면적이었으며, 바이마르에서 뎃사우로 교사를 이동하였고, 마지막은 베를린에서 끝나고 있는 등, 그 성격도 매우 변동적이었고, 자유도와 허용도를 갖고 있었다. 그리고 이러한 자유도와 형용도를 지닌 바우하우스는 단지 그로피우스의 강령인 〈예술과 산업의 통일〉로 상징되는 합리적 기능적인 목적 수행의 기관, 조직은 아니고, 다양한 개성의 집단이며, 제작 공동체였던 것이다.

특히 기초과정을 담당하였던 교수들의 전체성, 다양성 지향은 괄목할 만하다.

잇텐 자신을 자신의 예비과정을 [새로운 이념이 예술적 조형의 형태를 취해야한다면, 신체적 감각적 정신적 지적인 모든 힘이 또 같이 준비되어, 협동하지 않으면 안된다. 이들 동찰은 내 바우하우스 교육의 소재와 방법을 광점위하게 규정해준다. 그것이 의미하는 것은 인간을 그 전체성에서 창조적 존재로 만들어내는 것, 즉 내가 마이스터회의에서 반복하여 주장한 프로그램이다] 이라 회고하였듯이, 그의 교육이론의 핵심은 전체성이다.

23년에 잇텐이 떠난 후에, 바우하우스 기초교육은 그 창립기의 휴머니스틱하고 보편주의적인 지향성을 다시 획득할 수 있는지 없는지가 불투명해졌다.

슐렘머의 교육 프로그램은 작도적= 형태적, 그러면서도 자연과학적=생물학적, 그러면서 심리학적=철하적인 것이었다. 명백히 그 철학적인 기초에 전적인 시각을 지녀, 슐렘머는 어느 일정 법칙에 있어서, 요하네스 잇텐에 의해 초기의 바우하우스에 각인된 보편주의로 다시 연결시켰다. 확실히 잇텐뿐 아니라, 클레, 모흘리나기도 각각 매우 특수한 방법으로 인간을 시야에 넣고 있었다. 하지만 슐렘머 이외 어느 누구도, 이토록 인간을 이론의 중심에 두고, 적어도 그 지향성에 있어서 바우하우스의 근본적 요구에 답한 이는 없다.

6. 맺음말: 바우하우스 기초조형의 오늘날의 의미성

[바우하우스 이념]이라는 단어를 사용한 것은 3대 학장이 된 미스 반 데로에이며, 그 후 많은 이들이 이 단어를 사용하였으나, 반드시 명확한 것

은 아니고, 지금에서 보면, 그 구성원 한명 한명이 각각의 시기에 그려낸 예술이거나, 바우하우스에 대한 자신의 생각이나 이미지를 작성한 것이었다. 즉 바우하우스가 낭만적이며 신비적이었던 것은 아니고, 바우하우스 초기 구성원이 낭만적이고, 신비적이며, 표현주의적이었던 것이다.

그로피우스는 후에 런던 강연(1968년 9월 20일)에서 바우하우스를 단지 실리주의적인 디자인 방법을 가르치는 학교로 보는 것은 오해이며, 거기서 교사들은 협력하며(시각적인 조형)의 객관적인 문법을 만들어내려고 노력하였으며, 다양한 의견의 다름을 연결하는 연결고리는 〈조형 철학〉이었다고 말하였다.

오늘날 디자인을 둘러싼 사회적, 경제적 상황은 바우하우스의 시대와는 전혀 다르다. 기술과 정보의 현저히 발달한 현대사회에서, 산업적 발달을 바탕으로 디자인이 이룩한 역할은 크다. 하지만, 그 반면에 우리들 주변의 디자인 대부분이, 기술주의와 상업주의의 지배하에 놓인 위기를 안고 있는 것도 놓쳐서는 안된다. 이러한 상황안에, 디자인의 사회적 역할을 재확인하기 위해서는 과거의 바우하우스에서 교사들간의 연결고리가 되어준 〈조형 철학〉을, 새로운 시각 아래 디자인 철학으로 확립해가는 길이라 생각한다.[2]

---

2 본 연구는 2018년도 봄 인문예술대학 학술대회 발표한 글이며, 학술지 '기초조형학연구' 19권6호(통권90호)에 게재하였다.

4차 산업혁명 시대의 의사소통 교육 방안

−다문화 배경 학습자 대상의 'SNS'와 '역할극'을 활용한
의사소통 교육 교수·학습 모형과 방안을 중심으로−

권화숙 (세명대학교 미디어문학부 교수)

I. 머리말

4차 산업혁명에 따른 디지털 기술 혁신은 교통이나 통신 분야뿐만 아니라 인문, 사회, 자연, 과학 전 분야에 걸쳐 큰 영향을 미치고 있는 하나의 사회 현상이라 할 수 있다. 이에 따른 '모빌리티 전환'(mobility turn)은 삶의 양식 자체를 근본적으로 바꾸며 사회를 인식하는 구조적 틀까지 변화시키고 있다. 4차 산업혁명에 따른 이와 같은 변화는 한국 사회의 구조 및 인식 변화에 어떻게 대응해 나갈 것인가에 대한 화두를 던져 주고 디지털 기술을 전략적으로 활용하여 사회 변화의 여러 측면에서 효율적으로 대응하고 발전시켜 나갈 방안 모색에 천착하게 한다.

4차 산업혁명에 따른 인터넷과 모바일의 급속한 보급은 글로벌화를 앞당겼고, 인터넷이라는 플랫폼을 통한 지식과 정보의 교류는 더욱 활발해지고 이러한 사회 변화와 함께 커뮤니케이션 능력은 날로 중요해지고 있

다. 네트워크와 인터넷의 사용이 일반화되면서 물질적으로 다른 시간대, 다른 공간에 살고 있는 사람끼리 대화를 하고 정보를 주고받을 수 있게 되었다. 이뿐만 아니라 인터넷은 우리의 문화, 경제, 오락, 교육, 정치 모든 분야에서 가장 중요한 매체와 내용으로 자리 잡았다. 최근 과학 기술의 발전과 모바일의 증가에 따라 사용자들이 SNS(Social Network Service) 사이버 공간 안에서 시간과 공간의 한계를 넘어 다양한 사람들과의 커뮤니케이션 활동이 가능해졌다. SNS는 사회적 네트워크 구축을 용이하게 하는 온라인 플랫폼으로, 사람들 간의 관계 형성과 유지를 용이하게 하는 데 중요한 역할을 하고 있다. 이로 인해 사람만의 고유한 영역인 '소통'이 중요해지고 있다. 인터넷 기반 미디어가 빠른 속도로 발전함으로써 과거 일방적인 미디어 송수신 방식에서 일반 사람들과 쌍방향 소통 미디어로 전환되었다.

이와 같은 의사소통 방식의 변화와 함께 사회문화적, 교육적 측면에서 관심 있게 접근해야 할 또 하나의 중요한 사실은 최근 우리 사회가 다문화 사회로 진입해 있다는 것이다. 학교 교육 현장 안에 언어적·문화적으로 다양한 배경을 가진 다문화 학생의 수가 급증하게 됨에 따라 다문화 학생들이 의사소통의 단절, 학습 부진, 정체성 혼란, 학교 폭력 등의 문제로 인해 학교생활에 적응하지 못하는 현상 또한 증가하게 되고 우리 사회의 구성원이 될 다문화 배경 학습자들의 학교생활 부적응에 대한 우려의 목소리가 커지고 있음을 간과해서는 안 될 것이다.

다문화 배경 학습자들이 학교생활에 잘 적응하고 사회 구성원으로서의 역할을 원활하게 수행해 나가기 위해서는 우선적으로 필요한 것이 상황에 맞는 원활한 의사소통일 것이다.. 이를 위해서는 무엇보다도 교육적 차원에서의 관심과 실제성 있고 효율적인 교육이 이루어져야 한다.

이에 본 연구는 학습자 스스로가 문제의식을 가지고 문제를 협력적으로 해결해 나가는 과정을 통해 자기 성찰, 내면화, 생활화까지 가능하도록 유도함으로써 의사소통 능력을 함양을 하는 데에 궁극적인 목적을 둔다. 이를 위해 본 연구에서는 한국의 학교에서 공부하고 있는 중고급 수준의 다문화 배경 학습자들을 위한 'SNS'와 '역할극'을 활용한 효율적인 의사소통 교육 교수·학습 모형을 제안해 봄으로써 효율적인 의사소통 교육을 위한 방안 마련과 향후 교육 현장에서 이를 활용할 수 있는 근거를 마련하는 데에 목표를 두고자 한다.

이에 본 연구에서는 다문화 배경 학습자를 포함한 청소년들의 활발한 의사소통의 수단인 SNS 언어 사용 실태를 알아보고 다문화 배경 학습자를 위한 의사소통 교육의 필요성과 이를 바탕으로 한 다문화 배경 학습자를 위한 효율적인 의사소통 교육 방안에 대해 교수 학습 모형을 제시함으로써 논의해 보기로 한다.

2. 청소년의 SNS 언어 사용 실태와 다문화 배경 학습자를 위한 의사소통 교육의 필요성

온라인을 통한 의사소통은 동시적인 의사소통과 비동시적인 의사소통으로 구분한다. 동시적인 의사소통의 예로는, 인스턴트 메신저, 채팅, 전화 등을 통한 상호작용이 있고, 비동시적인 의사소통으로는 전자메일, 게시판, 소셜 네트워크 서비스(Social Network Service; 이하 SNS), 단문 메시지 서비스(Short Message Service; 이하 SMS) 등이 있다. 다양한 종류의 미디어를 통한 컴퓨터 매개 커뮤니케이션(Computer-mediated Communication; 이하 CMC)은 급속도로 확장되고 있다. 특정한 관심이나 활동을 공유하는 사람들 사이의 관계망을 구축해 주는 온라인 서비스인

SNS는 최근 페이스북(Facebook)과 트위터(Twitter) 등의 폭발적 성장에 따라 사회적. 학문적인 관심의 대상으로 부상했다. 신상 정보의 공개, 관계망의 구축과 공개, 의견이나 정보의 게시, 모바일 지원 등의 기능을 갖는 SNS는 서비스마다 독특한 특징을 가지고 있으며, 따라서 관점에 따라 각기 다른 측면에 주목한다. SNS긍정적인 측면에서 일상의 많은 영역에 기여하는 바도 적지 않으나 부정적인 측면에서 많은 문제를 야기하고 있는 것 또한 사실이다.

현재 청소년의 SNS 대화는 언어와 비언어의 구분이 없이 자신의 의사를 빠른 속도로 공유하고 있다. 모바일 메신저를 통해 이루어지는 커뮤니케이션은 매개 SNS 커뮤니케이션의 특징에 따라 직접 대면하지 않은 채 (Mediated Communication)로 소통이 이루어지게 된다. 비언어적 요소가 부족한 매개 커뮤니케이션 환경에서 문자 메시지로만 의사소통을 하게 된다면 상대방의 신체 언어, 몸짓 그리고 얼굴 표정 등을 직접 볼 수 없기 때문이다 이는 미세하고 복잡한 감정 표현을 정확히 인지하는 데 한계가 있어 상호 간 커뮤니케이션의 오류를 불러일으키기도 한다. 이러한 한계를 극복하기 위해 청소년들은 이모티콘을 사용한 감성 커뮤니케이션을 의사소통의 요소로 활발하게 사용하기도 한다. 새로운 이모티콘이 속속 등장하고 있으며 한국에서만도 수많은 이모티콘이 인터넷 언어로 사용되고 있으며, 인터넷 표현법이 우리말, 우리글을 오염시키고 파괴한다는 지적도 꾸준히 제기되고 있다. SNS의 참여, 공유, 개방적 특성이 사회와 소통에 긍정적 기여를 불러오는 동시에 역으로 사이버 불링, 사생활 침해, 중독 현상 등 심각한 인권침해 및 사회적 비용을 초래할 수도 있다. 특히, SNS의 빠른 보급과 높은 이용으로 인해 이와 관련된 문제들을 호소하는 청소년들의 증가세가 사회문제로 대두되고 있을 만큼 SNS가 청소년에 미치는 부정적인 영향은 심각한 수준이다.

우리나라 10대의 100.0%가 인터넷을 이용하고 있는(한국인터넷진흥
원, 2016) 상황에서 청소년의 SNS 중독이 중요하게 다뤄질 것으로 예상된
다. 통계청과 여성가족부(2017)의 자료에 따르면 2016년 스마트폰 과의존
위험군에 속하는 10−19세 청소년의 77.2%가 SNS를 이용하였다. 특히, 중
·고등학생은 SNS를 이용하는 비율이 높은 것으로 나타났다. 또한 SNS 상
에서 연결된 사람이 200명 이상인 청소년은 조사 대상 전체의 21.6%이며,
청소년은 매일 정보교류 및 즐거움의 추구 등, 친구 관계를 목적으로 SNS
이용하고 있는 것으로 나타났다. SNS가 다른 사람과의 관계를 바탕으로
상호작용하면서 자신을 표현하기 때문에 다른 미디어보다 관계성 기능이
뚜렷하다. 이러한 기능은 또래 관계를 중시하는 청소년의 발달 단계적 특
징과 관련된다고 하겠다(강지혜, 2014). 이처럼 현재 청소년의 언어생활
이 많은 경우 SNS를 통해 이루어지고 있다는 점은 우리에게 많은 것을 시
사해 준다. SNS는 개인적이면서도 누구나 접할 수 있는 공간이기 때문이
다. 이 공간에서 청소년들은 개인의 특성을 나타내면서도 타인과 소통하
며 드러나는 다양한 언어문화도 나타낸다. 이러한 SNS의 특성은 청소년
의 역동성, 진취성과 맞물려 자신의 글과 사진을 통해 사회로 분출되어 자
신 및 타인의 일상에도 영향을 미친다.

이와 같은 청소년의 SNS 언어 사용 현실은 중고등학교에 재학 중인 다
문화 배경 학습자들에게도 예외는 아닐 것이다. 다문화 배경 학습자란 국
제결혼 가정과 외국인 가정의 자녀로 구성되어지며, 국제결혼 가정 자녀
는 친부모 중 한 명만 외국 국적인 경우이고, 외국인 가정 자녀는 친부모
둘 다 외국 국적인 경우를 의미한다. 다문화 배경 학습자들이 학교생활에
잘 적응하고 사회 구성원으로서의 역할을 원활하게 수행해 나가기 위해
서는 Canale & Swain(1980)에서 밝힌 바와 같이 문법적 능력, 사회언어학
적 능력, 담화적 능력, 전략적 능력의 의사소통 능력을 함양하여야 한다.

이를 위해서는 Littlewood(1989)에서 말한 바와 같이 기능적 의사소통과 사회적 의사소통 활동이 효율적으로 이루어져야 하고 이를 바탕으로 하여 학습자들의 교과 학습 능력도 향상될 수 있도록 해야 할 것이다.

3. 다문화 배경 학습자 대상의 'SNS'와 '역할극'을 활용한 의사소통 교육 교수·학습 모형 제안

다문화 배경 학습자들을 대상으로 하는 의사소통 교육은 이들이 일상생활 및 학교생활을 잘 영위해 나가도록 하기 위해 학습자들의 상황과 관심 그리고 학습 수준 등 학습자의 요구를 충분히 반영할 수 있도록 이루어져야 한다.

이에 본 연구에서는 많은 다문화 배경 학습자들이 의사소통에서 사용하고 있는 'SNS'를 활용하여, 학습자들의 경험을 통한 동기 유발 및 학습의 효율성을 도모하고, 이를 바탕으로 하여 역할극을 통해 실제 생활에서 일어날 수 있는 상황과 역할을 부여하여 학습자들의 의사소통 능력 향상을 도모하는 것뿐만 아니라 이를 통해 학습의 효율성을 높이는 데에 목표를 둔다.

역할극은 학습자들이 주어진 역할 수행을 통해 일종의 연극적인 활동을 하는 활동이므로 교육연극이라는 용어와 혼동되어 사용되기도 한다. 대본을 기준으로 살펴본다면, 역할극은 완성된 대본을 바탕으로 할 것인지도 선택적이어서 완성된 대본이 있을 수도 있고 없을 수도 있고, 완성된 대본이라 하더라도 상황에 따라 수정이 가능하다는 점에서 완성된 대본에 따라 수행하게 되는 교육 연극과는 차이가 있다. 그리고 배역에 있어서도 역할극에서는 역할을 먼저 선택, 선정하고 상호작용을 통해 대본을 만들어간다면 교육 연극에서는 대본에 따라 역할이 결정된다는 차이점이 있다. 또한 역할극은 주어진 상황과 역할에서 학습자가 자신의 생각을 표현하는 데에 중점을 두고, 관객이 자유로이 진행과정에 개입하고 극의 흐름을 수정할 수 있는 반면에 교육연극은 대본에 설정되어 있는 배역에 집중하고 무대와 객석이 분리된다는 점에서도 그 차이점이 있다(구민정·권재원, 2008:125). 이러한 역할극과 교육 연극의 차이점을 고려하여 본 연구에서는 '역할극'을 중심으로 한 교수·학습 모형을 제안하고자 한다. 역할극을 활용한 교수·학습 활동을 전개해 나갈 때에는 학습자의 수준을 고려하여야 하고 학습 효과를 성취하기 위해서는 역할극 전 단계, 역할극 단계, 역할극 후 단계의 과정 중심으로 효율적으로 구성하여야 한다.

이와 같은 사항들을 배경으로 하여 본 연구에서는 다문화 배경 중급 학습자 대상의 원활한 의사소통 교육을 위한 'SNS'와 '역할극'을 활용한 교수·학습 모형을 다음과 같이 제안하고 이에 대한 구체적인 교수·학습 방안을 제시해 보기로 한다.

〈표1〉다문화 배경 학습자 대상의 'SNS'와 '역할극'을 활용한 의사소통 교육 교수·학습 모형

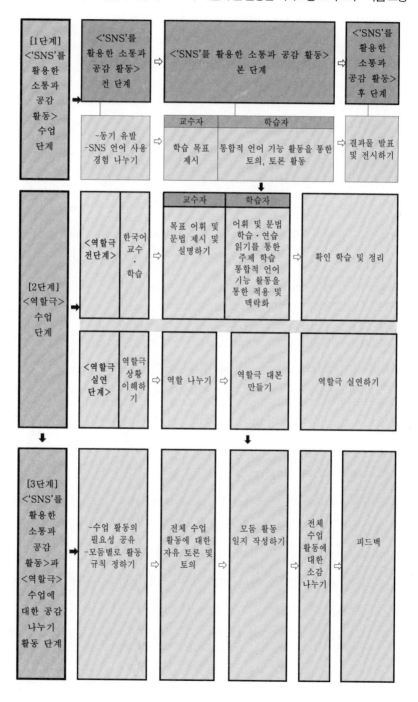

[1단계]

위의 〈표 1〉에서 보는 바와 같이 다문화 배경 중급 학습자 대상의 'SNS'와 '역할극'을 활용한 의사소통 교육 교수·학습 설계는 3단계로 이루어진다.

먼저 1단계인 〈'SNS'를 활용한 소통과 공감 활동〉수업 단계에서는 학습자들이 수업 전반에서 이루어지게 될 학습 내용들을 이해하고 이를 효율적으로 적용하기 위한 일종의 동기 유발로서의 단계라 할 수 있다. 이단계에서는 학습자들이 자신의 SNS 사용 경험을 자유롭게 이야기하면서 동기 유발을 하고, 동료 학습자들과 소통과 공감 활동을 통해 SNS 언어 사용에 대한 긍정적, 부정적 측면에 대해 자유롭게 토의, 토론하도록 한다. 이때 학습자 수를 고려하여 모둠별 활동을 구성하면 효율적이다. 이때 교수자는 이 단계에서의 학습 목표가 무엇인지를 분명하게 제시한 후 학습자 모둠을 구성하고 모둠별로 토의, 토론을 위한 규칙을 정하도록 유도한다. 그리고 모둠별로 정한 규칙을 준수하면서 학습자 모둠별로 'SNS' 언어 사용에 대해 토의와 토론을 거친 후 결과물을 발표하도록 한다. 이 단계에서는 학습자들의 실제 경험을 통한 활동뿐만 아니라 모둠별로 자료를 조사하여 'SNS' 언어 사용에 대해 이야기를 나누도록 하는 것도 효율적일 수 있다. 이 단계에서는 수업의 궁극적인 목적과 목표가 '의사소통 교육'에 있음을 학습자들이 주지하도록 하여, 듣기, 말하기, 쓰기, 읽기의 통합적 언어 기능을 사용하여 원활한 의사소통 활동으로서의 '소통과 공감' 활동이 될 수 있도록 하는 것이 중요하다.

1단계 수업이 끝나면 2단계 활동으로 〈역할극〉수업 단계가 이어진다. 이 단계에서는 학습자 상황을 고려하여 역할극을 하기 위한 사전 활동을 추가적으로 더 구성해볼 수도 있다. 즉 한국어에 대한 교수·학습이 필요한 경우 역할극 전 단계에 해당하는 한국어 교수·학습 단계를 설정해

볼 수도 있다. 한국어 학습 전 단계는 '도입'에 해당하는데, 이 단계에서는 의사소통 교육을 위해 필요한 새로운 학습 내용에 대한 소개 등이 이루어 진다. 이 단계에서는 전시 학습 내용에 대해 간단한 단어나 구 그리고 문 장 등의 다양한 언어 단위를 사용하여 학생들이 전시 학습한 내용들을 적 어 보거나 말하도록 유도할 수 있다. 이때 교사가 준비한 그림이나 이미 지 등도 활용하면 더 효율적일 수 있다. 이와 같은 활동을 통해 학습자들 은 기존 학습 상태를 재확인할 수 있다. 이 활동에서 교사는 전시 학습 내 용이 새로 소개되는 본시 학습의 주제와 자연스럽게 연계될 수 있도록 유 도하는 것이 필요하다. 교사는 본시 학습 주제와 관련하여 브레인스토밍 이나 자유롭게 말하기, 질문하기 등의 활동을 통해 학습자가 새로 학습할 주제에 대한 학습 동기를 유발할 수 있도록 이끄는 것이 중요하다. 이 과 정에서도 교사가 준비한 그림이나 사진, 이미지 등을 활용하여 학습자들 의 SNS 사용에 대한 스키마를 활성화시킴으로써 수업의 효율성을 높일 수 있도록 유도하는 것이 중요하다. 한국어 학습 본 단계는 '전개'에 해당 하는 단계이다. 이 단계는 지식 내용을 중심으로 학습을 하는 것을 목표 로 한다. 따라서 이 단계에서는 'SNS 언어 사용'이라는 학습 주제에 관계 된 지식 내용을 심화하여 익힐 수 있도록 하며 이를 효과적으로 이해하기 위한 어휘와 문법 표현 그리고 학습 주제에 대한 개념 학습이 이루어질 수 있도록 한다. 전반적인 내용 이해를 위한 기본적인 어휘를 학습하고, 이를 활용한 문장 만들기 활동 등을 하여 단어 및 주제에 대한 개념을 익힐 수 있도록 한다. 또한 전체적인 내용을 이해하고 핵심 주제를 찾게 한 다음 주제에 대한 학습자 간 짝 활동이나 게임 등과 같은 상호작용적 활동을 한 다. 또한 'SNS', 'SNS 언어의 특징', 'SNS 사용 실태' 등의 읽기 자료나 동영 상 자료와 같은 보조 자료를 활용하여 주제에 대해 심화 학습하고 학습한 어휘와 문법, 표현 등을 상황과 맥락에 맞게 적용해 보는 활동을 한다. 특히 읽기와 관련해서는, 학습자들은 읽기의 주제와 자료에 대한 내용 스키마와 형식 스키마를 최대한 활용하여 한국어 읽기 자료에 대한 정확한 단어의 뜻과 문맥적 의미, 문장의 구조에 대한 이해, 읽기 자료의 장르적 특성에 대한 이해 등을 바탕으로 하여, 다양하면서도 효율적인 읽기 전략과 읽기 활동을 통해 지문에 대한 올바른 이해를 할 수 있도록 한다. 또한 본문의 내용을 중심으로 해서 학생들이 학습 내용을 중심으로 말하기, 듣기, 읽기, 쓰기의 통합적인 언어 기능 향상을 위한 한국어 학습이 이루어질 수 있도록 한다. 이 단계에서는 다양한 학습 자료들을 활용하여 학습자들이 적극적이고 주도적으로 학습 내용을 내재화할 수 있도록 유도한다. 한국어 학습 후 단계는 '정리' 단계로 학습한 내용을 학습지와 PPT 자료를 보면서 정리하고 평가 문제를 제시하거나 수업한 내용을 떠올리며 문제를 풀어보거나 의문점을 질문한다. 이러한 활동을 통해 학습한 내용에 대해 확인하고 피드백을 받고 정리한다. 필요한 경우 이 과정이 끝나고 나면 역할극 실연이 이루어진다. 이 단계에서는 전 단계에서의 활동을 바탕으로 하여 실제 역할극을 수행하는 것이 핵심 활동이다. 이를 위해 먼저 역할극의 상황을 이해하는 활동이 이루어진 다음 조를 편성하여 조별로 역할극을 구성하고 역할을 정해 역할극 대본을 완성한다. 이때 역할극 대본을 먼저 함께 구성하고 역할을 정할 수도 있다. 대본이 완성되면 학습자들이 직접 완성한 대본에 따라 역할극을 실연한다. 이 단계에서는 학습자들이 적극적이면서도 자연스럽게 자신이 맡은 역할을 수행하도록 유도하는 것이 필요하다.

역할극 실연이 끝나고 이루어지는 3단계는 〈'SNS'를 활용한 소통과 공감 활동〉과 〈역할극〉 수업에 대한 공감 나누기 활동 단계이다. 이 단계에서는 앞의 두 단계에 대한 종합적인 피드백 및 평가가 주 활동이 된다. 1단계에서 수행한 〈'SNS'를 활용한 소통과 공감 활동〉에서의 토의, 토론이 원활하게 잘 이루어졌는지, 2단계에서 수행한 한국어 교수 학습 내용을 잘 활용하였는지, 상황을 잘 이해하고 주제에 맞게 역할극 대본을 잘 구성하여 이에 맞게 역할을 수행하였는지 등을 자유롭게 모둠별로 소통과 공감 나누기 활동을 한다. 그리고 전 과정의 활동에 대한 모둠 활동 일지를 작성하도록 하고 발표를 통해 이를 전체 학습자와 공유하도록 한다. 그리고 활동에 대한 평가를 하는데, 이때 교수자는 학습자들에게 평가의 기준을 마련하여 제시하고 이에 따라 평가 및 피드백이 이루어지도록 유도하는 것이 필요하다. 이때 교사와 학생은 조별 발표를 독창성, 정확성, 발음, 태도 등의 기준을 근거로 다시 평가해 본다. 그런 후에 교사는 역할극 수행에 대한 학습자 자신의 소감을 자유롭게 말하게 한 후 한국어 교수·학습 내용을 다시 확인하고 정리하는 것으로 수업을 마무리한다. 이때 역할극 수업의 취지를 잘 살리기 위해서는 교사의 피드백과 역할극 후 정리 활동이 매우 중요하다. 다시 말해 이와 같은 역할극을 활용한 교수 학습 활동은 역할극 활동 자체만이 중요한 것이 아니라 준비 과정과 역할극 후 정리 단계 역시 매우 중요한 단계임을 학습자들에게 인지시키는 것이 중요하며 무엇보다도 이러한 전 과정의 활동이 의사소통 능력의 함양에 있음을 주지시키는 것이 중요하다.

이와 같은 과정으로 교수자가 교수·학습 차시를 설계할 때는 학습자들의 숙달도와 학습 동기 등을 비롯한 교수·학습 상황을 충분히 고려하여, 학습자들이 학습 부담량을 가지지 않도록 차시를 설계해야 한다. 즉 위에서 제시한 교수·학습의 각 단계가 반드시 1차시로 구성되어야 하는 것은 아니어서 각 단계에 대해 세부적으로 차시를 나누어 진행할 수도 있다.

이와 같은 역할극 수업이 효율적으로 이루어지기 위해서는 무엇보다도 학습자의 언어 능력에 맞는 적절한 상황과 역할을 제시해주어야 한다. 또한 실생활에서 직접적으로 경험하는 역할에 대한 연습이 학습들의 동기를 유발시키므로, 학습자들이 수행하게 되는 역할과 상황이 개연성이 있고 친숙한 것이어야 한다. 조를 구성할 때는 학급의 인원수와 학습자 수준을 고려하여 교사가 제한된 시간 안에 관리가 가능하도록 짜는 것이 좋다. 역할극을 활용한 교수 학습 활동을 전개해 나갈 때 교사는 역할극 전 활동에서 배운 내용을 학습자들에게 정리해주고, 역할극 실제 활동 시 참고할 수 있는 자료를 제시해 주어 학습자들이 편안하고 자유롭게 역할극 활동을 할 수 있도록 유도하고 공감 형성을 하도록 해야 한다. 이외에도 구성원 모두가 적극적으로 역할극에 참여할 수 있도록 하고 교수 학습의 각 단계별 시간 배분에도 주의해야 한다. 그리고 학습자들의 역할극 수행과 관련한 오류 수정을 포함한 피드백에 대한 계획도 효율적으로 세워서 학습자들에게 유의미한 활동이 되도록 하여야 한다.

4. 맺음말

이상으로 본 연구에서는 청소년의 'SNS' 언어 사용 실태를 알아보고 다문화 배경 학습자들의 의사소통 교육의 필요성에 천착하여 이들이 우리 사회의 구성원으로의 역할을 잘 수행해 나가도록 하기 위해, 언어의 4가지 의사소통 기능인 듣기, 말하기, 읽기, 쓰기 기능을 총체적으로 함양할 수 있는 교수 학습 방안을 제안해 보았다. 이에 구체적으로 다문화 배경 학습자들이 일상생활 및 학교생활을 영위해 나가는 데 필요한 의사소통 능력을 함양할 수 있는 'SNS'와 '역할극'을 활용한 의사소통 교육 교수·학습 모형을 제안하고 이에 대한 세부적인 교수·학습 방안을 제시해 보았다.

본 연구에서 제안한 교수·학습 모형과 각 단계에 맞게 제시한 구체적인 교수·학습 방안 다문화 배경 학습자들이 학교 수업에서 겪게 되는 학습의 어려움을 극복함과 동시에 학교생활 및 일상생활에서 상황에 맞게 유창하면서도 정확하게 의사소통을 할 수 있는 능력을 배양할 수 있도록 하는 데에 기여할 수 있을 것으로 기대해 본다. 본 연구에서 제안한 모형의 구체적인 학습 활동인 역할극은 특정 상황과 역할을 제시한다는 가상적 특성으로 인해, 교실 수업의 환경적 제약을 극복하고, 실생활의 언어를 연습할 수 있는 장을 마련해주는 동시에, 학습자의 창의성과 흥미를 고취시킬 수 있는 효과적인 교수 학습 방법이다. 역할극이 학습자의 흥미를 유발시킬 수 있는 역할과 상황을 부여하고, 목표어로 해당 주제에 대해 의사소통하도록 하는 점, 조별 학습 및 개인 발표 기회를 부여하고 말하기와 듣기, 읽기와 쓰기의 기능을 연계시켜 지도할 수 있다는 점 등에서 다문화 배경 학습자들이 학교생활을 영위해 나가는 데 필요한 의사소통 능력은 물론이고 이를 바탕으로 한 학습 능력을 향상시킬 수 있는 효율적인 교수·학습 방안이라 할 수 있다.

본 연구에서 제안한 교수·학습 모형과 방안은 학습자들이 협력적 사고 능력과 의사소통 능력을 함양하고 문제 해결 능력과 창의성 및 통합적 사고력을 향상시키는 데 유의미한 교수 학습 방안이 될 수 있을 것이다. 나아가 이러한 적극적이고 자기 주도적인 교수 학습 활동과 이를 통한 의사소통 능력의 함양을 통해 다문화 배경 학습자들이 학교생활 및 일상생활에서 겪게 되는 어려움과 부적응 상황들을 극복하는 데에도 기여를 할 수 있을 것이다.

4차 산업혁명 시대, 모빌리티 시대는 유연한 사고와 의사소통 능력 및 공감 능력을 요구한다. 본 연구가 교수 학습 현장에서 유의미하게 활용되고 적용되어 다문화 배경 학습자들이 자기 자신을 건강하게 가꾸는 데 필요한 자기 존중감을 높이고 이를 바탕으로 하여 유연한 사고력과 의사소통 능력을 함양하여 공동체적 삶을 살아가는 구성원으로서 타인과의 관계에서 필요한 배려·소통·공감의 인성까지도 향상시키는 데 이바지하게 되기를 기대한다.

일탈과 전복, 소통의 한 방식*

-최명익론

김현정 (세명대학교 교양대학 교수)

1. 들어가며

최명익(1902 ~ ?)은 모더니즘과 리얼리즘이라는 두 길을 모색한 작가이다. 그는 일제강점기에는 근대의 문제점들을 지식인의 분열의식을 통해 묘파한 모더니스트의 모습을, 해방 이후에는 북한의 문예정책에 충실히 부합한 리얼리즘 계열의 작품을 창작한 리얼리스트의 면모를 보여주었다. 1928년 『백치白雉』¹ 동인으로 문학활동을 시작한 그는 오랜 습작을 통해 1936년 『조광』(1936.5~6)에 「비오는 길」을 발표하면서 신세대 소설가로 문단의 주목을 받기 시작한다. 이후 「무성격자」(『조광』, 1937.9), 「역설」(『여성』, 1938.2~3), 「봄과 신작로」(『조광』, 1939.1), 「폐어인」(『조선일보』, 1939.2.5.~25), 「심문」(『문장』, 1939.6), 「장삼이사」(『문장』, 1941.4) 등을

---

*이 글은 논문 「최명익 소설에 나타난 소통의 모색 양상」(『비평문학』 28호, 2008. 4)을 수정 · 보완한 것이다.
1 『백치』는 순수문학을 목적으로 만들어진 모임으로, 최명익을 비롯하여 김광재, 홍종인, 김희삼, 한수철 등이 활동하였다.

발표한다. 일제의 군국주의의 본질이 점차 노골화되고, 카프가 해산되는 등 리얼리즘 계열의 문학이 탄압받던 시기에 그는 이렇듯 "1930년대 모더니즘적 표상의 심리적 반영의 최고 수준을 보여"[2] 문단의 이목을 집중시켰다. 문단에 비교적 늦게 등단한 그는 1930년대 후반 서울과 평양 등에 만연한 '현대'에 대한 고민을 지식인의 분열적 내면을 통해 리얼하게 드러냈던 것이다.

그가 이처럼 모더니즘 계열의 작품을 발표한 데는 평양에 근거지를 두고 활동한 〈단층斷層〉과 무관하지 않다. 최명익은 평양에 근거지를 둔 〈단층〉에 소속되어 활동하지 않았지만, 동생인 최정익이 '단층파' 동인으로 활동한 점과 그가 '단층파'와 유사한 심리주의를 추구한 점, 그리고 같은 평양에서 활동하였다는 점에서 상관성을 발견할 수 있다. 나아가 '단층' 이름이 시사하는, 새로운 문학으로서 종래의 문학과 층계를 보이겠다는 의미와 단층지의 상징적 경향인 개인의 심리의식의 집중적 표출에서도 밀접한 연관성을 찾을 수 있다.[3] 이처럼 그는 주로 평양에서 활동하면서 '단층파'와 유사한 모더니즘 경향의 작품을 발표한 것이다. 이러한 이유 때문인지 그는 중앙문단의 모더니즘 경향과 일정 정도 거리가 있다. 그가 "나는 우리 文壇과는 京城－平壤의 距離를 두고 있다. 이는 文人이 그리 많지 못하고 따라서 文壇을 모른다. 文壇을 모른다는 말에 語弊가 있다면 文壇의 雰圍氣를 모른다고 하자."(『조광』42, 1939. 4, 311쪽)라고 한 데서 이를 확인할 수 있다.

즉, 서울에서 활동한 모더니즘 계열의 작가인 이상, 박태원이 현대의 문명, 자본주의적 삶의 분열성, 그리고 이 모든 것의 대타항으로서의 예술성의 구제를 추구했다면, 최명익은 동시대의 현실적 전망도, 나아가 미

---

2 김윤식, 『한국현대현실주의소설연구』, 문학과지성사, 1990, 107쪽.

3 강현구, 「최명익의 소설 연구」, 고려대 석사학위 논문, 1984, 12쪽 참조. 이 외에 신수정, 「『단층』파 소설연구」, 서울대 석사학위 논문, 1992 참조.

적 전망도 불가능한 현실을 드러내는 데 주력하였다. 그렇다고 구인회의 동인들처럼 동시대 문학집단을 타자화시켜 적극적으로 자기정체성을 확립할 수 있는 대립구도 속에 놓여 있지도 않았다.[4] 따라서 최명익의 소설관은 1937년 중일전쟁을 전후로 암울한 현실 체험과 진보적인 이념의 쇠퇴에 따른 정신적 공황상황에서 형성된 것으로 보인다. 임화가 이 시기의 문단상황을 "積極性과 希望 대신 退嬰과 消極性과 絶望의 意識이 誕生하였다. 내슈내리즘도 쏘시알이즘도 없어졌다"[5]고 언급한 데서 이를 확인할 수 있다.

최명익 소설에 대한 평가는 다양하게 진행되어 왔다. 이들의 연구 성과를 대별해 보면, 첫째, 모더니즘 측면에서 고구한 논의, 둘째, 다양한 방법론을 적용한 논의, 셋째, 모더니즘에서 리얼리즘으로의 변모과정에 주목한 논의로 압축된다. 첫째는 자의식이나 미학적인 면, 모더니티나 근대성 등을 중심으로 모더니즘 측면에서 연구한 논의가 주를 이루었고,[6] 둘째는 정신분석학적 욕망이론이나 인물의 자아탐색과 소설의 내적 구조에 대한 논의가 많았으며,[7] 셋째는 소설의 변모과정에 대한 총체적인 논의가 주를

4 김예림, 「1930년대 후반의 비관주의와 윤리의식에 대한 고찰 ─ 최명익을 중심으로」, 『상허학보』 제4집, 상허학회, 1998, 303~304쪽 참조.

5 임화, 「본격소설론」, 『문학의 논리』, 학예사, 1940, 377쪽.

6 조남현, 「어둠의 시대와 삶의 빛」, 『우리소설의 판과 틀』, 서울대출판부, 1991; 최혜실, 「1930년대 한국모더니즘소설연구」, 서울대 박사학위 논문, 1990; 장수익, 「최명익론 ─ 승차모티브를 중심으로」, 『외국문학』, 1995년 가을호; 진정석, 「최명익소설에 나타난 근대성의 경험 양상」, 『민족문학사연구』 제8호, 민족문학사연구소, 1995.

7 문흥술, 「추상에의 욕망과 절대주의 미학 ─ 최명익론」, 『관악어문연구』 제20집, 서울대 국어국문학과, 1995; 김외곤, 「심문의 욕망구조」, 문학사와비평연구회 편, 『한국근대문학연구의 반성과 새로운 모색』, 새미, 1997; 이수형, 「최명익론 ─ 이데올로기 비판적 의식을 중심으로」, 위의 책; 이미림, 「최명익소설의 기차공간과 여성을 통한 자아탐색」, 『국어교육』 105호, 한국국어교육연구회, 2001.

이루었다.[8]

본고에서는 지금까지의 연구를 바탕으로 해방 이전에 발표된 작품에 투영된 소통의 징후들을 살펴보고자 한다. 기존의 연구에서 해방 이전의 작품을 모더니즘적 측면으로, 해방 이후의 작품을 리얼리즘적 시각으로 바라보는 다소 도식적인 이분법에서 탈피하여 해방 이전의 작품의 면밀한 검토를 통해 그가 왜 리얼리즘 문학의 길로 나아갔는지를 검토해 보기로 한다. 이는 해방 이전의 소설에 '모더니티' 외에 '리얼리티'가 어떻게 반영되고 있는지에 대한 분석을 통해 가능하리라 본다. 따라서 이 글에서는 식민지현실의 불안의식과 병적 징후를 고찰해 보고, 아울러 그의 소설에 드러난 근대에 대한 양가성과 비판의식, 나아가 소통의 모색 양상까지 살펴보기로 한다.

2. 식민지현실의 불안의식과 병적 징후

해방 이전 최명익의 소설은 1930년대 중반부터 1940년대 초반에 주로 발표된다. 주지하다시피 이 시기는 중일전쟁이 발발하는 등 식민지상황이 점점 악화일로로 치닫던 때였고, 일제의 탄압과 핍박이 점점 가중되던 시기였다. 1935년 KAPF의 해산으로 인한 조직적인 문학운동의 소멸, 사상범보호관찰법(1935), 사상범예방구급법(1941), 치안유지법의 개악(1941) 등으로 계속되는 강력한 사상 탄압, 노동운동, 농민운동의 궤멸 또는 해외무장투쟁의 심화 등이 1930년대 후반의 문학을 조건지우고 있었다. 한편으로 박영희·백철을 위시한 많은 문인들이 자신이 지녔던 사상

---

8 채호석, 「최명익소설연구─『비오는 길』을 중심으로」, 『작가연구』 제2권, 새미, 1996. 10; 김윤식, 「최명익론」, 앞의 책; 채호석, 「리얼리즘에의 도정」, 김윤식·정호웅 편, 『한국문학의 리얼리즘과 모더니즘』, 민음사, 1989.

과 문학을 저버리고, 관념론적 미학에 침윤하거나 적극적인 체제의 긍정으로 나아갔으며, 또 한편으로 임화·김남천 등이 리얼리즘을 중심으로 힘겨운 모색을 하고 있었다. 이러한 혼돈과 모색의 시기, 절망과 불안의 시기에 점차 새로운 문단의 흐름으로 모더니즘이 다시 등장하게 된다. 새로운 기법과 형식 파괴로 과거의 문학 현상에 대해 반발하면서 나타난 것이다.[9] 이 시기는 "시공의 건강치 못한 시대적 상태, 즉 희망 없고 소모적인 식민지 조선의 사랑과 육체인 동시에 활기보다는 쇠퇴해가는 사회나 시대적 상황 및 활력적인 생명력이 허약해진 젊은 청년들의 신체적 은유화인 동시에 데카당스로서의 삶의 상징"[10]이 주를 이루었다. 이러한 시공의 건강치 못한 시대적 상황을 최명익은 예리하여 포착하여 작품 속에 투영시킨 것이다.

최명익의 소설에 나타난 식민지 현실의 불안의식은 당시의 암울한 현실을 상징적으로 반영한 병적 징후에서 발견된다. 그의 소설에 등장하는 인물들 중 대다수가 육체적, 정신적 질환과 밀접한 관련을 맺고 있듯, 그의 문학은 근원적으로 질병의 서사학으로서의 성격과 긴밀한 연관관계가 있다. 이러한 질병 모티프나 테마는 은유화를 통해 그의 서사 세계에 중요한 요소로 작용한다.[11] 그의 작품에 나타난 질병을 열거해 보면, 「무성격자」-결핵과 암, 「폐어인」-결핵, 「봄과 신작로」-성병, 「역설」-상동병常動病, 「심문」-마약 중독증, 「비오는 길」-각기병과 장티푸스 등이다.

이를 구체적으로 살펴보면, 「무성격자」에서는 암(위암)과 결핵이라는 이중의 건강하지 못한 세계에 대한 징후를 보여준다. 결핵에 걸린 정일의 연인인 문주와 암에 걸린 아버지 만수노인 사이에서 '무성격'을 보여주는

---

9 채호석, 「리얼리즘에의 도정」, 앞의 책, 195~196쪽 참조.

10 이재선, 『현대소설의 서사주제학-문학 모티프와 테마를 찾아서』, 문학과지성사, 2007, 198쪽.

11 위의 책, 192쪽 참조.

정일은 기차를 타고 고향에 가면서 '죽음'의 징후들을 회상한다.

　　한나절 후에 보게 될 임종이 가까운 아버지의 신음 소리 오래 앓은 늙
　　은이의 몸 냄새, 눈물 고인 어머니의 눈과 마음 놓고 울 기회라는 듯이
　　자기의 설음을 쏟아 놓을 미운 처의 울음 소리, 불결한 요강…… 그리고
　　문주의 각혈, 그 히쓰테릭한 웃음과 울음소리…… 이렇게 주검의 그림자
　　로 그늘진 병실의 침울한 광경과 이그러진 인정의 소리가 들리고 보이
　　었다.[12]

　　　　　　　　　　　　　　　　　　　　　　　－「무성격자」, 29~30쪽

　　"아버지의 신음소리", "눈물 고인 어머니의 눈", "처의 울음 소리", "문
주의 각혈", "히쓰테릭한 웃음과 울음소리", "병실의 침울한 광경", "불결
한 요강" 등의 '죽음의 이미지'가 포진되어 있다. 이러한 퇴폐적이고 애상
적인, 데카당한 분위기는 당시 식민지현실의 불건강성과 그 현실을 살아
가는 사람들의 불건강성이 중층되어 형성된 것이다.[13] 그리고 이 작품에는

---

12 이 글에 인용되는 작품은 최명익 단편집 『장삼이사』(을유문화사, 1947)를 텍스트로
　　한다. 이 작품집에 실리지 않은 「폐어인」은 『한국근대소설대계』 27(태학사, 1988)
　　을 텍스트로 삼기로 한다.

13 데카당스의 개념규정은 결코 단순하지 않는데, 그것은 기본적으로 타락과 방종 및
　　쇠퇴·반칙의 징후와 성향에서 비롯되지만 역사적 관점에서는 쇠퇴의 보편적 원리,
　　전통적 가치의 상실, 역사·미학적 범주에서 비관주의로 평가되기도 하고, 혹은 낭
　　만주의의 확장적 요소나 근대성의 면모로서, 아방가르드적 정신으로 간주되는 등
　　상당히 복합적인 의미를 지니고 있기 때문이다. 그러나 포괄적인 의미로는 문화적
　　인 쇠퇴와 전이, 철학적 비관주의, 신체적 퇴폐와 관련되거나 사회적 소멸과 등가
　　되며, 소설사와 관련될 경우 질병(아픔), 쇠퇴, 전도, 인공성, 유미주의 등은 현대소
　　설이나 근대성의 출현에 영향을 준 데카당의 중요한 주제이기도 한 것이다.(David
　　Weir, *Decadence and the Making of Modernism*, University of Messachusetts Press,
　　xv−xvii, pp.2~3, 10~11 참조. Liz constable, Dennis Denisoff, Mathew Potolsky(eds),
　　"Inrtoduction." *Perennial Decay : On the Aexthetics and Politics of Decadence*,
　　PENN, 1999, pp.1~10 참조)

문주와 아버지 모두 불치병에 걸린 것으로 나온다. 암에 걸린 만수노인과 결핵에 걸린 문주는 분명 다른 세대이다. 만수노인이 기성세대라면, 문주는 신세대이다. 또한 두 인물은 서로 다른 곳에 위치해 있다. 이렇듯 세대가 다르고, 생활공간도 다른 두 인물의 죽음이 동시에 그려지고 있는 것은 당시 현대의 황폐함이 시공을 초월하여 만연해 있었음을 반증해주는 것이라 할 수 있다. 즉, 이는 작가가 1930년대 식민지적 상황이 "파국을 향해 치닫고 있다는 절망적인 위기의식으로부터 한시도 자유로울 수 없었음"[14]을 보여준 것이라 하겠다.

또한 「폐어인」에서도 당시의 병적 징후들을 찾을 수 있다. 이 작품 제목에 나오는 '폐어(肺魚)'는 '물고기이면서 폐가 있어 땅 속에서 무려 3~4년 동안 잠을 잘 수 있는 특이한 고대 어류'로, 몸속에 있는 점액을 밖으로 내보내 땅 속에 있는 수분이 빠져나갈 수 없도록 하여 살아가는 생물체이다. 그렇다면 '폐어인'은 '식민지현실'과 '지병'이라는 이중적 제약으로 자신의 의지와는 상관없이 '칩거'를 해야 하는 사람을 일컫는 것이라 할 수 있다. 주인공 현일은 '폐어인'과 같은 인물이다. 그가 이렇듯 '폐어인'으로 될 수밖에 없었던 이유는 학교의 폐교와 '결핵' 때문이다. 당시 '불치의 병'이나 '사형선고'와 같은 공포의 병[15]으로 받아들여진 '결핵'은 이 작품의 중요한 요소로 작동한다.

①『(독속에 가친 쥐가 오직 할일은 독속에 있는 미끼를 먹고 사는 것밖에 없다)는 말이 있지않소? 그런데 말요. 요놈이 요놈이 꼭 그말을 실행하는구려. 신통찮아요? 그래서 나두 이쥐를 배와서 이전 아무런것이

14 신형기, 「한 모더니스트의 행로―최명익의 소설세계」, 최명익, 『비오는 길』, 문학과지성사, 2004, 331쪽.

15 장경, 「폐결핵과 그 요법」, 『조선가정의학전서』, 조선일보출판부, 1939, 171쪽 참조. "일반적으로 세인은 폐결핵이라면 불치의 병으로 생각하므로 일본 병명의 진단을 받으면 사형선고나 받은 듯이 비관하는 사람이 많다."

라도 먹구 살려우. 별수있소? 아무런 처지에서라두 살아야지. 그래 나는
이며칠째 쥐똥밥이건 팥밥이건 막먹지요. 김선생두 이쥐의 철학을 배우
시우』

―「폐어인」, 53~54쪽

②효―이가 처음 각혈을 한것은 그때였다. 그때 그는 쏟아놓은 요강
의 피를 드려다 보며 이를 스리물고 두 주먹을 굳게 쥐었든것이다. 그러
고는 빙그레 웃었든것이다. 또 싸와야할 싸와익여야할 익일 자신이 있
는 그러나 녹녹히 볼수없는 대적을 눈앞에 보는 듯한 흥분을 느꼈든것
이다.

―「폐어인」, 49쪽

위에 인용된 부분은 결핵에 감염된 두 인물의 심리상태를 엿볼 수 있는
대목이다. 둘 다 생에 대한 강한 의지를 보여준다는 공통점을 지니고 있으
나 그 양상은 다르게 나타나고 있다. ①이 '결핵' 때문에 실직한 도영의 말
로, 쥐덫에 걸린 쥐처럼 생에 대한 생리적 욕구를 강하게 드러낸 반면, ②
는 도영과 같은 동료였던 현일의 심리상태를 보여준 것으로, 고학에서 학
교선생이 되었듯 '결핵'도 자신의 강한 의지로 이겨낼 수 있다는 욕망을
보여주고 있다. 그리고 ①에서 '생'을 위해 쥐덫에 걸린 쥐처럼 "쥐똥밥"
이나 "팥밥"을 먹고 있는 비참하고 우울한 현실이 펼쳐지고 있다면, ②에
서는 결코 "녹녹히 볼수없는" '결핵'과 맞서야 하는 비장하면서도 슬픈 현
실이 노정되어 있다. 이처럼 '결핵'은 등장인물들에게 불안과 좌절, 그리
고 공포의 대상임에 틀림없다.

그리고 근대와 전통의 갈등양상을 잘 보여주는 「봄과 신작로」에서도
병적 징후가 드러난다. 근대가 낳은 '속도'의 상징물인 '자동차'는 식민지
현실을 살아가는 이들에게 경이의 대상이자 선망의 대상이다. '소달구지'
에 익숙해진 그들에게 '자동차'는 '아직 가보지 않은' 미지의 세계를 갈 수

있는 꿈의 대상이다. 이러한 심리를 잘 아는 '운전수'는 시골에 사는 유부
녀인 금녀를 유혹하여 성병을 옮긴다.

> 이 봄도 다 가서 늦게 피는 아까시아 꽃마자 떨어지기 시작하였다.
> 금녀는 종시 자리에 눕게 되었다. 얼마 전부터 아랫배가 쑤시고 허리
> 가 끊어지고 참을 수없이 자주 변소 출입을 하게 되었다. 금녀는 제 병이
> 무슨 병인지 알 수 없었으면서도 제가 앓는 것을 누가 알 것만이 걱정이
> 었다. 그래서 악지로 참아 가면서 더욱 부지런히 일을 하려고 애써 보았
> 다. 그러나 이번에는 아프기만 하던 배가 갑자기 붓기 시작하였다 걸을
> 려면 높아진 배를 격하여 보이는 발 끝이 안개 속이나 구름 우를 걷는 것
> 같이 허전하고 현기가 났다. 아침이나 낮에도 금녀의 눈 앞에 보이는 것
> 은 무엇이나 닥아 오는 어둠과 싸우는 저녁 노을 같이 누렇고 희미하였
> 다. 금녀는 이를 악 물고 무슨 병인지 모르면서도 숨기기만 하려고 애썼
> 으나 더 참을 수 없어 자리에 쓰러지고 말았다.
> ―「봄과 신작로」, 92~93쪽

운전수의 협박에 못 이겨 그를 만난 그녀가 그날 이후 알 수 없는 병으
로 고통을 겪다가 쓰러지는 장면을 보여주고 있다. 운전수는 물론 물긴는
금녀를 유혹하고, 평양으로 도망가자고 회유하던 운전수는 금녀에게 망
신시킨다고 협박하여 그녀를 농락한 것이다. 그 후 금녀는 "아랫배가 쑤
시고 허리가 끊어지"는 고통을 느끼게 되고, 소변을 자주 보게 된다. 자신
이 "앓는 것"이 탄로날까봐 아픔을 참아가며 더욱 열심히 일하던 금녀는
병세가 점점 악화되어 결국 죽게 된다. 공교롭게도 그녀가 죽은 날 저녁에
송아지도 갑자기 죽는다. 운전수에 의해 감염된 '성병'은 자동차와 함께
근대의 부산물이라 할 수 있다. '자동차'가 빠졌을 때 '소달구지'가 도와주
었음에도 불구하고 '소달구지'에 대한 '자동차'의 횡포가 심해지는 것에서
알 수 있듯, 운전수와 금녀와의 사랑도 쌍반간의 사랑이 아닌, 일방적인
사랑(유린)에 불과한 것이었다. 때문에 그들의 관계는 금녀의 죽음으로

끝나게 된 것이다. 이는 '근대'의 폭력성에 의해 전통이 희생되는 한 단면을 반증하는 것이라 하겠다. 송아지의 죽음이 '우역(牛疫)'으로 판명난 뒤 동네 사람들이 "이전에 없든 병두 다 서양서 건너왔다거든"이라고 한 것에서 알 수 있듯, 송아지는 이전에 없었던 '병', 근대가 가져온 병에 의해 희생된 것이다.

이 외에도 마약 중독증(「심문」), 각기병과 장티푸스(「비오는 길」) 등의 질병이 최명익의 소설에 곳곳에 등장하고 있음을 볼 수 있다.

3. 근대에 대한 이중적 시선과 소통의 길

최명익 소설에 드러난 식민지현실의 불안의식과 병적 징후의 양상을 살펴보았다. 그런데 그의 소설에는 이러한 불안의식과 병적 징후들이 별도로 분리되어 있는 것이 아니라 근대에 대한 이중적 시선과 비판의식, 그리고 소통구조와 긴밀하게 연결되어 있음을 알 수 있다. 1930년대의 식민지현실을 살아간 이들은 근대에 대한 동경과 환멸이라는 양가성에서 결코 자유롭지 못했을 것이다. 따라서 최명익 소설에 나타난 식민지적 모순을 담아낸 근대의 양가성을 파악하는 일은 아주 중요한 의미를 지닌다. 이 양가성의 확인을 통해 근대에 대한 비판적 시선도 볼 수 있고, 그리고 이 비판적인 시선을 넘어 소통의 길을 간파할 수 있기 때문이다.

1) 근대에 대한 이중적 시선

최명익의 소설에는 근대에 대한 양가성이 자주 등장하고 있다. 주지하다시피 양가성은 "논리적으로 서로 어긋나는 표상의 결합에서 오는 혼란스러운 성질, 즉 어떤 대상, 사람, 생각 따위에 대하여 동시에 대조적인 감정을 지니는 것"을 의미한다. 그리고 이는 "가치, 소설적 줄거리 및 등장 인물들에 대한 단의적인 규정이 더 이상 가능하지는 않지만 가치의 문제 그 자체는 여전히 중요한 역할을 담당하고 있는 소설 유형의 특징"[16]을 지닌다. 이러한 맥락에서 최명익의 1930년대 후반 소설에서 볼 수 있는 근대에 대한 이중적 시선 혹은 양가적 의식은 교환가치에 의한 매개라는 현실의 부정적 원리가 텍스트에 내재화된 방식으로서, 자본주의적 현실에 대응하는 미학적 전략이라 할 수 있다.[17] 그리고 이러한 양가적 포즈는 사실 최명익의 작품들의 전반을 지배하는 주요한 주제이자 근대에 대한 최명익의 인식과 태도를 가늠할 수 있는 단초가 된다.

먼저 「비오는 날」에 드러난 양가성은 주인에게 인정받고자 하는 병일이의 인정욕망에서, 병일과 칠성의 사물화된 관계에서 볼 수 있다. "모든 가치들이 교환가치에 궁극적인 기원을 두고 있는 세계, 즉 미/추, 진/위, 선/악 사이의 모든 질적 대립들이 양적인 것으로 치환되는 시장 메커니즘의 세계에서는 사람들을 양분해 버리는 가치평가적 태도가 허위적인 가상[18]으로 표상될 수밖에 없는 것이다.

> 그는 주인 앞에서 참고 있었던 담배를 가슴 속 깊이 빨아 들이켜며, 이 년 내로 구하여도 얻지 못하는 신원보증인을 다시금 궁리하여보는 것이었다.
> 현금에 손을 대지 못하고, 금고에 들어있는 서류에 참견을 못하는 것이 책임 문제로 보아서 무한히 간편한 것이지만 취직한 첫 날부터 지금까지 하루도 변함 없이 자기를 감시하는 주인의 꾸준한 태도에 병일이도 꾸준히 불쾌한 감을 느껴온 것이었다.
> 주인의 이러한 감시에 처음 얼마 동안은 신원 보증이 없어서 그같이

---

16 P. Zima, 서영상·김창주 역, 『소설과 이데올로기』, 문예출판사, 1996, 43쪽.
17 김민정, 『한국 근대문학의 유인과 미적 주체의 좌표』, 소명출판, 2004, 337쪽 참조.
18 위의 책, 337~338쪽.

못 미더운 자기를 그래도 써주는 주인의 호의를 한 없이 감사하고 미안
하게 여겼었다.

—「비오는 길」, 102~103쪽

주인에게 인정받고 싶은 욕망과 주인을 경멸하는 마음이 교차하고 있
는 구절이다. 성 밖 빈민굴에 살면서 맞은 편 성 밖에 있는 공장에 다니는
병일은 2년 동안 신원보증인을 세우지 못해 주인의 감시를 받는다. 병일
은 자신을 늘 감시하는 주인에 대해 경멸을 느끼지만, 다른 한편으로 자신
도 신용보증인을 세워 떳떳하게 주인으로부터 인간적인 대우를 받고 싶
은 욕망이 담겨 있다. 자본주의적 삶에 대한 동경과 환멸이라는 근대적인
개인의 의식이 명료하게 드러나고 있는 것이다. 그리고 이러한 양가감정
은 병일과 사진사인 이칠성을 만나는 과정에서도 볼 수 있다. 그는 사진사
의 속물적인 삶에 대해서도 경멸하면서도 자신감에 차 있는 그의 삶의 방
식에 대해서는 일정 정도 동경의 마음을 갖기도 한다. 이러한 그의 동경의
식은 식민지적 행복에 다름 아니다. 그런데 이는 '진정성'이 담긴 행복이
아니기 때문에 진정한 행복으로 이어지지 못하고 만다.

병일과 공장주인, 그리고 병일과 이치성과의 관계에서 보이는 이러한
이중적 시선은 「무성격자」에서도 확인할 수 있다. 아버지의 위급한 병환
때문에 낙향한 그가 매부를 만나 아버지의 땅의 매매를 논의하는 과정에
서 말이다.

그리고 용팔이의 모양을 내려다 보고 있는 丁一이는 안방에서 신음
하고 있는 아버지의 무서운 모양이 보이고 그러한 아버지가 아직도 지
키고 있는 그의 재산을 넘겨다 보는 듯한 용팔이가 따지는 산판 알이 거
침 없이 한 자리씩 올라가는 것을 유심히 바라보고 있는 자신을 의식하
며 보고 있을 때, 이렇게 대강만 놓아도 하고, 산판을 밀어 놓으며 쳐다
보는 용팔의 눈과 마주치게 되자 丁一이는 흠칫 놀라게 되는 자신의 얼

굴이 붉어지는 것을 깨달았다. 여기 대한 상속세만 해도 큰 돈인데 안 물고 할 수 있는 이것은 제 말씀대로 하시지요. 이렇게 결정적으로 말 하는 용팔이는 丁一이의 앞에 위임장을 내 놓으며 도장을 치라고 하였다. 丁一이는 더욱 불쾌 하여졌다. 잠이 부족한 신경 탓도 있겠지만 자기의 눈을 기탄 없이 바라보는 용팔이이의 얼굴에 발라 놓은 듯한 그 웃음이 말할 수 없이 미웠다. 이 소인놈! 하는 의분 같은 心熱이 떠오르며, 언제 내가 이런 음모를 하자고 너와 공모를 하였던가?하고 그의 뺨을 갈기고 싶은 충동을 느끼었다. 그러나 丁一이는 금시에 미끌어지는 듯한 웃음이 자기 얼굴에 흐름을 깨달았다.

―「무성격자」, 56쪽

평소 교활하고 강박함을 지닌 매부를 경멸하던 그는 아버지를 간병하던 중 매부의 호출을 받는다. 매부인 용팔이는 아버지가 매매한 땅을 자신의 이름으로 올리면 상속세를 내지 않아도 된다고 마치 선심 쓰듯이 말한다. 위임장에 도장만 찍으면 자신이 다 알아서 처리하겠다며 웃는 그의 모습을 본 정일은 적잖은 불쾌감을 느낀다. "소인놈"이라고 말하고 싶은 충동까지 생긴다. 자신과 공모하여 이익을 획득하려는 용팔이의 속셈을 간파한 그는 아버지에 대한 예의도 아니거니와 자신이 '소인배'로 전락할 우려도 있기 때문에 그의 제안을 거부하려 한다. 그러나 끝 부분에 가서 정일은 이러한 예상을 깨뜨리고 분개하던 얼굴에 "미끌어지는 듯한 웃음"을 띰으로써 반전된다. 이는 곧 매부의 공모를 인정하는, 수용하는 것에 다름 아니다. 이 사실을 안 만수노인은 언성을 높여 아들을 꾸짖는다. 어머니도 "네 잘못만은 아니겠지만, 아버지의 성미를 잘 알면서도 왜 그렇게 일을 경솔히 하느냐"(59쪽)고 질책한다. 자신의 경솔한 행위로 부모님에게 꾸지람을 들은 그는 부끄러움을 느낀다. 여기에서 주인공의 양가적 포즈를 볼 수 있다. 이러한 정일이의 이중적 시선은 문주와 아버지가 같은 날에 죽었을 때도 발견할 수 있다. "죽은 사람은 죽은 사람으로 하여금 장사ㅎ게 하라는 말 대로 하자면, 자기는 문주를 장사하러 가는 것이 당연하리라고 생각하면서도 丁─이는 아버지의 棺을"(65쪽) 맡는다. 문주의 장례식을 치르러 가야 한다고 생각하면서도 실제로는 아버지의 장례식을 치르고 있는 장면에서 그의 이중성을 발견할 수 있다.

근대의 이중적인 시선은 「심문」에서도 보인다. 3년 전에 상처喪妻한 김명일은 아내의 이미지와 유사한 여옥을 만난다. 그는 사랑의 대상으로서의 여옥과 그림의 모델로서의 여옥 사이의 분열된 양가감정을 느끼게 된다. "침실의 如玉이는 전신 불덩이의 정열과 그러면서도 난숙한 기쫄르 가춘 창부였고, 낮에는 교양인인 듯 영롱한 그 눈이 차게 빛나고 현숙한 주부인양 단정한 입술은 늘 침묵하였다."(148쪽)라고 한 데서 볼 수 있듯 여옥은 밤에는 사랑하는 여인으로, 낮에는 교양 있는 주부로 통한다. 한 대상이 두 이미지로 분열되어 중층적으로 표상되고 있는 것이다. 또한 여옥의 이미지와 아내의 이미지가 중첩되기도 한다. 그래서 명일은 "여옥이의 얼굴에서 죽은 내 처의 모습을 발견하게 되는 것이 반갑고도 슬픈 것"(149쪽)이라고 토로한다. 여옥의 두 모습과, 여옥과 아내의 중첩된 모습은 결국 명일의 이중적인 감정에서 나온 것이라 할 수 있다.

2) 근대에 대한 비판의식과 소통의 징후들

근대에 대한 이중적 시선의 표출은 당대의 식민지현실을 정확하게 묘파하기 위한 것에 다름 아니다. 근대에 대한 동경과 환멸이라는 두 양상을 통해 자본주의의 폐해와 지식인의 허상을 드러내고, 나아가 전통의 긍정적인 의미까지 현현하고자 한 것이다.

최명익의 실질적인 등단작인 「비오는 길」을 보면 일제에 의한 식민성과 서구 근대가 착종된, 조선의 특수한 근대를 부정적으로 표출하고 있다. 이 소설의 주인공인 병일은 근대적인 인물인 이칠성과 대립적인 양상을 보여준다. 이칠성으로 표상되는 근대 도시적인 삶을 병일이는 거부하고 있는 것이다.

> 청개구리의 뱃가죽 같은 놈! 문득 이런 말이 나오며 병일이는 자기도 모를 사진사에게 대한 경멸감이 떠올랐다. 선뜩선뜩하고 번질번질한 청개구리의 흰 뱃가죽을 핥은 듯이 입안에 께끔한 침이 돌아서 발걸음마다 침을 뱉었다.
>
> — 「비오는 길」, 117쪽

인간을 사물화하고 비인간화하는 근대성을 목도한 병일은, 그러한 근대적 삶에 순응하면서도 행복에 젖어있는 사진사 이칠성을 "청개구리 뱃가죽 같은 놈"이라고 비판한다. 그는 "셋집이나 아니구 작으마 하게나가 자기 집에다 장사면 장사를 벌리구 앉아서 먹구 남는 것을 착착모아 가는 살림"(129쪽)을 세상의 최고의 행복이라 여기는 사진사를, 반감을 넘어 경멸하고 있는 것이다. 그가 현실의 물질적 욕망이 만들어낸 늪에서 헤어나지 못하고 있었기에 더욱 그러했다. 병일은 근대의 속성 중 동경보다는 경멸의 시각에서 그를 바라보고 있는 것이다.

근대화 과정에서 파생된 이러한 속물근성을 비판하는 내용은 「무성격자」에서도 볼 수 있다. 이 소설에 등장하는 만수노인은 주인공 정일의 아버지로 소시민의 전형적인 모습을 보여준다. 아들이 조강지처를 소박한 것과 대학 졸업 후 변호사나 의사도 아닌 교사를 하는 것에 대한 불만으로 가득 차 있는 데서 이를 발견할 수 있다. 그는 아들이 '명예'도 없고 '돈벌이'도 안 되는 교사직을 그만두고 자신이 하는 '장사 물리'를 배우기를 희망한다. 그러나 정일은 아버지의 이러한 권유를 수락하지 않고 꿋꿋하게 자신의 길을 걷는다. 그러면서도 정일은, 식민지현실에 노정된 혼돈과 불안 속에서 자신과 가족을 지켜주는 것은 오직 '돈'이라는 믿는 아버지의 소시민적 생각을 이해하게 된다. 그가 비록 아버지의 길을 동행하지는 않지만 아버지의 삶과 그 삶을 주종하길 바라는 아버지의 내면을 이해하게 된 것이다. 그런데 이러한 아버지에 대한 긍정적인 생각에 불쾌감을 가져다 준 것은 다름 아닌 아버지의 용팔이에 대한 호감과 선망의식이다.

> 늘 하는 말이지만 네 매부 용팔이를 좀 봐라! 이렇게 시작되는 그의 책망은 언제는 무능한 丁一이 대조하여 그의 사위인 용팔이를 칭찬하는 것이었다. 그 같이 신임을 받는 용팔이는 본디 만수 노인의 서사였다. 서사는 비서 겸 고문 격으로 만수 노인의 신임이 두터워 감에 따라 본디 무식하고 인색하고 탐세인 수전노라는 시비를 들어 오던 만수 노인은 뚱뚱한 그 체통에 어울리지 않게 교활하고 강박하다는 새로운 시비를 겸하여 듣게 되었던 것이다. 교활하고 강박한 그의 인상으로 처음부터 싫어하던 용팔이가 누이동생과 결혼한다는 소식을 동경서 들었을 때는 丁一이는 한 쌍의 아담한 신혼 부부를 상상하거나 축복할 수가 없어 도리어 불쾌하고 우울하였던 것이다.
>
> ─「무성격자」, 40~41쪽

정일은 비록 자신이 무능할지라도 교활한 용팔이와 자신을 비교하는 아버지가 불쾌했던 것이다. 정일이의 경멸의 대상인 용팔이는 "무식하고 인색하고 탐세인 수전노"라는 말을 듣던 아버지를 "뚱뚱한 그 체통에 어울리지 않게 교활하고 강박하다는 새로운 시비"를 듣게 할 정도로 교활하고 강박하다. '교활하고 강박한' 그의 인상이 처음부터 싫었던 정일은 그가 누이와 결혼한다고 했을 때 적잖은 불쾌감과 우울함을 느꼈다. '돈'과 '명예'를 우선시하는, 교활하고 강박한 용팔이의 행위가 못마땅하게 생각되었기 때문이다. 용팔 또한 무능력한 자신에 대해 측은하게 바라보았다. "丁一이의 집 내정 살림까지 간섭하고 견제하게 된 용팔이는(장인의 말을 본 받아서) 초라하게 교사 노릇을 할망정 적지 않은 월급을 타는 丁一이가 자기의 낯빛을 살펴 가며까지 장모가 타내 주는 돈을 남용하는 말하자면 돈의 가치를 모르는 사람이라"(42쪽)고 여겼다. 아버지와 용팔이가 자신을 "아무짝에도 못쓸 위인"이라고 하여 현실감각이 없음을 비판적으로 바라본 반면, 정일도 '돈'과 '명예'만 아는 '천민'적인 삶을 살아가는 아버지와 용팔이를 부정적으로 본 것이다. 최명익 소설에 나타난 이러한 근대에 대한 비판의식은 비록 전망을 담아내는 단계까지는 아닐지라도 식민지현실의 불안하고 우울한 분위기를 전환할 수 있는 매개체로 작용한다.

그리고 「폐어인」에서는 '결핵'에 걸린 도영 선생과 현일 선생, 그리고 제자 병수가 만나는 과정에서 병적 징후가 짙게 배인 식민지현실과 결별하려는 모습이 드러난다. '결핵'에 걸려 피를 토한 도영 선생을 병수가 손수건으로 닦아주려고 할 때 현일 선생이 호통치는 장면을 통해서 말이다.

> "현일은 병수를 떠밀어내며 노기를 띤 언성으로 "저리 가라니까" 소리를 지르고 자기 손수건을 내어 도영의 머리를 가슴에 안고 얼굴을 씻으며 "이런 더러운 피에 왜 손을 적시려나…… 정신 차리거든 내가 다리구 갈게 자넨 가게나."
>
> —「폐어인」, 41~42쪽

'결핵'에 걸린 도영이나 현일은 "더러운 피"에 물든 병자이다. 그러나 자신들은 결핵에 감염되었을지라도 '깨끗한' 병수에게는 오염시키지 않으려고 안간힘을 쓴다. 제자에 대한 사랑으로도 보이는 이러한 현일의 태도에는 병수를 식민지현실의 음산하고 퇴폐적인 분위기에 젖어들지 않게 하려는 의도가 숨겨져 있다. 결핵으로 상징되는 불안, 좌절의식과 병수를 분리하려는 현일의 강한 의지를 엿볼 수 있다. 이러한 병들고 모순으로 가득 찬 식민지현실을 타개할 수 있는 대상은 다름 아닌 병수와 같은 신세대이다. 현실은 이 병수를 통해 다른 세계로의 소통을 기대하고 있는 것이다. 현일은 병든 자신들과 같은 구세대를 답습하지 말고 새로운 세계를 꿈꾸기를 희망하고 있는 것이다.

「비오는 길」에서 주인과 이칠성에 대한 양가감정을 보여주었던 병일은 '독서'를 통해 이러한 양가성에서 탈출할 기회를 마련한다. 소시민적인 행복을 지향하던 사진사 이칠성이 갑자기 '장질부사'에 걸려 사망했다는 신문보도를 접한 뒤 자신이 근대를 지속적으로 관망하던 길인 '독서'의 길로 나아간다. "어느 덧 장질부사의 흉스럽던 소식도 가라앉고 말았다. 홍수도 나지 않고 지리하던 장마도 이럭저럭 끝날 모양이었다. 병일이는 혹시 늦은 장마 비를 맞게 되는 때가 있어도 어느 집 처마로 들어가서 비를 그이려고 하지 않았다. 노방의 타인은 언제까지나 노방의 타인이기를 바랐다."(140쪽)에서 드러나듯, 그는 '노방의 타인'이 되고자 한다. "모두 자기네 일에 분망한 세상에서 나도 내 생활을 위하여 몰두하는 시간을 가져 보겠다"는 의도에서 근대적 현실과는 거리가 먼 독서영역으로 침잠함으로써 "노방의 타인"으로 남고자 한 것이다.[19] 그리고 앞으로 그는 더욱 "독서에 강행군을 하리라고 계획하며 그 길"을 힘차게 걷는다. '독서'를 통해 근대의 이면을 보고, 새로운 세계를 꿈꾸고 있는 것이다.

이러한 절망에서 희망에로의 소통양상은 「역설」에서 절정을 이룬다. 교장에 대한 미련을 버린 문일이가 현관에서 나오다 사철나무 밑 옛무덤 가에 집을 짓고 사는 옴두꺼비를 만나면서 말이다.

　　文一이는 옴두꺼비의 안내로 의외에 발견한 무덤 가에서 생명체이던 형해조차 이미 없어진지 오랜 빈 무덤 속에 들어 누웠거나 앉아 있을 옴두꺼비를 생각하며 자기 방에 누워 있는 자기를 눈 앞에 그리어 보았다.
　　옴두꺼비는 지금 무덤 속에 들어 간 채로 오랜 동안의 동면을 시작할 작정인지도 모를 것이다. 동면이란 꿈을 먹고 사는것이 아닐까? 동면 기

---

19 문홍술, 앞의 글, 421~422쪽 참조.

간의 양식이 되는 꿈은 생활기인 봄 여름 가을 동안에 축적한 생활 경험의 재음미일 것이다. 그러한 재음미로서 낡은 껍질을 벗고 새로운 몸으로 새 봄을 맞으려는 꿈은 결코 악몽이 아닐 것이라고 文一이는 생각하였다.

　　　　　　　　　　　　　　　　　　　　　　　－「역설」, 23~24쪽

이 작품은 '역설'을 통해 자의식의 과잉을 일으키는 무의지적인 지식인의 삶에 새로운 세계의 도래를 기약하는 희망적인 요소를 제공함으로써 긍정적인 삶의 자세를 보여주고 있다.[20] 역설은 표면적으로는 모순적이고 불합리하지만, 사실은 그 속에 진실을 담고 있는 것을 의미한다. 최명익이 즐겨쓰던 기법인 '역설'을 그대로 제목으로 차용하고 있는 이 소설은 주인공 김문일을 통해 일제강점기라는 특수한 상황에서의 지식인의 무의지적이고 자기칩거적인 면을 여실히 드러내고 있다. 그의 작품 속에 등장하는 지식인은 부조리와 불합리의 시대에 침잠하는 나약한 인텔리가 아니라 두꺼비가 새봄을 맞이하기 위해 동면하는 것처럼 현실사회에 굴복하지 않고 미래를 준비하는 능동적인 인텔리를 의미한다. 문일은 비록 지금은 불안과 좌절, 그리고 절망이 지배하고 있는 현실이지만, 동면하는 두꺼비에게 봄이 오듯 우리게에도 희망이 도래할 것이라고 믿는 것이다.

4. 나오며

최명익은 모더니즘과 리얼리즘을 가로지르는, 마르크스주의적 인식을 바탕으로 한 근대의 분열의식과 인간 행위의 '역설적' 내면을 심도있게 그린 작가이다. 그는 1930년대 중반, KAPF의 해산으로 인한 조직적인 문학

---

20 오병기, 「1930년대 심리소설과 자의식의 변모양상(2)—최명익을 중심으로」, 『우리말글』 12호, 우리말글학회, 1993, 11쪽 참조.

운동이 소멸되고 사상범보호관찰법(1935)이 시행되는 등 리얼리즘 문학이 점점 쇠퇴해가는 시점에 문단에 데뷔하여 식민지현실의 부조리양상과 불안과 퇴폐적인 모습을 여실히 보여주었다. 그리하여 해방 이전에는 모더니즘 양식에, 해방 이후에는 리얼리즘 양식에 이를 담아내었다.

본고는 최명익의 해방 이전의 작품(모더니즘)과 해방 이후의 작품(리얼리즘)을 분리시켜 바라보는 것에 문제제기하여 이 두 시기의 작품의 내적 논리를 밝히는 것을 목적으로 하였다. 해방 이후 그의 리얼리즘으로의 방향선회는 단순히 이루어진 것이 아니라 '리얼리티'라는 내적 동인에 의해 이루어진 것임을 보았다. 최명익은 1930년대 중반부터 1940년대 초반까지, 소위 불안과 좌절, 절망이 난무한 시기에 당시 병적 징후를 통해 식민지현실의 불안의식을 드러내는 것은 물론 지식인의 분열양상과 양가성, 근대에 대한 비판의식과 소통경로의 모색 등을 보여주었다. 이 시기에 다른작가들이 보여주지 못한, '희망'을 내장한 소통의 징후들을 보여주고 있다는 점이 최명익 소설의 특징이라 할 수 있다. 이러한 점이 그를 모더니즘 경향에서 리얼리즘 경향으로 나아가게 한 동력이었던 것이다.

「폐어인」에서 현일이가 "개체인 자신이 불행하더라도 그 때문에 결코 인생을 어둡게 보거나 저주할 것은 아니"라고 힘주어 강조한 것처럼, 작가 자신도 1930년대 후반의 더 이상 전망이 보이지 않던 시기에 식민지현실을 타개할 수 있는 '희망'을 담아내고자 한 것이다. 이는 해방 이전의 소설이 모더니즘 계열에 국한되지 않고 리얼리즘 계열로 나아가게 되는 계기를 마련한다. 이러한 맥락에서 볼 때 최명익이 해방 이후 리얼리즘적 경향을 발표하게 된 것은 당연한 수순이라 할 것이다.

서사치유와 트라우마

– 김소진 소설「자전거 도둑」을 중심으로

김동성 (문학박사·세명대 강사)

I. 머리말

김소진은 1990년대 작가이다. 그는 근대화가 진행되던 1963년에 실향민의 아들로 태어나서, 군사독재 시대였던 70~80년대에 학교 교육을 받았고, 90년대에 들어와서 신문기자와 전업작가로서 치열하게 활동하다가 35세 되던 1997년에 생을 마감하였다. 그의 문단활동은 6년 남짓으로 짧았으나 그 기간에 소설 43편, 장편동화 1편, 콩트 65편을 썼으며, 작품집 열 권을 남겼다.[1]

---

1 김소진의 소설은 장편 2편, 중편 3편, 단편 36편과 미완성 장편인「동물원」과 미완성 유고인「내 마음의 세렝게티」를 포함하여 43편이다. 『장석조네 사람들』은 10편의 단편이 모여 연작 형태를 이루고 있는 연작장편소설로서 논자에 따라 이를 10편의 단편으로 분류하기도 한다. 그럴 경우에는 모두 52편이 된다.
단편소설집: 『열린 사회와 그 적들』, 솔, 1993. 『고아떤 뺑덕어멈』, 솔, 1995. 『자전거 도둑』, 강, 1996. 『눈사람 속의 검은 항아리』, 강, 1997.
장편소설집: 『장석조네 사람들』, 고려원, 1995. 『양파』, 세계사, 1996.
동화집: 『열한 살의 푸른 바다』, 국민서관, 1996.

김소진이 태어나고 성장했던 6·70년대는 근대화의 물결 속에서 자본주의가 그 위력을 발휘할 때이다. 그는 '가난'이라는 상처를 간직한 채 유년시절을 거쳐 80년대를 운동권 대학생으로, 90년대를 신문기자와 작가로서 치열하게 살았다. 그의 짧은 삶의 여정에는 전쟁으로 인한 아버지의 상처가 있고, 무능력한 실향민 남편의 상처를 끌어안고 가족의 생계를 책임졌던 어머니의 상처도 있다. 그리고 그에게는 그런 부모 밑에서 이데올로기와 현실 사이에서 갈등하며 시위를 하던 운동권 대학생의 고뇌가 내재되어 있으며, 이념을 중시하던 지식인들의 몰락과 변절을 지켜봐야 했던 지식인의 번뇌도 있었다. 또한 생활인으로서의 신문기자와 전업작가 사이에서 갈등해야 했던 가장으로서의 책임감도 있었다. 그래서 그의 작품은 상처와 고뇌가 빚어낸 삶에 대한 기록이라 할 수 있다.

김소진 소설의 대부분은 과거의 기억을 회상하는 형식으로 전개된다. 이것은 그의 작품이 과거의 억압된 상처와 고뇌가 빚어낸 삶에 대한 기록이라는 점과 밀접한 상관관계가 있음을 유추할 수 있다. 곧 그에게 있어서의 글쓰기는 무의식에 내재되었던 과거의 상처와 대면하는 힘겨운 작업이었다. 그가 의식적으로 과거의 기억으로부터 벗어나려고 하지만 그는 또 다시 '기억과 회상'으로 돌아가기를 반복한다.[2] 이것은 그의 글쓰기가 과거의 억압된 무의식과 관계가 있음을 반증反證하는 것이다. 그는 '기억과 회상'이라는 기억의 서사화 방식으로 무의식에 억압되어 있던 상처를 의식으로 불러내어 표현함으로써 과거의 상처에서 벗어나려고 했다. 그는 살기 위해서 글을 썼으며, 바로 이것이 김소진 문학의 존재 이유라고

콩트집: 『바람부는 쪽으로 가라』, 하늘연못, 1996. 『달팽이 사랑』, 솔, 1998.
산문집: 『아버지의 미소』, 솔, 1998.

2 김소진은 데뷔작 「쥐잡기」에서 마지막 작품까지 과거의 기억에서 벗어나지 못했다. 이것은 의식에서 억압되어 무의식에 떠도는 과거의 상처나 결핍이 의지나 이성의 힘으로는 쉽게 사라지지 않는다는 사실을 보여주고 있다.

할 수 있다.

김소진 문학에 대한 연구 유형은 대략 '주제론', '글쓰기', '기억과 회상'에 관한 것으로 나누어 볼 수 있는데 「자전거 도둑」[3]은 이 세 가지를 종합적으로 조명해 볼 수 있는 작품이다. 연구자와 비평가들이 언급하고 있는 주제론 중에서도 김소진의 가족사를 바탕으로 한 아버지와 어머니에 대한 연구가 가장 큰 비중을 차지하고 있다.

김소진 문학에 대한 논의는 어머니보다 '아버지'에 집중되어 있다. 실제 그의 아버지는 김소진 문학의 출발점이자 종착점이라고 할 수 있을 것이다. 그래서 아버지가 사건이나 배경의 중심으로 등장하게 되는 아버지 계열의 작품이 가장 많다. 이러한 계열에 해당되는 작품에는 「쥐잡기」(1991), 「춘하 돌아오다」 「사랑니 앓기」(1992), 「고아떤 뺑덕어멈」(1993), 「개흘레꾼」 「첫눈」 「아버지의 자리」(1994), 「두 장의 사진으로 남은 아버지」 「자전거 도둑」 「원색생물학습도감」(1995), 「길」 「목마른 뿌리」(1996) 등이 있다. 그가 1991년 『경향신문』 신춘문예에 「쥐잡기」로 등단한 이후, 1997년 암으로 요절하기 직전까지 매년 아버지가 사건이나 회상의 중심에 있는 작품을 발표했다는 사실은 아버지가 그의 문학의 핵심이자 원천임을 의미한다. 그래서 많은 연구자들은 작품 속에 나타난 아버지의 존재 의미와 아버지에 대한 의식의 변화를 규명하는 것이 김소진 문학을 해명하는 단초가 된다고 보았다.

김소진이 등단하여 본격적인 글쓰기를 시작했을 때에 그의 아버지는 이미 돌아가셨다. 그래서 그의 글쓰기는 돌아가신 아버지에 대한 '기억과 회상'의 방법으로 이루어진다. 소설 속에서 아버지는 '나' 또는 아들이 기억하거나 회상하는 형식으로 그 모습을 드러낸다. 그 아버지는 유년기의

---

3 김소진, 「자전거 도둑」, 『문예중앙』, 1995, 여름호.
  김소진, 「자전거 도둑」, 『자전거 도둑』, 문학동네, 2002.

시간과 공간, 대학시절의 시간과 공간, 성년 시기의 시간과 공간으로 이행하는 과정에서 회상되고 생생하게 기억되는 존재이다. 이는 관념적 존재가 아닌 삶의 현장에서 실제로 살아 움직이는 실존實存의 아버지이다. 「자전거 도둑」은 그 중에서도 유년기의 시간과 공간 속에서 겪었던 가난과 트라우마가 성인이 되어서도 얼마나 큰 영향을 미치는지를 보여주는 대표적 작품이다.

　본고에서는 작가가 성장과정에서 경험했던 외상外傷[4]과 결핍 체험이 그의 소설 「자전거 도둑」을 중심으로 어떻게 표출되고 있는지를 기억의 서사화 방식으로 형상화되는 과정을 살펴보고, 김소진의 무의식에 억압되어 있는 상처와 욕망이 글쓰기를 통해 치유되고 극복되는 과정을 고찰하고자 한다.

II. 아버지에 대한 기억 서사와 치유적 글쓰기

　김소진 소설의 서사구조는 난해하고 복잡해서 쉽게 읽히지 않는 경우가 많다. 그 이유는 '기억과 회상'의 구조로 대부분의 소설이 구성되어 있기 때문이다. 이러한 사실을 간과하면 현재와 과거의 경계가 모호하고 불분명하며 매우 어렵게 느껴진다. 그러나 대부분의 그의 소설이 단일한 현재와 몇 겹의 층위로 된 과거의 사건이 기억과 회상으로 이루어져 있다는

---

4 외상(trauma)은 '상처'를 뜻하는 그리스어이다. 한 개인의 삶에 일어난 강렬한, 그 사람의 삶 속으로 흡수·통합될 수 없는 사건으로, 이는 정신적으로 격양된 상태를 초래하며 개인의 삶에 장기간 어떤 영향을 미치게 된다. 외상을 입힌 사건을 정신이 의식적으로 인식하지 않으려고 할 때, 그것은 무의식으로 억압된다. 결국 외상적 사건에 대한 기억은 무의식에서 적절하게 해결되지 못한 상태로 남게 되며, 이 사건을 둘러싼 정서 또는 감정적 에너지 역시 억눌린 상태로 남게 된다.
파멜라 투르슈웰, 강희원 역, 『프로이트 콤플렉스』, 앨피, 2010, 68쪽.

사실을 알면 의외로 단순하고 쉽다. 즉 단일한 현재 시점의 서사에, '기억과 회상'이라는 방식으로 몇 개의 과거 시간대가 연결되어 있다. 또 작가의 무의식적 욕구와 소망이 자유연상과 회상의 방식으로 형상화되기 때문에 이야기의 연결이 부자연스럽고 돌발적이다. 그래서 현재와 과거의 경계가 때로는 불분명하고 모호하여 매우 어렵게 느껴진다.

프로이트는 무의식적 욕구나 충동들이 자아의 검열을 피하기 위해서 본체를 조각내거나 변형시켜서 의식으로 나온다고 하였다. 김소진의 글쓰기는 그의 무의식적 욕구나 소망이 각각의 작품으로 조각나거나 변형되어서 의식으로 표현된 것이다. 그의 소설 전체를 하나의 텍스트로 본다면 각각의 작품에는 무의식적 욕구나 소망이 '기억과 회상'의 방식으로 파편화되어 나타나 있다. 김소진이 작품을 통해서 끊임없이 기억하고 회상하는 내용은 작가의 무의식에 남아있는 결핍과 상처이다.[5]

김소진의 가족사를 보면, 이북에 부모와 처자식을 두고 월남한 김소진의 실제 아버지는 상처가 많은 사람이었다. 그는 북에 두고 온 가족에 대한 그리움과 죄책감을 평생 가지고 살았으며, 중풍으로 인한 불편한 몸으로, 남편과 아버지로서의 역할을 제대로 하지 못하고 가난하게 살아야했던 경제적 무능력에 대한 상처를 가지고 있었다. 이러한 아버지의 상처는 아들인 김소진에게 전이되어 그의 심리, 특히 무의식에 많은 영향을 끼쳤다. 그는 성장하면서 북쪽에 아버지의 아내와 자식이 있다는 사실에 서자의식과 정체성의 혼란을 겪기도 하고, 추레하고 무능력한 아버지의 존재 자체를 부끄러워했다. 그러면서도 가난으로 인한 결핍의 상처로 고통당하며 몸부림쳤다. 그러나 대학 2학년 때인 1982년 남북이산가족 찾기 열풍이 몰아칠 때에 T.V 앞에서 며칠씩 잠도 자지 않고 눈물을 훔치던 아버

---

5 김동성, 「김소진 소설 연구—기억의 서사화 방식과 그 의미」 국문초록, 가천대학교 대학원 박사학위논문, 2012.

지를 보고 화해하기로 마음을 먹었다.

고인환은 "김소진의 소설은 기억에 의존해 유년 시절의 결핍 충격을 완화시켜 줄 환유적 대상을 찾아 나서는 여정이다. 이는 그의 소설에서 일차적으로 아버지의 삶에 대한 천착으로 표출된다"[6]라고 하며 그의 글쓰기의 시발점을 아버지의 삶에 대한 천착으로 보고 있다. 그는 첫 창작집『열린 사회와 그 적들』의 「自序」에서, 아버지가 글을 쓰게 되는 원천이며, 사회와 세상으로 나아가는 첫 번째 통로라는 사실을 밝히고 있고, 두 번째 창작집『고아떤 뺑덕어멈』의 「작가 서문」에서, 아버지한테 물려받은 유일한 자산인 가난과 상처가 지난 사 년간 자신의 알량한 문학의 밑천이자 젖줄이었다고 고백하고 있다.

데뷔작 「쥐잡기」가 소설이기에 앞서 애틋했던 아버지께 부치는 제문(祭文)이었듯이, 이후의 작품들도 그러한 제문의 범주에서 크게 벗어나지 못했습니다. 때문에 너무 환하지도 어둡지도 말아야겠다던 내 소설의 빛깔은 어느덧 어정쩡한 잿빛을 띠고 말았습니다. 그것이 이 시대의 빛깔과 닮은 게 아니냐고 한다면 너무 억지일까요.[7]

거기에 내가 있다. 우는 내가 있고, 웃는 내가 있고, 똥 싸고 먹고 속임수 치고, 싸구려 사탕을 허벌나게 빨아대는 내가 있다. 그리고 나를 닮은 아버지가 거기 있다. 거기를 갔다 오지 않고서는 앞을 향한 어떤 여행도 불가능할지 모른다.[8]

그는 작품을 통하여 무의식에 깊이 남아있던 상처를 기억과 회상의 방식으로 끊임없이 떠올린다. 문학은 아름답지 않은 아픈 상처를 이야기함

---

6 고인환, 「결핍의 서사―김소진 소설 연구」, 『어문연구』 110호, 2001, 85쪽.

7 김소진, 「自序」, 『열린 사회와 그 적들』, 문학동네, 2002.

8 김소진, 「원체험, 기억 그리고 소설」, 앞의 책, 35쪽.

으로써 존재를 긍정[9]하는 힘을 가지고 있다. 그래서 그는 과거의 아픈 상처를 끊임없이 변형해서 이야기한다. 그렇게 하지 않고서는 미래로 나아갈 수 없었다. 그는 그 상처를 치유하지 않고서는 미래를 향한 어떤 여행도 불가능할지 모른다고 고백하고 있다. 그가 아버지에 대한 과거의 기억 속으로 떠나는 여행은 무의식에 각인된 상처를 치유하고, 부정하고 거부할 수밖에 없었던 아버지란 존재를 긍정하기 위한 힘겨운 여정이었다.

작품 속에서 아들이 기억하는 아버지의 모습은 매우 다양하다. 유년시절의 기억, 중고등학교 시절의 기억, 대학생 시절의 기억, 가정을 이루고 자녀를 둔 가장으로서의 기억 등에서 아버지는 다양한 모습으로 변주되어 드러난다. 유년시절의 기억 속에 남아있는 아버지는, 병들어 있거나 추레하고 부끄러웠으며, 아버지로서의 자격이 없는 존재로 그려지고 있고, 중고등학교 시절의 기억 속에 남아있는 아버지는, 아들의 중학교 등록금을 화대로 탕진하고 여자에게 다시 돌려달라고 애원하는 수치스럽고 치욕적인 존재로, 또 도전盜電을 하거나 그 사실을 알고 협박하던 사람을 죽게 만드는 비도덕적이고 반인륜적인 존재로 그려지고 있다. 대학시절의 기억 속에 남아있는 아버지는, 테제도 안티테제도 아닌 수치스럽고 절망적인 존재, 안타깝고 불쌍한 존재, 자신의 운명과 맞서보려는 존재 등으로 그려지고 있고, 자녀를 둔 가장으로서의 기억 속에 남아있는 아버지는, 현재의 자신과 동일한 무능력한 존재, 정말 불쌍하고 애처로운 존재, 전쟁의 피해자 등으로 그려지고 있다. 이처럼 작품 속에서 아들이 기억하는 아버지의 다양한 모습은 아들의 무의식에 남아있는 상처가 무엇인지를 파악할 수 있는 근거가 되며, 아버지 모습에 대한 기억의 변화 양상은 작가 김소진이 글쓰기를 통해서 그의 상처가 어떻게 치유되어 가는지 유추할 수 있을 것이다.

---

9 변학수, 『문학치료』, 학지사, 2005, 343쪽.

소설쓰기는 분명 의식적인 행위이다. 그러나 글쓰기가 항상 의식이나 이성으로만 이루어지는 것은 아니다. 때로는 작가의 무의식이 작품 속에 투영되기도 한다. 작가 김소진은 성장과정에서 가지게 되었던 무의식속의 상처와 결핍의 외상 체험을 '기억과 회상'의 방식을 통해서 의식으로 불러 온다. 그의 작품의 대부분은 '기억과 회상'의 방식으로 되어 있기 때문에 그의 글쓰기는 무의식의 상처와 결핍을 의식화하는 작업이다. 그는 과거의 기억을 다양한 층위의 시간으로 불러내어 그 시절, 그 사건, 그 상황을 재경험함으로써 자신을 통찰하게 되고 치유의 단계에 돌입하게 된다.

'기억과 회상'이라는 기억의 서사화 방식은 프로이트의 정신분석의 과정과 유사하다. 기억의 원체험은 무의식과 관계가 있고, 상처나 결핍과 관계가 있으며, 다양하게 반복되고 변주되며 재구성된다. 이러한 기억의 원체험을 바탕으로 한 기억의 서사화는 정신분석에서 환자들이 무의식에서 떠돌던 과거의 상처나 결핍을 자유연상의 방식으로 반복하고 변주하며 이야기하고 재구성하는 것과 흡사하다. 그런 면에서 김소진처럼 과거의 상처와 결핍을 '기억과 회상'이라는 기억의 서사화로 형상화하는 글쓰기는 자신의 상처와 결핍을 치유하고 극복하는 정신분석적 자기 치유의 과정이라고 할 수 있다.

글쓰기를 통해 과거 무의식의 상처가 현재에 어떻게 재현되어 치유의 과정에 이르는지를 아버지 계열의 작품에 나타난 작중화자인 '나'의 심리 변화 양상을 간단하게 살펴보자.

아버지로 인한 상처의 극복 양상을 「춘하 돌아오다」(1992), 「사랑니 앓기」(1992), 「고아떤 뺑덕어멈」(1993), 「개흘레꾼」(1994), 「아버지의 자리」(1994), 「자전거 도둑」(1995), 「목마른 뿌리」(1996) 등의 아버지 계열의 작품을 통해서 살펴보면 다음과 같다.

김소진은 1992년 여름에 발표한 「춘하 돌아오다」에서 중학교 입학을 앞 둔 유년의 기억 속의 아버지를 성적 수치심의 대상일 뿐만 아니라 증오의 대상으로 표현하고 있다. 1992년 가을에 발표한 「사랑니 앓기」에서는 고등학생인 아들의 기억 속의 아버지를 소심하고 무능하며 윤리 의식도 없는 존재로 표현하고 있다. 1993년 6월에 발표한 「고아떤 뺑덕어멈」에서는 데모를 하다가 화상을 입고 휴학을 하던 대학생의 기억 속의 아버지를 연민의 대상으로 표현하고 있다. 그리고 1994년 3월에 발표한 「개흘레꾼」에서 대학생 아들의 기억 속의 아버지를 자신의 앞길을 다 막아버린 '절망' 그 자체로 표현하고 있으며, 그 근원에는 국민학교 1학년 때의 추레하고 수치스러웠던 아버지가 자리하고 있음을 형상화하고 있다. 그리고 스물여덟 살 때에 겪었던 아버지의 삶의 이야기를 듣고 대학생 아들은 아버지를 이해하기 시작한다. 1994년 겨울에 발표한 「아버지의 자리」에는 앞 절에서 밝힌 것처럼 '춘하 사건'이라는 동일한 화소가 등장하지만 중학교 입학하기 직전의 '나'는 아버지가 주는 돼지 머릿고기를 먹고 화해를 한다. 그리고 가장 노릇을 제대로 하지 못하는 성인화자 '나'는 딸에게 수치스러운 아버지로 인식된다는 사실을 깨닫고 비로소 아버지를 '나'와 동일시한다.

　김소진은 1995년 여름에 발표한 「자전거 도둑」에서 유년의 기억 속의 아버지를, 삶의 터전인 가게를 지키기 위해 어쩔 수 없이 아들에게 죄를 뒤집어씌우는 못난 존재로 형상화하고 있다. 그러나 작가는 원망스러운 아버지에게 시선을 두지 않고, 그런 아버지를 바라보는 아들에게 둔다. "나는 그때 겁에 질린 송아지처럼 눈에 흰자위가 유난히 많아진 아버지의 눈동자를 지금도 똑똑히 기억한다."라는 표현을 통해 이를 확인할 수 있다. 그리고 아버지에게 뺨을 맞았을 때에 "차라리 죽는 한이 있어도 애비라는 존재는 되지 말자."라고 말한 것은 아버지에 대한 원망이라기보다는 아들의 뺨을 때려야 하는 아버지의 참담한 심정을 헤아리는 성인화자의 마음으로 볼 수 있을 것이다. 그런 사건이 발생한 후에 '내'가 아버지를 원망하고 증오한 것이 아니라, 혹부리할아버지에게 복수를 한 것은 이를 증명하고 있다.

1996년에 발표한 「목마른 뿌리」에서는 통일된 지 3년 만에 이북에 살고 있는 이복형님(김태섭)이 이북어머니의 유골함을 들고 소설가인 '나(김호영)'의 집에 찾아와서 아버지에 대한 이야기를 하는 장면이 나온다. '나'는 이복형님과 아버지 산소에 성묘하러 가는 차안에서 그로부터 '아버지'라 부를 수 있는 존재가 있다는 사실만으로도 '홍복'이라는 말을 듣는다.

> "아우님이야 허나사나 애비라고 부를 사람이 있었지 않은가? 홍복이 잖구. 내레 북쪽에서 허구헌 날 후레아들놈 소릴 들으며 자랐지. 우리집 이래 애시당초 동요 계층에 속했으니깐두루."[10]

그의 이 한마디가 '나'의 가슴을 비수처럼 파고 들었지만 "아버지 슬하에서 저 또한 형님 못지않은 신산고초를 겪었단 말입니다."라고 소리를 지를 뻔 했다고 표현함으로써 '아비 부재'의 상처 못지않게 '아비 실존(實存)'의 상처가 컸다는 것을 다시 확인하면서 그 상처가 이복형님의 말로 인하여 극복되고 있음을 보여주고 있다.

위의 사례에서 작가 김소진이 '기억과 회상'의 방식으로 형상화한 아버지는 유년시절에는 추레하고 수치스러운 존재로, 중·고등학교시절에는 무능하고 치욕적이며 비도덕적인 존재로 드러나 있다. 대학시절에는 아들의 앞길을 막아버린 절망적인 존재로, 그리고 아버지의 기구한 삶의 이야기를 듣고 난 이후에는 안타깝고, 불쌍한 존재로 드러나 있다. 그리고

---

10 김소진, 「목마른 뿌리」, 『신풍근 배커리 약사』, 문학동네, 2002, 34쪽.

성인이 된 후에는 자신과 동일한 존재로, 더 나아가서 '아비 부재'의 상태에서 살았던 북쪽의 이복형님을 만나서는 '아버지'라 부를 수 있는 존재가 있다는 사실만으로도 '홍복'이라는 말을 듣고, 아버지를 감사해야할 대상으로 인식하게 된다. 곧 이것은 유년시절에는 부정적 대상이었던 아버지가 성년기로 이행되면서 점차 긍정적인 대상으로 변화하고 있음을 보여주고 있다.

또한 '춘하 사건'과 같이 유사한 화소가 나타나는 「춘하 돌아오다」(1992)와 「아버지 자리」(1994)를 비교했을 때, 김소진 글쓰기의 전반기에 해당하는 전자에서는 아버지가 수치스럽고 증오스러운 존재로 그려져 있다. 그러나 김소진 글쓰기의 중반기에 해당하는 후자에서는 아버지를, 화해하고 동일시하는 대상으로 표현하고 있다. 그리고 김소진 글쓰기의 후반기에 해당되는 시기에 발표된 「자전거 도둑」(1995)에서는 유년시절의 아버지에 대한 상처가 '기억과 회상'의 방식으로 형상화되고 있지만 아버지를 원망의 대상으로서가 아니라 연민의 대상으로서 바라보고 있다.

Ⅲ. 「자전거 도둑」의 서사 연쇄와 트라우마

김소진의 소설 중에서 「자전거 도둑」은 영화를 매개로 하여 작중화자인 '나(김승호)'와 서미혜의 과거 회상이 연결되면서 두 사람의 내면적 상처가 드러나는 작품이다. 무의식에 잠재되어 있던 유년시절의 상처가 현재의 삶에 어떻게 영향을 끼치고 있으며, 그 상처가 어떻게 극복되고 있는지를 보여주고 있다.

「자전거 도둑」의 서사 연쇄

S1. 자전거에 도둑이 생겼다. 정확히 표현하자면 나(김승호) 몰래 누군가가 내 자전거를 훔쳐 타고 다니다가 다시 갖다 놓는 것이었다. 어느 날 몸이 아파 신문사에서 조퇴를 하고, 약방에 자전거를 타고 가려다 그 의문이 풀렸다. 그 범인은 뜻밖에도 나의 아파트 위층에 사는 스포츠센터 에어로빅 강사 서미혜였다. 그날 저녁 난 묘한 흥분에 사로잡혔다. 나는 불현듯 이탈리아 비토리오 데 시카 감독의 영화 〈자전거 도둑〉에 나오는 장면들을 떠올리며 그 비디오를 한 번 더 보고 싶은 마음이 생겼고, 양주를 마셨다. 젠장, 난 이 영화 앞에서 왜 이리 갈피를 못 잡는 걸까.

S2. (영화 자전거 도둑) 이차대전 종전 후 로마, 오랫동안 직업을 구하지 못하던 안토니오는 어느 날 일자리를 구한다. 길거리에 포스터를 붙이는 일인데 그 일에는 자전거가 필수적이다. 그는 헌 옷가지를 전당포에 맡기고 자전거를 구한다. 어린 아들 브루노는 출근하는 아버지를 따라 나선다. 잠시 자리를 비운 사이에 누가 자전거를 훔쳐 타고 달아난다. 쫓아가다가 놓치고 경찰에 신고했지만 허사였다. 자전거포를 뒤지다 어느 젊은이가 자기 자전거를 타고 달리는 것을 목격하고 쫓아갔지만 허사였고, 결국 빈민가에 있는 그 젊은이의 허름한 집을 보고 절망에 빠진다. 자신처럼 가난한데다 젊은이가 그를 보자 간질을 일으키며 길가에 나뒹굴어 버둥거린다. 경찰이 왔지만 증거도 없었고, 안토니오의 우유부단한 태도로 자전거를 찾지 못한다. 아들은 아버지의 태도에 크게 실망한다. 안토니오는 축구경기장 곁을 지나다가 즐비하게 세워놓은 자전거를 본다. 안토니오는 브루노에게 먼저 집으로 가라고 하고, 자전거를 훔쳐 타고 달아난다. 그는 곧 주인에게 잡히고, 아들의 면전에서 봉변을 당한다. 그의 처지를 가련하게 여긴 주인의 선처로 그는 풀려난다. 긴 그림자가 드리워진 석양의 거리를 아들은 뒤따르고 안토니오는 허탈한 모습으로 하염없이 걸어간다.

S3. 이 영화를 볼 때마다 난 외로움을 느꼈다. 아들이 지켜보는 앞에서 아버지

의 권위를 무시당한 그의 모습에 콧등이 시큰해졌고, 그보다는 무너져내리는 아버지의 뒷모습을 목격해야 하는, 그럼으로써 평생 씻을 수 없는 내면의 상처를 끌어안고 살아갈 어린 아들 때문에 나는 혀를 깨물어야 했다. 내가 바로 또 다른 브루노였으니까.

이 망할 놈의 기억, 저 비디오테이프를 찢어버려야 하는 건데…… 나는 다시 거칠게 발렌타인의 병목을 잡아챘다.

S4. (유년시절 회상) 한 평도 안 되는 구멍가게는 중풍에 쓰러져 정상적 건강 상태가 아니었던 아버지의 유일한 수입원이자 생존 이유였다. 나는 물건을 떼러 시장통 도매상으로 다니는 아버지의 뒤를 따라 다녀야만 했는데 그땐 그게 죽도록 싫었다. 반 친구, 심지어 여자 아이들을 만나는 날에는 정말 그 자리에서 혀를 깨물고 죽고 싶은 생각뿐이었다. 더군다나 아버지가 주로 물건을 떼오는 수도상회 혹부리영감의 손녀 나미는 2학년인가 3학년 땐가 우리반 부반장이었는데 어쩌다 그 애가 헐렁한 동냥자루 같은 포대를 쥐고 계산대 옆에 서 있는 내 앞을 스쳐 지나갈 때면 나는 사팔뜨기인 양 뒤틀어진 눈을 아래로 깔아야 했다.

S5. (유년시절 회상) 도매상에서 떼어온 물건 자루를 정리하면서 소주 두 병이 덜 왔다는 사실을 알고 아버지의 얼굴은 맞보기가 민망할 정도로 하얗게 질렸다. 왜냐하면 그 두 병을 빼고 나면 나머지 것들을 다 팔아 봤자 결국 본전치기일 뿐이었기 때문이다. 그래서 아버지는 나를 내려보냈지만 혹부리영감은 인정할 수 없다며 막무가내였고, 나중에는 아버지까지 가세했지만 거래를 끊겠다고 위협을 했다. 결국 아버지는 자신의 과오를 인정할 수밖에 없었다. 가게로 돌아온 아버지는 기어코 아들인 내 앞에서 눈물을 보이고 말았다.

S6. (그로부터 5일 후 회상) 닷새쯤 지나서 아버지와 나는 다시 그 수도상회에 물건을 떼러 갔다. 아버지는 혹부리영감의 눈을 속여 미리 소주 두 병을 은밀히 자루 속에 더 넣어 두었는데 셈을 치르고 나서려는 순간 혹부리영감이 우리를 불러 세워 확인하였고, 해명을 요구했다. 아버지는 어린 아들인 내가 무슨 구세주라

도 돼 주었으면 하는 간절한 눈으로 내 얼굴을 쳐다봤던 것 같아서 내가 몰래 넣었다고 자백을 했다. 그러자 그는 물정 모르는 아이가 저지른 짓이니 거래는 끊지 않겠다고 하면서 자기 앞에서 아이를 호되게 가르치는 모습을 보여달라고 했다. 그러자 아버지는 손을 부들부들 떨며 내 뺨을 후려쳤다. 단 한 대에 내 뺨은 무섭게 부풀어 오르며 감각을 잃어 갔다. 그것이 바로 진짜 교육이라는 영감의 격려를 받은 아버지는 그에게 굽신거린 다음 또 한 차례 내 뺨을 올려붙였다. 나는 아픔을 거의 느끼지 못했던 것 같다. 어린 나이에도 아버지의 눈 속에 흐르지도 못하고 괴어 있는 눈물을 보았다. 아마도 나는 그 때 "차라리 죽는 한이 있어도 애비라는 존재는 되지 말자."라는 그런 끔찍한 다짐을 했는지도 모른다.

S7. 나는 경의선 막차를 타고 오다가 앞에 앉은 서미혜에게 말을 걸어 포장마차에서 함께 술을 마셨다. 그녀를 자신을 자전거 도둑 서미혜라고 소개하며 늦었지만 용서를 구한다고 하였다. 나도 미인이 자전거를 길들이고 있어서 기분이 좋았다고 하면서 농담을 주고받았다. 그녀는 자기가 당분간 자전거를 길들여도 되겠냐는 물음에 나는 자전거 도둑을 좋아한다며 〈자전거 도둑〉이라는 비디오를 한 번 보면 재미있을 것이라고 했다. 그녀는 꼭 보여달라고 했다.

S8. 나는 "〈자전거 도둑〉 나왔나요?"라고 씌여진 메모를 현관 바닥에서 발견하고 위층 서미혜 집으로 찾아가서 함께 양주를 마시며 영화를 보았다. 그러나 내 머릿속은 내내 혼란스러웠다. 미혜가 졸린 듯한 자세로 이마를 내 어깨 위로 포개왔다. 눈군가가 떨고 있었다. "재미없죠?"라는 말에 그녀는 대답 없이 고개를 빤히 쳐들고 내 눈을 바라본 다음 빙긋이 웃었다. 나는 갈수록 차분해지면서 딴 생각을 하게 되었다.

S9. (흑부리영감의 손녀딸 나미 회상) 흑부리영감에겐 도무지 어울리지 않는 손녀딸 나미가 떠올랐다. 내가 아버지와 함께 흑부리영감에게 그 된경을 치르는 사이에 그 애는 쪽문으로 나와서 우리를 힐끗 쳐다본 다음 그 쪽문을 통해서 뛰어 들어갔다. 그렇게 빨리 사라져 준 것이 그 때는 얼마나 고마웠는지…… "죽이고

말겠어!" 나는 혹부리영감에 대해 그렇게 이를 갈았다. 그리고 그의 죽음을 재촉하는 데 일조를 하고 말았다.

S10. "난 저 영화를 보면서 꼭 누구를 생각하거든." 나는 어느 새 서미혜에게 말을 놓고 있었다. 내가 장난기로 어렸을 적에 혹부리영감을 죽음으로 몰아넣었다고 하자 서미혜도 몸을 떨며 깜짝 놀라는 시늉을 했다.

S11. (혹부리영감에 대한 복수 회상) 내가 혹부리영감에게 복수를 하는 방법은 그가 애지중지하는 수도상회를 분탕질 내는 것이었다. 그래서 나는 하수구를 통해서 수도상회로 들어갔다. 술병을 따서 진열장 위아래 가릴 것 없이 부어댔고, 물건들을 대부분 절단냈지만 왠지 성에 차지 않았다. 그가 애지중지하던 물건들을 작살내고 간판도 떼어 하수구 안으로 내던졌다. 그리고 그가 보물단지처럼 끌어안고 사는 돈궤 위에 한동안 참았던 굵직한 대변을 질펀하게 싸질렀다. 그 후로 혹부리영감은 한 해를 넘기지 못하고 자리보전을 하다 돌아갔고 가게는 몸을 닫고 말았다.

S12. 그녀는 정말 재미있다고 하면서 눈물을 글썽이고 있었다. 나는 갑자기 눈물을 흘리는 그녀의 얼굴을 보고, 걷잡을 수 없는 기분이 돼 버렸다. "승호 씨, 그 청년 생각나?" "누구……?" "그 꼬마의 아버지가 뒤쫓아갔을 때 길가에서 간질병으로 나뒹굴던 창백한 청년……" "많이 닮았다…… 울 오빠……" 그녀의 목소리가 축축이 젖어가고 있었다. "오래 전에 죽었어요. 아니 죽였지, 내가." 미혜는 자신의 오빠에 대해서 내가 듣든 말든 주저리주저리 엮어 갔다.

S13. (서미혜의 회상) 손이 귀한 집안에 태어난 오빠는 귀엽고 눈빛이 초롱한 아이였는데 학교 들어가서 간질이 도졌다. 자전거를 좋아하던 오빠는 나를 태우고 자전거를 타다가 간질 발작을 일으켜 어려움을 당하기도 하였다. 그 후로 어머닌 오빠를 다락 속에 몰아넣고 키웠다. 스무 살이 넘었지만 성장을 멈춘 것 같은 오빠는 웅크리고 앉으면 꼭 어린애 같았는데 한 번은 체력장으로 피곤해 잠들어 있는 나의 옷을 벗기고 이상한 행동을 하려다 발각되어 엄마한테 함께 죽고 말자

며 휘둘러대는 다듬이 방망이질에 얻어맞고 며칠 간 곡기마저 끊고 지냈다. 그 때 나의 수치심은 말로 표현할 수 없을 정도였다. 하루는 엄마가 친정일로 고향에 가시면서 오빠 밥을 잘 차려 주라고 신신당부를 했는데 나는 아예 친구집에 가서 일주일을 보냈다. 엄마가 돌아와서 다락문을 열었을 때, 오빠는 거의 죽기 직전이었고 며칠 후에 죽었다. 그리고 나는 견딜 수 없어서 가출을 시작했다.

S14. 내일 아침까지 넘겨야 할 기사가 있다고 하며 서둘러 빠져나온 뒤로 나는 달포쯤 그녀를 만나지 못했고, 왠지 그녀를 찾고 싶은 마음이 생기질 않았다. 그 때 들은 오빠 얘기 때문인지, 자꾸만 그녀가 나에게 함정을 파고 있는 것 같다는 생각이 들었다. 그러다가 어느 일요일 아침에 자전거 안장에 손가락을 한 번 그어 보았더니 먼지가 새까맣게 묻어났다.

S15. 철로변 자동차 전용 도로 쪽에서 그녀가 긴 머리칼을 휘날리며 자전거를 타는 모습을 발견하고 나는 손을 흔들며 말을 건넸지만 그녀는 낯선 사람을 대하는 눈길로 스쳐갔다. 나의 눈길이 그녀의 자전거에 닿는 순간 나는 그 이유를 깨달았다. "그녀에게 또 다른 자전거가 생겼구나. 그렇지! 다른 자전거를 훔치는 도중이군. 내가 그걸 왜 몰랐을까. 나는 서둘러 허둥지둥 자전거 전용 도로를 벗어나 달아나기 시작했다.

「자전거 도둑」의 작중인물인 '나'(김승호)의 심리적 궤적을 추적해 보면 다음과 같다.

이 작품은 자전거 도둑의 정체를 밝히는 것으로 시작된다. '내' 자전거를 훔친 도둑이 아파트 위층에 사는 에어로빅 강사 서미혜라는 사실은 '나'의 무의식에 잠재되어 있던 과거의 상처를 일깨운다. 위층에 사는 에어로빅 강사가 자전거 도둑이라는 사실에 '나'는 묘한 흥분을 느끼고 영화 '자전거 도둑'을 다시 보게 된다. "젠장, 난 이 영화 앞에서 왜 이리 갈피를 못 잡는 걸까."라는 말은 성인이 된 '나'의 무의식에 남아있는 상처와 이

영화가 상관관계가 있다는 뜻이다. 그것은 아들 브루노가 보는 앞에서 자전거를 훔친 아버지 안토니오가 수모를 당하는 장면이다.

이 장면은 유년시절 '내'가 보는 앞에서 '소주 사건'으로 혹부리영감에게 수모를 당하며 눈물을 글썽이던 '나'의 아버지를 연상하게 한다. '나'와 브루노는 가난 때문에 아들이 보는 앞에서 수모를 당하는 아버지의 모습을 목격하고 내면의 상처를 지니게 된다. 어린 '나'는 혹부리영감의 요구대로 아들의 뺨을 때리는 아버지의 상황과 심정을 이해하고 있다. 도둑질한 사실이 밝혀져서 혹부리영감과 거래가 중단되면 아버지의 유일한 수입원이자 생존 이유가 사라지는 것이다. 곧 한 집안의 가장으로서 갖는 절박한 심정과 생존본능으로 인하여 아버지는 아들의 뺨을 때린 것이다. 그 상황이 유년시절 회상에 잘 드러나 있다.

성인이 된 '내'가 이 영화를 보면서 '외로움'을 느낀다는 것은 옛날 아버지가 느꼈던 외로움을 아들이 공감한다는 뜻이다. 영화 속의 아들 브루노는 바로 '나' 자신이다. '나'는 영화 속의 브루노를 동일시한다.

그러나 브루노와 유사한 기억을 지닌 '나'는 성인이 된 상황에서도 그 기억 때문에 괴로워하고, "비디오테이프를 찢어버려야 하는 건데"라며 독한 양주를 마신다. 이러한 행동은 '나'의 무의식에 또 다른 깊은 상처가 있음을 짐작하게 한다. 그것은 혹부리영감에 대한 '나'의 복수로 그가 결국 죽게 되었다는 사실이다. 곧 간접살인을 했다는 죄의식이다.

나의 죄의식은 서미혜의 죄의식과 연결되어 있다. 영화 '자전거 도둑'을 매개로 하여 '나'와 서미혜가 연결되어 있다. '나'는 영화 '자전거 도둑'에 나오는 아버지 안토니오, 아들 브루노와 연결되어 있지만 서미혜는 안토니오의 자전거를 훔친 간질환자인 청년과 연결되어 있다. 그 청년은 서미혜의 무의식에 남아있는 유년시절의 상처를 일깨운다. 그것은 간질환자였던 오빠로 인한 트라우마이다.

서미혜의 오빠에 대한 유년시절의 트라우마는 세 가지로 요약될 수 있다. 첫째는 오빠가 아버지의 짐칸 달린 자전거에 어린 서미혜를 태우고 가다가 간질 발작을 일으켜 그녀를 길가에 내동댕이친 일이다. 둘째는 다락에 갇혀 지내던 민석 오빠가 체력장으로 피곤해 잠든 서미혜의 옷을 벗기고 몹쓸 짓을 하려고 했던 일이다. 셋째는 어머니가 친정일로 고향에 가면서 오빠 밥을 잘 챙겨주라고 신신당부를 했지만 그녀는 친구집에 가서 일주일을 보낸다. 그래서 그 일로 오빠가 죽게 된다. 그 후에 그녀는 자책감에 견딜 수가 없어서 가출을 한다.

성격발달 과정에서 초등학생 시절은 잠복기에 해당한다. 이 시기의 아이들은 이전보다 더욱 동성의 부모를 동일시하여 남성다움이나 여성다움이 분명해지며, 사회적 관습과 태도를 배운다. 이때는 자아가 자라며 이상이 형성되는 시기이기도 하다. 그리고 이 시기는 아이들이 가족이 아닌 사람들을 만나고, 사회적인 관계가 이루어지는 시기로서 인간관계가 다양해지면서 사회화가 일어나는 '사회화 시기'이다.[11] 이 시기의 '나'는 남의 시선에 매우 예민한 반응을 보인다. 힘과 권위가 없는 아버지는 동일시의 대상이 되지 못했다. 겁이 많고 경제적으로 무능력한 아버지는 감수성이 예민한 아들에게 수치심 그 자체였다. 아들은 도매상으로 물건을 떼러 다니는 초라한 아버지의 뒤를 따라 다니는 일이 죽도록 싫었다고 고백하고 있다. 특히 시장통에서 여자 아이들을 만나는 날에는 혀를 깨물고 죽고 싶은 생각뿐이었다고 회상하는 것은 아버지로 인한 무의식적 상처가 그만큼 깊었다는 것을 의미한다.

공격성[12]은 그 사람을 움직이는 동력이다. 그리고 자신을 지키기 위해

11 이무석, 『정신분석에로의 초대』, 이유, 2004, 151쪽 참조.

12 프로이트는 인간을 움직이는 두 가지 욕동(본능적 욕구의 움직임)이 있다고 했다. 그것은 삶의 욕동인 리비도(성 에너지)와 죽음의 욕동인 타나토스(공격성, 공격적 에너지)이다. 공격성은 자신을 움직이는 중요한 동력이며 자신을 지키기 위해서는

서 이러한 공격성은 필요하다고 프로이트는 주장하고 있다. 「자전거 도둑」에서도 작중화자인 '나'는 자존심이 상하는 최악의 순간에 공격성을 드러낸다. 혹부리영감의 손녀딸 나미가 아버지와 '내'가 자기 할아버지에게 수모를 당하는 장면을 보게 된다. 이것은 죽음의 욕동인 '나'의 타나토스(공격성, 공격적 에너지)를 자극한 것이다. 그래서 '나'는 "죽이고 말겠어!"라며 복수를 다짐한다. 쾌락원칙을 따르는 '나'의 본능적 욕구인 이드[13]가 그대로 드러난 것이다.

'나'의 복수는 혹부리영감의 수도상회를 분탕질하는 것이다. 온갖 물건이 풍부하게 있는 혹부리영감의 가게는 가난하게 살았던 '나'와 아버지의 결핍을 채울 수 있는 욕망의 공간이자 '나'와 아버지가 수모를 당했던 적대적 공간이다. 가게 물건의 대부분을 절단 내고도 성에 차지 않았다는 '나'의 고백에는 가난에 대한 분노와 상처가 깊게 자리하고 있었음을 확인할 수 있다. 그래서 혹부리영감이 애지중지하던 돈궤를 발견하고 거기에다 한동안 참았던 굵직한 대변을 눈다. 돈궤 위에 대변을 누는 행위는 상징성을 내포하고 있다. 외형적으로는 혹부리영감에 대한 복수로서 극도의 공격성을 드러낸 것이지만 무의식적으로는 돈에 대한 '나'의 욕망이 반동형성反動形成[14]이라는 방어기제로 표출된 것이다. 결국 '나'의 무의식에

항상 약간의 공격성이 필요하다.
정도언, 『프로이트의 의자』, 웅진지식하우스, 2009, 46~47쪽.

13 프로이트의 구조이론에서 이드(id)는 인간이 지닌 원초적 본능욕구들의 정신적 측면이라 정의할 수 있다. 출생시 인간의 마음의 구조 대부분을 이드가 차지할 만큼 강력한데, 이는 쾌락원칙에 따라 움직인다. 이드는 생존에 필요한 음식, 공기, 물, 영양분을 찾는 본능적 욕구로서의 기능, 체온을 유지하고 신체조화를 유지하는 기능, 생식의 기능을 지닌다. 이드가 지닌 본능욕구와 정서에는 1) 의존하고자 하는 소망, 2) 공격적인, 그리고 싸우거나 겁나면 도망가는 성향, 3) 성적인 것이 있다. 이드는 모두 무의식의 영역에 있다.
조두영, 『프로이트와 한국문학』, 일조각, 2004, 22~23쪽.

14 반동형성(reaction formation)이란 겉으로 나타나는 태도나 언행이 마음 속의 욕구

는 가난으로 인한 결핍의 상처가 깊이 자리잡고 있었다. 아버지와 '내'가 수모를 당하고 자존심을 상하게 된 것은 가난, 곧 돈 때문이라는 인식이 무의식에 상처로 남아 있었다고 볼 수 있다.

그래서 돈은 '나'에게 상처와 결핍된 욕망이라는 양가적 가치를 지닌 것으로 볼 수 있다. 구두쇠 혹부리영감과 '돈궤'는 '돈'을 의미하는 상징물이다. 그래서 '돈궤'에 똥을 누는 행동은 돈에 대한 복수이다. '나'의 이러한 행위는 돈에 대한 결핍의 반작용을 드러내는 동시에 '돈'이라는 것은 똥처럼 아무것도 아니라는 작가의 돈에 대한 역설적인 인식을 보여주고 있다. 이 소설의 마지막 부분에서 서미혜는 또 다른 남의 자전거를 훔쳐 타고 다닌다. 서미혜가 자전거를 계속 훔쳐 타고 다니는 행위는 오빠의 죽음에 대한 죄의식이 자전거 도둑으로 전치轉置[15]되어 나타난 것이다. 그녀의 초자아[16]는 살인으로 인한 죄의식에 시달린다. 무의식에서 오빠를 죽게

와 반대인 경우이다. 무의식의 밑바닥에 흐르는 생각·소원·충동이 너무나 부도덕하고 받아들이기에 두려운 것일 때, 이와 정반대의 것을 선택함으로써 의식으로 떠오르는 것을 막는 과정이다. 반동형성이 이성의 한계를 넘지 않고, 적응에 큰 지장을 초래하지 않는 한 불안을 막는 유용한 방어기제가 될 것이다.
이무석, 앞의 책, 165~166쪽.

15 전치(displacement)는 꿈의 내용이나 실제 행동에서 문제의 초점이나 강조점을 다른 데로 옮기는 기제이다. 이것은 원래의 무의식적 대상에게 주었던 감정을, 그 감정을 주어도 덜 위험한 대상에게로 옮기는 것을 말한다. 이 기제는 일반적으로 하나의 생각에 연결된 흥미나 관심(에너지 집중)을 자아가 더 쉽게 수용할 수 있는 다른 생각으로 옮긴다.
이무석, 앞의 책, 175~176쪽.

16 프로이트 정신분석학의 중심이론 중 초기의 지형이론의 한계를 보완해서 나온 것이 구조이론이다. 구조이론은 마음을 이드, 자아, 초자아라는 삼차원적인 구조물로 쪼개 보는 방법인데, 그 중에서 초자아를 살펴보면 다음과 같다.
초자아(superego)란 자아의 기능을 관찰하고 평가하는 마음의 부분으로 무의식에 속해 있으며, 쉽게 말해 양심과 같은 것이다. 초자아는 사회적으로 규정된 문화가 인간에 내면화된 상태인 도덕원칙을 추구한다. 전문가에 따라서는 이 초자아를 둘로 나누어 보기도 한다. 1) 자아 이상(ego-ideal)은 '누구처럼 되어야지…' 하고 자아가

했다는 죄의식이 작동하기 때문에 그녀는 불안해서 견딜 수 없다. 그래서 그녀는 이러한 불안에서 자기를 보호하기 위해 남의 자전거를 계속 훔친다. 서미혜가 남의 자전거를 계속 훔쳐 탄다는 사실은 아직까지 과거의 상처에서 벗어나지 못했다는 뜻이다. 자전거를 훔쳐 타는 서미혜의 행동은 오빠를 죽게 했다는 죄의식을 회피하기 위한 일종의 방어기제[17]이다.

마지막 장면에서 자전거를 타는 서미혜를 발견하고 '나'는 손까지 들고 아는 체했지만 그녀는 '나'를 보고도 아주 차가운 눈길을 보내며, 낯선 사람을 대하듯 스쳐지나간다. 그녀가 남의 자전거를 훔치는 도중이라는 사실을 알고, '나'도 서둘러 달아나기 시작했다. 이 장면은 서미혜의 정신적 상처가 '나'의 상처보다 깊다는 사실을 보여주는 증거가 된다. 과거의 상처에서 벗어나지 못하고 계속해서 자전거를 훔쳐 타는 서미혜를 보자 '나'는 불안해진다. 혹 서미혜처럼 과거의 상처에 붙들리지 않을까 두려워서 '나'는 서둘러 달아난다.

'나'의 상처와 서미혜의 상처는 유사하지만 다른 측면이 있다. 둘 다 간접살인에 대한 죄의식을 가지고 있다는 면에서는 유사하다. 그러나 '나'의

갈망하는 쪽으로 긍정적인 성질을 갖는데, 대부분이 의식에 속하고 일부만이 무의식에 속한다. 2) 협의의 자아(superego proper)로서 이는 "…하면 안돼!" 하는 금지의 부정적 성질을 주로 가지고 있는데, 대부분이 무의식에 속하고 일부가 의식에 속해 있다. 초자아가 약하거나 어느 한 쪽에 빈 구멍이 생긴 사람은 반사회적 성격의 소유자로 된다. 반대로 초자아가 너무 강하면 피학적인, 늘 수심·초조에 차 있는, 자신 없이 우물쭈물하는, 할 말을 당당히 못하는, 자신을 억제하는, 고루한 성격의 소유자가 된다.
조두영, 『프로이트와 한국문학』, 일조각, 2004, 25쪽 참조.

17 인간은 마음의 평정을 원한다. 그러나 인생을 사노라면 이 마음의 평정을 깨뜨리는 사건들이 내적 혹은 외적으로 발생한다. 특히 사회적·도덕적으로 용납되지 못하는 성적 충동, 공격적 욕구, 미움, 원한 등은 하나의 위험으로 인식되고 불안을 일으킨다. 이 불안은 본능적 욕구에 대항하는 초자아의 위협이 원인이다. 이 때 자아는 불안을 처리하여 마음의 평정을 회복시키려는 노력을 한다. 이것이 방어기제(defense mechanism)이다.
이무석, 『정신분석에로의 초대』, 이유, 2004, 160쪽 참조.

상처는 경제적으로 무능력하고 유약한 아버지로 시작되었지만 '나'는 그러한 상처의 원인 제공자 혹부리영감에게 가장 가혹한 복수를 한다. '돈'의 상징인 구두쇠 혹부리영감의 가게를 분탕질하고, 돈궤에 똥을 싸는 행위는 카타르시스를 동반한 통쾌한 복수이다. 국민학교 3학년 아이에게는 초자아의 영역에 해당하는 도덕원칙보다는 이드의 영역인 쾌락원칙이 우선한다. 그래서 기억속의 유년화자에게는 간접살인에 대한 죄의식은 거의 없었을 것이다.

작중화자인 '내'가 서술하는 유년의 기억은 '나'의 복수로 인하여 혹부리영감이 한 해를 넘기지 못하고 죽었으며, 가게 문을 아예 닫았다는 사실까지이다. 곧 그 당시에는 죄의식을 가지지 않았을 것이다. 죄의식은 쾌락원칙보다 도덕원칙이 우선하는 성인이 되어서 가졌을 가능성이 높다. 그러나 혹부리영감은 '돈'을 상징하는 존재이기 때문에 그에 대한 복수는 돈에 대한 복수로 인식될 가능성이 높다. 그러므로 성인이 된 '나'의 무의식에는 그의 죽음에 대한 죄의식은 미약할 수밖에 없다.

반면에 서미혜의 상처는 '나'보다 훨씬 깊다. 그 이유는 서미혜의 오빠에 대한 살인은 직접살인에 가까운 간접살인이다. 그것은 서미혜가 초등학교 3학년이었던 '나'보다 나이가 많은 고등학생 시절에 겪었던 일이다. 그래서 초자아가 더욱 발달한 상태이기 때문에 죄의식을 훨씬 강하게 느꼈을 것이다. 그래서 그녀는 견딜 수 없어 가출을 한다. 또 혹부리영감은 아버지와 '나'를 괴롭힌 존재였지만 간질환자인 서미혜의 오빠는 불쌍한 존재였기 때문에 서미혜의 상처는 '나'보다 훨씬 깊을 수밖에 없다. 그리고 '나'는 혹부리영감에 대한 이야기를 서미혜에게 자연스럽게 하지만 '나'의 이야기를 들은 그녀는 눈물을 흘리면서 오빠 이야기를 한다. 이와 같은 여러 가지 사실로 유추해 볼 때 그녀의 상처는 '나'보다 훨씬 깊다고 볼 수 있다. '나'는 단지 과거의 상처에 대해 조금 불안한 마음을 지니고 있을 뿐이다.

「자전거 도둑」의 서사구조는 네 가지의 각각 다른 이야기로 이루어져 있다. 첫째는 신문기자인 '내'가 자전거 도둑 서미혜가 만나고, 함께 영화 '자전거 도둑'을 보면서 서로 과거의 상처를 이야기하는 서사적 현재이다. 둘째는 영화 '자전거 도둑'이다. 자전거를 훔친 아버지 안토니오가 아들 브루노 앞에서 수모를 당하는 장면과 안토니오의 자전거를 훔친 간질환자 청년의 모습이 '나'와 서미혜의 무의식에 잠재되어 있던 과거 상처를 일깨운다. 셋째로는 '나'의 유년시절의 이야기이다. 그것은 '소주 사건'으로 혹부리영감에게 도둑으로 몰려 수모를 당하던 아버지와 '나'의 복수로 인하여 결국 혹부리영감이 죽게 되었다는 '나'의 과거의 기억이다. 넷째로는 서미혜의 과거 이야기이다. 그것은 자전거 타기를 좋아하던 간질환자인 오빠를 다락에 방치하여 굶겨 죽였다는 죄의식으로 결국 가출하게 되었다는 서미혜의 과거 기억이다.

이상에서 살펴본 이 작품의 서사구조와 그 의미를 요약·정리하면 다음과 같다. 『자전거 도둑』은 서사적 현재가 여덟 장면, '나'의 '기억과 회상'이 다섯 장면, 서미혜의 '기억과 회상'이 한 장면, 영화 '자전거 도둑'이 한 장면으로 모두 열다섯 장면으로 구성되어 있다. 현재의 이야기와 과거의 이야기가 영화 '자전거 도둑'을 매개로 하여 절묘하게 연결되어 있다. 그 연결고리의 중심 역할을 하는 것은 역시 '자전거'이다. 나의 자전거를 훔쳐 타는 서미혜로 시작하여 남의 자전거를 훔쳐 타는 서미혜로 끝나는 순환구조로 되어 있다.

이것은 현재의 자전거(나의 자전거를 훔쳐 타는 서미혜) → 영화 속의 자전거(브루노 아버지의 자전거, 그 자전거를 훔친 간질환자인 청년)→ 과거의 자전거(서미혜를 태웠던 간질 환자였던 오빠의 자전거 → 현재의 자전거(다른 자전거를 훔쳐 타는 서미혜)로 연결되어 있다.

결국 「자전거 도둑」은 '자전거'를 연쇄 사슬로 하여 유년시절의 내면의 상처를 상기하고 어루만지는 작품이다. 무의식속에 해결되지 않은 상처는 현재의 삶에 끊임없이 작용하고 있음을 이 작품은 잘 보여주고 있다. '나'는 과거의 상처에서 비교적 자유로운 것처럼 보이지만 아직까지 완전히 자유롭지는 못하다. '나'는 아직도 불안하다. 그녀가 '나'에게 함정을 파고 있을 것 같다는 생각이 든다든지, 그녀로부터 서둘러 달아나는 마지막 장면에서 '나'의 불안은 확인된다. 인간은 누구든지 과거의 상처에서 벗어나기를 갈망한다.

IV. 기억의 서사화와 자기 치유의 글쓰기

김소진은 글쓰기를 거듭해감에 따라 유사한 상처라 할지라도 그것을 바라보는 시선이 부정에서 긍정으로 변화되고 있음을 확인할 수 있다. 즉 글쓰기를 통해서 자신의 상처를 객관화하고 통찰하는 정신분석적 자기 치유의 과정을 거치면서 그의 상처는 서서히 망각의 강으로 흘러간다.

김소진은 자신에게 문학은 언제나 차선책이었다고 한다. 그에게는 현실의 삶과 현실의 역사가 더 중요했다. 미아리 산동네 사람들의 "거짓말, 좀도둑, 쌍소리, 깡다구부리기, 그리고 언젠가의 가출들, 어른들의 술주정, 마누라 두들겨패기, 젓가락 장단, 자포자기한 울부짖음들을 훔쳐보면서 이 세상에는 정말 '기똥찬' 꿈은 없다고 어린 마음에 감히 단정을 내릴"[18] 정도로 그는 "세상 물정을 많이 안다는 부질없는 자부심에 사로잡혀" 유년시절을 보냈다. 그는 보통의 아이들에 비해 현실 체험이 많았고, 그만큼 세상과 밀착되어 있었다.

---

18 김소진, 「밥풀때기가 살고 있었네」, 『그리운 동방』, 문학동네, 2002, 12쪽.

웬만한 집회에는 거의 참여할 정도로 열정을 보였던 대학 2학년 때인 1983년에 그는 갈수록 가투街鬪에 자신이 없어진다면서 차선책으로 글쓰기를 염두에 두었다고 토로하고 있다. 또 그가 최고 인기를 누리던 영문학과를 졸업하고 작가의 길을 선택한 데에는 분명 이유가 있을 것이다. 그 해명의 열쇠를 찾아보자.

돌이켜보면 문학은 내게 언제나 차선책이었다. 열혈 청년이던 시절 때까치 울음소리만 들어도 내 짝사랑을 아랑곳 않는 역사에 절망했다. 그 절망은 나의 가슴속 깊이 내장돼 있던 불신의 뿌리를 쏘삭거렸다. 나는 그 불신의 뿌리에서부터 지금 시작하고 있는 셈이다. 소설적 체력도 상상력도 더군다나 따스한 가슴조차 제대로 갖추지 못했으면서도 이야기꾼이 되려는 몸짓을 그만두지 않는 까닭을 나는 정말 모른다.

문학을 생각하면 오로지 눈앞이 캄캄해질 뿐이다. 지치고 상처 입은 이들의 깊고 가없는 삶과 꿈의 언저리에 손톱만큼이나 가 닿을 수 있을까.[19]

그는 역사에 절망했다고 한다. '역사'라는 말 이면에는 역사의 허위성, 폭력성, 불완전성, 관념성 등의 의미가 내포되어 있다. 그는 "불신의 뿌리를 쏘삭거려" 진실의 꽃을 피우기 위해, "상처 입은 이들의 깊고 가없는 삶과 꿈"을 위해 이야기꾼이 되려고 한다. 작가가 의식적으로 글쓰기 이유를 밝히고 있지만 한편으로는 그는 "이야기꾼이 되려는 몸짓을 그만두지 않는 까닭을 나는 정말 모른다"라고 표현하고 있다. 이것은 무엇을 의미하는가? 아래 글은 작가의 무의식에 그 이유가 있음을 반증하는 대목이다.

19 김소진, 「어둡지 않고 환하지도 않은 삶을 구술하고 싶다—신춘문예 당선 소감」, 『그리운 동방』, 문학동네, 2007, 9쪽.

우리가 인식하듯 실상 소설가에의 선택 자체가 정신적으로 깊은 상흔의 매개없이는 이루어지지 않는다. 정신분석학적으로 말하면 상처의 배설 욕구가 언어적인 표현 욕망으로 나타나는 것이다. 정신적인 상처란 감정의 울분으로 주어지고, 울분의 토로를 통한 해소의 방식이 아니고서는 치유되지 않는다. 그러니 토로하지 않으면 안 될 이야기의 배설 욕구를 가졌다는 것 자체가 이미 하나의 원형이며, 천형이 아닐 수 없다. 유달리 유년기의 기억 속으로 달려가길 좋아했던, 그렇게 달려가 토로해내지 않으면 안 되었던 이 작가의 기억의 화소가 따라서 이 작가의 문학적 원형질이자 그 글쓰기의 모태가 아닐 수 없는 것이다.[20]

그의 무의식에는 성인이 되어서도 해결되지 않은 정신적 상처가 내재되어 있었다. "그에게 소설쓰기는 '생래적生來的인 것'이 아니었을까. 아니 '생리적生理的인 것'이었는지도 모른다"[21]라는 표현은 김소진의 글쓰기가 의식적, 이성적, 합리적 판단에 근거하기보다는 무의식적, 본능적 욕구에 의해서 쓰지 않으면 안 되었던 자연스러운 행위였음을 반증하고 있다.

소설을 쓰겠다는 자의식이나, 소설 그 자체에 대한 열망보다는, 내 주변에 있는 사람들의 이야기를 다른 사람들에게 들려주고 싶다는 욕망이 더 컸던 셈이죠. 저는 소설이 무엇인지 몰랐어요. 최소한 등단 당시까지만 하더라도…… 어떻든 저도 이야기를 하고 싶은 욕망은 있었어요. 왜 그랬던가. 나는 왜 아버지 얘기를 하고 싶었던 것일까. 결국 아버지 얘기를 하고 싶어했다는 것은 아버지에 대한 집착, 좋은 것이건 그렇지 않은 것이건 간에 기억에 대한 집착을 가지고 있었던 것은 아닐까 싶은데, 물론 안 좋은 기억이 더 많긴 하지만…… 저는 아무튼 제 모습이 아버지를 많이 닮아 있는 게 아닌가 하는 강박관념이 있었던 듯싶어요.[22]

---

20 한 기, 「가장 콤플렉스의 잔영, 글쓰기에의 순사」, 『문예중앙』, 1997. 여름호, 230~231쪽.

21 안찬수, 「상처와 기억과 생리적인 것」, 『문학동네』, 1997. 가을호, 140쪽.

22 서영채, 「〈헛것〉과 보낸 하룻밤」, 『한국문학』, 1994. 3·4월 합병호, 48~49쪽.

김소진의 위 고백과 같이, 그에게 소설을 쓴다는 것은 참혹하게 실존적인 것이었으며 지우려 해도 지울 수 없는 상처를 다시 한 번 기억해내는 고통스러운 작업[23]이었음에 틀림이 없었다. 김소진에게 있어서의 글쓰기는 상처와 결핍의 삶을 의미화함으로써 내밀한 상처와 결핍을 치유하며 극복해 나아가는 실존적 행위였다. 작가 김소진은 성장과정에서 가지게 되었던 무의식속의 상처와 결핍의 외상 체험을 '기억과 회상'의 방식을 통해서 의식으로 불러 온다.

그는 외상을 입었던 그 시절, 그 사건, 그 상황에 직면하여 무서운 어머니에게 매맞던 자기를 위로하고, 무능하고 추레한 아버지를 원망하고 부끄러워하며, 송탄댁이 주는 닭다리를 제대로 씹지도 않고 먹는 자기를 애처로운 눈으로 바라다본다. 대학생시절에는 테제도 안티테제도 아닌 개흘레꾼에 불과한 아버지로 인해 절망하고, 아버지의 상처가 개인이 어쩔 수 없는 역사적인 상처라는 사실을 깨닫고 아버지를 연민의 눈으로 바라본다. 이처럼 김소진의 글쓰기는 망각의 강으로 흘러가지 못하고 무의식속에 남아 있는 결핍과 상처를 '기억과 회상'의 방식으로 불러내어 유년 시절의 결핍을 채워주고 상처를 달래주는 자기 치유의 과정이다. 특히 그에게 있어서 아버지에 대한 상처는 근원적인 상처에 해당된다. 아버지에게 어머니 이외에 북쪽에 또 다른 아내와 자식이 있다는 사실은 그에게 서자의식을 심어준다. 이렇게 김소진이 가지고 있었던 서자의식은 무의식에 내재화되어 작품에서 자신의 출생시에도 무심했던 아버지로 형상화된다.[24] 그는 아버지에 대한 내면의 깊은 상처를 '기억과 회상'의 방식으

---

23 안찬수, 앞의 책, 140쪽.

24 작품 속에서 형상화된 아버지에 대한 '나'의 상처는 출생 때부터 시작되는 근원적인 것이다. 「부엌」에서 작중화자 '나'는 누나와 엄마의 기억을 통해 태어날 때 상황을 표현하고 있다. 추운 겨울 차가운 부엌바닥에서 태어날 때 아버지는 나흘 동안이나

로 한 장면 한 장면 서술하면서 객관화시킨다. 그리고 그것을 통찰함으로써 아버지와의 관계를 회복해 나아간다. 역사·전기적 사실로 볼 때에 김소진의 아버지는 부정과 긍정의 양가적 가치를 지닌 대상이었다. 그러나 그는 '기억과 회상'의 글쓰기를 통해 아버지를 긍정적 가치를 지닌 인물로 재탄생시킨다.

작가 김소진이 그의 소설에서 '아버지'를 가장 중요한 화소로 삼은 심리적 배경에는 아버지에 대한 상처가 성인이 될 때까지 해결되지 않은 상태로 무의식에 내재해 있었기 때문이다. 아버지의 무능력으로 인한 가난의 상처, 북쪽에 아버지의 또 다른 처자식이 있다는 서자의식, 초라하고 수치스러운 행동을 했던 아버지로 인한 상처가 그의 무의식에 억압되어 있었다. 그리고 대학 3학년 때에 겪었던 아버지의 죽음 역시 그의 무의식에 큰 충격으로 남아 있었을 것이다. 역사의 희생자였던 아버지의 삶을 이해하면서 충분한 애도의 과정을 거쳤어야 함에도 불구하고 그런 과정을 제대로 거치지 못했다. 그래서 그는 『열린 사회와 그 적들』의 自序에서 데뷔작 「쥐잡기」를 "소설이기에 앞서 애틋했던 아버지께 부치는 제문祭文"이라고 말하며 "이후의 작품들도 그러한 범주에서 크게 벗어나지 못했습니다."라고 그의 글쓰기가 아버지에 대한 상처를 극복하기 위한 애도의 과정임을 밝히고 있다.

김소진의 글쓰기는 '기억과 회상'을 통한 정신분석적 자기 치유의 글쓰기이다. 그의 글쓰기는 유령처럼 떠도는 개인과 사회와 역사의 아픈 기억들을 '기억과 회상'의 방식으로 끊임없이 반추하고 대면하여 망각의 강으로 영원히 떠나보내는 처절하고 숭고한 의식이었다. "그의 기억의 서사화는 기억하고 싶지 않은 기억들만 집요하게 씌어져 있다. 앞으로 한 발짝

집에 돌아오지 않고, 땅 판 돈으로 노름을 한 인물로 표현되고 있다.

디뎠다 싶을 때마다 발목을 잡고 놓아주지 않던 그 기억들"[25]은 작가의 무의식에 깊이 자리잡은 개인과 사회와 역사의 상처에 다름 아니다. 그 내면의 상처를 치유하지 않고서는 그는 한 발짝도 앞으로 나아갈 수 없었다. 이 기억의 감옥에서 벗어나는 것, 이것은 김소진이 작가로서 글쓰기를 하는 6년 동안 그를 괴롭히던 화두이기도 했다.

그는 이 기억의 감옥에서 벗어나 자유로운 몸으로 미래를 향하여 나아가기 위해 '기억과 회상'의 글쓰기를 할 수밖에 없었다. 그래서 그의 글쓰기는 정신분석적 자기 치유의 글쓰기이다. 정신분석은 우리 스스로 만든 감옥에 대한 이야기이다. 정신분석의 목표는 갇혀 있던 사람이 자유롭게 되는 것이다. 우리가 망각이라는 감옥을 벗어나게 만드는 것, 그리고 더욱 자유로운 미래로 나아갈 수 있게 돕는 것, 바로 그것이 정신분석이라는 학문의 궁극적 목표[26]임을 상기해 볼 때 김소진은 미래로 나아가기 위해 과거의 상처를 끊임없이 들여다볼 수밖에 없었다.

프로이트는 우리가 반드시 현재를 만든 사건들과 나를 정의하는 과거들을 기억해내야만 한다고 주장한다. 그것은 전열의 정비에 다름 아니며 그것이 완수되었을 때에만 우리는 미래를 향한 총공세를 감행할 수 있게 된다. 하지만 그것은 나와 남 모두를 보호하는 공격이다. 세상과의 싸움이 가능해진 상태, 정신분석은 그것을 치유라고 부른다.[27] 그래서 김소진의 '기억과 회상'을 통한 기억의 서사화는 상처로 얼룩진 과거로부터 벗어나는 작업이었으며, 미래의 자유를 향한 처절한 몸부림이었다.

김소진의 소설은 '기억과 회상'의 방식으로 서술되는 기억의 서사화이다. 그의 글쓰기는 유년시절부터 성년기까지 그의 무의식에 억압되어 있

---

25 손정수, 「소진(消盡)의 미학」, 『신풍근배커리 약사』, 문학동네, 2002, 436쪽.
26 김서영, 『프로이트의 환자들』, 프로네시스, 2010, 29쪽.
27 김서영, 위의 책, 29~30쪽.

던 것들을 의식으로 표출하는 의식화 작업이다. 그의 무의식에는 가난, 수치스러운 아버지, 그악스러운 어머니, 모성 강박, 성적 욕구, 열등감, 죄책감, 공격 욕구 등으로 가득 차 있었다. 이들은 의식이 감당하기 어려운 것들이기 때문에 무의식에 억압되어 있었다. 그래서 그는 자유연상의 수법으로 무의식에 억압된 것들을 끊임없이 의식 밖으로 퍼올린다.

특히 그의 마지막 소설 「눈사람 속의 검은 항아리」에서 작중화자인 '나(민홍)'는 어머니의 심부름을 자청하여 미아리 셋집을 찾아간다. 그러나 '내'가 그곳에 간 진짜 이유는 재개발로 인하여 사라져버릴 장석조네 집에 대한 기억을 더듬어보고 싶었기 때문이다.

'내'가 새벽에 오줌이 마려워 변소에 갔다오다가 욕쟁이 함경도 할머니의 짠지 단지를 깨고 눈사람으로 덮어 놓고 하루 동안 가출을 감행한다. 그리고 해질녘 엄마에게 연탄집게로 맞으면 안 되는데 싶은 생각으로 집으로 돌아오지만 엄마는 지청구조차 내리지 않았고 짠지 단지는 깨끗하게 치워져 있다.

> 나는 나를 둘러싼 세계가 너무도 낯설게 느껴졌다. 내가 짐작하고 또 생각하는 세계하고 실제 세계 사이에는 이렇듯 머나먼 거리가 놓여 있었던 것이다. 그 거리감은 사실 이 세계는 나와는 상관없이 돌아간다는 깨달음, 그러므로 나는 결코 주변으로 둘러싸인 중심이 아니라는 아슴프레한 깨달음에 속한 것이었다.[28]

'사실 이 세계가 나와는 상관없이 돌아간다는 깨달음'은 국민학생이었던 '내(민홍)'가 과거에 깨달았던 것이 아니고, 성인이 된 현재의 '내'가 과거의 '짠지 사건'을 회상하면서 지금 깨달은 것이다. 곧 과거의 원체험에 대한 작가 김소진의 현재의 깨달음이다. 자아 중심의 세계관에서 과거의

---

28 김소진, 「눈사람 속의 검은 항아리」, 312쪽.

상처로 고통당하던 그가 「눈사람 속의 검은 항아리」라는 소설을 씀으로써 이 세계가 나와는 상관없이 돌아간다는 깨달음을 얻고 무의식의 상처에서 벗어난다. 그는 무의식에 억압된 상처들을 글쓰기를 통하여 끊임없이 의식 밖으로 끌어올려 객관화하고 통찰함으로써 자신을 가두었던 감옥에서 벗어난다.

V. 맺음말

작가 김소진은 어릴 적에 은빛 자전거를 갖고 싶어 했다. 그러나 그는 갖지 못했다. 가난 때문이다. 무의식속의 가난의 상처가 기억으로 되살아난 작품이 「자전거 도둑」이다. '나'는 아직도 불안하지만 더 깊은 상처를 안고 사는 서미혜를 바라본다. 김소진은 타자 서미혜를 내세워 그녀의 상처를 바라보는 여유가 생겼다. 그런데 그녀의 상처는 곧 자기의 상처이다. 작품 속의 작중화자인 '나(김승호)'는 기자로서 자전거를 살 정도로 경제력을 지닌 인물로 설정되어 있는 것처럼 작가 김소진도 마찬가지일 것이다. 그러나 실제로 자전거를 소유하는 것으로서는 만족되지 않을 것이다. 그 이유는 무의식에 남아있는 유년시절의 충족되지 못한 욕망 때문이다. 작가 김소진은 그 상처와 결핍을 '기억과 회상'이라는 글쓰기 방식을 실현하려고 한다. 그래서 그는 작품을 통해서 어린 시절 갖고 싶었던 은빛 자전거를 서미혜로 하여금 훔쳐서라도 타게 한다. 서미혜를 통해서 유년시절 충족되지 못한 무의식적 욕망을 채워나간다. 김소진의 글쓰기는 유년시절 결핍되었던 욕망을 객관화하고 채워가는 과정이다. 이런 과정을 통해서 작가 김소진은 무의식속에 잠재되어 있던 결핍의 상처를 치유해 나갈 수 있을 것이다.

김소진의 소설쓰기는 과거의 기억을 회상하는 방식으로 이루어지고 있다. 그는 유년시절부터 성인이 되기까지 아름답고 행복했던 기억보다는 가난과 상처의 기억들을 끈질기게 회상하고 있다. 그가 불행했던 기억을 기억하고 싶지 않았음에도 불구하고 집요하게 '기억과 회상'의 글쓰기를 하는 것은 그의 무의식과 관계가 있다. 그는 작품을 통해서 원체험을 끊임없이 재구성하여 표현함으로써 자신의 상처를 치유해 나간다. 작가에게 원체험이란 "체험을 투사하고, 그것을 분류, 분석, 종합하는 일종의 그물망"[29]으로서 무의식적으로 작중 인물의 의식 속에 투영되는 어떤 사건이나 의식을 말한다. 많은 작가의 경우 이러한 기억의 원체험을 가지고 있다. 김소진은 원체험을 '기억하고 싶지 않은 것들만 집요하게 기억되는 내밀한 상처'라고 말한다. 그의 작품 속에 등장하는 인물들이 기억하는 내밀한 상처에는 무능력하고 수치스러운 아버지로 인한 아비 부재, 그악스러운 어머니로 인한 모성 강박, 가난으로 인한 의衣, 식食, 주住에 대한 욕구와 이성에 대한 성적 욕망 등이 있다. 그는 자신의 원체험은 "전쟁, 보릿고개(가난), 근친 상간, 혈육의 죽음, 애비 부재 등등"이라고 밝히고 있다. 그의 많은 소설들은 바로 그 내밀한 상처의 텃밭 속을 거닐며 엮어진 것이다.

특히 기억의 원체험은 현재의 조건과 상황에 따라 늘 새롭게 재구성된다는 사실에 근거하여 작가 김소진의 글쓰기가 무의식의 상처를 치유해 나가는 과정임을 「자전거 도둑」을 통해서 확인하였다. 프로이트의 정신분석에서 환자들이 자신의 결핍과 상처를 반복적으로 말하고 표현함으로써 결핍과 상처를 극복하고 치유해가는 것처럼 김소진도 자신의 결핍과 상처를 '기억과 회상'이라는 기억의 서사화 방식으로 끊임없이 반복하고

---

29 김소진·김형경·박상우, 「원체험, 현실 그리고 독자에 관해 이렇게 생각합니다」, 『문예중앙』, 1995. 가을. 45쪽.

변주하여 형상화함으로써 내면의 상처를 치유해 나간다. 그는 '기억과 회상'이라는 기억의 서사화 방식의 글쓰기를 통해서 자신의 무의식에 억압되었던 상처와 결핍을 의식으로 불러내어 재경험하고, 자신을 객관적으로 통찰함으로써 정신분석적 자기 치유의 단계에 이르게 된다.

김소진의 글쓰기는 그의 개인적인 가족사와 밀접한 관계가 있다. 특히 아버지는 그가 글을 쓰는 심리적 원천이며, 사회와 세상으로 나아가는 첫 번째 통로였다. 그리고 아버지로부터 물려받은 가난과 상처가 문학의 밑천이자 젖줄이었던 셈이다. 소설 「개흘레꾼」의 마지막 부분에 표현된 명제 "아비는 개흘레꾼이었다"에는 김소진 자신의 개인사적인 치부가 잘 드러나 있다. 하지만 이 명제는 실제의 아버지가 전쟁의 폭력으로 온갖 고초를 겪고 실향민이 되었기 때문에 "아비는 역사적 폭력으로 개흘레꾼이 될 수밖에 없었다"라는 공적인 담론으로 확장된다. 그래서 그의 글쓰기에는 시공을 초월하는 울림이 있으며, 이러한 글쓰기를 통하여 개인적인 상처를 치유하거나 역사적인 폭력으로 상처입고 희생된 민초들을 위무하고 치유한다. 이것이 김소진 문학의 진정한 의미라고 판단할 수 있다.

■ 참고문헌

일연, 조현범글, 김진화그림, 『삼국유사 끊어진 하늘 길과 계란맨의 비밀』,
너머학교, 2011. https://www.youtube.com/watch?v=I-3jFhaa9og&list=PLvNz
ObWMMx6vgIVJc4BxTdhZzF_JC5ZMg&index=3

http://www.culturecontent.com/

https://brunch.co.kr/@okwinus/12

https://www.hankookilbo.com/News/Read/201603221122909199

김기덕, 「4차 산업혁명 시대 문화원형 소재 오픈소스화를 위한 디지털콘텐
        츠화사업의 필요성」, 『인문콘텐츠』, 48집, 2018, 112쪽.

김동인, 『동인사담집』, 아프리북스, 2013.

김지효, 임희주, 「4차 산업혁명과 진로교육에 대한 인식 조사 연구」, 『한국
        웰니스학』 15호, 한국웰니스학회, 2020.5, 62쪽.

배영동, 「문화콘텐츠화사업에서 '문화원형' 개념의 함의와 한계」, 『인문콘텐
        츠』 6집, 인문콘텐츠학회, 2005, 43쪽.

변재웅, 「4차 산업혁명이 문화산업에 미치는 영향에 관한 연구」, 『문화산업
        연구』 17, 2017, 117쪽.

서대석, 「군담소설의 구조와 작자의식」. 『국어국문학』, 51, 1971, 89쪽.

송성욱, 「문화콘텐츠 창작소재와 문화원형」, 『인문콘텐츠』 6,집 2005, 76~77쪽.

송태현, 「카를 구스타프 융의 원형 개념」, 『인문콘텐츠』 6집, 인문콘텐츠학
        회, 2005 참조.

유동환, 「문화콘텐츠 기획과정에서 인문학 가공의 문제」, 『인문콘텐츠』 28,
        인문콘텐츠학회, 2013, 62쪽.

정지훈, 『새로운 문화콘텐츠학』, 커뮤니케이션북스, 2017, 136~137쪽.

조은하 외, 『스토리텔링』, 북스힐, 2008, 194쪽.

최예정 외, 『스토리텔링과 내러티브』, 글누림, 2005, 144쪽.

데이비드 하워드, 『시나리오 마스터』, 한겨레 출판사, 2011, 51쪽.

강신익, 「사회생물학 달리보기」, 『대동철학』 59, 대동철학회, 2012.

국립 안동대학교 인문학연구소 공동체 문화연구사업단, 『민속학과 공동체
　　　문화연구의 새로운 지평』, 민속원, 2019.

권오경, 「문화기억과 기억융합으로서의 아리랑」, 『한국민요학』 39, 한국민
　　　요학회, 2013.

김광언, 「머리말」, 『동아시아의 놀이』, 민속원, 2004.

김명자, 「판소리 가창을 통한 화병 치유 사례연구」, 『구비문학연구』 58집,
　　　한국구비문학회, 2000.

김도희, 「다문화 예술융합교육의 방향」, 『한중미래연구』 6호, 한중미래연구
　　　소, 2016.

나경수, 「무형문화재와 민속학의 거리」, 『무형유산』 8집, 국립무형유산원,
　　　2020.

남이숙 외, 『AI시대와 영화 그리고 시』, 교우미디어, 2019.

농촌진흥청, 국립농업과학원, 『생태자원 스토리텔링』 1, 2, 농촌진흥청 국립
　　　농업과학원, 2015.

박　진, 「스토리텔링 연구의 동향과 사회문화적 실천의 가능성」, 『어문학』
　　　122집, 한국어문학회, 2013.

백종현, 「'제4차 산업혁명' 시대, 인문학의 역할과 과제」, 『철학사상』 65호,
　　　철학사상연구소, 2017.

야마구치 슈, 김윤경 역, 『뉴타입의 시대』, 인플루엔셜, 2020.

이경엽, 『네 가지 열쇠말로 읽는 섬의 민속학』, 민속원, 2020.

이인철, 『생명철학』, 군자출판사, 2019.

이종호, 「제4차 산업혁명을 이끄는 기술들」, 『4차 산업혁명과 미래 직업』,
　　　북카라반, 2017.

이창식, 「민요」, 민속조사의 현장과 방법』, 민속원, 2010.

이창식, 『인문학적 상상력과 융합콘텐츠』, 글누림, 2015.

이창식, 「지역축제와 무형문화유산의 정체성」, 『동아시아고대학』 24집, 동아시아고대학회, 2011.

이창식, 「감성, 감성문화, 감성창조」, 『공연예술적 감성과 킬러콘텐츠』, 월인, 2016.

이창식, 「줄다리기의 원형·전형·변형」, 『남도민속학』 34집, 남도민속학회, 2017.

이창식, 「강릉농악유산의 가치와 활용」, 『강원문화연구』 제37집, 강원문화연구소, 2018.

이창식, 「보민속유산의 의미와 지속」, 『아시아강원민속』 32집, 아시아강원민속학회, 2019.

이창식, 「삼척지역 단오유산의 의례적 성격」, 『아시아강원민속』 33집, 아시아강원민속학회, 2020.

임재해, 「영남지역 민속연구의 현단계와 바람직한 미래 구상」, 『영남학』 29권, 경북대학교 영남문화연구원, 2016.

최재봉, 『CHANGE9』, 쌤앤파커스, 2020.

표인주, 「슬픔과 분노의 민속학적인 치유 메커니즘－호남지방을 중심으로－」, 『호남학』 54집, 호남학연구원, 2013.

김건우, 「1장 포스트 휴먼의 개념적, 규범학적 의의」, 『포스트휴먼 시대의 휴먼』, 한국포스트휴먼연구소·한국포스트휴먼학회 편저, 아카넷, 2016, 29－35.

김태경, 조희숙. 「그림책에 나타난 포스트휴먼 인물의 특징」, 『유아교육연구』, 36.6, 한국유아교육학회, 2016, 349－74.

브라이도티, 로지. 이경란 옮김, 『포스트휴먼』, 아카넷, 2015.

오타비아니, 디디에. 심세광 옮김, 『미셸 푸코의 휴머니즘』, 열린책들, 2008.

임석원, 「비판적 포스트휴머니즘의 기획: 배타적인 인간중심주의의 극

복」, 『인간과 포스트휴머니즘』, 이화인문과학원 편. 이화여자대학
교 출판부, 2013, 61−84.

파머, 낸시. 백영미 옮김, 『전갈의 아이』, 비룡소, 2004.

하라리, 유발. 조현욱 옮김, 『사피엔스』, 김영사, 2015.

Applebaum, Noga. *Representations of Technology in Science Fiction for Young People*. NY: Routlege, 2010.

Badmington, Neil. Ed.Posthumanism.NY: Palgrave, 2000.

Braidotti, Rosi. *The Posthuman*. Cambridge: Polity, 2013.

Dahlin, Bo. "Our posthuman futures and education: Homo Zappiens, Cyborgs, and the New Adam." *Futures*. 44(2012): 55−63.

Farmer, Nancy. *The Lord of Opium*. NY: Atheneum, 2013.

_____. *The House of the Scorpion*. NY: Atheneum, 2002.

Flanagan, Victoria. *Technology and Identity in Young Adult Fiction*. NY: Palgrave, 2014.

Graham, Elaine L. *Representations of the post/human: Monsters, Aliens and Others in Popular Culture*. Manchester: Manchester UP, 2002.

Hayles, Katherine. *How We Became Posthuman*. Chicago: U of Chicago, 1999.

Jaques, Zoe. *Children's Literature and the Posthuman: Animal, Environment*, NY: Routledge, 2018.

Kimberley, Maree. "Posthuman by Accident; Posthuman by Design: Power and Belonging in Posthuman Young Adult Fiction. *New Review of Children's Literature and Librarianship*. 22.2(Sep. 2016): 124−41.

Nayar, Pramod K. Posthumanism. Cambridge: Polity, 2014.

Ostry, Elaine. "Is He Still Human? Are You?": Young Audlt Science Fiction in the Posthuman Age." *The Lion and the Unicorn*. 28.2 (April 2004):

222−246.

Smart, Alan. "The Humanism of Postmodernist Anthropology and the Post−Structuralist Challenges of Posthumanism." *Anthropologica*. 53.2 (2011): 332−34.

Tarr, Anita and Donna R. White ed. *Posthumuanism in Young Adult Fiction: Finding Humanity in a Posthuman World*. UP of Mississippi, 2018.

Vint, Sherryl. "Speciesism and Species Being in "Do Androids Dream of Electric Sheep?" Mosaic: *An Interdisciplinary Critical Journal*. 40.1(March 2007): 111−26.

White, Donna R. "Posthumanism in *The House of the Scorpion and The Lord of Opium*." *Posthumuanism in Young Adult Fiction: Finding Humanity in a Posthuman World*. Ed. Anita Tarr and Donna R. White. UP of Mississippi, 2018: 135−55.

고정민·구문모·김시범·김영재, 「문화콘텐츠 산업 선순환 구조 구축을 위한 담론」, 『인문콘텐츠』, 제27호, 2012, pp.27~52.

김기태, 『소설 미디어 시대에 꼭 알아야 할 저작권』, 서울:동아엠앤비, 2020.

김기태, 『동양 저작권 사상의 문화사적 배경 비교 연구: 한국·중국·일본의 근대 출판문화를 중심으로』, 서울:도서출판 이채, 2014.

김기태, 「소설 저작물의 활성화가 미디어 산업계에 미치는 영향 및 저작권 보호 방안」, 『전자출판연구』, 제2호, 2013, pp.7~19.

김기태, 『저작권법 총설』, 서울:형설출판사, 2013.

김기태, 『저널리즘과 저작권』, 서울:도서출판 이채, 2011.

김기태, 『글쓰기에서의 표절과 저작권』, 서울:지식의날개, 2010.

김동윤, 「창조적 문화와 문화콘텐츠의 창발을 위한 인문학적 기반 연구: '융합 학제적' 접근의 한 방향」, 『인문콘텐츠』, 제19호, 2010, 417~442쪽.

김병일, 「인터넷과 SNS에서의 저작권 관련 문제연구」, 『언론과 법』, 제9권 제2호, 2010, 105~133쪽.

김윤명, 「저작권법상 퍼블릭도메인에 관한 연구」, 경희대학교 대학원 박사논문, 2007.

김은영·김원일, 「SNS를 이용한 소설 시나리오 생성에 관한 연구」, 『전자공학회논문지』, 제48권 제3호, 2011, pp,11~17.

김형성·김경애, 「소셜미디어의 적극적 실현을 위한 헌법적 연구」, 『美國憲法研究』, 제22권 제1호, 2011, pp.81~132.

손수호, 「디지털 환경과 저작권 패러다임의 변화에 관한 연구-레식의 카피레프트 이론을 중심으로」, 『한국출판학연구』, 통권 51호, 2006, pp.203~240.

오승종·이해완, 『저작권법』, 서울:박영사, 1999.

이규호, 『저작권법-사례·해설』, 서울:진원사, 2010.

이대희, 『인터넷과 지적재산권법』, 서울: 박영사, 2002.

이상정, 「디지털 환경에서 저작권의 배타성에 관한 일고찰」, 『계간저작권』, 통권 제76호, 2006.

이서영·이봉규, 「리눅스와 위키피디아를 중심으로 분석한 소셜 저작 시스템의 성공요소에 대한 연구」, 『한국인터넷정보학회논문지』, 제13권 4호, 2012, pp.73~82.

이영희·고세훈, 「사용자 저작권 보호를 위한 SNS 이용약관 개선방안 관한 연구」, 『한국출판학연구』, 제37권 제2호, 2011, 167~188.

이흔재, 「인터넷서비스제공자와 공정이용-구글의 사례를 중심으로」, 『동북아법연구』, 10(2), 2016, pp.427~450.

임원선, 『실무자를 위한 저작권법』(제4판), 서울:한국저작권위원회, 2014.

한승헌, 『정보화시대의 저작권』, 서울:나남, 1992.

유발 하라리, 조현욱 옮김, 『사피엔스』, 파주:김영사, 2015.

유발 하라리, 김명주 옮김, 『호모 데우스: 미래의 역사』, 파주:김영사, 2017.

Lessig, L.(1999). *Code and Other Laws of Cyberspace*. New York: Basic Books. 김정오 옮김(2002), 『코드: 사이버 공간의 법 이론』, 서울: 나

남출판.

Lessig. L.(2001). *Free Culture: The Natureand Future of Creativity*. New York:Penguin. 이주명 옮김(2005), 『자유문화:인터넷 시대의 창작과 저작권 문제』, 서울: 필맥.

Creative Commons Korea 홈페이지(www.creativecommons.or.kr)

네이버 백과사전(http://terms.naver.com)

두산백과사전(EnCyber&EnCyber.com)

판례 검색 : 법고을 LX DVD 2017(법원도서관)

위키백과(http://ko.wikipedia.org)

일본 드라마 〈官僚たちの夏〉(2009)

「일본, 젊은 공무원 퇴직 갈수록 늘어」, KBS 뉴스, 2019.4.30.

「20대 40% "직업안정성 높은 공무원 희망한다"」, 『매일경제』, 2018.6.18.

「日 완전고용의 그늘, 3544세대 프리터·무직자 90만 명」, 『아시아경제』, 2019.5.20.

강상중·요시미 슌야 지음, 임성모·김경원 옮김, 『세계와의 원근법』, 이산, 2004.

김형아 지음, 신명주 옮김, 『유신과 중화학공업 박정희의 양날의 칼날』, 일조각, 2005.

나카무라 마사노리 지음, 유재연·이종욱 옮김, 『일본전후사 1945-2005』, 논형, 2006.

나카야마 시게루 지음, 오동훈 옮김, 『전후 일본의 과학기술』, 소화, 1998.

다카하시 데쓰야 지금, 이목 옮김, 『국가와 희생』, 책과함께, 2008.

사또 이즈미 지음, 신지숙 옮김, 『일본 국어교과서의 전후사』, 제이앤시, 2018.

시로야마 사부로 지음, 김형준 편역, 『미스터 통산성의 사계절』, 계명사, 1998.

오영교 지음, 『일본 통산성의 실체』, 포도원, 1994.

찰머슨 존슨 지음, 장달중 옮김, 『일본의 기적』, 박영사, 1984.

2002년 당대비평 특별호, 『기억과 역사의 투쟁』, 삼인, 2002.

신득렬, 『위대한 대화: Robert M. Hutchins의 교육사상』. 대구: 계명대학교, 출판부, 2002.

———, 『교양교육』. 인천: 겨리, 2016.

———, 『플라톤의 『국가』 연구』. 도서출판 태일사, 2020.

Adler, M. J. and C. Van Doren(1972). *How to Read a Book: The Classic Guide to Intelligent Reading*. Revised and updated edition, New York: Simon and Schuster.

Great Books Foundation(1987). *An Introduction to Shared Inquiry*.

———(1992). *An Introduction to Shared Inquiry*. 3rd ed.

Homeros. *Ilias*. 천병희 역(2015). 『일리아스』. 파주: 숲.

———. *Odysseia*. 천병희 역(2015). 『오디세이아』. 파주: 숲.

Hutchins, R. M.(1952). *The Great Conversation*. Chicago: The University of Chicago Press.

Oakeshott, M. *The Voice of Liberal Learning*. T. Fuller, ed.(1989). New Haven: Yale University Press.

Aristoteles. 『詩學』, 서울: 문예출판사, 2002.

Benjamin, Walter. 사진의 작은 역사 외. 서울: 길, 2008.

김영용. HDTV 프레젠스 미디어의 해석. 서울: 커뮤니케이션북스, 2014.

유 미. VR 영상 콘텐츠. 서울: 커뮤니케이션북스, 2018.

김광수, 이용환. 「360도 VR 영상 촬영 리그 비교와 활용 방법 분석」 『현대사진영상학회논문집』 19.1 (2016): 5-25.

김태은, "VR 영화에서 암묵적 프레임의 존재." 한국콘텐츠학회논문지 18.8 (2018): 272-286.

민슬기, 김성훈. "VR컨텐츠 활성화 전략으로서 프레즌스에 관한 연구-Safeline 사례를 중심으로 -." 커뮤니케이션 디자인학연구 62.- (2018): 59-70.

화로휘, 김해윤. "VR영화의 롱 테이크와 전통영화의 롱 테이크의 차이성에 관한 연구-VR 단편영화 "HELP"를 중심으로 -." 커뮤니케이션 디자인학연구 66. - (2019): 261-272.

프로젝트 시리아 https://emblematicgroup.com/experiences/project-syria/

어플라이드 VR-VR 치료 https://appliedvr.io/

랭크 퓌트포트, 『바우하우스』, 시공사, 2000.

무가이슈타로, 신희경 옮김, 『디자인학』, 두성북스, 2016.

하요 뒤히팅, 『바우하우스』, 미술문화, 2007.

한스 빙글러, 편집부 옮김, 『바우하우스』, 미진사, 2001

Droste, Magdalena, *Bahuas 1919-1933*, (M. Nakano, Tran.) (Japanese Translation Edition.). Tokyo: alpha sat Co., Lit, 2001.

강화선, 「울름조형대학의 과학 중심의 디자인교육에 관한 고찰」, 『기초조형학연구』, Vol.12 No.2, 2006.

박찬준, 이재용, 「독일 바우하우스와 울름조형대학의 비교에 관한 연구」, 『기초조형학연구』, Vol.13 No.1, 2012.

이병종, 「울름조형대학의 교육이념과 그 발전과정」, 『Archives of Design Research』, 1998.

이상화, 「울름조형대학의 디자인교육방법론고찰」, 『한국디자인문화학회지』, Vol.12 No.2, 2006.

전진용, 「독일 바우하우스와 울름조형대학의 기초디자인 교육 비교에 관한 연구」, 『디지털디자인학연구』, Vol.12No.4, 2012.

柏木博, 「バウハウス　モダンデザインの矛盾と非合理性」, 『Bauhaus 1919-1933』, Tokyo: Sezon Museum of Art, 1995.

長田謙一, 「交差するユートピア ー〈バウハウス〉再考序説」, 『Bauhaus 1919-1933』, Tokyo: Sezon Museum of Art, 1995.

宮島久雄, 「バウハウスのイメージと理念」, 『Bauhaus 1919-1933』, Tokyo: Sezon Museum of Art, 1995.

ミハエル・ジーベンフロート, 「バウハウスある美術学校の歴史」,

『Bauhaus 1919-1933』, Tokyo: Sezon Museum of Art, 1995.

ペータ・ハン,「バウハウスにおける基礎教育」,『Bauhaus 1919－1933』, Tokyo: Sezon Museum of Art, 1995.

강길호, 김주, 커뮤니이션과 인간. 서울: 한나래, 1995.

강지혜, 자폐성장애인의 스마트 기기 활용에 대한 국외 문헌분석, 14(2), 자폐성 장애연구, 한국자폐학회, 2014.

김윤주,「다문화 배경 학생 대상 한국어 교육과정 구성방안－다문화 문식성 교육을 중심으로－」, 고려대학교 박사논문, 2012.

김정은, 역할극 활동을 통한 한국어 말하기 교육 방안 연구; 시트콤 '지붕 뚫고 하이킥' 중심으로. 한양대학교 석사학위논문, 2014.

김 진 인터넷 통신언어의 언어학적 특성 연구, 제주대학교교육대학원 석사학위논문, 2017.

상명식, 교육 연극적 기법을 활용한 말하기 능력 향상 방안. 상명대학교 석사학위논문, 2011.

엄나영, 역할극을 활용한 무역 한국어 교수－학습 방안 연구. 한국언어문화학, 11(1), 한국언어문화학회, 2014.

이정민, 한국어 말하기 교재 속 '역할극' 활동의 구성 방안. 고려대학교 석사학위논문, 2011.

이승형, 청소년 모바일 문화의 현상학적 이해, 동아대학교 대학원 박사학위논문, 2019.

이은아, 모바일 SNS(Social Network Service) 메신저 기반 이모티콘의 감성 커뮤니케이션에 관한 연구, 상명대학교 일반대학원 석사학위논문, 2018.

정재한, 청소년의 SNS 언어 사용 양상 및 의미 연구, 공주교육대학교 교육대학원 석사학위논문, 2017.

정화식, 청소년의 대인관계특성과 SNS(Social Network Service) 이용 동기 관계, 강원대학교 대학원 석사학위논문, 2014.

Canale, M & M. Swain (1980). Theoretical Bases of Communicative Approach to Second Language teaching and testing, Applied Linguistic.

Ladousse, G. P(1987), Role Play. Oxford: Oxford University Press.

Larsen-Freeman, D(2000), Techniques and principles in language Teaching. Oxford:Oxford University Press.

Littlewood, William T(1981), Communicative Language Teaching, Cambridge: Cambridge University Press.

Shaftel, F. R. and G. Shaftel, Role playing in the curriculum (2nded.), Englewood Cliffs, N. J.: Prentice Hall, 1982.

Savingnon, S. J(1997). Communicative competence: theory and classroom practice. (2nd ED.). NY: McGraw-Hill.

교육통계서비스. http://kess.kedi.re.kr

여성가족부. http://www.mogef.go.kr

통계청. http://kostat.go.kr/

한국인터넷진흥원. www.kisa.or.kr

김소진, 『장석조네 사람들』, 김소진전집1, 문학동네, 2002.

_____, 『열린 사회와 그 적들』, 김소진전집2, 문학동네, 2002.

_____, 『자전거 도둑』, 김소진전집3, 문학동네, 2002.

_____, 『신풍근배커리 약사』, 김소진전집4, 문학동네, 2002.

_____, 『바람 부는 쪽으로 가라』, 김소진전집5, 문학동네, 2002.

_____, 『그리운 동방』, 김소진전집6, 문학동네, 2002.

_____, 「개흘레꾼」, 『한국문학』, 1994. 3·4월 합병호.

고인환, 「결핍의 서사」, 『어문논문』, 통권 110호, 2001.

김덕영, 『프로이트 영혼의 해방을 위하여』, 인물과사상사, 2009.

김동성, 「김소진 소설 연구－기억의 서사화 방식과 그 의미」, 가천대학교 대학원 박사학위 논문, 2012.

김서영, 『프로이트의 환자들』, 프로네시스, 2010.

김소진·우찬제, 「지식인·권력·진실」, 『오늘의 소설』 상반기호, 1993.

김소진·임홍배, 「삶의 언어, 일상 체험에 날개 달기」, 『문예중앙』, 1993. 가을.

김소진·서영채, 「'헛것'과 보낸 하룻밤」, 『한국문학』, 1994. 3·4.

김소진·김형경·박상우, 「원체험, 현실 그리고 독자에 관해 이렇게 생각합니다」, 『문예중앙』, 1995. 가을.

김소진·류보선·이광호·조경란·임경대, 「절망과 희망이 공존하는 90년대 한국문학」, 『미래의 얼굴』, 1996. 2.3.

김영진, 『한국의 아들과 아버지』, 황금가지, 2001.

김종욱, 「또 다시, 아버지를 찾아서」, 『문예중앙』, 1995. 겨울.

백지연, 「현재를 응시하는 '수인(囚人)'의 글쓰기－이남희 소설집 『사십세』, 김소진 소설집 『자전거 도둑』, 한창훈 소설집 『바다가 아름다운 이유』, 『창작과 비평』, 1996. 여름.

서영채, 「이야기꾼으로서의 소설가」, 『문학동네』, 1997. 가을.

안찬수, 정홍수, 진정석 엮음, 「소진의 기억」, 문학동네, 2007.

손정수, 「소진(消盡)의 미학」, 『신풍근배커리 약사』, 문학동네, 2002.

이대범, 「김소진 소설 연구－아버지 계열의 소설을 중심으로」, 『어문연구』 97집, 어문연구회, 1998.

이무석, 『정신분석에로의 초대』, 이유, 2004.

이성재, 「김소진 소설 연구 －'아버지를 통한 자아찾기'를 중심으로」, 숭실대학교 교육대학원 석사학위논문, 2003.

이윤미, 「김소진 소설 연구 －아버지 부재와 아버지 찾기의 과정을 중심으로」, 홍익대학교 교육대학원 석사학위논문, 2004.

이정균·김용식 편저, 『정신의학』, 일조각, 2003.

정도언, 『프로이트의 의자』, 웅진지식하우스, 2009.

정홍수, 「허벅지와 흰쥐 그리고 사실의 자리―김소진의 소설쓰기」, 『문학사
　　　상』, 1996. 1.

조두영, 『프로이트와 한국문학』, 일조각, 2004.

최재봉, 「발문」, 『아버지의 미소』, 솔, 1998.

최재봉, 「삶·역사·진실을 향한 핍진한 소설언어」, 『문예중앙』, 1993. 가을.

파멜라 투르슈웰, 강희원 역, 「프로이트 콤플렉스」, 앨피, 2010.

한 기, 「가장 콤플렉스의 잔영, 글쓰기에의 순사」, 『문예중앙』, 1997. 여름호.

인공지능시대의 인문학과 예술적 상상

초판 1쇄인쇄 2021년 5월 21일
초판 1쇄발행 2021년 5월 31일

저 자 김정진 이창식 원유경 김기태 이혜진 신득렬 김양수
      설태수 이지은 김지연 신희경 권화숙 김현정 김동성

기 획 세명대학교 인문예술대
발행인 박지연
발행처 도서출판 도화
등 록 2013년 11월 19일 제2013 - 000124호
주 소 서울시 송파구 중대로34길 9-3
전 화 02) 3012 - 1030
팩 스 02) 3012 - 1031
전자우편 dohwa1030@daum.net
인 쇄 (주)현문

ISBN | 979-11-90526-37-1 *03810
정가 15,000원